KB147207

중국문학의 탄생

세계
문화 총서
4

The birth of Chinese literature

중국문학의 탄생

권용호

푸른사상
PRUNSASANG

중국은 흔히 '문학 대국(大國)'이라 일컬어진다. 반만년의 길고 긴 세월 동안 헤아릴 수 없이 많은 사람들에 의해 이룩된 중국의 문학적 성과와 그 영향은, 실로 성대하고 막대하여 세계적으로도 그 유례를 찾아보기 힘든 것이니, 진정 허명(虛名)이 아니다. 중국 문학사, 즉 중국 문학의 발생과 변천의 역사는 장강대하(長江大河)의 비유로도 부족한, 그야말로 장구한 역정(歷程)이다. 이에 중국은 물론 국내에서도 중국문학의 장구한 역사에 대한 체계적인 연구와 기술, 그리고 그 방대한 작품에 대한 분석적인 이해와 감상을 위한 전문가의 노력이 간단없이 이어졌고, 그 결과 사계의 학자는 말할 것도 없고, 일반 교양인들에게까지 지속적으로 가까이 다가가 친숙함을 더해감으로써, 중국문학에 대한 뭇사람들의 이해와 관심을 증대시켜왔다.

이번에 이 책의 저자가 중국문학 발생의 연원을 찾아 학문적 노력을 기울인 것은 그 자체로서도 상당한 의의가 있다. 왜냐하면 지금까지 중국문학 전반을 탐구하려는 무수한 학자들의 노력에도 불구하고, 중국문학의 본원에 대한 '탐험'은 아직은 걸음마 단계에 머물러 있기 때문이다. 저자의 전공 분야는 중국 고전희곡이다. 한데 그는 한 명의 희곡 연구자이기 전에, 장르를 불문하고 다양한 작품을 즐겨 읽는 중국문학 애호가요 애독자이다. 연전에 그가 중국문학 특유의 상상의 세계를 파헤친 저서 『아름다운 중국문학』을 세상에 내놓은 것도 결코 우연이 아닌 것이다. 중국문학에 대한 저자의 끊임없는 관심과 탐색은 자연스레 "한 편의 아름다운 문학작품은 어떻게 탄생되었을까?" 하는 궁금증을 낳았고, 그리고 저자는 그 궁금증을 견디다 못해 마침내 중국문학의 탄생에 대한 학문적 탐구심을 불태우기에 이른 것이다.

저자가 말하는 문학의 '탄생'이란 기원적인 측면과 현재적인 측면을 포괄하는 의미를 띤다. 문학은 태곳적에 사람들의 노동이나 유희 과정에 자연적으로 발생하게 되었다는 관점이 전자이고, 문학은 태초의 탄생 이후에도 새로운 작품의 창작이 거듭되면서 현재에도 그 탄생이 이어지고 있다는 관점이 후자이다. 바꿔 말하면 전자는 정통 문학 탄생 이전의 맹아적 단계를 두고 이르고, 후자는 정통 문학의 본격 탄생 이후 끊이지 않는 변천과 발전을 두고 이른다. 중국문학 탄생에 대한 본서의 탐구와 논술은 바로 이 같은 맥락으로 진행되고 있고, 그것은 분명 학문적 설득력을 확보하기에 모자람이 없는 준거(準據)로 평가될 만하다.

그리고 이 책의 논제(論題) 탐구는 문학작품 창작의 주체인 작가를 중심으로 이루어지고 있는데, 그 또한 고개를 끄덕이게 하는 점이 아

중국문학의 탄생

닐 수 없다. 한 편의 문학작품이 탄생하기 위해서는 당대(當代)의 시대나 사회 또는 문화 전반, 특히 문학 발전의 양상 등 객관적인 여건의 성숙과 그 뒷받침이 있어야 함은 두말할 나위가 없다. 하지만 그 어떤 경우에도 빼어난 문재(文才)를 지닌 작가의 출현이 없다면, 민간 문학은 물론이거니와 정통 문학의 탄생과 발전은 더더욱 기대할 수 없는 것이다. 이러한 견지에서 볼 때, 저자가 문학 탄생을 촉발시키는 여러 요소 가운데서도 특히 작가에 주목하여 탐색에 들어간 것은 분명 학문적 의의를 띤 방향 설정이요, 시도였다고 할 수 있다.

본서를 상재(上梓)하는 저자의 이렇듯 유의미한 노력은, 당연한 얘기지만 이제 중국문학의 탄생에 대한 우리의 이해를 높이게 될 것이다. 또한 나아가 중국문학 자체에 대한 사람들의 동경과 애호의 마음을 불러일으키게 하는 또 하나의 단초를 제공할 수 있을 것으로 기대해 마지않는다.

2016년 10월
울산대학교 중문학과 교수
박삼수

한 편의 아름다운 문학작품은 어떻게 탄
생했을까? 그것은 무(無)에서 유(有)로의 과
정이라는 점에서 별이나 생명체의 탄생과
도 같다. 2005년 6월 7일 미국항공우주국
(NASA)과 유럽우주국(ESA)은 엄청난 가스
폭발과 함께 새로운 별이 탄생하는 순간을
포착했다.

대마젤란운에서 생겨나는 'N63'이라는 이름의 별
(출처 『소년한국』).

실로 경이롭고 신비롭지 않은가. 문학작품이 탄생하는 순간은 어떨
까? 문학작품도 과연 위의 사진처럼 그 탄생하는 순간을 포착할 수 있
을까?

필자는 중국문학 속의 절묘하고 아름다운 표현들을 볼 때마다 이것이
중국문학이 탄생하는 그 순간일 것이라고 생각해본 적이 있다. 문학이
탄생하는 순간도 별과 생명체의 탄생만큼이나 경이롭고 신비롭다. 이

백의 시 「여산폭포를 바라보며(望廬山瀑布)」 제3구와 제4구를 보자.

飛流直下三千尺　아래로 삼천 척이나 곧장 날아 흐르니
疑是銀河落九天　은하수가 하늘에서 떨어지는 것은 아닌지

급전직하하며 떨어지는 폭포수를 하늘에서 은하수가 떨어지는 것으로 본 작가의 시상(詩想)이 경이롭지 않은가. 이처럼 짧은 시에도 별의 탄생과 같은 경이로움이 느껴진다.

천문학자들의 연구에 의하면 별은 자체에 생성된 중력으로 우주의 먼지와 가스를 빨아들여 탄생하는데 여기에 보통 수만 년이 걸린다고 한다. 문학작품의 탄생도 마찬가지일 것이다. 지금 우리가 보는 중국문학도 긴 역사적 시기를 거치면서 점진적으로 완성되었고, 그 한 편한 편의 작품은 작가가 설계한 길을 따라 탄생했다. 아울러 그 작품의 탄생에는 작가의 수양·경험·표현력 등의 요소들이 함께 녹아 있다. 작가가 보여주는 통찰력과 예술성은 읽는 이에게 경이로움을 준다. 우리는 여기서 문학의 탄생을 보게 된다.

유구한 중국문학의 역사에서 『시경』 이전까지는 문학 탄생의 준비기라고 할 수 있다. 이 시기에 갑골문·『주역』·『상서』 등에서 발달하기 시작한 문학성이 『시경』의 탄생에 큰 영향을 주었다. 『시경』은 기원전 1100년에서 기원전 600년, 즉 서주(西周) 초기에서 춘추(春秋) 중기까지의 민가와 악가 등으로 이루어져 있다. 전국(戰國) 말기에 나온 굴원(屈原)의 「이소(離騷)」는 남방의 민가를 토대로 '초사체(楚辭體)'라는 새로운 운문 형식을 탄생시켰다.

紃思心以爲纕兮　근심을 빙 둘러 띠로 만들고,
編愁苦以爲膺　시름과 고통을 엮어 속옷으로 만드네.

　굴원의 「비회풍(悲回風)」 중 한 구절이다. 작가의 몸이 근심·시름·고통에 휩싸여 있음을 묘사한 것으로, 그 감정 묘사의 정교함과 섬세함을 엿볼 수 있다. 전국 말기에 이미 고도의 표현 기교를 갖춘 이런 작품이 나왔다는 것이 놀라울 뿐이다. 이 형식은 훗날 7언시의 형성과 중국문학의 표현력 향상에 큰 영향을 끼쳤다. 문학과 철학에 지대한 영향을 끼친 『논어』·『노자』·『맹자』·『장자』 등도 이 무렵에 나왔다. 중국문학은 춘추전국시대에 이미 어떤 지역과 나라에서도 볼 수 없는 뛰어난 작품들을 탄생시켰다. 이후 중국문학은 이를 바탕으로 계속 발전하여 내용과 형식을 완비해나갔다. 시는 고시(古詩)에서 5언과 7언의 정형화된 격식이 형성되었다. 또 이 시체(詩體)를 바탕으로 송·원대에는 사(詞)와 곡(曲)으로 발전했다. 소설은 시보다 발달이 늦었지만 위진남북조의 지괴(志怪)소설을 시작으로 당대에는 전기(傳奇)소설로 발전하고, 송대에 오면 본격적으로 백화(白話)소설이 등장하기 시작했다. 그리고 명대에 우리가 잘 아는 『삼국연의』와 『수호지』 등의 장편소설들이 나왔다. 원대에 들어서야 체재를 갖춘 희곡은 잡극(雜劇)과 남희(南戲)를 시작으로 『두아원(竇娥寃)』·『서상기(西廂記)』·『비파기(琵琶記)』 같은 걸출한 작품을 탄생시켰다. 희곡은 명대에 전기(傳奇)로 발달하고 청대에는 경극과 지방의 다양한 연극으로 발전했다. 중국문학은 이런 긴 변화의 과정을 거치면서 끊임없이 작품들을 탄생시켜왔다.

우리나라에서는 중국과의 지정학적 관계 때문에 일찍부터 중국문학 작품을 받아들여 감상하고 연구해왔다. 중국문학 관련 연구가 날로 풍성해지고 있지만 아쉬운 것은 좀 더 근원적으로 중국문학이 어떤 과정을 거쳐 발생했으며, 그 작품들은 어떻게 탄생했는지에 대해서는 오히려 언급이 드물었다는 점이다. 일례로 현재 우리나라에서 나온 중국문학사를 보면 대부분이『시경』으로부터 기술을 시작하고 있다.[1] 그러나『시경』의 완비된 내용과 형식은 어느 날 갑자기 이루어진 것은 아닐 것이다. 이것은 이전 시대에서 이어져온 표현 기교가 끊임없이 향상된 결과이다. 따라서 그 이전 시대의 문헌을 통해 문학성이 어떻게 향상되어갔는지를 서술해야 할 필요가 있는 것이다.『시경』이전 시대의 대표적인 문헌이 은상대의 갑골문과『주역』·『상서』등이다. 제1부에서 언급하겠지만 갑골 복사에도 중국문학에 영향을 준 문학적인 표현과 양식이 보임에도 우리나라의 갑골문 연구는 주로 언어·문자 방면에서 이루어졌을 뿐 이들의 문학성을 조명한 것은 보기 드물었다. 또한 필자가 중국문학 작품의 탄생을 연구한 논문과 저술을 조사해본 결과 관련되는 저술은 손에 꼽힐 정도였다. 이홍진 교수가 번역한『중국 고전문학 창작론』(2000)은 문학 탄생의 관점이 아닌 문예이론들을 소개했고, 서경호 교수의『중국문학의 발생과 그 변화의 궤적』(2003)은 각 조

---

1   2000년대 이후로 나온 중국 문학사를 보면, 김학주의『중국문학사』(신아사, 2000)와 정범진의『중국문학사』(학연사, 2003) 등이『시경』부터 기술하고 있다. 이수웅의『중국문학사』(다락원, 2001)만이 '신화와 종교문학'이라는 제목을 두고『시경』이전의 문학 상황을 서술하고 있다.

대에 문학이 흥기하게 된 배경을 문학사적 관점에서 서술하였다. 관련 논문들 중에는 상대적으로 문학 탄생 이론을 다룬 것이 많았다. 곽노봉의 「'궁이후공'에 관한 연구」(1990)·심규호의 「문예심리학적 관점에서 본 '발분저서'」(1997)·노장시의 「한유의 '불평즉명'과 구양수의 '궁이후공'설에 관한 재론」(2006)·김지민의 석사학위 논문 「'발분저서'에서 '궁이후공'까지」(2009) 등이 여기에 속하는데 작가와 작품 연구에서 그 문학이론을 논한 것에 집중되어 있었다. 중국문학 연구에는 다양한 방법이 있겠지만 이들 연구는 미시적인 연구에 속한다고 하겠다.

이 책은 '탄생'이라는 주제로 중국문학 전체를 거시적 관점에서 조망해보고자 하였다. 즉 중국문학의 폭넓은 작가와 작품을 통해 중국문학이 탄생하는 과정을 설명해보고자 한다. 물론 한 작가와 작품을 통해서도 문학이 탄생되는 과정을 설명할 수 있겠지만 거시적인 관점에서 중국 문학가들에게서 나타나는 공통점을 도출해낼 때 좀 더 설득력을 갖게 되리라는 것이 필자의 생각이다.

이 책에서 말하는 '탄생'이라는 말은 두 가지 의미를 내포한다. 첫째는 기원적인 측면이다. 즉 생명체나 문학의 기원 내지 시작을 말하는 것이다. 이를테면 중국문학은 상고 시기 백성들이 노동에서의 피곤함을 잊기 위해 부른 가요나 춤에서 발생했다고 보는 것이다. 중국 학자 류다제(劉大杰)의 『중국문학발전사』(1997)는 예술의 기원이 노동에서 시작되었다고 했고, 우리나라에서 나온 중국 문학사 관련 저술들은 대부분 『시경』과 『서경』에서 중국문학이 시작되었다고 보고 있다. 또 몇 년 전에 나온 일본 작가 시오노 나나미(鹽野七生)의『문학의 탄생』(2009)도 그리스·로마 시기의 문학부터 서술하고 있어 이런 경향을 확인할 수 있다. 둘째는 현재적인 측면이다. 즉 생명체와 문학은 고대에서 지금까지 계속 탄생되고 있다는 점이다. 별은 지금도 우주에서 끊임없이 탄생되고 있고, 생명체 역시 지금도 계속 탄생되고 있다. 이 개념으로 보면 문학도 고대에서 지금까지 계속 탄생되고 있는 것이다. 이 책은 발생학적 측면과 현대적인 측면이라는 두 개념을 축으로 중국문학이 어떻게 발생했고, 발생한 이후에는 또 어떤 경로로 문학작품을 탄생시켰으며, 또 이로 어떤 문학 탄생 관련 주장들이 나왔는지를 탐구한다.

제1부는 기원적 측면의 논술로, 중국문학이 어떻게 발생하였는지를 탐구해본다. 이를 위해『시경』이전에 나온 문헌인 갑골문·『주역』등에 반영된 문학성을 통해 중국문학이 어떻게 발생되었는지를 살펴본다. 제2부는 현재적 측면의 논술로, 훌륭한 문학작품의 탄생에는 작가의 수양·경험·표현력이 복합적으로 작용하고 있다는 전제하에 이들이 문학작품의 탄생에 어떻게 작용하는지 살펴본다. 제1장은 작가의 수양을 가정교육·개인 수양·과거시험·주유천하로 나누어 이것이 중국 문학가들의 문학 창작에 어떤 영향을 끼쳤는지 살펴본다. 제2장은 작가의 경험을 이별·유배·망국·좌절·은거로 나누어 이런 경험이 문학작품에 어떻게 반영되어 훌륭한 작품의 탄생으로 연결되었는지 살펴본다. 제3장은 작가의 표현력으로 문학작품이 어떻게 탄생되는지 살펴본다. 이를 위해 중국문학에서 대표적으로 거론되는 표현 기법들을 통해 새로운 의미와 의경을 가진 작품이 탄생되는 경로를 살

펴본다. 수사학적 표현 기법은 작가에 따라 어떻게 사용되느냐에 따라 무궁무진한 의경을 나타낼 수 있는데, 이를 잘 활용해 새로운 문학 작품을 탄생시킨다는 것은 작가의 표현력을 잘 보여주는 것이라고 할 수 있다. 이런 전제하에 이 장에서는 중국문학에서 자주 사용되는 표현 기법인 전고(典故)·중의법(重義法)·첩자(疊字)·쌍성(雙聲)과 첩운(疊韻)·비유법·상징법·과장법·구어(口語)를 통해 작가의 표현력이 작품 탄생에 어떻게 작용하는지 살펴본다. 제4장에서는 문학작품의 창작 과정에서 제기된 문학 탄생 관련 주장을 살펴본다. 이를 위해 중국 문학사에서 대표적으로 거론되는 사마천(司馬遷)의 발분저서(發憤著書)설·한유(韓愈)의 불평즉명(不平則鳴)설·구양수(歐陽修)의 궁이후공(窮而後工)설과 여기에 주승작(朱承爵)의 시비고음불공(詩非苦吟不工)설·조익(趙翼)의 부도창상구편공(賦到滄桑句便工)설을 더하여 상호간의 차이와 공통점 및 그 특징을 서술한다.

차례

제1부

중국문학의 맹아

이 세상에서 갑자기 무(無)에서 유(有)로 태어나는 것은 없을 것이다. 하나의 생명체나 물질은 탄생하기 이전에 아주 길고도 복잡한 과정을 거친다. 사람의 탄생은 모친의 뱃속에서 10개월이라는 길고도 복잡한 과정을 거치고, 별의 탄생에는 수만 년 이상의 상상을 초월하는 시간이 걸린다. 이처럼 무언가의 탄생에는 긴 준비의 시간이 필요하다. 여기에는 중국문학도 예외가 아닐 것이다. 중국문학도 상고(上古) 시기부터 길고도 복잡한 역사적 시간을 거쳐 탄생되었다.

중국문학이 탄생한 역사적 시기를 정확하게 단정하기 어렵지만 국내와 중국에서 나온 중국 문학사를 봤을 때 중국문학은 보통 『시경(詩經)』에서 비롯된 것으로 본다. 『시경』의 뛰어난 사상성은 물론이고 가지런한 4언과 압운을 비롯한 다양한 수사기교는 여기에 수록된 시들이 단순한 민가의 단계를 넘어 일종의 문학작품으로서의 면모를 보여주기 때문이다. 『시경』이 서주(西周) 초기인 기원전 1100년에서 춘추(春秋) 중엽인 기원전 600년 사이에 지어진 것을 감안할 때, 그 이전의 중국인들은 이미 상당한 글쓰기 능력을 축적하고 있었던 것으로 보인다. 우리는 은(殷)나라 이전의 상고 가요·은나라의 갑골 복사(卜辭)·『주역(周易)』·『상서(尚書)』 등의 고대 문헌을 통해 이를 확인할 수 있다.

은(殷) 이전의 가요와 복사(卜辭)

1. 은나라 이전의 노래들

문학은 인류가 운반 · 사냥 · 채집 등의 각종 일에 종사하면서 짧게 흥얼거리는 구호성의 말이나 가요에서 기원하였다. 이런 구호성의 짧은 말과 가요들은 노동에서 힘을 모으고 피곤함을 잊기 위해 불렀다. 때문에 문학성과는 거리가 있었지만 필연적으로 일정한 리듬은 갖고 있었다. 이렇게 생겨난 리듬은 예술 영역에서 음악과 문학으로 탄생될 여지를 만들었다. 후에 구호성의 짧은 말과 가요들은 사람들의 입으로 전해지다 『상서』와 『여씨춘추(呂氏春秋)』같은 춘추전국시대의 일부 문헌에 기록으로 남았다. 우리는 이런 기록을 통해 중국문학이 탄생한 단서를 포착할 수 있다.

구호성의 짧은 말 '영차'

구호성의 짧은 말은 『여씨춘추』 「음사(淫辭)」에 관련된 기록이 있다.

> 지금 큰 나무를 드는 사람이 앞에서 '영차'라고 외치면, 뒤에서 도 이에 호응한다.
>
> (今擧大木者, 前呼'輿謣', 後亦應之.)

여기서 '영차(輿謣)'는 짧게 흥얼거리는 구호성의 말이다. 이 말은 무거운 물건을 운반할 때 사람들의 호흡을 맞추고 힘을 집중시킬 때 사용하는 말로, 짧지만 그 나름대로 리듬감이 있다.

최초의 가요 「임을 기다리네!」

기록으로 볼 수 있는 가장 이른 은나라 이전의 가요는 『여씨춘추』 「음초(音初)」에 보인다.

> 우가 치수 사업을 하러 가다 도산씨의 딸에게 장가들었다. 우는 그녀와 혼례를 올릴 틈도 없이 남쪽 땅으로 순시하러 갔다. 도산 씨의 딸은 자신의 시녀에게 도산의 남쪽에서 우를 기다리게 하고, 자신은 노래를 지어 "임을 기다리네"라고 불렀다. 이것이 최초로 지어진 남방의 소리이다.
>
> (禹行功, 見塗山之女. 禹未之遇而巡省南土. 塗山氏之女乃令其妾候禹於塗山之陽. 女乃作歌, 歌曰 : '候人兮猗!' 實始作爲南音.)

여기서 「임을 기다리네!(候人兮猗!)」가 도산씨(塗山氏)의 여인이 우(禹) 임금을 기다리며 지어 부른 노래이다. 이 노래는 낭군을 기다리는 한 여인의 하염없는 탄식을 보여준다. 의미가 없는 허사 "혜의(兮猗)"를 빼면 두 글자로 되어 있는 아주 짧은 노래이다. 그 리듬이 어떠했는지 알 길은 없으나 노래로 불렸기 때문에 분명히 일정한 리듬이 있었을 것이다.

사냥 과정을 묘사한 「탄궁의 노래」

또 『오월춘추(呂氏春秋)』(권9)의 「탄궁의 노래」에는 이런 노래가 실려 있다.

> 斷竹 대나무를 자르고,
> 續竹 대나무를 이어보세.
> 飛土 흙을 쏘아,
> 逐宍 고기를 쫓아보세.

이 짧은 노래는 대나무로 탄궁을 만드는 과정과 사냥감을 쫓는 과정을 생동감 있게 묘사했다. 형식적으로도 2언의 간단하고 가지런한 리듬을 유지하고 있다. 특히 탄궁을 쏠 때 "흙을 쏘아 (飛土)"라고 한 것과 짐승을 "고기(宍)"로 표현하고 이를 쫓는 표현은 흥미롭다. 이로 봤을 때 「탄궁의 노래」는 형식적 측면뿐만 아니라 내용적 측면도 상당히 고려한 것으로 보인다.

신의 가호를 비는 노래 「사사」

이외에 『예기(禮記)』 「교특생(郊特牲)」에도 신농씨(神農氏) 때 지어졌다고 전하는 「사사(蠟辭)」 한 곡이 수록되어 있다.

土反其宅!　　제방에 아무런 일 없게 하시고,
水歸其壑!　　물이 범람하지 않게 하시고,
昆蟲毋作!　　병충해가 일어나지 않게 하시고,
草木歸其澤!　초목들이 밭에 생기지 않도록 해주소서.

'사(蠟)'는 고대 한 해에 풍성하게 수확한 것으로 연말에 신이나 종묘에 감사의 제사를 올리는 것을 말한다. 이 노래는 각종 재난으로부터 신의 보우를 비는 노래여서 문학작품과는 거리가 있다. 그렇지만 앞의 구호성의 말인 '영차(輿譹)'와 2언의 「임을 기다리네(候人兮猗)」보다는 4언의 가지런한 형식에 문장구조가 같아 리듬감이 더욱 강하게 느껴진다.

이상에서 보듯 은나라 이전의 상고 가요는 임을 그리는 모습·사냥하는 모습·제사를 지내는 모습 등으로 내용이 아주 풍부하다. 이 밖에 당시 상당히 많은 구호성의 말과 가요가 있었을 것으로 짐작되나 우리에게 전하는 확실한 기록들은 이것밖에 되지 않는다. 은나라 이전에는 구호성의 말인 '영차'와 가요인 「임을 기다리네」처럼 2언의 리듬을 가진 짧은 말이나 「탄궁의 노래」와 「사사」까지에서 보듯 문장이 길어지고 리듬이 강해졌으며, 의미도 더욱 생동감 넘치게 변했음을 확인할 수 있다. 문자가 없던 시절 중국문학은 이처럼 구호성의 짧은 말과 가요로 문학 탄생에 필요한 요소들을 차근차근 구비해나갔다.

2. 은상대의 복사

갑골문의 발견과 연구

상고 시기의 구호성의 짧은 말과 노래는 일정한 의미와 리듬을 갖고 있어 문학 탄생에 단초를 제공했다는 점에서 의미가 있었다. 그러나 이것은 우리가 생각하는 문학과는 거리가 멀었고 구두로 전해지다 후대 문헌에 기록된 것이었다. 실질적으로 중국문학이 문자로 기록되기 시작한 것은 갑골문(甲骨文)으로 알려진 복사(卜辭)에서부터였다. 복사란 점을 친 것을 거북의 등딱지나 소뼈에 새긴 문자 기록을 말한다. 내용은 주로 점을 본 날짜와 사건이고, 간혹 점을 친 사람 이름도 기록되어 있다.

갑골문은 청나라 때인 1899년에 북경에서 국자감좨주(國子監祭酒)를 지냈던 왕의영(王懿榮, 1845~1900)에 의해 처음으로 발견되었다. 1899년 이전 하남성(河南省) 안양현(安陽縣) 소둔촌(小屯村)의 북쪽과 원하(洹河) 이남의 논밭에서 갑골문이 끊임없이 발견되

왕의영 갑골문을 처음으로 발견하고 소장한 인물. 자는 정유(正儒), 산동성 복산현(福山縣) 출신. 1880년에 진사 급제하여 한림편수(翰林編修)를 제수받았으며 후에 국자감좨주(國子監祭酒)를 지냈다. 경자년, 의화단(義和團)이 북경과 천진을 공격할 때 경사단련대신(京師團練大臣)을 역임했다. 8개국의 연합군이 북경을 공격할 때 처자식과 함께 우물에 투신 자살했다. 금석문에도 조예가 깊어 『한석존목(漢石存目)』·『고천선(古泉選)』 등을 남겼다.

유악 자는 철운(鐵雲), 강소성 단도(丹徒) 출신. 1876년 남경(南京)의 향시에 응시했다가 낙방하고 금석학·의학·점복 등을 공부했다. 1880년부터 태주학파(泰州學派)에 심취했다. 1893년 총리아문(總理衙門) 시험에 합격하여 지부(知府)가 되었으나 그해 모친상을 당해 낙향으로 돌아갔다. 1899년에 발견된 갑골문의 가치를 인지하고 왕의영이 수집한 갑골문을 사들여 『철운장귀(鐵雲藏龜)』를 펴내 갑골문 연구에 지대한 공헌을 했다. 1903년에는 『노잔유기(老殘遊記)』를 지었다. 1907년 정부미를 사사로이 매매했다는 죄목으로 체포령이 내려져 도피 생활을 하다 1908년 체포되고, 신강(新疆)으로 유배되어 그곳에서 사망했다.

손이양 자는 중용(仲容), 호는 주경(藕廎), 절강성 서안(瑞安) 사람. 1867년에 거인(擧人)에 급제하였으나 후에 예부(禮部)에서 주관하는 회시(會試)에 다섯 번이나 낙방하자 더 이상 벼슬길에 나아가지 않고 저술 활동에 종사했다. 경학·사학·문자학·고고학에 이르는 저서 30여 편을 남겼으며 특히 『계문거례(契文擧例)』는 갑골문자학의 시조로 일컬어진다. 그의 학술적 성취로 인해 유곡원(兪曲園)·황이주(黃以周)와 함께 "청나라 말기의 절강 삼선생(淸末浙江三先生)"으로 불리고 있다.

었다. 현지 농민들은 이것을 '용골(龍骨)'이라고 부르며 약방에 팔았다. 약방은 다시 이 용골들을 북경에 갖고 가서 6문(文) 정도의 싼 가격에 팔았다. 1899년 고문자에 조예가 깊었던 왕의영은 병으로 약을 먹다가 갑골에 새겨진 고문자를 처음으로 발견했다. 왕의영은 이것이 보통의 문자가 아님을 직감하고 약방으로 사람을 보내 이 용골들을 모조리 사들여 연구를 시작했다. 왕의영은 1년여 동안 1,500편이나 되는 갑골을 수집했으나 1900년 가을 팔국(八國) 연합군이 북경을 침입했을 때 사망했다. 그가 죽은 후 자손들이 부채를 해결하려고 가산을 파는 과정에서 왕의영이 소장하고 있던 대부분의 갑골문은 『노잔유기(老殘遊記)』의 저자인 유악(劉鶚, 1857~1909)에게 넘어갔다. 유악 역시 계속 갑골을 수집하여 1~2년 사이에 5천여 편을 모았다. 1903년 유악은 소장하고 있던 갑골 가운데 1,058편을 뽑아 탁본을 떠서 갑골문을 수록한 첫 번째 책인 『철운장귀(鐵雲藏龜)』를 편찬했다.

손이양(孫詒讓, 1848~1908)은 1904년에 『철운장귀』에 실린 갑골문을 근거로 갑골문을 연구한 첫 번째 저작인 『계문거례(契文擧例)』를 썼고,

나진옥 자는 숙언(叔言), 호는 설당(雪堂), 강소성 회안(淮安) 사람. 은허(殷墟)와 돈황(敦煌)에서 발굴된 새로운 자료의 가치를 인식하여 그 수집과 정리에 큰 공헌을 했으며, 특히 『은허서계(殷墟書契)』는 근대적인 인쇄로 간행된 최초의 갑골문자 도록집으로, 그 해설서인 『은허서계고석(殷墟書契考釋)』과 함께 갑골학 연구의 기초를 닦았다는 평가를 받는다. 1919년 귀국한 후 폐위당한 황제 부의(溥儀)의 스승으로 있으면서 폐기될 위기에 처한 명·청 시대의 국가자료들을 보존했다. 대표적 저작으로 『나설당선생전집(羅雪堂先生全集)』 7편이 있다.

왕국유 자는 정안(靜安), 호는 관당(觀堂), 절강성(折江省) 해녕(海寧) 사람. 초창기에는 철학과 문학을 연구하다 독일의 유심주의 철학과 자산계급 문예 사상에 심취했다. 1903년 통주(通州)·소주(蘇州) 등지에서 교편을 잡고 철학·심리학·논리학을 강의하다가 1907년부터 중국 사(詞)와 희곡 연구에 종사하여 문학계에 큰 영향을 끼쳤다. 신해혁명(辛亥革命, 1913) 때부터는 중국 고대 역사자료·옛 기물·고문자학·음운학의 고증에 종사했고 특히 갑골문·금문과 한(漢)·진(晉) 시대 간독(簡牘)의 고증과 해석에 힘을 쏟았다. 지하(地下)의 역사자료를 통해 문헌 사료를 교정해야 한다고 주장하여 역사학계에 큰 반향을 불러일으켰으나 1927년.북경 이화원(頤和園)의 곤명호(昆明池)에 투신 자살했다. 저작으로는 『정안문집(靜安文集)』·『인간사화(人間詞話)』·『송원희곡사(宋元戲曲史)』·『관당집림(觀堂集林)』 등을 비롯한 62종이 있다.

이후 나진옥(羅振玉, 1866~1940)과 왕국유(王國維, 1877~1927)가 갑골문 485자를 해독해내는 동시에 고증을 통해 갑골문이 상(商)나라의 군주 반경(盤庚)이 안양(安陽), 즉 은(殷)으로 천도하고 나서부터 은의 마지막 왕인 제을(帝乙) 시기 동안의 유물임을 밝혀냈다. 이 네 사람의 노력으로 갑골문 연구는 점차 하나의 새로운 학문으로 자리 잡게 되었다.

갑골 복사에 문학성이 존재하는가

갑골 복사가 문학성을 갖고 있느냐와 갑골 복사에 문학작품이 존재하느냐는 줄곧 학자들의 논란거리가 되어왔다. 지금까지의 논쟁을 보면 대체로 세 가지로 요약할 수 있다.

첫째, 갑골 복사를 문학 연구에 이용할 수는 있으나 문학작품의 존재를 부정한 경우이다. 이 경우는 양공지(楊公驥)와 탕란(唐蘭)이 대표적이다. 양공지는『중국문학(中國文學)』(吉林人民出版社, 1980년)에서 "독특한 격식의 문체를 갖고 있다"고 인정하면서도 "복사는 문학작품이 아니다"라고 했다. 탕란은『복사시대의 문학과 복사문학(卜辭時代的文學和卜辭文學)』(『淸華大學學報』, 1936년 제3기)에서 "복사는 문학사에서 중요한 위치에 있다"라고 인정하면서도 "복사는 문서이지 순수한 문학이 아니다"라고 했다.

둘째는 갑골 복사에 문학작품은 존재하지만 그 문학성은 부정한 경우이다. 이 경우는 루칸루(陸侃如)와 펑위앤쥔(馮沅君)이 대표적이다. 이 두 사람은『중국문학사간편(中國文學史簡編)』(開明書店, 1932)에서 "그 자체로 문학적인 의미는 없다"라고 하면서도 "간단하고 소박한 옛 노래를 갖고 있다"라고 했고, 아울러 "중국 시가사상 가장 이르고 가장 믿을 수 있는 작품"이라고 여겼다.

셋째, 갑골 복사는 문학성도 갖고 있고 문학작품도 존재한다는 경우이다. 이 경우는 라오종이(饒宗頤)와 야오샤오수이(姚孝遂)가 대표적이다. 라오종이는『어떻게 갑골복사를 심도 깊게 정독하고 "복사문학"을 이해할 것인가(如何進一步精讀甲骨卜辭和認識"卜辭文學")』(成功大學中文系編, 1992년)에서 "문학성"도 있고 "문학작품"도 있다고 하면서 "점이라도 문학을 발전시킨 일종의 유형이다"라고 여겼다. 야오샤오수이는「논갑골각사문학(論甲骨刻辭文學)」(『吉林大學社會科學學報』, 1963년 제2기)에서 "문학작품"이 존재할 뿐만 아니라 더 나아가 "갑골 복사에는 문학과 관련 있는 풍부한 자료들뿐만 아니라 일정한 유서 형식을 갖춘 문학작품이 존재하는데 사람들이 알아차리지 못했을 뿐이다"라고 했다.

이 세 가지 견해를 종합하면, 갑골 복사의 문학성과 문학작품의 존재 여부에 대해서는 의견의 차이가 있지만 갑골 복사를 중국문학의 기원 내지 일원으로서는 연구할 수 있다는 공통점이 있다. 우리나라에서는 갑골문 연구가 언어 · 문자의 측면에서 주로 다루어지고 있는 실정이어서 갑골 복사의 문학성에 대해서는 아직 심도 깊은 논의는 없는 듯하다. 이 때문인지 우리나라의 중국 문학사는 갑골문 시기보다 아래인 서주 초기의『시경』부터 일반적으로 기술되고 있다. 만일 갑골문의 복사에 문학성이 존재한다면 우리나라의 중국 문학사는 은상대로 소급하여 기술되어야 할 것으로 보인다. 필자는 갑골 복사의 기록은 시기적으로『시경』시기의 바로 이전에 해당하기 때문에 그 문학성과 문학작품의 존재 여부를 떠나 그 서사 체계와 발달된 문법 체계는 중국문학의 탄생에 일정한 영향을 끼쳤다고 본다. 아래에서 은상대 복사의 서사 체계와 문법 체계가 어떻게 문학성을 발생시켰고, 이로 나타나는 복사의 운문적 요소와 산문적 요소를 살펴보자.

중국문학을 배태한 복사의 서사 체계

보통 중국 운문은 운율성과 함축성이 뛰어나다고 말한다. 다른 작품은 말할 것도 없고 중국문학의 기원으로 보는『시경』만 봐도 운율성과 함축성이 뛰어난 작품들이 많이 보인다. 고대 중국인들은 이르면 서주 초기에 늦으면 춘추시대에 이미 고도의 형식미를 갖춘 작품들을 완성하였던 것이다. 지금 우리가 보는 『시경』의 정형화된 체제는 과연 하늘에서 그대로 떨어진 것일까? 모든 탄생이 길고 복잡한 역사적 과정을 거쳐 이룩된다고 본다면, 중국문학도 결국 『시경』 이전에 문학 탄생을 위한 길고도 복잡한 준비 과정을 거쳤을 것이다. 그러나 아쉽게도 우리가 문자로 확인할 수 있는 가장 이른 시기는 갑골문의 시대인 은상대이다. 필자는 은상대의 복사와 그 서사 체계 속에 후대 문학의 기원이 되는 요소들이 숨겨져 있다고 본다. 물론 갑골문보다 더 이른 문자 체계가 발견된다면, 중국문학의 기원은 이보다 더 소급되어야 할지 모른다. 현재로선 가장 이른 문자 체계인 갑골문을 통해 중국문학의 기원을 찾을 수밖에 없을 것이다. 우선 아래에서 복사의 서사 체계와 특징이 중국문학의 탄생에 어떤 영향을 끼쳤는지 몇 가지로 나누어 탐색해보자.

첫째, 갑골문의 '상형(象形)', 즉 모양을 본뜨는 특징이 중국문학의 함축성을 배태했다. 모양을 본뜬다는 것은 일정한 그림의 형태로 의미를 전달하는 것을 말한다. 예를 들어, 갑골문의 '⚒'는 수레를 의미한다. 위쪽의 수레 손잡이와 아래의 두 바퀴를 통해 이 그림이 수레라는 것을 알 수 있다. 또 '▦'는 입을 의미하는 □ 안에 네 개의 치아가 있는 모습을 통해 이 그림이 사람의 치아라는 것을 알 수 있다. 갑골문에는 이처럼 단순한 모양을 나타내는 글자뿐만 아니라 복잡하고 추상적인 일이나 의미를 나타내는 글자도 있다. 예를 들어, '🜸'는 '들을 문(聞)'을 의미한다.

제1부 중국문학의 맹아

사람의 입과 귀를 그리면서 귀를 크게 그려 사람들이 듣고 있는 것을 나타냈다. '盡'는 '다할 진(盡)'을 의미한다. 이 글자는 항아리 안에 식량이 다해 도구로 항아리 안을 깨끗이 씻었음을 나타낸다. 갑골문은 이런 의미를 가진 상형자의 배열을 통해서 의미를 전달한다. 갑골문은 상형문자로 간단한 의미에서 복잡한 의미까지 전달할 수 있다. 이들의 합리적인 배열로 문장이 생겨난다. 당시의 중국인들이 '聽'와 '盡'로 '듣다'와 '다하다'라는 의미를 나타낸 것은 이미 추상적이고 함축적인 사유가 이루어졌음을 보여준다. 그들은 이런 체계로 의미가 전달되는 것을 깨닫고 복잡하고 추상성을 띤 문자들을 계속 만들어나갔다. 아래의 갑골 복사를 보자.

왼쪽은 곽말약의 『복사통찬』에 수록된 은나라 무정 때의 복사의 원판이고, 오른쪽은 이를 그대로 옮긴 모습.

위의 복사를 지금의 한자로 바꾸면 '왕어(王漁)'이다. 복사의 '왕'자는 부월(斧鉞)을 옆으로 둔 모양으로 군사적인 권위를 상징하기 때문에 임금을 의미한다. '어'자는 누가 봐도 물고기들이 하천에서 유유히 노니는 것임을 알 수 있다. 그렇다면 '왕'과 '어'로 되어 있는 이 복사의 의미는 무엇일까? 이 두 글자는 임금이 하천에서 물고기를 잡는 것을 의미한다. 상고 시기 식량의 확보라는 측면에서 물고기를 잡는 활동은 아주 중요한 의미가 있었다. 물론 '어'의 현대적인 의미는 "물고기를 잡는" 것이기 때문에 이 구절은 더 쉽게 이해될 수 있을 것이다. 그러나 '왕어' 두 글자로 '임금이 물고기를 잡는다'는 의미를 전달한 것에는 의미 파악에 약간의 상상력을 발휘해야 할 여지가 있다. 우리는 그림을 통해 많은 글자를 쓸 필요 없이 깊은 의미를 전달할 수 있음을 알고 있다. 필자는 여기서 함축성이 강한 중국문학의 초창기 모습이 나온 것으로 생각한다. 은상대 중국인들은 이러한 상형문자를 통해 문자가 갖는 함축성을 인지해나갔다.

둘째, 갑골문은 4단 형식의 일정한 형식을 갖고 있는데 이 점은 중국문학의 형식에 영향을 끼쳤다. 주지하듯 갑골문은 점을 보고 이를 거북등이나 소뼈에 새긴 문자이다. 새길 때 아무렇게나 새기지 않고 일정한 형식을 거쳤다. 탕란에 의하면, 하나의 완전한 복사는 네 부분, 즉 서사(敍辭)·명사(命辭)·점사(占辭)·험사(驗辭)로 구성되어 있다.[1] '서사'는 점을 본 시간과 점을 본 사람을 기록한다. '명사'는 점을 쳐서 묻는 내용을 기록한다. '점

---

1   唐蘭, 『卜辭時代的文學和卜辭文學』, 『清華大學學報』 第3期, 1936年. 689쪽.

사'는 임금이 점괘를 보고 내린 판단을 기록한다. '험사'는 점을 본 후에 점괘에 맞은 사실을 기록한다. 경우에 따라 이 중 한두 개가 빠지는 경우도 있다. 이런 복사의 기록 방식은 문학 형식과는 거리가 있는 것이지만 당시 사람들은 이미 문자 기록에서 형식적인 면을 고려했음을 알 수 있다. 즉 문자를 기록할 때는 어떤 일정한 형식을 고려해야 한다는 점을 인식했던 것이다. 이 점은 이후에 나온 『주역』도 이에 영향을 받은 것으로 보인다. 『주역』의 완비된 괘사와 효사도 보통 '수(數)'·'상(象)'·'사(事)'·'점(占)' 네 부분으로 구성된다. 복사와 『주역』이 같을 수는 없겠지만 최소한 후대에 나온 『주역』도 복사처럼 형식적인 부분을 상당히 고려했음을 알 수 있다. 따라서 중국문학의 형식을 중시하는 특징은 갑골문의 형식에서부터 유래했을 가능성이 있는 것이다.

셋째, 거북등과 소뼈는 글자를 새길 때 면적의 제한을 크게 받기 때문에 문자는 필연적으로 핵심적이고 간단명료한 특징을 갖는다. 현재 은허(殷墟)에서 발굴된 가장 큰 거북 등딱지는 길이가 44센티미터에, 너비가 약 35센티미터이다. 보통은 길이가 20센티미터이고, 제일 작은 것은 길이가 11.3센티미터에 너비가 5.2센티미터에 지나지 않는다. 이처럼 좁은 거북 등딱지에 점을 기록하기 위해서는 문자를 핵심적이고 간략하게 기술해야 했다. 또한 거북 등딱지는 딱딱해서 칼로 새기기가 여간 쉽지 않았다. 현재 발굴된 갑골문을 보면 획이 날카롭고 거친데, 이것은 딱딱한 거북 등딱지에 글자를 새기기가 쉽지 않았음을 보여준다. 때문에 점을 치는 정인(貞人)은 수고를 덜기 위해서라도 핵심적이고 간략한 내용으로 글자를 새겨야 할 필요성이 있었다. 이 과정에서 정인은 문장을 다듬고 가꾸려는 노력을 기울였을 것이다. 여기서 갑골문의 핵심적이고 간단명료한 특징이 생겨났다.

문법으로 본 갑골 복사의 표현력

갑골 복사는 점을 친 것을 기록한 문자이지만 그 속에 상당히 발달된 문법 체계를 갖고 있다. 현재 학자들의 연구에 의하면 갑골 복사에는 총 11개의 품사가 있다. 여기에는 실사(實詞)에 해당하는 명사·동사·형용사뿐만 아니라 허사(虛詞)에 해당하는 부사·전치사·접속사 등도 있다. 문장성분으로는 주어·술어·목적어·관형어·부사어·보어 등 우리가 잘 아는 개념들이 모두 보인다. 갑골 복사는 이들이 어우러져 다양하고 복잡한 문장구조를 만들어낸다. 우리는 이러한 고도로 발달한 복사의 문법 체계를 통해 이것이 복사의 문학성을 구비해나갈 수 있는 조건을 만들었음을 엿볼 수 있다. 이곳에서 복사 문법을 다 살펴볼 수는 없기 때문에 복사 문법에서 문학성의 형성에 영향을 줄 수 있는 몇 가지 특징만 뽑아 서술해본다.

첫째, 한 글자가 갖는 다의적 특징이 갑골 복사의 수식 관계와 의미 관계를 확장해주었다. 갑골 복사에는 하나의 단어가 문장에서 여러 가지 역할을 하는 경우가 있다. 이를테면 '전(田)'자의 경우 '밭'이라는 명사적 의미와 '사냥하다'라는 동사적 의미를 갖는 것이다. 이러한 특징은 그 용법을 구분하기 위해 문장에서 수식과 의미 관계에 변화를 일으킨다. 이 과정에서 복사의 표현력이 향상된다. 복사에서 자주 보이는 '우(雨)'자를 보자.

(1) 계해일 비가 옵니까? 그날 저녁 비가 내렸다.
　　(癸亥雨? 之夕雨.)

　　　　　　　　　　『은허서계속편(殷墟書契續編)』4.6.2

(2) 큰 비를 만나지 않고, 작은 비를 만나지 않습니다.
　　(不遘大雨 不遘小雨.)

　　　　　　『은계수편(殷契粹編)』997, 1002, 1004 강정(康丁) 복사

(3) 또 많은 비가 내렸다.
　　(亦雨多雨.)

　　　　　　　　『고방이씨장갑골복사(庫方二氏藏甲骨卜辭)』717

　(1)의 두 개의 '우(雨)'자가 "비가 내리다"라는 동사로 쓰인 반면, (2)의 두 개의 '우'자는 '비'라는 명사로 쓰였다. (3)의 경우는 앞쪽의 '우'자는 동사, 뒤쪽의 '우'자는 명사로 쓰였다. 특히 '우'가 명사로 쓰일 때는 (2)와 (3)의 경우처럼 그 앞에 늘 동사가 오고, 또 동사와 '우' 사이에 수식성분이 들어올 수도 있다. 즉 '우우(雨雨)'라고 해놓고 '비가 내리다'라고 하지 않는다는 것이다. '우우', 이 구조는 의미상 확실히 혼동의 여지가 있다. 이렇게 되면서 문장 내에 형용사가 동사를 수식하는 간단한 수식 관계가 만들어졌다. 이번에는 전치사로 사용되는 '우(于)'자를 보자.

(1) 각(殻)이 점을 쳤다 : 왕이 호 땅에 가서 머물겠습니까?

(☐殼貞 : 王往次于虍?)

『갑골문합집(甲骨文合集)』 6131

(2) 물이 들어온다는 것을 상갑에게 알렸다.

(告水入于上甲.)

『은계수편』 148

(1)의 '우(于)'는 장소를 나타내는 '호(虍)'와 결합하여 '~에서'의 의미로 쓰였고, (2)의 '우'는 인명을 나타내는 '상갑(上甲)'과 결합하여 '~에게'의 의미로 쓰였다. 같은 '우'자를 사용했음에도 뒤쪽에는 서로 다른 성분이 왔는데, 이것은 의미 관계가 확장된 것이다. 이것은 다의어적 특징을 가진 단어들이 문장에서 다양한 문법적 역할을 수행하면서 야기한 것으로, 갑골 복사가 문학성을 구비해나가는 데 중요한 역할을 하였다.

둘째, 형용사의 역할이 다양해 폭넓은 수식 관계를 만들었다. 주지하듯 형용사는 문장에서 명사성 성분인 주어와 목적어를 꾸며주는 역할을 하기 때문에 문학성의 형성에 큰 역할을 한다. 갑골 복사의 형용사는 상태(大·小·高 등)·수량(多·少)·색깔(黃·白·黑 등)·성질(吉·利·老 등)을 나타내는 단어로 나눌 수 있는데 그 수량은 많지 않은 편이다. 그 이유를 천멍자(陳夢家, 1911~1966)는 『은허복사종술(殷墟卜辭綜述)』에서 "복사 자체의 성질과 형식에 제한을 받았다(是限於卜辭本身的性質與形式)"[2]라고 했

---

2   陳夢家, 『殷墟卜辭綜述』, 中華書局, 1988年. 104쪽.

다. 갑골 복사에 형용사가 발달되지 않았다는 것은 복사의 문학성이 그만큼 성숙되지 못했다는 반증이 될 수 있다. 그러나 복사에 나오는 형용사의 용법은 현대 중국어의 형용사 용법과 상당히 흡사하다. 복사의 형용사를 분석해보면 관형어와 부사어 모두 될 수 있어 그 표현력이 아주 뛰어남을 알 수 있다.

　여기서 주목할 것은 형용사가 명사를 꾸며주는 관형어 역할을 할 때이다. 가장 일반적인 경우는 명사 앞에 하나의 형용사가 와서 명사를 꾸며주는 것이다. 앞의 예문 '대우(大雨)'·'소우(小雨)'·'다우(多雨)'가 이런 경우이다. 복사의 형용사는 여기서 더 나아가 두 개의 형용사로 명사를 꾸며주기도 한다. 여기에는 두 가지 상황이 있다. 하나는 병렬 관계를 이루어 뒤의 명사를 함께 수식하는 경우이다. 예를 들어 "구신가(舊新家)"(『갑골문합집』 28001)에서 '가(家)'는 명사로 중심부이고, '구(舊)'와 '신(新)'은 형용사로 명사 '가'를 함께 수식한다. 이때 '구'와 '신'은 병렬 관계에 있다. 이 경우 '구가(舊家)' 내지 '신가(新家)'라고 하는 것보다 의미상으로 "가"에 대한 표현이 더 풍부해졌음을 볼 수 있다. 또 다른 하나는 명사 바로 앞에 오는 형용사가 먼저 '관형어+중심부'의 관계를 형성하고, 그 앞에 또 다른 형용사가 와서 이 '형용사+명사'와 '관형어+중심부' 관계를 형성하는 것이다. 예를 들어 "신대성(新大星)"(『갑골문합집』 11503)에서 '성(星)'은 명사로 중심부인데, 바로 앞의 '대(大)'와 '관형어+중심부' 관계를 이루고, 또 그 앞의 '신(新)'이 이 '형용사+명사'인 '대성(大星)'을 수식하는 것이다. 이 경우는 관형구를 수식하는 다층 구조로 되어 있는데 갑골 복사의 문장구조가 그리 단순한 것만은 아님을 엿볼 수 있다. 갑골 복사의 형용사는 동사를 수식하는 부사어의 역할도 할 수 있다.

  (1) 계미일에 쟁이 점을 쳤다 : 다음 해의 1월에 천제께서 (천둥의 신에게) 번개를 치라고 크게 명하겠습니까?

  (癸未卜, 爭貞 : 生一月帝其弘令雷?)

『갑골문합집』 14128

  (2) 갑신일에 점을 쳤다 : 을사일에 악의 대뢰에서 요 제사를 지내는데, 비가 조금 오겠습니까?

  (甲辰卜 : 乙巳其燎于岳大牢, 小雨?)

『갑골문합집』 33331

  (1)은 형용사 '홍(弘)'이 동사 '령(令)'을 꾸며주고 있고, (2)의 경우 동사로 쓰인 '우(雨)'를 형용사 '소(小)'가 꾸며주고 있어 형용사가 동사를 수식해주는 부사어 역할을 하고 있음을 확인할 수 있다. 이 밖에 갑골 복사의 형용사는 그 자체로 술어가 될 수 있고 부사나 전치사구의 수식도 받을 수 있다. 이런 점들은 갑골 복사가 문학성을 구비하는 데 충분한 토대를 갖춰나갔음을 보여준다.

  셋째, 술어와 목적어가 취할 수 있는 성분이 풍부해져 표현력이 향상되었다. 갑골 복사의 기본 문형은 '주어+술어+목적어'이다. 예를 들면 "왕이 토방을 쳤다(王伐土方)"(『은허서계속편』 3·9·1)와 같은 경우이다. 여기에는 단순히 술어와 목적어가 하나씩 오는 것이 아닌 다양한 변화가 보인다. 먼저 술어를 본다. 술어는 보통 동사가 충당하는데, 하나의 주어에 두 개의 동사가 나란히 와서 구체적으로 의미를 전달하기도 한다.

(1) 왕이 공방을 치러 갔다.

（王往伐邛方.）

『은계수편』 1095

(2) 각이 점을 쳤다 : 왕이 호 땅에 가서 머물겠습니까?

（▨殻貞 : 王往次于屯?）

『갑골문합집』 6131

(3) 계미일에 점을 쳐 물었다 : 왕에게 10일 내에 재앙이 없겠습니까? 12월에 제 땅에 머물고, 왕이 인방을 치러 왔다.

（癸未卜, 貞 : 王旬亡禍? 在十二月, 在齊次, 唯王來征人方.）

『갑골문합집』 36494

(1)은 동사 '왕(往)'과 '벌(伐)'이 나란히 나와 '공방(邛方)'을 치러 갔음을 나타냈고, (2)는 동사 '왕(往)'과 '차(次)'가 나란히 나와 '호(屯)' 땅에 머물렀음을 나타냈다. (3)은 동사 '래(來)'와 '정(征)'이 나란히 나와 '인방(人方)'을 정벌하러 왔음을 나타냈다. 동사의 연용은 동사 하나를 쓸 때보다 상황을 더 구체적으로 묘사할 수 있다는 특징이 있다. 목적어에도 변화가 나타났는데 명사만 오는 것이 아닌 구도 목적어로 올 수 있었다.

(1) 태갑에게 공방이 나갔음을 알렸다.

（于太甲告[邛方出].）

『은허서계후편(殷墟書契後編)』

(2) 상갑에게 물이 들어왔음을 알렸다.

(告[水入]于上甲.)

『은계수편』 148

(3) 후에게 시방을 쳤음을 알렸다.

(侯告[伐尸方].)

『은계수편』 1187

위의 예문에서 [ ] 부분은 모두 구로써 목적어가 된 경우이다. (1)의 '공방출(邛方出)'과 (2)의 '수입(水入)'은 '주+술' 구조가 목적어가 된 경우이고, (3)의 '벌시방(伐尸方)'은 '술+목' 구조가 목적어가 된 경우이다. 이로 보면 명사 목적어를 사용하는 것보다 목적어의 묘사가 더욱 풍부해지고 다양해졌음을 알 수 있다. 목적어는 동사 앞쪽으로도 갈 수 있었다.

(1) 점을 쳤다 : 조신은 나를 해치지 않을 것이다.

(貞 : 祖辛不我害.)

『갑골문합집』 95

(2) 정미일에 점을 쳐 물었다 : 소 열 마리를 사용해도 됩니까?

(丁未卜, 貞 : 惠十牛用?)

『갑골문합집』 4762

(1)은 목적어 '아(我)'가 동사 '해(害)' 앞쪽에 있고, (2)는 목적어 '십우(十牛)'가 동사 '용(用)' 앞에 있다. 보통 목적어가 동사 앞으

로 가는 경우는 목적어를 강조할 필요가 있을 경우인데 이때는 문장에 상당한 수사미가 느껴진다. 이처럼 술어와 목적어의 다양한 변화는 그만큼 갑골 복사의 표현 영역이 확장되었음을 보여주는 사례이다.

넷째, 복잡한 구조의 문장들은 복사가 문학성을 구비해나가고 있음을 보여준다. 복사에는 주술구·술목구·관형구·부사구 같은 다양한 문형들이 보인다. 이들은 하나의 문장에서 동시에 등장하여 더욱 다양하고 복잡한 문형들을 만들었다. 이것은 확실히 복사의 표현력을 크게 끌어 올린 부분이다. 아래의 문장을 보자.

흰 소 두 마리를 써야 합니까?
(白牛惠二?)

『갑골문합집』 29504

이곳에서 '백우(白牛)'는 주어 부분으로, 관형어+중심부로 된 관형구이고, '혜이(惠二)'는 술어 부분으로 '부사어+위어'로 이루어진 부사어이다. 갑골문에서 '혜(惠)'는 보통 강조의 어기를 나타내는 부사로 본다. '이(二)'는 수사이나 이곳에서는 '둘이 되다'라는 동사로 쓰였다. 네 글자로 된 짧은 문장에도 주어와 술어를 포함하여 이들을 수식하는 관형구와 부사구가 내재되어 있다. 이번에는 좀 더 긴 문장을 보도록 하자.

공방도 우리 서쪽 비 땅의 밭을 침략했다.

(邛方亦侵我西鄙田)

『갑골문합집』 6057

　이 문장은 갑골 복사의 표현력이 어느 정도로 발달했는지 잘 보여준다. 문장은 기본적으로 '공방이 밭을 침략했다(邛方+侵+田)'인데 여기에 부사어 '역(亦)'이 오고, 관용어인 '아서비(我西鄙)'가 '전'을 수식하여 일의 정황을 더욱 구체적으로 표현하고 있다. 갑골문의 문장들에서는 상술한 두 가지뿐만 아니라 아주 다양한 구조를 문장들을 볼 수 있는데 이 역시 갑골문의 표현력이 상당한 수준에 올라와 있음을 보여준다.

　이상의 특징들은 갑골 복사의 표현력을 보여주는 극히 일부의 자료이다. 이를 통해서도 우리는 갑골 복사의 표현력이 상당히 발달했고, 그 문학성도 필연적으로 구비되어갔음을 짐작할 수 있다.

복사에 나타난 운문적 요소

　복사는 기본적으로 임금과 점을 치는 정인(貞人) 간에 이루어진다. 임금이 어떤 일에 대해 점을 칠 것을 요구하면 정인은 임금의 명을 받들어 점을 친다. 점을 치는 방법은 중국 학자 샤오아이(蕭艾)의 소개에 의하면 이렇다.

　　점을 주재하는 사람이 "오늘 비가 오나이까?"를 앞서 창하면, 점을 거들어주는 정인은 이를 이어 "서쪽에서 비가 오나이까?",

"동쪽에서 비가 오나이까?" 라고 읊조린다. ……이렇게 창하고 호응하면 신에게 비는 제사가 끝났음을 선고한다.

(主卜者領唱"今日雨"時, 陪卜的貞人遂接着念 : "其自西來雨?", "其自東來雨." ……如此一唱互和, 祈求之祭宣告完畢.)[3]

　이렇듯 정인들은 점을 칠 때 주문을 외우듯 끊임없이 대사를 중얼거리는데 이때 그가 하는 말에는 강한 리듬감과 신비로운 색채가 묻어 있다. 그들의 이런 행동들은 옆에서 보는 사람들에게 그들이 신통한 능력의 소유자라는 인식을 심어주고 점의 결과에 권위를 부여한다. 정인은 점을 다 본 후에는 갑골에 점을 친 결과를 점을 칠 때 주문을 외웠던 것처럼 기록한다. 이때 기록된 복사는『시경』과 비교해서 의미적으로 깊지 않고 형식도 불규칙한 모습을 보인다. 하지만 정인이 점을 칠 때 나타나는 리듬감 있고 시적인 색채를 갖는 '신통한' 말들은 어느 정도 문학성을 띤다. 이런 복사의 문학성이『시경』의 출현에 선도적인 역할을 했다. 시적 특징을 가진 복사들은 비를 바라거나 사냥을 하거나 도시를 건설하는 데 길일을 택하거나 하는 등의 내용에서 다양하게 보인다. 먼저 비를 기원하는 복사를 본다.

今日雨?　　　오늘 비가 올까요?
其自西來雨?　서쪽에서 비가 올까요?
其自東來雨?　동쪽에서 비가 올까요?

3　　蕭艾,『卜辭文學再探』,『殷都學刊』1985年 增刊, 245~250쪽.

원래 세 조각으로 나누어져 있던 것을 곽말약이 하나로 합친 모양. 곽말약은 『복사통찬』에서 위의 그림과 같은 모양으로 합쳐 제375편이라고 번호를 붙였다.

곽말약 중국 현대의 저명한 시인이자 갑골문의 대가. 본명은 곽개정(郭開貞)이고 말약(沫若)은 필명. 사천성 악산(樂山) 사만(沙灣)에서 태어났고, 일본 규슈(九州) 제국대학교를 졸업했다. 1921년 최초의 신시집(新詩集) 『여신(女神)』을 발표했고, 1930년에는 『중국고대사회연구』를 지어 큰 반향을 불러일으켰다. 1948년 국공내전(國共內戰) 때 고고학과 갑골문을 연구하여 큰 성취를 이뤘다. 갑골문 관련 저서로는 『복사통찬(卜辭通纂)』이 있고, 『갑골문합집(甲骨文合集)』의 편찬을 주도했다.

其自北來雨?　북쪽에서 비가 올까요?

其自南來雨?　남쪽에서 비가 올까요?

『복사통찬(卜辭通纂)』375

　이 부분은 갑골 복사에 드물게 보이는 완전한 기록이다. 내용은 당일에 비가 오는지를 묻는 내용으로 어느 방향에서 비가 올 것인지를 차례로 묻는 것이다. 이 복사에서 문학적인 성향은 찾아보기 어려우나 글자가 다섯 글자씩 가지런하고, 2·3·4·5 구절의 세 번째 글자만 바뀌고 있어 리듬감이 뛰어나다. 이 복사는 최소한 형식적으로 문장을 꾸민 것 같은 느낌을 준다. 앞서 살핀 상고 가요와 비교하면 확연히 발전된 모습이라고 할 수 있다. 곽말약(郭沫若, 1892~1978)은 이 복사를 보고 "비가 오는 것을 동서남북 방향으로 물은 것이 정말 기이하다(一雨而問其東西南北之方向, 至可異)"[4]라고 찬탄한 바 있다. 여기서 흥미로운 것은 이 복사가 『시경』 「주남(周南)」에 수록된 「질경이(芣苢)」라는 시와 형식이 아주 흡사하다는 것이다.

　采采芣苢,　질경이를 캐고 캐자,

4　馬如森, 『殷墟甲骨文引論』, 東北師範大學校出版社, 1993年, 141쪽에서 재인용.

제1부 중국문학의 맹아

薄言采之.　캐어 오자

采采芣苢,　질경이를 캐고 캐자,

薄言有之.　듬뿍 캐자.

采采芣苢,　질경이를 뜯고 뜯자,

薄言掇之.　듬뿍 뜯자

采采芣苢,　질경이를 뜯고 뜯자,

薄言捋之.　듬뿍 뜯자.

采采芣苢,　질경이를 캐고 캐어,

薄言袺之.　치마 앞에 싸 오자.

采采芣苢,　질경이를 캐고 캐어,

薄言襭之.　앞치마에 싸 오자.

　시를 보면 '채(采)'·'유(有)'·'철(掇)'·'랄(捋)'·'결(袺)'·'힐(襭)' 여섯 개의 동사만 바뀌고 나머지 구식은 완전히 똑같다. 이는 '서(西)'·'동(東)'·'북(北)'·'남(南)'만 바뀐 위의 갑골 복사와 구식이 완전히 일치한다. 「질경이」 시가 내용이나 형식적으로 보다 발전된 모습을 보이지만 문형만으로 봤을 때는 복사의 형식과 모종의 관계를 가지고 있을 것으로 추측된다. 이번에는 사냥과 관계된 복사를 살펴본다.

　　有兕才行,　무소가 큰 길 앞에 있는데,

　　其左射獲?　그 좌측을 쏴 잡을 수 있나이까?

　　　　　　　　　　　　『갑골문합집』 24391

이 부분은 활로 무소의 좌측을 쏘아 맞출 수 있는지를 묻는 내용인데 4언의 가지런한 시를 연상시킨다. 이렇게 4언으로 된 것은 정인이 기록할 때 분명히 리듬감을 염두에 두고 지었을 것이다. 사냥과 관계된 또 다른 복사를 본다.

翌日壬,　　　다음 날 임(壬)일,

王其田協,　　임금께서 협(協)에서 사냥하시는데,

乎西有麋興,　서쪽에서 사슴 떼가 나타나면,

王于之擒?　　임금께서 잡을 수 있나이까?

『둔남(屯南)』641

이 부분은 자수가 3 · 4 · 5 · 4로 리듬감이 풍부하다. 특히 셋째 구절 '흥(興)'자의 사용이 아주 흥미롭다. 이 '흥'자는 두 가지 의미로 볼 수 있다. 첫째는 '일어나다'라는 의미이다. 이로 해석하면 사슴 떼가 놀란 나머지 일어나 흩어지는 의미를 보여준다. 둘째는 '풍성하다'라는 의미이다. 이로 해석하면 사슴들이 무리 지어 있는 모습을 말한다. 어느 것으로 보든 의미가 잘 통한다고 하겠다.

이번에는 도읍을 건설하는 데 길일을 잡는 복사를 보자.

王有石,　　임금께 멋진 돌이 있는데,

在鹿北東,　산기슭 동북쪽에 있나이다.

作邑于止?　이곳에 도읍을 지어야 하나이까?

作邑于鹿?　산기슭에 도읍을 지어야 하나이까?

王有石,　　임금께 멋진 돌이 있는데,

在鹿北東,　　산기슭 동북쪽에 있나이다.

作邑于止?　　이곳에 도읍을 지어야 하나이까?

『갑골문합집』1305

　이 부분은 마치 한 편의 시를 보는 것 같다. 전체 문장이 두 단락으로 나누어져 있고 자수도 각 구절이 3~4글자를 유지하면서 위의 "오늘 비가 올까요(今日雨)" 복사와 마찬가지로 문장을 중복하여 강한 리듬감을 갖고 있다. 이로 보건대 이 복사는 고도로 꾸며진 문장으로 보인다.

　이상에 보면, 복사는 『시경』에 비해 사상성은 떨어지지만 나름대로 시적인 특징을 갖고 있었던 것으로 보인다. 이는 문장을 중복한 것과 자수가 일관된 것에서 잘 나타난다. 다만 복사의 사상성이 떨어지는 이유는 정인이 점을 친 결과를 기록하는 것이라 여기에 개인의 자유로운 생각을 반영하기가 지극히 어려웠기 때문인 것으로 짐작된다. 그렇더라도 복사에 나타난 시적 문형들은 최소한 형식상에서 『시경』의 작품들에 근접해가고 있음을 확인할 수 있다.

복사에 나타난 산문적 요소

　이번에는 긴 형식의 복사를 통해 갑골 복사의 산문적 요소들을 살펴보자.

　　계미일에 점을 쳤다. 殸이 점을 쳐 "열흘 동안 재앙이 없나이까?"라고 물었다. 임금이 판단하여 "이때에도 재앙은 없다"라고

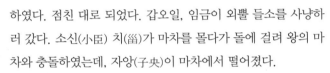

하였다. 점친 대로 되었다. 갑오일, 임금이 외뿔 들소를 사냥하러 갔다. 소신(小臣) 치(甾)가 마차를 몰다가 돌에 걸려 왕의 마차와 충돌하였는데, 자앙(子央)이 마차에서 떨어졌다.

(癸巳卜, 𣪊貞 : 旬無囧? 王固曰 : 乃兹亦有祟, 若偁. 甲午, 王往逐兕, 小臣甾車馬硪𩇩王車, 子央亦墜.)

『갑골문합집』 10405 정(正)

소의 어깨뼈에 새긴 무정 시기의 복사(현재 중국역사박물관 소장)

이 내용은 무정(武丁) 시기 소의 커다란 어깨뼈에 새겨진 복사의 일부분이다(그림 참조). 이 복사에는 세 개의 점을 친 내용이 나오는데, 그 내용은 열흘 동안 발생한 재난과 불길한 일들을 각각 기록하고 있다. 위의 내용은 무정이 사냥을 나갔다가 마차끼리 충돌하여 아들 자앙(子央)이 마차에서 떨어지는 과정이 잘 표현되어 있어 갑골 복사의 뛰어난 표현력을 엿볼 수 있다. 특히 "임금이 외뿔 들소를 사냥하러 갔다(王往逐兕)~자앙이 마차에서 떨어졌다(子央亦墜)"까지의 문장은 지금의 문장과 비교해도 손색이 없다.

위의 복사를 탁본한 모양.

계미일에 점을 쳤다. 정인이 10일 내에 재해가 있을지를 물었다. 때는 1월이었다. 저녁 무렵 태양이 기울어질 때 비가 동쪽에서 내린다. 아홉째 신미일의 새벽에 북쪽에서 구름이 몰려와 번개가 끊임없이 친다. 큰 바람이 서쪽에서 구름을 쳐서 결국 비가 내린다. 날은 어두워져 해가 보이지 않는다. ……

(癸亥卜, 貞旬, 一月. 昃雨自東. 九日辛未文采, 各雲自北, 雷延, 大風自西刺雲, 率[雨], 晦, 蔑日. ……)

『갑골문합집』 21021

이 문장은 다양한 날씨 변화를 아주 생동감 있게 묘사했다. 특히 '뇌연(雷延)'의 묘사가 뛰어나다. '끌다'를 의미하는 '연(延)'자로 번개가 계속 치고 있음을 나타냈다. '대풍자서불운(大風自西制雲)'도 표현이 절묘하다. '불(制)'은 칼로 치는 것을 뜻한다. 따라서 이 말은 바람이 뒤에서 구름을 치듯 몬다는 의미인데, 그만큼 세찬 구름이 몰려온다는 것을 나타낸다. 이 표현은 지금의 문학적인 표현과 비교해도 손색이 없다. 복사의 이런 생동감 있는 표현들은 『상서』·『주역』을 거쳐 『시경』으로 이어지는 중국문학의 탄생에 표현력을 크게 증가시켜주었음은 의심의 여지가 없다.

서주(西周) 이전의 문헌

1. 『주역(周易)』과 『상서(尙書)』

『주역』은 언제, 어떻게 이루어졌나

복사 이후 『시경』이 나오기까지 중국문학 탄생에 교량 역할을 한 문헌이 『주역』이다. 『주역』의 저작 연대를 구지강(顧頡剛)·위 융량(余永梁)·리징츠(李鏡池) 등은 주나라 초기로 봤고, 현재는 상말주초(商末周初)에 지어진 것으로 보고 있다. 종합하면 『주역』 은 대략 상나라 말기나 주나라 초기에 나온 것이 된다. 이 시기 는 『시경』의 탄생 바로 직전이다. 따라서 『주역』의 문학성을 살피 는 것은 복사에서 이어져온 문학성이 『시경』의 탄생에 어떻게 작 용했는지를 이해하는 데 아주 중요하다.

『주역』은 『역경(易經)』과 『역전(易傳)』으로 구성되어 있다. 『역경』 은 64괘와 이에 따르는 괘사(卦辭)와 효사(爻辭)로 이루어져 있다.

매 괘 아래에 괘상(卦象)을 설명하는 글을 괘사라 하고, 한 괘는 6효(爻)로 구성된다. 매 효 아래에도 이를 설명하는 말이 있는데 이를 효사라고 한다. 완비된 괘사와 효사는 통상 '수(數)'·'상(象)'·'사(事)'·'점(占)'으로 구성된다. 예를 들어, 「대과(大過)」구이(九二)를 보면 "고목이 된 버드나무에 다시 싹이 돋고, 늙은 홀아비가 젊은 후처를 얻으니, 이롭지 않음이 없다(枯楊生梯, 老夫得其女妻, 無不利)"라고 되어 있다. 여기서 '구이(九二)'는 음양과 육위의 수이고, '고양생제(枯楊生梯)'는 '상', '노부득기여처(老夫得其女妻)'는 '사', '무불리(無不利)'는 '점'이다. 『역전』은 이를 설명하는 10편의 문장으로 이루어져 있다. 이 10편의 문장을 '십익(十翼)'이라고도 한다. 십익은 춘추 말기에서 전국 중기까지의 사관(史官)이나 유가학파의 인물들이 쓴 것으로 알려져 있다.

이제부터 중국문학의 탄생 과정을 유추해나갈 때 시기적으로 앞서는 『역경』의 괘사와 효사를 집중적으로 살펴보겠다.

『주역』의 괘사와 효사에 담긴 문학적 요소

『주역』은 점서(占書)의 성격을 띠고 있지만 그 속에 담긴 내용은 일상생활에 관한 것에서부터 정치·종교·역사 등에 이르기까지 다양하다. 또한 그 다양한 내용과 사상들을 설명하기 위해 비유·대우·상징과 같은 표현 기교들이 활용되고 있다. 이 표현 기교들은 복사에서는 보던 것보다 훨씬 발전한 것이었다. 아래에서 몇 가지 시적 특징을 가진 구절을 살펴보자.

(1) 乘馬班如,　　말을 타고 머뭇거리고,

　　泣血漣如.　　피눈물 물결치듯 흐른다.

둔(屯) · 상륙(上六)

(2) 輿說輻,　　　수레에서 바퀴살이 빠진 것처럼,

　　夫妻反目　　부부가 반목한다.

소축(小畜) · 구삼(九三)

(3) 明夷于飛,　　어둠 속을 날아가는 새,

　　垂其翼.　　　그 날개가 처져 있다.

　　君子于行,　　군자가 길을 떠나,

　　三日不食.　　삼일을 먹지 못했다.

명이(明夷) · 초구(初九)

　　(1)은 피눈물을 줄줄 흘리는 것을 물결치는 것에 비유했는데 아주 생동감이 넘친다. (2)는 부부가 반목하는 것을 수레에서 바퀴가 빠진 것에 비유한 점이 뛰어나다. 이 문장은 수레와 바퀴의 관계를 부부 관계에 비유하여 수레에서 바퀴가 빠지는 것이 부부가 틀어지는 것, 즉 반목하는 것과 같다고 했다. (3)은 한 편의 시를 보는 것 같이 유려한 느낌을 준다. 이 구절은 제1구와 제2구의 비유를 통해 제3구와 제4구의 핵심 의미를 전달했는데, 그 표현 기교가 앞의 단순하게 비유한 구절보다 한층 더 세련된 느낌을 준다. 게다가 짝수 구의 '익(翼)'과 '식(食)'은 압운까지 되어 있어 표현 기교가 상당히 뛰어난 문장이다. 이 구절을 『시경』 「소아(小雅)」에 나오는 「홍안(鴻雁)」과 비교해보면 어느 정도로 『시

제1부 중국문학의 맹아

경』에 근접해 있는지 알 수 있다.

> 鴻雁于飛,　기러기 날아가며,
> 肅肅其羽.　파닥파닥 날개 치네.
> 之子于征,　우리들은 길 떠나,
> 劬勞于野.　들판에서 고생하네.

　의미가 (3)의 구절과 유사하고 자수도 (3)의 둘째 구절이 3언
인 것을 제외하면 모두 4언으로 일치한다. 이처럼『주역』의 괘사
와 효사에 보이는 구절들은 표현 기교나 자수 등에 있어서『시
경』에 상당히 가까워진 모습을 보여준다.『주역』에는 또 비유와
압운을 한 문장 외에도 완벽하게 대구를 이루는 문장도 보인다.

> (1) 枯楊生梯,　　마른 버들에 싹이 나니,
> 　老夫得其女妻.　늙은 남편이 아내를 얻고,
>
> > 대과(大過) · 구이(九二)
>
> 　枯楊生華,　　마른 버들에 꽃이 피니,
> 　老婦得其士夫.　늙은 아내가 남편을 얻는다.
>
> > 대과 · 구오(九五)

> (2) 女承筐,　아내는 광주리를 들고 있으나
> 　無實.　텅 비었고,
> 　士刲羊,　남편은 양을 잡았지만
> 　無血.　피가 흐르지 않는다.
>
> > 귀매(歸妹) · 상륙(上六)

(1)은 첫째 · 둘째 구절이 자수나 의미상으로 셋째 · 넷째 구절과 정확하게 대구를 이루고 있다. 그리고 첫째와 셋째 구절은 비유를 통해 셋째 · 넷째 구절의 의미를 전달하고 있다. 대구를 이루면서 비유를 통해 의미를 전달하는데 표현 기교가 고도로 발휘된 문장이라고 할 수 있다. (2) 역시 첫째 · 둘째 구절이 셋째 · 넷째 구절과 정확하게 대구를 이룬다.

이상의 예문을 통해 『주역』의 괘사와 효사는 복사에 비해 모든 면에서 확연히 발전된 모습을 보인다. 『주역』에는 복사에서 볼 수 없었던 비유 · 대구 · 압운 등의 문학성을 보여주는 중요한 표현 기교들이 활용되고 있다. 다만 이들 표현 기교가 활용되는 방식은 『시경』에 비해서는 다소 초보적이다. 비유만 보더라도 은유보다는 직접적인 비유 방식이 많이 사용되고, 압운도 괘사와 효사 전체에서 나타나지 않는다. 또한 자수는 4언 형식이 많이 보이나 3~5구에 이르는 격식도 많아 4언 위주인 『시경』만큼 완전히 통일된 모습을 보이지 않는다.

『상서』에 나타난 문학적 요소

중국 문헌 중에 가장 오래된 『상서(尙書)』에도 문학성을 가진 구절이 보인다. 『상서』는 크게 우서(虞書) · 하서(夏書) · 상서(商書) · 주서(周書) 네 부분으로 나누는데, 이 중 우서 · 하서 · 주서 는 전국시대 내지 한대에 나온 것으로 판명되었기 때문에 여기서는 참고하지 않겠다. 상서에는 「탕서(湯誓)」 · 「반경(盤庚)」 · 「고종융일(高宗肜日)」 · 「서백감려(西伯戡黎)」 · 「미자(微子)」 다섯 편이 있는데,[1] 이 중 「반경」을 빼고 모두 후인들이 지은 것으로 알려져 있다. 따라서 「반경」 한 편만 은상대 문헌으로 볼 수 있고, 우리가 중국문학의 탄생 이전의 상황을 파악하는 데 참고자료로 활용할 수 있다. 이곳에서 상말주초의 문헌인 『주역』과 함께 놓는 이유는 「반경」이 반경 시대의 일을 기술하고 있지만 이 글이 반경 이후의 사관에 의해 기록되었다는 점 때문이다. 『사기(史記)』 「은본기(殷本紀)」에 따르면, 반경의 뒤를 이은 소신(小辛) 임금 때 나라가 다시 쇠퇴하자 백성들이 반경을 그리워하여 「반경」 3편을 지었다고 하였다. 이로 보면 「반경」은 반경 이후에 지어진 것임을 알 수 있다. 또한 「반경」의 표현 기교로 봤을 때도 복사 시대의 문장과는 확연한 차이를 느낄 수 있다. 소신 때 「반경」이 지어졌더라도 후에 사관들이 전하는 과정에서 문자에 변화가 나타날 것이다. 류다제(劉大杰)도 「반경」에 보이는 문자는 대략 주나라 초기의 사관이 전대의 자료에 근거해 정리해낸 것이라고 하였다.[2] 주나라 초기의 문헌이라면 『주역』이 나온 시기와 대략 일치하기 때문에 여기에서는 『상서』의 「반경」편을 『주역』과 함께 다루었다.

「반경」은 상나라의 개국 임금 성탕(成湯)의 10대손이자 상나라 20대 군주인 반경이 은상의 부흥을 위해 국도를 은(殷)으로 옮기

---

1 현전하는 『상서』에는 총 17편의 문장이 수록되어 있다. 본편에서 말하는 '다섯 편'은 상나라 때의 문장을 잘 보존하고 있다는 『금문상서(金文尚書)』에 수록된 편수이다.
2 劉大杰, 『中國文學發展史』, 上海古籍出版社, 1984年. 20~21쪽.

려고 신민들에게 천도의 당위성을 강력하게 설명하는 글이다. 상·중·하 3편으로 된 긴 글로, 이 가운데 문학성이 잘 발휘된 구절이 있다.

(1) 넘어진 나무의 그루터기에서 새 움이 돋아나듯, 하늘은 우리가 이 새로운 도읍에서 영원히 살아나가, 선왕의 대업을 계속 잇게 하고, 천하를 평화롭게 만들어주실 것이다.

(若顚木之有由蘗, 天其永我命于玆新邑, 紹復先王之大業, 底綏四方.)

(2) 짐은 불을 보듯 경들의 행동을 환하게 보고 있소.(子若觀火.)

(3) 들판에 큰 불이 났는데, 가까이 가지 않는다면 어떻게 불을 끌 수 있겠소?

(若火之燎于原, 不可嚮邇, 其猶可撲滅?)

(1)은 새로운 도읍지로의 천도를 그루터기에서 새 움이 돋아나는 것에 비유한 문장으로 도읍지를 옮겨 새롭게 시작하려는 반경의 의도를 잘 보여준다. (2)는 '명약관화(明若觀火)'의 유래가 되는 말로, 도읍지를 옮기고 싶지 않은 신하들의 마음을 반경이 환하게 꿰뚫어 보고 있음을 불의 밝음에 비유한 말이다. (3)은 나라의 안위에 문제가 있음에도 문제의 핵심에 다가가 고치지 않고 방관하는 신하들의 자세를 비판한 말로, 그 비유가 아주 날카롭다. 「반경」편은 천도의 당위성을 설득하는 문장이기 때문에 여러 가지 비유의 말이 동원되었다. 또한 형식상 긴 산문체를 유지하고 있어 상당히 발달된 문장 형식을 보여준다.

2. 『시경(詩經)』

『시경』은 언제, 어떻게 이루어졌나

　서주 이전 상고시대의 가요 · 갑골 복사 · 『주역』 · 『상서』에서 향상된 표현력을 흡수하여 본격적인 중국문학의 탄생을 알린 작품이 『시경』이다. 『시경』은 중국문학에서 가장 오래된 시가집으로, 서주 초기인 기원전 1100년에서 춘추 중엽인 기원전 600년에 이르는 500여 년간의 시 305수를 수록하고 있다. 이 시들은 원래 지금의 황하 중하류 지방에서 불리던 민가로, 국풍(國風) 160수 · 소아(小雅) 74수 · 대아(大雅) 31수 · 송(頌) 40수로 이루어져 있다. 국풍은 각 지역의 민가로 대부분 남녀의 정을 노래하고 있다. 대아와 소아는 연회할 때 부르던 노래의 가사로, 국풍보다는 형식적이고 설교적이다. 송은 성덕(盛德)을 찬미하는 내용이다.

『시경』의 내용적 특징

　『시경』은 남녀의 사랑을 노래한 시에서 심각한 사회현실을 풍자한 노래까지 그 내용이 다양하다. 남녀의 사랑을 노래한 작품만 봐도 그리움 · 갈등 · 짝사랑 등으로 또한 다양하게 나타난다. 「진펄의 뽕나무(隰桑)」를 보자.

　　　隰桑有阿,　　아름다운 진펄의 뽕나무,
　　　其葉有難.　　잎새가 무성하네.
　　　既見君子,　　우리 님을 만났으니,
　　　其樂如何?　　즐거움이 어떠하겠나?

隰桑有阿,　　아름다운 진펄의 뽕나무,
其葉有沃.　　잎새가 야들하네.
旣見君子,　　우리 님을 만났으니,
云何不樂?　　어찌 즐겁지 않으리?

隰桑有阿,　　아름다운 진펄의 뽕나무,
其葉有幽.　　잎새가 더부룩하네.
旣見君子,　　우리 님 만났으니,
德音孔膠.　　굳은 언약을 하네.

心乎愛矣,　　마음으로 사랑하거늘,
遐不謂矣?　　어찌 고하지 않으리?
中心藏之,　　마음속에 품고 있거늘,
何日忘之?　　어느 날인들 그를 잊으리?

시에는 진펄의 뽕나무를 매개로 임을 만나 사랑을 고백하려는 한 여인의 설레는 마음이 잘 나타나 있다. 1·2·3단락의 첫째와 둘째 구절은 주위의 배경을 노래하고, 셋째와 넷째 구절은 여인의 마음을 보여주는데 주위 경물이 여인의 기쁜 마음과 잘 어울려 있다. 이 부분만으로도 시의 작가가 작품의 내용을 잘 고려했음을 엿볼 수 있다. 4단락은 이 시의 결말이다. 이렇게 긴 시의 내용은 복사나 『주역』에서 볼 수 없을뿐더러 시의 전체적인 구성이 일관된 것이 어느 중국 고전 시에 뒤지지 않는다.

『시경』의 형식적 특징

『시경』은 형식적으로도 『주역』과 『상서』보다 표현 기교들이 더

욱 능숙하게 사용되고 있다. 일례로『시경』「위풍(魏風)」의「큰 쥐
(碩鼠)」를 보자.

碩鼠碩鼠,　　큰 쥐야 큰 쥐야
無食我黍.　　우리 기장 먹지 마라.
三歲貫女,　　삼 년 너를 섬겼는데
莫我肯顧.　　나를 돌보지 않는구나!
逝將去女,　　이제 너를 떠나
適彼樂土.　　저 즐거운 땅으로 가련다.
樂土樂土,　　즐거운 땅 즐거운 땅이여!
爰得我所.　　거기 가면 내 편히 살 수 있겠지!

碩鼠碩鼠,　　큰 쥐야 큰 쥐야
無食我麥.　　우리 보리 먹지 마라.
三歲貫女,　　삼 년 너를 섬겼는데
莫我肯德.　　나를 봐주지 않는구나!
逝將去女,　　이제는 너를 떠나
適彼樂國.　　저 즐거운 나라로 가련다.
樂國樂國,　　즐거운 나라 즐거운 나라여!
爰得我直.　　거기 가면 내 바르게 살 수 있겠지!

碩鼠碩鼠,　　큰 쥐야 큰 쥐야
無食我苗.　　우리 곡식 먹지 마라.
三歲貫女,　　삼 년 너를 섬겼는데
莫我肯勞.　　나를 위해주지 않는구나!
逝將去女,　　이제는 너를 떠나
適彼樂郊.　　저 즐거운 고장으로 가련다.

樂郊樂郊,　즐거운 고장 즐거운 고장이여!
誰之永號.　거기엔 긴 한숨 없으리라!

　이 시는 위정자를 향한 한 편의 간절한 호소를 보는 듯하다. 8구씩 세 단락으로 된 이 형식만 봐도 전대에는 찾아보기 어려운 형식이다. 뿐만 아니라 시 속에는 다양한 표현 기교들이 활용되고 있다. 첫째, 시 전체가 4언의 가지런한 형식을 유지하고 있다. 『시경』의 시들은 2~8언까지 다양한 변형을 보이나 기본적으로 4언 형식으로 되어 있다. 『시경』의 4언은 7,300여 구 중에 6,700여 구로 전체의 92%를 차지하는데 상고 가요와 복사가 2~5언으로 일정하지 않은 것과는 차이가 있다. 둘째, 과감한 비유의 형식을 취하고 있다. 시에서 '큰 쥐(碩鼠)'는 말할 것 없이 백성들의 곡식과 재산을 착취하는 탐관오리를 가리킨다. 당시 백성들이 탐관오리들의 수탈에 얼마나 시달렸는지를 잘 알 수 있다. 셋째, 압운(押韻)이 되어 있다. 『주역』의 괘사와 효사에는 가끔씩 압운을 쓴 문장이 보이나 『시경』에는 전편에 걸쳐 압운을 쓰고 있다. 이 시만 봐도 매 단락마다 운자가 바뀐다. 첫째 단락의 운자인 서(黍)·고(顧)·토(土)·소(所)는 '~u' 내지 '~uo'로 끝나는 운자이고, 둘째 단락의 운자 맥(麥)·덕(德)·국(國)·직(直)은 '~k'로 끝나는 입성운(入聲韻)이며, 셋째 단락의 운자 묘(苗)·로(勞)·교(郊)·호(號)는 '~ao'로 끝나는 운자이다. 이렇듯 매 단락 운자를 바꾸며 운율미를 더해주었다. 넷째, 매 단락에서 몇 글자만 바꾸어 반복적으로 읊고 있다. 이는 중복을 통해 시의(詩

意)를 강조하면서 강력한 리듬감을 형성해 시의 의미를 분명하게 전달한다. 이 시뿐만 아니라 「벌단(伐檀)」·「진유(溱洧)」·「무의(無衣)」 등도 이런 형식을 취하고 있다. 이 밖에도 『시경』에 보이는 대표적인 문학 장치들로는 글자를 중첩시켜 소리·모습·사물 등을 형용한 것이 있다. 소리를 형용한 것으로는 유명한 "구욱구욱 물수리(關關雎鳩)"·"찌르르 베짱이 울고(喓喓草蟲)"·"메에메에 사슴들이 울며(呦呦鹿鳴)"·"꼬꼬 하는 닭 울음소리 들리고(鷄鳴膠膠)" 등이 있고, 모습을 형용한 것으로는 "싱싱한 복숭아 나무(桃之夭夭)"·"버드나무 가지 푸르렀네(楊柳依依)"·"화사한 꽃이 피었네(灼灼其華)" 등이 있으며, 모습을 형용한 것으로는 "도꼬마리 캐고 또 캐고(采采卷耳)"·"가는 길 차마 발이 안 떨어짐은(行道遲遲)"·"뽕 따는 이들이 유유히 지내는 곳이니(桑者閑閑)" 등이 있다. 또한 쌍성(雙聲)과 첩운(疊韻)도 많이 보인다. 쌍성의 예로는 "참치(參差)"·"지주(蜘�躕)"·"정탄(町疃)" 등이 있고, 첩운의 예로는 "과라(果裸)"·"요조(窈窕)"·"최외(崔嵬)" 등이 있다. 이러한 대표적인 표현 기교들이 활용된 것만 봐도 『시경』이 충분한 문학성을 갖고 있음을 확인할 수 있다.

『시경』에서 탄생한 중국문학

『시경』에는 다양한 표현 기교들이 활용되고 있지만 『시경』의 시들은 진정한 문학작품으로서는 한계가 있었다. 먼저 『시경』의 시들은 기본적으로 민가나 왕실의 연회·의식이나 종묘에서 제사지낼 때 불렀던 노래여서 작가가 전문적으로 구상하고 지은 작품과는 거리가 있다. 둘째, 형식적으로 정형화된 틀을 보이지 않는다. 예를 들어『시경』에 수록된 시들의 자수는 기본적인 4언 형식 외에도 2~9언에 이르는 다양한 변화를 보인다. 한대 이후에 나온 시들이 5언과 7언에서 거의 벗어나지 않는 것과는 대조된다. 압운도 구절마다 압운한 경우, 한 구절 건너 압운한 경우, 운자를 교차하는 경우 등으로 다양하게 나타난다.

생명체나 물질은 탄생 때부터 완벽한 모습을 갖추는 것은 아닐 것이다. 갓 태어난 아기를 보면 모든 방면에서 미숙하고 긴 성장의 시간을 거쳐야 비로소 완벽한 사람으로서의 모습이 갖춰진다. 문학의 탄생도 그렇다.『시경』이 중국문학의 탄생을 알리는 작품이지만 그 처음부터 문학작품으로서 모든 면을 완벽하게 갖출 수는 없었다. 그렇지만 모든 역사가 점진적인 변화의 과정을 거쳐 완성되듯 중국문학의 역사 역시 이런 과정을 밟았다.『시경』에서 탄생한 중국문학은 시대의 발전과 문인들의 자각으로 본격적인 문학으로 발전하기 시작했다.

제 2 부

중국문학의 탄생

갑골 복사·『주역』·『상서』 이후 『시경』에서 형태를 갖추기 시작한 중국문학은 이를 발판으로 산문과 운문에서 내용과 형식을 완비시켜나갔다. 여기에 전국 말기의 굴원이 개인이 문학작품을 창작하는 시대를 열었다. 한대 이후 중국문학은 작가들의 부단한 노력으로 발전을 거듭해갔다. 특히 한대 이후 운문의 변화가 눈부셨다. 한부(漢賦)와 고시(古詩) 같은 새로운 시체들을 계속 탄생시키며 결국 당나라 때 5언과 7언 형식의 중국 시를 완성했다. 이곳에서는 작가가 문학 탄생의 주체라는 인식을 토대로 문학 탄생에 개입하는 요소를 작가의 수양·경험·표현력 세 가지로 도출하여 중국문학 작품들이 어떤 경로로 탄생되었는지를 살펴본다.

1

문학 탄생을 위한 작가들의 수양과 노력

　중국문학은 유구한 전통을 갖고 있다. 중국문학처럼 작가나 작품이 많이 전해지는 문학 체계는 세계 어디에도 찾아보기 어려울 것이다. 이러한 중국문학의 놀라운 성취에는 "말이 사람을 놀라게 하지 않으면 죽어서도 그만두지 않는다(語不驚人死不休)"라는 두보의 말처럼 많은 중국 문학가들의 일생에 걸친 피와 땀이 서려 있다. 그리고 그 이면에는 어려서부터 글을 쓰기 위해 쏟아부은 그들의 엄청난 노력이 있었다. 그들은 이를 통해 문학 창작의 기초를 굳건하게 다졌다.

　중국 문학가들의 삶을 보면 이런 노력은 크게 네 가지 방면에서 나타난다. 첫째, 가정과 학교에서의 학습이다. 보통 15세 이전까지가 여기에 해당되는데, 가정에서 부모가 직접 교육하거나 스승을 따라 공부한다. 이를 통해 그들은 사람됨 · 처신하는 방법 · 기초적인 학문을 익혔다. 문학 창작으로 보면 습작 단계라고 할 수 있다. 둘째, 개인 수양을 통한 학습이다. 가정과 학교에서의 학습 외에 개인적으로 학습하는 것을 말한다. 보통 첫 번째 방면과 병행해서 진행된다. 다만 가정형편이 좋지 않거나 일찍 부모를 여읜 경우에는 고된 독학을 해야 했다. 셋째, 과거시험을 통한 단련이다. 이 경우는 보통 15세 이후에 이루어졌다. 중국 문학가들은 가정과 학교에서의 교육과 개인 수양으로 이미 상당한 수준의 시를 지을 수 있는 단계에 이르렀다. 여기에 과거시험을 준비하면서 그들의 글쓰기는 더욱 성숙해졌다. 넷째, 세상을 주유하는 단계이다. 이 경우는 모든 문인들이 거치는 단계는 아니지만 이를 경험한 문인들은 하나같이 문학 창작에 굳건한 토대를 다졌고, 훌륭한 작품의 창작으로 이어졌다. 주유천하는 보통 20세 이후에 시작된다. 과거시험을 보러 집을 떠나거나 구학이나 구도를 하러 떠나는 것 등의 방법으로 세상을 돌면서 견문을 넓혀 작품 창작에 기초를 다진다. 많은 문학가들이 이를 통해 자신의 문학 창작을 일변시켰다.

1. 문학 탄생의 배경이 된 가정교육

훌륭한 문학작품의 탄생에는 작가가 어릴 적 받은 가정교육을 빼놓을 수 없다. 고대 중국에서는 지금의 학교와 같은 교육기관이 없었기 때문에 가정에서의 교육은 아주 중요했다. 중국 문학가들은 부모 혹은 스승으로부터 글공부를 하면서 인품을 형성하고, 세상을 보는 안목과 학문적 소양을 쌓았다. 그들이 아름다운 산수를 보고 감흥을 읊거나 술을 마시고 즉흥적으로 시를 짓는 것은 결코 우연한 일이 아니었다. 이는 어릴 적부터 받아온 엄격한 가정교육이 있었기 때문에 가능했다.

맹모의 엄격한 가정교육

맹모(孟母)의 이야기는 동양의 전통적인 가정교육을 잘 보여주는 사례이다. 맹자(孟子)가 훗날 공자에 버금가는 대사상가의 반열에 오를 수 있었던 것은 맹모의 엄격한 교육이 있었기 때문이었다.

맹자는 이름이 가(軻)이고, 전국(戰國) 시기 추(鄒, 지금의 산둥성 추현)나라 사람이다. 이곳은 공자의 고향 곡부(曲阜)에서 멀지 않은 곳에 있다. 맹자는 원래 노나라의 귀족인 맹손씨(孟孫氏)의 후예였으나 그의 조상은 춘추시대 이후 가세가 기울어 노(魯)나라에서 추 땅으로 옮겨왔다. 맹자가 태어났을 무렵 가문은 이미 몰락한 상태였다. 맹모가 어린 맹자에게 좋은 학습 환경을 만들어주기 위해 세 번이나 이사한 이야기는 너무나 유명하다. 또한 『열녀전(列女傳)』「모의추맹가모(母儀鄒孟軻母)」를 보면 이런 일화가 전해온다.

맹자 중국 전국시대의 정치가이자 사상가. 공자와 더불어 유가사상을 완성한 인물로서 두 사람을 합쳐 '공맹(孔孟)'이라 한다.

산둥성 추성(鄒城)에 있는 맹묘(孟廟) 내의 '맹모단기' 비석

맹자가 조금 커서 배움을 구하러 갔다가 돌아오니, 마침 모친이 베를 짜고 있었다. 모친이 "공부는 어떻게 되었느냐?"라고 묻자, 맹자는 "그대로입니다"라고 대답했다. 모친은 화가 나서 칼로 베를 끊어버리고 "네가 공부를 그만둔 것은 내가 이 베를 자른 것과 같으니라"라고 했다. 맹자는 무서워 아침저녁으로 열심히 공부해 결국 공자 다음가는 성인이 되었다.

(及孟子稍長, 就學而歸, 母方織, 問曰 : "學何所至矣?" 對曰 : "自若也." 母慎因以刀斷機, 曰 : "子之廢學, 猶吾之斷斯機也." 孟子懼, 旦夕勤學, 遂成亞聖.)

이 이야기를 통해 맹모가 맹자의 교육에 얼마나 엄격했는지 알 수 있다. 이후 맹자는 20년간 제(齊)·송(宋)·등(滕)·위(魏)·노(魯)나라 등 각 제후국을 돌며 자신의 사상을 설파하게 되는데, 한때 뒤따르는 수레가 수십 대에 시종이 수백 명이나 되었을 정도로 큰 명성을 얻었다. 만년에는 고향인 추나라로 돌아와 제자 만장(萬章)과 함께 『맹자(孟子)』7편을 저술했다. 『맹자』는 『논어(論語)』와 더불어 유가사상을 대표하는 책으로 중국의 문학·역사·철학에 지대한 영향을 끼쳤다. 맹자의 사상과 저술은 그가 어릴 적 모친에게 받은 엄격한 가정교육의 영향이 컸다.

아들들에게 본이 된 조조

중국문학에는 동한(東漢) 말기 문명(文名)을 떨친 조조·조비·조식 삼부자가 있다. 조조(曹操, 155~220)는 사서(史書)나 소설에서 희대의 간웅(奸雄)으로 다뤄지고 있지만 문학사에서는 큰 공헌을 한 인물이다. 조조는 아버지로서 두 가지 측면에서 아들 조비와 조식의 문학 수양에 큰 영향을 주었다.

첫째, '업하문인집단(鄴下文人集團)'이라는 문학단체를 만든 것이다. 여기에 참여한 왕찬(王粲)·유정(劉楨)·서간(徐干)·진림(陳琳)·완우(阮瑀)·응창(應瑒)·양수(楊脩)·오질(吳質)·한단순(邯鄲淳)·번흠(繁欽)·채염(蔡琰) 등은 당대에 이름을 떨치던 문인들이었다. 이들은 조조에게 중용되어 각종 현안을 처리했을 뿐만 아니라 많은 시문을 지었다. 조비(曹丕, 192~232)와 조식(曹植, 187~226)도 이 단체에 참여해 문인들과 교류하면서 자신들의 문학적 소양을 마음껏 키워나갔다.

조조 동한 말기의 정치가이자 문학가. 자는 맹덕(孟德)이고, 패국(沛國) 초현(譙縣, 지금의 안후이성 보현) 사람이다. 동한 말기 천자의 명의로 지방의 강력한 할거 세력을 진압하여 중국 북방 지역을 통일했다. 악부체(樂府體) 시를 이용하여 자신의 정치적 포부와 백성들의 고통을 노래함으로써 악부가 민간에서 문인에게로 옮겨가는 데 중요한 역할을 했다. 현재 「해로행(薤露行)」·「단가행(短歌行)」을 비롯한 23편의 시가 전한다.

둘째, 조조 자신이 직접 시를 지어 두 아들에게 본보기가 되었다. 그의 시는 현재 29수가 전하는데, 이 중 「단가행(短歌行)」은 전란의 와중에서 인생무상을 노래한 명작이다. 조비와 조식은 시를 짓는 아버지를 보고 시 창작의 중요성을 배우고 느꼈다. 이 역시 그들에게 하나의 동기 부여가 되었다는 점에서 그들의 문학 수양에 영향을 준 것이었다.

아버지 조조의 영향 때문인지 조비와 조식은 어릴 때부터 상당한 문학 소양을 쌓았다. 조비는 "오경과 사부를 두루 섭렵했고, 『사기』와 『한서』를 비롯한 제자백가들의 말을 모두 읽지 않

조비 자는 자환(子桓), 조조의 둘째 아들이자 위나라의 개국황제. 어릴 때부터 문재가 뛰어났고 제가백가에 정통했다. 5언시에 뛰어나 아버지 조조·동생 조식과 더불어 '삼조(三曹)'라고 불린다. 그의 대표작 「연가행(燕歌行)」은 풍부한 감정을 섬세하게 묘사하여 상당한 예술적 성취를 거둔 명작으로 평가받는다. 이 밖에 현재 40수 정도의 시가 전한다.

음이 없었다(備歷五經四部, 史漢諸子百家之言靡不畢覽)."[1] 현재 시 40수와 사부(辭賦) 약 30편이 전한다. 특히 그의 『논문(論文)』은 중국 문학비평에서 비중 있게 거론되는 저작이다.

조식 역시 어려서 아버지와 형을 보면서 상당한 문학적 수양을 쌓았다. 그는 조조의 아들 중에 문재가 가장 뛰어났다. 남조(南朝) 송(宋)의 대시인 사령운(謝靈運)은 "세상의 재주가 한 말이라면, 여덟 되는 조식의 것이며, 한 되는 내 것이고, 나머지 한 되는 천하 사람들의 몫이다(天下才有一石, 曹子建獨占八斗, 我得一斗, 天下共分一斗)"[2]라고 했을 정도로 그의 문재를 높이 평가했다. 조식은 이미 10세 때 많은 시와 사부를 외우고 읽었다. 그래서 조조는 조식의 문재를 아낀 나머지 한때 자신의 후계자로까지 고려했다고 전한다. 현재 시 80여 수, 부(賦) 40여 편, 산문 70여 편이 전한다. 이 중 조식 하면 떠오르는 작품은 「칠보시(七步詩)」일 것이다.

煮豆燃豆其,	콩을 삶으며 콩깍지를 태우고,
漉豉以爲汁.	콩을 걸러 먹을 즙을 만드네.
其在釜下燃,	콩깍지는 솥 아래서 불타고,
豆在釜中泣.	콩은 솥 안에서 우는구나.

---

1 『전론(典論)』「자서(自敍)」에 보인다.
2 『남사(南史)』「사령운전(謝靈雲傳)」에 보인다.

제2부 중국문학의 탄생

本是同根生.　본래 같은 뿌리에서 태어났건만,
相煎何太急!　삶아댐이 어찌 그리 급한지.

조식 조조의 셋째 아들.
자는 자건(子建). 젊은 시
절 뛰어난 문학적 재능
과 공업을 이루려는 생
각으로 태자의 자리에
올랐으나 자유로운 성
격 때문에 후에 제위를
둘째 형인 조비(曹丕)에
게 넘겨주었다. 이로 인
해 조비의 감시와 박해
를 받다 41세의 나이로
사망한다. 문학사적으로
건안(建安) 시기 문학적
성취가 가장 높은 작가
로, 시 80여 수, 사부(辭
賦)와 산문 40여 편이 전
한다. 특히 사부는 전인
들의 전통을 계승하면서
자신만의 독특한 풍격을
이루고 있어 사부문학의
최고 수준을 보여주고
있다.

　시는 황제가 된 조비가 동생 조식을 감시하던 시기에
지어졌다. 일곱 걸음 안에 시를 짓지 못하면 죽이겠다는
형의 명령에 조식은 걸음을 떼면서 이렇게 시를 지었던
것이다. '일곱 걸음' 안에 이런 시를 지을 수 있다는 것이
상상이 가는가. 평소의 문학적 수양이 없었더라면 불가
능했으리라. 조식과 조비의 문학적 수양은 아버지 조조의
교육에 기인한 바가 컸다. 그리고 이것은 훗날 두 사람이
훌륭한 작품을 탄생시키는 밑거름이 되었다.

소식을 대문호로 만든 부모

　중국문학 최고의 작가로 손꼽히는 소식(蘇軾,
1036~1101)도 부친과 모친의 엄격한 가정교육을 통해 문
학적 소양과 세상을 보는 안목을 쌓았다. 소식은 7세 때부터 책
을 읽기 시작하면서 천재성을 드러냈다. 8세 때는 천경관(天慶
觀)에 들어가 도사 장이간(張易簡)에게서 『소학(小學)』을 배웠다.
10세 때 그의 아버지 소순(蘇洵, 1009~1066)은 벼슬을 찾아 집을
떠났다. 이때부터 소식은 집에서 어머니 정씨(程氏)의 가르침을
받았다. 정씨는 미산(眉山, 지금의 쓰촨성)의 최고 유지이자 대
리사승(大理寺丞)을 지낸 정문응(程文應)의 딸로 상당한 교양과
학식을 지니고 있었다.

소식이 16세 때 하루는 정씨가 아들에게 『후한서(後漢書)』 「범방전(范滂傳)」을 읽어주었다. 후한 사람 범방이 환관들의 전횡에 맞서다 도리어 모함을 받고 체포되기 전 모친에게 하직인사를 올리는 내용이었다. 정씨는 이 중에 범방의 모친이 아들 범방에게 "너는 지금 이응·두밀과 이름을 함께할 것인데, 죽은들 무엇이 한스럽겠느냐!(汝今得與李, 杜齊名, 死亦何恨!)"라고 말한 구절을 읽어주었다(이응과 두밀은 당시 환관의 전횡에 맞서던 지도자들). 이를 들은 소식이 모친에게 "제가 만약 범방이 되려 한다면, 모친께서는 허락하시겠는지요?(軾若爲滂, 母許之乎?)"라고 묻자, 정씨는 "네가 범방이 될 수 있다면, 내가 어찌 범방의 모친인들 될 수 없겠느냐!(汝能爲滂, 吾顧不能爲滂母耶!)"라고 했다. 정씨는 글뿐만 아니라 유가의 경세제민(經世濟民) 사상을 어린 소식에게 심어주었다.

소식이 12세가 되던 1047년에 할아버지가 세상을 떠나자 과거시험에 낙방하여 각지를 떠돌던 아버지 소순이 집으로 돌아왔다. 이때부터 소식은 동생 소철(蘇轍, 1039~1112)과 함께 아버지의 가르침을 받았다. 소순은 소식과 소철에게 겉만 화려하고 내용이 없는 글을 짓지 말라고 가르쳤다. 하루는 소순이 소식에게 「하후태초를 논함(夏侯太初論)」[3]이라는 제

소순 북송의 정치가이자 문학가. 자는 명윤(明允), 미주(眉州) 미산(眉山, 지금의 쓰촨성 메이산) 사람. 소식과 소철의 부친이자 당송팔대가의 한 사람으로 손꼽힌다. 산문은 문장이 명쾌하고 논리가 정연한 것으로 유명하다. 대표작으로는 「육국론(六國論)」·「안서사십운(顏書四十韻)」 등이 있다.

---

3   제목의 '하후태초'는 하후현(夏侯玄)을 가리킨다. 태초(太初)는 그의 자. 『삼국지(三國志)』 「위서(魏書)」에 그의 전이 있다.

목으로 글을 짓게 했는데, 소식은 이렇게 글을
지었다

> 사람이 천금이나 하는 벽옥을 부술 수는 있
> 어도 가마솥이 깨지는데 넋이 나가지 않을 수
> 없고, 사나운 호랑이를 잡을 수 있어도 벌이나
> 전갈에 아연실색하지 않을 수 없다.
> （人能碎千金之璧, 不能失聲於破釜, 能搏猛
> 虎, 不能無變色於蜂蠆.）

소철 북송의 정치가이자 문학가. 자는 자유(子由), 소순의 아들이자 소식의 동생. 1057년에 진사에 급제했다. 왕안석의 신법에 반대하는 글을 올렸다가 하남유수추관(河南留守推官)으로 좌천되었고, 철종(哲宗)이 즉위하자 비서성교서랑(秘書省校書郎)에 임명되었다. 1094년 철종이 이청신(李淸臣)을 기용하자 반대하다가 여주(汝州)로 유배당한 것을 비롯, 여러 차례 유배를 당하다 휘종(徽宗) 때 재상 채경(蔡京)에 의해 강직되면서 벼슬길에서 물러났고, 1112년에 74세의 나이로 세상을 떠났다. 부친 소순·형 소식과 더불어 '삼소(三蘇)'라고 불린다. 산문으로 유명하여 당송팔대가의 한 사람으로 손꼽히며, 저서로는 「시전(詩傳)」·「춘추전(春秋傳)」 등이 있다.

사람의 심리를 꿰뚫어 본 좋은 글이었다. 이
구절을 본 소순은 소식을 칭찬해 마지않았다
고 한다.

부친과 모친의 정성어린 가르침으로 소식은
약관의 나이에 이미 "경사에 두루 통하고, 하
루에 수천 글자의 문장을 지었다(博通經史, 屬
文日數千言)." 이런 점은 향후 소식의 굳건한 사상적 기초가 되
고 문학 창작의 토양이 되었다.

동양의 셰익스피어 탕현조의 두 스승

중국문학 최고의 극작가이자 동양의 셰익스피어로 불리는 탕
현조(湯顯祖, 1550~1616)는 조식이나 소식과 달리 스승을 따라
공부하면서 문학 창작의 기초를 닦은 경우이다. 그의 집안은 명
망 있는 선비 집안이었다. 조부는 노장사상을 공부했고, 부친은

탕현조 명나라 말기의 유명한 극작가. 자는 의잉(義仍), 호는 해약(海若) 혹은 약사(若士)이고, 강서성(江西省) 임천(臨川) 사람. 어려서 경사 외에 천문·지리·의학·점술·병법·점술 등에 정통했다. 33세가 되던 1583년에 과거에 급제했다. 남경예부주사(南京禮部主事)로 있을 때 당시 정치를 비판하고 재상 신시행(申時行)을 탄핵할 것을 상소했다가 황제의 분노를 사서 광동성(廣東省) 서문현(徐聞縣) 전리(典吏)로 좌천당한다. 후에 절강성(浙江省) 수창현(遂昌縣) 지현(知縣)으로 다시 발령받았으나 1598년 관직을 버리고 고향에 돌아온다. 이로부터 8년 동안 집에 거주하며 희곡 창작에 몰두했는데 『모란정』은 바로 그가 고향에 돌아온 첫 해에 지어진 작품이다. 『모란정』 외에 『남가기(南柯記)』와 『한단기(邯鄲記)』 등의 희곡을 남겼다.

유가의 학문을 익혔다. 두 사람의 학문상의 차이는 탕현조에게 어릴 때부터 폭넓은 학습 환경을 제공했다. 또한 집안에는 수만 권의 장서가 있었으며 서당도 있었다. 이처럼 탕현조는 어린 시절 상당히 양호한 교육 환경에서 성장했다. 그래서인지 탕현조는 어려서 문재를 드러내기 시작했다. 추우공(鄒愚公)의 『임천탕선생전(臨川湯先生傳)』에 의하면 탕현조는 5세 때(1554) 이미 대구를 이루는 시를 지었다고 하였다.

탕현조는 13세 때(1562) 서량부(徐良傳, 1506?~1665)에게서 고문을 배웠다. 서량부는 1538년에 진사에 급제하여 이과급사중(吏科給事中)에 있던 대학자였다. 그는 간언을 올렸다가 파직당해 임천에 내려와 학생들을 가르치고 있었다. 서량부는 탕현조에게 『좌전(左傳)』·『사기(史記)』·『문선(文選)』을 비롯한 '당송팔대가(唐宋八大家)'의 문장을 전수하여 그의 문학 창작에 토대를 다져주었다. 서량부는 탕현조의 첫 번째 스승이었다. 당시 강서의 제학사(提學使)로 있던 하당(何鏜)은 탕현조의 글을 보고 "글로 세상에 이름을 떨칠 사람은 분명히 자네일 것이야(文章名世者, 必子也)"라고 했을 정도였다.

이 무렵 탕현조는 나여방(羅汝芳, 1515~1588)에게서 이학(理學)을 배웠다. 나여방은 태주학파(泰州學派)를 창시한 왕간(王

제2부 중국문학의 탄생

艮)의 삼전제자였다. 이학은 정주(程朱)이학을 반대하고 개성을 중시한 파격적인 사상이었다. 이것은 훗날 탕현조의 작품에 지대한 영향을 끼쳤다. 탕현조 자신도 "일생 동안 어디에도 얽매이는 것을 싫어한 것은 스승이신 명덕(나여방) 선생님께 배웠다(一生疏脫, 然幼得於明德師)"라고 했을 정도였다. 그의 대표작 『모란정(牡丹亭)』이 바로 이 사상의 영향을 받아 지어진 작품이다. 작품 속 여주인공 두려낭(杜麗娘)을 통해 예교의 속박을 받던 부녀자들의 개성과 자유를 긍정하여 당시 무수한 청춘남녀들의 말 못할 마음속 염원을 풀어주었다.

탕현조는 이를 토대로 14세 때이던 1563년에 현의 제생(諸生)에 발탁되어 거자(擧子)의 문장을 공부하는 것 외에 사서삼경을 비롯한 제자백가를 두루 섭렵하였다. 21세 때이던 1570년 가을에 강서 향시(鄕試)에서 8등으로 거인(擧人)이 되었다. 이때 고문 외에 악부가행의 5·7언시에 능숙했고, 천문·지리·약학·점술·병법 등 정통하지 않는 분야가 없었다고 한다. 이로 탕현조는 21세에 세상에 자신의 이름을 알리게 되었다.

2. 문학 탄생을 위한 고된 개인 수양

중국 문학가들은 어려서 엄격한 가정교육을 받으면서 인품을 형성하고, 문학적 소양과 세상을 보는 안목을 길렀다. 이 시기 또 빼놓을 수 없는 요소를 하나 더 말하자면 문학가들의 개인 수양을 들 수 있다. 개인 수양은 부모나 스승의 가르침 외에 개인적으로 학습하는 것을 말한다. 중국 문학가들은 개인 수양을 통해 기존에 익혔던 책을 더 심도 깊게 독서하거나 이외의 다양한 방면의 책을 읽을 수 있었다. 이것으로 그들의 시야는 더욱 넓어졌다. 어려서 부모를 여읜 경우는 개인의 각고의 노력으로 문인으로서의 소양을 쌓았다. 이 무렵이 되면 중국 문학가들은 작품을 창작할 수 있는 단계에까지 이른다. 뒤에 언급할 이하나 백거이가 15~18세 때 지은 시를 보면 시적 완성도가 상당히 높다. 그들은 가정교육과 개인 수양으로 문인으로서의 기본적인 소양을 충분히 쌓은 셈이었다. 아래는 개인의 수양이 없이는 훌륭한 문학작품을 탄생시킬 수 없음을 잘 보여주는 사례들이다.

책을 묶은 가죽 끈이 세 번 끊어진 공자

공자에게는 '위편삼절(韋編三絕)'이라는 고사가 있다. '위'는 가죽을 말하고, '편'은 책을 묶는 끈을 말한다. '삼절'은 세 번 끊어짐을 말한다. 문자적으로 해석하면 책을 묶은 가죽 끈이 세 번 떨어졌다는 의미인데, 그만큼 독서를 함에 각고의 노력을 기울였다는 말이다. 이 이야기는 사마천(司馬遷)의 『사기(史記)』「공자세가(孔子世家)」에 보인다.

공자 춘추시대의 대사상가이자 교육자. 이름은 구(丘), 자는 중니(仲尼)이며, 노나라 추읍(陬邑, 지금의 산둥성 취푸) 사람. 노자(老子)에게 학문을 배운 적이 있고, 제자들을 이끌고 14년 동안 열국을 주유했다. 만년에는 육경(六經)을 편찬했고, 저서로는 공자 사후 제자와 그의 언행을 기록한 『논어』가 있다.

공자는 만년에 『주역』을 읽는 것을 좋아했다.

……『주역』을 읽다가 가죽 끈이 세 번이나 끊어졌다.
(孔子晚而喜『易』……讀『易』, 韋編三絶.)

質긴 가죽 끈이 세 번이나 떨어질 정도로 책을 읽었다면 과연 공자가 『주역』을 얼마나 읽었는지 상상이 잘 가질 않는다. 훗날 공자는 『주역』 경문의 총론에 해당하는 『계사전(繫辭傳)』을 지어 『주역』 해석의 새로운 길을 제시하였는데 이런 각고의 노력이 있었기에 가능했을 것이다.

굳은살이 박일 때까지 시를 지은 백거이

중당(中唐)의 백거이(白居易, 772~846)는 성당의 이백과 두보를 잇는 대시인이다. 그가 살던 시기는 안사(安史)의 난이 일어난 때여서 전란이 끊이지 않았다. 백거이는 11~12세 때 전쟁으로 집을 떠나 각지를 떠도는 유랑 생활을 했다. 그는 이런 상황에서도 학업을 게을리하지 않았다. 16세 때는 수도 장안에 가서 적지 않은 시들을 지었다. 한번은 당시 문단의 명사 고황(顧況)에게 「들판 위의 풀밭에서 친구를 전송하며(賦得古原草送別)」라는 시를 올려 큰 칭찬을 받았다. 백거이는 여기에 안주하지 않고 더욱 정진했다. 젊은 시절 그가 얼마나 문학 창작에 공력을 들였는지 잘 보여주는 일화가 있다.

백거이 당나라 정치가이자 대시인. 자는 낙천(樂天), 호는 향산거사(香山居士), 하남 신정(新政) 사람. 한림학사(翰林學士)와 좌찬선대부(左贊善大夫) 등을 지냈다. 846년 낙양에서 사망하여 향산(香山)에 묻혔다. 그의 시는 소재가 다양하고 통속적이며 자연스러운 것이 특징이며, 원진(元稹)과 함께 신악부운동(新樂府運動)을 주창하여 '원백(元白)'이라고 불린다.

20살 이후로 낮에는 부를 연마하고, 밤에는 글을

익혔다. 또 간간이 시를 지었는데 자고 쉴 겨를이 없었다. 이 때문에 입과 혀가 헐고 손과 팔꿈치에 굳은살이 박였다.

(二十已來, 晝課賦, 夜課書, 間又課詩, 不遑寢息矣. 以至於口舌生瘡, 手肘成胝.)

『여원구서(與元九書)』

이런 고된 학습 과정은 시인으로서 백거이의 문학 창작에 굳건한 토대가 되었음은 말할 필요가 없을 것이다. 백거이는 이런 각고의 노력으로 800년에 진사시험에 참가하여 4등으로 급제했다. 이후 그는 「장한가(長恨歌)」·「비파행(琵琶行)」·「매탄옹(賣炭翁)」 같은 중국 문학사에 길이 남을 작품을 남기며 이백과 두보에 버금가는 작가로 자리매김하였다.

"피를 토해야 그만두겠구나!"라는 말을 들은 이하

이하(李賀, 790~816)의 경우도 시 창작에 얼마나 많은 정성과 공력을 들였는지 잘 보여준다. 만당(晚唐)의 대시인 이상은(李商隱, 813~858)이 쓴 『이장길소전(李長吉小傳)』은 이렇게 기록하고 있다.

매일 아침 해가 뜨면 친구들과 나가 놀았는데, 제목을 정해놓고 시를 쓰는 법이 없었다. 다른 사람들의 생각을 억지로 끼워 맞추거나 시상이 시율의 제약을 받지 않도록 했다. 늘 어린 서동(書童)을 뒤따르게 하고 다리를 절룩이는 나귀를 탔다. 그리고 낡은 비단 주머니를 등에 메고 뭔가 시상이 떠오르면 바로 적어 비단 주

나귀를 타고 시를 짓는 이하(그림 권미영)

머니 안에 넣었다. 저녁에 돌아오면 모친이 시
녀에게 주머니를 받아오게 하여 그 안에 있는
것을 꺼내게 했다. 모친은 쓰인 글이 많은 것
을 보고는 늘 "얘는 피를 토해야 그만두겠구
나!"라고 하며, 등불을 켜고 저녁을 차려주었
다. 장길은 시녀에게서 글들을 가져와 먹을 갈
고 종이를 잇대어 시를 완성하고는 다른 주머
니에 넣었다. 크게 취하거나 장례를 치르는 날
이 아니면 이렇게 했다. 시를 짓고 난 다음에
는 다시는 보지 않았다.

(每旦日出與諸公遊, 未嘗得題然後爲詩, 如
他人思量牽合以及程限爲意. 恒從小奚奴, 騎距
驢, 背一古破錦囊, 遇有所得, 卽書投囊中. 及
暮歸, 太夫人使婢受囊出之, 見所書多, 輒日：
"是兒要當嘔出心乃已爾!" 上燈, 與食, 長吉從
婢取書, 研墨疊紙足成之, 投他囊中. 非大醉及
弔喪日率如此, 過亦不復省.)

이하 중당(中唐)의 대시인. 자는 장길(長吉)
이고, 창곡(昌谷, 지금의 허난성 이양) 사
람. 당나라 황실의 후손이었지만 그의 성
장기에는 가문이 이미 몰락한 후였다. 어
려서 신동으로 이름을 떨치다가 7세 때 당
시 문단의 거두 한유(韓愈)와 황보식(皇甫
湜) 앞에서 즉흥적으로 시를 짓기도 했다.
관운이 좋지 않아 봉례랑(奉禮郎)이라는 종
구품(從九品)의 말단관직을 3년간 지냈을
뿐이다. 그의 시는 불우한 삶에서 오는 인
생에 대한 회의와 염세적 태도가 농후하게
스며들어 있다. 저작으로 사후에 편찬된
『이장길시가(李長吉詩歌)』가 있다.

이하는 어머니조차 건강을 걱정했을 정도로

시 창작에 몰두했다. 특히 제목을 정하지도 않고 자유롭게 시를 쓴 것이라든지 시율에 관계없이 시상을 펼친 점은 문학 창작이란 측면에서 의미 있는 일이었다. 이 때문인지 이하의 시에는 천재적인 영감이 번뜩이는 구절들이 많이 보인다. 이하는 이러한 발군의 시 창작으로 15세 때 이미 장안에 이름이 알려졌다. 서응추(徐應秋)의 『담회(談薈)』는 이렇게 말하고 있다.

> 이하의 시 수십 편은 음악으로 불려 널리 알려졌다. ……작품이 나올 때마다 악인들은 거액을 주고 사들였다.
> (李賀樂府數十篇, 流播管弦. ……每一篇出, 樂人以重賂購之.)

이렇게 완성한 시가 지금 총 242수 전한다. 이 시들은 철저한 좌절과 고통 속에서 자신의 내면세계를 그려낸 기록으로, 아름다움과 기괴함, 신비로움과 슬픔, 차가움과 황폐함이 교차하는 그만의 독특한 시세계를 보여준다.

불행한 가정사를 딛고 일어선 범중엄

「악양루기(岳陽樓記)」로 유명한 북송의 범중엄(范仲淹, 989~1052)은 불행한 가정사를 딛고 대문인의 반열에 올랐다. 범중엄은 2세 때 부친을 여의었다. 모친 사씨(謝氏)는 치주(淄州) 장산현(長山縣, 지금의 산둥성 쩌우핑현 동쪽)의 주문한(朱文翰)이라는 사람에게 재가하였다. 이에 범중엄도 성을 주씨(朱氏)로 바꾸고 열(說)로 개명했다. 그런데 양부의 집에 살게 된 범중엄은 주씨 식구들로부터 모진 학대를 받았다. 그러자 보다 못한 모친이 아들을 장백산(長白山)의 예천사(醴泉寺)로 보내 그곳에서 공부하도록 했다. 범중엄은 예천사에서 "매일 죽 한 그릇을 끓여, 네 덩이로 나누어서는 아침저녁으로 두 개씩 먹었다. 채소 몇 줄기를 잘라 소금을 조금 넣어 먹었다. 이렇게 3년을 생활했다(日作粥一器, 分爲四塊, 朝暮取二塊, 斷虀數莖入少鹽以啗之. 如此者三年)."

범중엄 북송의 정치가이자 문학가. 자는 희문(希文). 1015년에 진사에 급제한 뒤 여러 관직을 역임하다 곧은 성격 때문에 몇 번 좌천당하기도 했다. 1040년에 서하(西夏)의 침입을 막고 변방을 안정시켰고, 1043년에는 송 인종을 보필하여 개혁을 추진했으나 개혁의 실패로 외지로 발령났다. 1052년, 임지로 가는 길에 사망했다.

후에 범중엄은 20세 때 가정사를 알게 되어 모친을 떠났다. 범중엄은 응천부(應天府, 지금의 허난성 상추)에 있는 한 서원에 들어가 굶주림과 씨름하며 공부했다.

> 주야로 열심히 공부하였다. 5년 동안 옷을 벗지 않고 취침하지 않았다. 밤에 간혹 피곤하거나 졸리면 냉수로 얼굴을 씻었다, 가끔 진 죽이 모자라면 해가 지고 나서야 먹었다.
>
> (晝夜苦學, 五年未嘗解衣就枕, 夜或昏怠, 輒以水沃面, 往往饘粥不充, 日昃始食.)

이런 고된 학습의 결과로 그는 "육경의 뜻에 정통하고(大通六經之旨)", 마침내 1015년 26세의 나이로 진사에 급제하였다. 그는 광덕군(廣德軍, 지금의 안후이성 광더현) 사리참군(司理參軍)을 시작으로 벼슬길에 올라 요직을 두루 거치면서 훗날 북송을 떠받치는 신하가 된다.

그의 「악양루기」에 나오는 "천하의 근심을 앞서 근심하고, 천하

악양루

의 즐거움을 뒤에 즐긴다(先天下之憂而
憂, 後天下之樂而樂)"라는 구절은 천하
의 명구로 많은 사람들이 인용하는 문
구이다. 중국의 전 총리였던 주룽지(朱
鎔基)는 항상 이 말을 가슴에 달고 살
았다고 한다. 그의 뛰어난 문장은 그의
어릴 적 고된 수양에서 유래했음은 의심의 여지가 없다.

책 빌려 읽던 소년 구양수, 당송팔대가가 되다

북송의 대정치가이자 당송팔대가의 한 사람인 구양수(歐陽修,
1007~1072)는 찢어지는 가난 속에서 자신의 부단한 노력과 재능
으로 대가의 반열에 올랐다. 「구양공사적(歐陽公事迹)」에는 "낮
밤으로 침식을 잊고 독서에 힘썼다(以至晝夜忘寢食, 惟讀書是
務)."라는 구절이 있다.

구양수는 4세에 아버지를 여의고 어머니와 함께 생활했다. 집
이 가난해 그의 모친은 갈대를 땅에 그어가며 어린 구양수에게
글을 가르쳤다. 조금 성장한 구양수는 성 남쪽의 이씨(李氏) 집
에 가서 책을 빌려 읽는 것을 좋아했다. 10세 때 한번은 이씨 집
에서 『창려선생문집(昌黎先生文集)』을 빌려 보고는 그 문장을 너
무 좋아한 나머지 이 책을 손에서 놓지 않았다고 한다. 또한 좋
아하는 책은 베껴 쓰곤 하였는데, 책을 다 베껴 쓰기도 전에 외
워버렸다고 한다. 이 때문인지 그가 어릴 적에 쓴 시와 글들은
어른들이 쓴 작품과 비교해도 손색이 없을 정도였다. 구양수의

뛰어난 자질과 근면함을 본 숙부는 형수가 되는 구
양수의 모친에게 이렇게 말했다.

> 형수는 집이 가난하고 아들이 어리다고 염려 마
> 십시오! 조카는 재주가 아주 뛰어난 아이입니다! 우
> 리 가문을 크게 일으킬 뿐만 아니라 언젠가는 분명
> 히 세상에 이름을 떨칠 것입니다.
>
> (嫂無以家貧子幼爲念, 此奇兒也! 不唯起家以大吾
> 門, 他日必名重當世.)

구양수 북송의 대정치가이자 문학
가. 자는 영숙(永叔), 호는 취옹(醉
翁) 혹은 육일거사(六一居士), 길
주(吉州) 영풍(永豊, 지금의 장시
성 지안시 융평현) 사람. 24세 때
진사에 급제하여 한림학사·추밀
부사·참지정사 등의 요직을 두루
거쳤다. 북송의 시문혁신운동을 주
도하고 한유(韓愈)의 고문 이론을
계승했다. 특히 산문으로 유명하여
한유·유종원·소식과 함께 '천고
문장사대가(千古文章四大家)'로 꼽
힌다. 대표작으로는 「붕당론(朋黨
論)」·「취옹정기(醉翁亭記)」·「추성
부(秋聲賦)」 등이 있다.

숙부의 말대로 구양수는 훗날 북송에서 한림학사
(翰林學士)·참지정사(參知政事)·병부상서(兵部尙
書)·태자소사(太子少師) 같은 요직을 거치면서 정
치 혁신을 주도하는 대정치가가 되었다. 어릴 적 수
양이 훗날 그가 일으킨 시문혁신의 밑거름이 되었
고 훌륭한 작품의 창작으로 이어졌음은 두말할 나
위가 없다.

3. 문학 탄생을 위한 수련, 과거시험

요즈음은 문학상을 하나쯤은 받아야 전문적인 문인의 길을
갈 수 있다. 수많은 사람이 이 길에 도전하나 문인이 되는 사람
은 여전히 극소수에 불과하다. 이 시대에 문인이 된다는 것은

그만큼 어렵기도 하거니와 실로 엄청난 열정과 노력을 필요로 한다.

고대 중국에서는 지금처럼 문학상을 주는 제도가 없었다. 글을 쓰는 사람이 되려면 과거시험에 합격해서 출사해야 했다. 중국 문학가들에게 나타나는 공통된 이력은 대부분 과거시험에 합격하여 관리의 길을 걸으면서 글을 썼다는 것이다. 북송의 범중엄·구양수·사마광(司馬光)·왕안석(王安石)·소식·소철·증공(曾鞏, 1019~1083)·황정견(黃庭堅, 1045~1105)·주돈이(周敦頤, 1017~1073)·정호(程顥) 같은 걸출한 인재들은 모두 과거 출신이었다. 물론 이들 중에는 정치적으로 득의한 이도 있고 그렇지 못한 이도 있다. 그들은 문학가 이전에 일국의 관리였다. 황제를 보좌하여 세상을 잘 다스리는 것이 그들의 첫 번째 임무였다. 나라에서는 과거시험으로 유능한 관리를 선발했다. 그런데 이 과거시험은 결코 쉬운 시험이 아니었다. 명대의 경우 인구 백만 명당 과거에 합격한 사람이 평균 300명 전후라는 통계가 있을[4] 정도로 어려운 시험이었다. 중국 문인들은 이처럼 0.03%의 바늘구멍을 뚫기 위해 일생의 노력을 경주했던 것이다. 이 과정에서 그들은 상당히 높은 수준의 글쓰기 소양과 학식을 쌓았다. 유명한 문인들이 많이 배출되었던 당나라의 과거제도를 통해 과거시험이 문인들의 작품 창작에 어떤 영향을 주

---

4   何炳棣, 『중국 과거제도의 사회사적 연구』, 조영록 공역, 동국대학교 출판부, 1987, 247~280쪽.

었는지를 살펴보자.

특히 중요했던 진사 시험

당나라의 과거제도는 상과(常科)와 제과(制科)로 나눌 수 있다. 상과는 매년 과목을 나누어 치르는 시험이고, 제과는 임금이 조서를 내려 임시로 치르는 시험을 말한다. 상과의 과목에는 수재(秀才)·명경(明經)·준사(俊士)·진사(進士)·명법(明法)·명자(明字)·명산(明算)·일사(一史)·삼사(三史)·개원례(開元禮)·도거(道擧)·동자(童子) 등이 있었다. 이 중 명자·명법·명산 등은 중시되지 못했고, 준사·일사·삼사·개원례·도거·동자 등은 자주 열리지 않았다. 수재의 경우, 당나라 초기에 아주 까다로웠다. 태종(太宗) 정관(貞觀, 627~649)에 규정하길 추천을 받아 수재과에 응시하는 사람이 합격하지 못하면 해당 주의 장관이 처벌을 받았다. 그래서 수재과에 응시하는 사람은 매우 적었다. 고종 때는 한때 폐지되기도 했다. 그래서 당나라의 과거시험에서 가장 중요한 시험이 명경과 진사였다.

명경과는 첩경(帖經)과 묵의(墨義)로 시험을 봤다. 첩경은 시험관이 경전 중의 한 단락을 임의로 뽑아 그중의 몇 글자 혹은 몇 구절에 종이쪽지를 붙여 가려서 수험생에게 그 부분을 외우도록 한 것인데, 오늘날의 괄호 넣기 문제와 유사했다. 이런 방식으로 10첩 가운데 6개 이상을 맞추면 합격이었다. 묵의는 필기시험으로 시험관이 경문에 근거해 출제하면 수험생이 해당 경문(經文)의 주소(注疏)나 앞뒤의 내용을 서면으로 답하는 것이었다. 그런데 첩경과 묵의 시험은 수험생의 경전에 대한 단순 암기 능력을 테스트했을 뿐 그 의미와 사상에 대한 이해 여부는 따지지 않았다. 당 문종(文宗)이 재상에게 "명경들이 경전의 뜻을 아는가?"라고 묻자, 재상은 "명경은 경전과 주소를 읽을 줄만 알지 경의는 모릅니다"라고 대답했다. 이에 문종은 "경문과 주소만 읽는다면 앵무새가 말하는 것과 무엇이 다른가?"라며 질책했다고 한다. 이 때문에 명경과는 진사에 비해 사람들에게 경시되었다.

진사과는 첩경·책문(策文)·잡문(雜文)으로 시험을 봤다. 첩경은 명경과와 같다. 책문은 시사를 묻는 시험이다. 잡문은 시(詩)·부(賦)·잠(箴)·명(銘)·표(表)·찬(贊) 등의 문체를 가리키는 것으로, 순전히 응시자의 문학적 재능을 평가하는 것이었다. 이 중에서 잡문이 가장 중요했다. 당나라 사람 조광(趙匡)은 『거선의(擧選議)』에서 "시험관의 평가 기준은 사실상 시부에 있다"라고 했다. 이로 인해 당나라 사람들은 진사과를 '사과(詞科)'라 했고, 후세 사람들 역시 당대에는 "시부로 사인을 선발했다(以詩賦取士)"라고 했다. 이렇게 시와 부가 시험과목이 되자 과거시험 응시자들은 시와 부를 짓는 실력을 부지런히 연마해야 했다. 이것이 문인들의 작품 창작에 큰 기초가 되었다.

물론 시부 시험에도 부작용이 없었던 것은 아니었다. 정해진 시율에 맞게 시를 지어야 했기 때문에 첩경이나 묵의 시험보다는 한층 발전한 것이지만 그래도 그 자체로 응시자들의 개성과 자유로운 발상을 제약할 수 있었다. 그러나 한편으로는 하나의 정해진 틀 속에 경쟁시켜 선발하는 것이 인재 등용 차원에서 편리한 면도 있었다. 어쨌든 시부 시험은 문인들의 글쓰기 능력을 단련시킨 것만은 분명했다.

통방과 행권

당대 과거시험에서는 시험관이 글은 보지 않고 이름만 보고 선발할 수 있었는데 이를 '통방(通榜)'이라고 했다. 시험관이 응시생의 재덕과 명망을 조사한 후 방첩(榜帖)이라는 명단을 작성해 선발 때 참고할 수 있었다. 통방 조사 과정에서 사회의 명사·문단의 거두·귀족 관료 등의 추천이나 칭찬이 아주 중요했다. 『당척언(唐撫言)』「공천(公薦)」(권6)을 보면, 최언(崔郾)이 지공거(知貢擧)가 되었을 때 태학박사 오무릉(吳武陵)이 두목(杜牧, 803~852)을 추천하면서 그의 「아방궁부(阿房宮賦)」를 칭찬하고 장원으로 뽑아줄 것을 건의한 이야기가 있다. 이 때문에 응시생들은 사방으로 유력한 인사들을 찾아 뛰어다녀야 했다.

여기서 추천을 받는 가장 중요한 방법이 행권(行卷)이었다. 행권이란 응시생들이 평소 지은 시문 중에 잘된 것을 골라 당시의 이름난 고관이나 사회의 명사들에게 바쳐 인정을 받고 명성을 얻어 시험관에게 추천되길 구했던 방식이었다. 어떤 때는 행권을 한 번 들이는 것도 부족해 두 번 혹은 세 번 올리기도 했는데 이를 '온권(溫卷)'이라고 한다. 행권은 시율이 정해진 시부 시험과 달리 응시생들이 평소

두목 만당(晩唐)의 정치가이자 대시인. 자는 목지(牧之), 호는 번천거사(樊川居士). 경조(京兆) 만년(萬年, 지금의 산시성 시안) 사람. 828년 26세의 나이로 진사에 급제하여 홍문관교서랑(弘文館校書郎)에 임명됨. 이후 여러 지역의 막료와 자사(刺史)로 활동했다. 만년에는 장안 남쪽에 있는 번천(樊川)의 별장에서 기거했다. 7언절구에 뛰어났고 영사시(詠史詩)를 많이 지었다. 만당 시단에서 이상은과 함께 '소이두(小李杜)'라 불렸다. 저서로는 『번천문집(樊川文集)』이 있다.

심혈을 기울여 창작했기 때문에 시부 시험보다 뛰어난 작품들이 많았다. 현존하는 당대 유명 문인들의 문집 가운데 많은 작품들이 행권이나 온권으로 바쳐졌던 것들이다. 이 제도로 응시생들은 자신의 글쓰기 소양을 더욱 단련시킬 수 있었다. 이것이 중국문학 탄생의 굳건한 기초로 작용했다.

행권으로 시작된 백거이의 명성

당나라의 대시인 백거이도 15~16세 때(787~788) 장안에 가서 과거에 응시하면서 당시의 명사이자 시인이었던 고황(顧況)에게 행권을 올린 적이 있었다. 그런데 고황은 처음에 '거이(居易)'라는 두 글자를 보고 "장안에선 쌀이 귀해 잘 살려면 쉽지 않지(長安米貴, 居大不易)"라고 놀리듯 말했다. 그러다 무심결에 행권을 넘겨보다가 「들판 위의 풀밭에서 친구를 전송하며」란 시를 보고 깜짝 놀랐다.

離離原上草,　　무성하게 자란 들판의 풀,
一歲一枯榮.　　해마다 피고 지네.
野火燒不盡,　　들불에 타도 아니 없어지고,
春風吹又生.　　봄바람에 다시 살아나네.
遠芳侵古道,　　멀리 뻗은 풀은 옛길을 덮고,
晴翠接荒城.　　푸른빛은 황량한 성에 이어지네.
又送王孫去,　　또 그대를 떠나보내매,
萋萋滿別情.　　석별의 정이 풀처럼 가득하네.

초목의 핌과 시듦을 통해 친구와의 석별의 정을 멋지게 읊은 시였다. 이 중 제3구와 제4구는 어떤 시련에도 꺾이지 않겠다는 강한 의지를 보여준다. 제7구와 제8구에서 석별의 정을 무성한 풀에 비유한 것도 아주 절묘하다. 고황은 시를 읽고 무릎을 치면서 "이렇게 재능이 있다면, 사는 것도 쉽겠지!(有才如此, 居亦易矣!)"라고 하며 찬탄했다고 한다. 이리하여 고황은 백거이의 명성을 크게 떨치게 해주었다.

고황 중당의 시인이자 화가. 자는 포옹(逋翁), 호는 화양진일(華陽眞逸), 소주(蘇州) 해염(海鹽) 횡산(橫山), 지금의 저장성 하이닝 일대) 사람. 저작랑(著作郎)으로 있을 때 권문귀족들을 풍자하는 시를 지었다가 요주사호참군(饒州司戶參軍)으로 유배를 당했다. 만년에는 모산(茅山)에 은거했다.

한유에게 행권을 올린 이하

'시귀(詩鬼)'로 유명한 이하는 18세 때 당시 국자학박사로 낙양에 있던 한유(韓愈, 768~824)에게 행권을 넣었다. 당나라 사람 장고(張固)의 『유한고취(幽閒鼓吹)』는 이 일을 흥미롭게 묘사하고 있다.

　　이하는 시가로 한리부(한유)를 알현했다. 한유는 당시 낙양의 국자박사로 있었는데, 손님을 배웅하고 돌아와 아주 피곤했다. 문하의 사람이 행권을 올리자 허리띠를 풀고 얼른 읽었다. 첫 편 「안문태수행」의 "성이 무너져라 먹구름 내리누르는데, 갑옷의 광택은 해를 향해 금빛 비늘을 펼친다"라는 구절을 보자, 허리띠를 다시 당기고는 그를 불러오도록 명했다.

　　(李賀以詩歌謁韓吏部, 吏部時爲國子博士分司, 送客歸, 極困. 門人呈卷, 解帶旋讀之. 首篇「雁門太守行」曰 : "黑雲壓城城欲催,甲光向日金鱗開."却援帶, 命邀之.)

　　대문호 한유가 이하의 시「안문태수행」의 첫 구절을 보고 깜
짝 놀라 허리띠를 다시 졸라매고 이하를 부른 것이다. 여기서
「안문태수행」이 어떤 시인지 전문을 감상해보자.

　　黑雲壓城城欲催,　　성이 무너져라 먹구름 내리누르는데,
　　甲光向日金鱗開.　　갑옷의 광택은 해를 향해 금빛 비늘을 펼친다.
　　角聲滿天秋色裏,　　호각 소리 가을빛 하늘에 가득 퍼지고,
　　塞上胭脂凝夜紫.　　변새의 연지빛 피는 밤 되어 자색으로 엉긴다.
　　半卷紅旗臨易水,　　반쯤 말린 붉은 깃발 역수에 이르니,
　　霜重鼓寒聲不起.　　된서리에 북은 울리지 않는구나.
　　報君黃金臺上意,　　황금대의 뜻 성상께 보답하고자,
　　提攜玉龍爲君死.　　보검 손에 쥔 채 폐하 위해 죽으리라.

　　경험이 일천한 18세 소년이 쓴 시라고는 믿기지 않을 정도의
비장한 이미지와 강렬한 색채로 전장으로 가는 길의 고생스러움
과 장사의 충군보국의 정신을 표현했다. 특히 제1구와 제2구는
보는 이로 하여금 정신이 번쩍 들게 할 만큼 기세가 강렬하다.
이를 계기로 한유는 이하의 과거 급제를 적극 후원하게 된다.
　　대문호 한유의 칭찬에 한층 고무된 이하는 장안에 가서 진사
시험에 응시했다. 그러나 그의 재능을 시기한 사람들은 이하의
아버지 이진숙(李晉肅)의 '진(晉)'자가 진사(進士)의 '진(進)'자와 발
음이 같다는 이유로 그가 과거시험에 응시하는 것은 부적절하다
고 주장했다. 이에 한유가 "아버지의 이름이 인(仁)이라면 아들은

사람(人)이 될 수 없다는 것인가?(若父名仁, 子不得爲人乎?)"로 유명한 「휘변(諱辯)」을 지어 그를 적극 변호해주었다. 그러나 한유의 변호에도 불구하고 그의 재능을 시기하는 사람들과 뿌리 깊은 사회적 편견으로 이하는 과거시험을 보기도 전에 탈락하고 말았다. 어쨌든 이하가 스스로 지은 시를 당대의 대문호 한유에게 보여주기 전까지 무수한 퇴고(推敲)의 과정을 거쳤음은 충분히 짐작할 수 있다. 이런 노력들이 향후 이하의 시 문학에 훌륭한 밑거름이 되었다고 볼 수 있다.

한유 중당의 대문호. 자는 퇴지(退之)이며 하남(河南) 하양(河陽, 지금의 허난성 멍저우시) 사람. 792년에 진사에 급제하여 감찰어사를 지내고 이후 사관수찬(史館修撰)·중서사인(中書舍人)·이부시랑(吏部侍郎) 등의 관직을 역임했다. 그의 산문은 논리가 정연하고 언어가 생동하고 힘이 있어 설득력이 강하다는 평가를 받고 있다. 대표작으로는 「원도(原道)」·「사설(師說)」·「진학해(進學解)」 등이 있다.

4. 문학 탄생에 영감을 준 주유천하

　가정과 학교에서 학습하는 것도 중요하지만 세상을 돌며 공부하는 것 또한 문학 창작에 큰 도움이 된다. 사람은 여행을 통해서 자신을 성찰할 수 있고, 가는 지역의 사람·지리·풍경을 접하면서 폭넓은 견문을 습득할 수 있다. 특히 중국 같은 넓은 국토를 가진 나라에서는 더욱 이런 경향이 강하게 나타난다. 역대의 수많은 문인들은 출사·유배·교유·학습·출정 등의 다양한 경로로 집을 떠나 각지를 돌며 생각의 폭과 세상을 보는 안목을 키웠고, 이로 무수한 훌륭한 작품들을 탄생시켰다. 중국 문학가들은 보통 20세 전후로 집을 떠나 천하를 주유하였다. 남자 나이 20세는 인생의 뜻을 세울 시기에 해당된다. 때문에 많은 중국 문인들은 이 나이에 폭넓은 세상을 경험하면서 자신의 이상을 펼치고자 가정을 떠난 것이다. 이곳에서는 세상을 주유하면서 얻은 경험이 문학 창작에 큰 영향을 발휘한 사례를 예로 들어본다.

21세에 주유천하에 나선 사마천

『사기』의 저자 사마천(司馬遷, 기원전 145~기원전 87?)은 20세 무렵에 천하를 돌며 『사기』 집필에 필요한 자료들을 착실히 모았다. 기원전 126년 사마천은 고대 문헌 속의 역사적 유적지와 전설에 나오는 지역을 답사했다. 그는 굴원(屈原)이 강물에 뛰어들어 죽었다는 멱라강(汨羅江), 순(舜) 임금이 남쪽을 순시하다 사망하여 묻혔다는 구의산(九嶷山), 한나라의 개국공신 회음후(淮陰侯) 한신(韓信)의 고향, 공자의 고향과 그를 모신 사당 등을 둘러봤다. 역사상의 인물과 유적지 외에도 현지의 풍속과 경제 상황 등도 살폈음을 물론이었다. 이것들은 사관으로서 어느 누구도 경험해보지 못한 것이었고 『사기』 집필에 귀중한 자산이되었다.

또한 부친 사마담(司馬談)이 사망하자 부친의 유업을 이어 태사령(太史令)이 되어, 무제가 각 지방을 순행할 때 수행했다. 이역시 그가 『사기』를 집필하는 데 굳건한 기초가 되었다. 기원전 111년에는 무제의 명을 받들어 서남 지역의 소수민족 지역에가서 민정을 살폈고, 무제의 태산 봉선(封禪) 의식에도 참가했으며, 만리장성의 안과 밖으로 1만 8천 리나 여행한 적도 있었다. 이러한 점들은 그가 「화식열전(貨殖列傳)」·「서남이열전(西南夷列傳)」·「하거서(河渠書)」 등을 쓰는 데 큰 도움이 되었다. 또한 수차례의 폭넓은 여행을 하며 직간접으로 당시의 많은 인물들과 교류하면서 역사상 유명 인물들의 생평 사적과 숨겨진 이야기들을 많이 전해들었다. 이것은 그가 「열전(列傳)」 부분을 쓸 때 큰 도움이 되었다. 자객 형가(荊軻)가 진왕(秦王)을 암살하려는 「자객열전(刺客列傳)」의 장면은 당시 진왕의 시의(侍醫) 하무차(夏無且)가 본 것을 간접적으로 전해들은 것이었고, 「번역등관열전(樊酈滕灌列傳)」의 「번쾌전(樊噲傳)」은 번쾌의 손자 번타광(樊他廣)의 구술에 근거한 것이었다. 사마천의 주유천하가 없었더라면 『사기』의 서술은 상당 부분 간략해졌을 것이다. 그리고 실록으로서 가지는 권위도 반감되었을 것이다.

　사마천의 주유천하가 있었기 때문에 『사기』에 언급된 사실들은 상당한 설득력을 갖게 되었다. 실제로 그는 옛 기록들을 맹목적으로 따르지 않고 자신이 주유천하해서 실제 보고 들은 것을 믿었다. 예를 들어, 상고 시기 황제(黃帝)와 관련된 기록을 보자. 사실 황제는 전설로만 전해오는 인물이어서 그 존재 자체가 불투명했다. 사마천이 그 존재를 의심한 것은 당연했다. 그래서 사마천은 "백가가 말하는 황제(百家言黃帝)"를 믿지 않았고, "공자가 전한 『재여문오제덕』과 『제계성』(孔子所傳『宰予問五帝德』及『帝系姓』)"을 인정하지 않았다. 오히려 그는 "서쪽으로는 공동에 이르고, 북쪽으로는 탁록을 지나갔으며, 동쪽으로는 바다로

사마천 서한 때의 사학자이자 문학가. 자는 자장(子長), 하양(夏陽, 지금의 산시성 한청 일대) 사람. 어려서 공안국(孔安國)과 동중서(董仲舒)에게 공부하고 천하를 주유하며 자료를 수집하고 견문을 넓혔다. 부친 사마담의 유업을 이어 태사령에 임명되어 사서를 저술하기 시작했으나 중도에 이릉(李陵)이 흉노에 투항한 일을 변호하다가 궁형을 당했다. 이후 궁형을 당한 치욕을 무릅쓰고 『사기(史記)』를 완성했다.

나아갔으며, 남쪽으로는 강회까지 배를 타고 갔다(西至空峒, 北過涿鹿, 東漸於海, 南浮江淮)"라고 하며 "장로들 모두가 왕왕 황제·요·순이 있는 곳을 말했다(長老皆各往往稱黃帝, 堯, 舜之處)"라는 말을 듣고서 황제의 존재를 믿었다. 이렇게 하여 「오제본기(五帝本紀)」를 제일 앞쪽에 두었던 것이다.

『사기』는 실록으로서의 가치뿐만 아니라 문학서로서의 가치도 엄청나다. 그중 가장 의미 있는 것은 엄정한 역사서답지 않게 인물과 사건에 관한 묘사가 탁월하다는 것이다. 그 예로 「항우본기(項羽本紀)」에 나오는 한 단락을 보자.

번쾌가 곧장 칼을 차고 방패를 들고 군문으로 들어오자, 창을 들고 호위하는 병사들이 막고 들여보내려 하지 않았다. 번쾌는 방패를 비껴들고 부딪치어 호위하는 병사들을 바닥에 넘어뜨렸다. 번쾌는 곧장 들어가 장막을 젖히고 서쪽을 향해 서서 눈을 부릅뜨고 항왕을 노려보는데 머리끝은 위로 치솟고 눈꼬리는 있는 대로 찢어졌다. 항왕이 칼자루에 손을 얹고 앞으로 몸을 숙이며 말했다. "그대는 뭐하는 자인가?" 장량이 말했다. "패공의 참승 번쾌라는 자이옵니다." 항왕이 말했다. "장사로다! 술 한 통을 내려주어라!" 곧 한 말들이 통의 술을 주자, 번쾌는 절하여 사례를 하고는 일어나 선 채로 그것을 마셨다. 항왕이 말했다. "돼지 다리를 내려주어라!" 곧 생돼지 다리 한 쪽을 주자, 번쾌는 그의 방패를 땅에 엎어놓은 뒤 그 위에 돼지 다리를 놓고 칼을 뽑아 썰어서 그것을 먹었다. 항왕이 말했다. "장사께선 더 마실 수 있겠소?"

번쾌가 대답했다. "신은 죽음도 피하지 않거늘 한 통 술이야 어찌 마다하겠습니까?"

(噲卽帶劍擁盾入軍門, 交戟之衛士欲止不內, 樊噲側其盾以撞, 衛士仆地. 噲遂入, 披帷西嚮立, 瞋目視項王, 頭髮上指, 目眥盡裂. 項王按劍而跽曰 : "客何爲者?" 張良曰 : "沛公之參乘樊噲者也." 項王曰 : "壯士!" 賜之卮酒! 則與斗卮酒, 噲拜謝, 起, 立而飲之. 項王曰 : "賜之彘肩!" 則與一生彘肩, 樊噲覆其盾於地, 加彘肩上, 拔劍切而啗之. 項王曰 : "壯士! 能復飲乎?" 樊噲曰 : "臣死且不避, 卮酒安足辭?")

문장을 보면 단순한 역사적 사실을 언급한 것이 아니라 묘사가 아주 세밀하고 생동감이 넘침을 볼 수 있다. 번쾌가 장막으로 들어올 때 호위무사와 부딪치는 장면과 번쾌가 항왕을 노려보는 장면은 실제로 보는 듯하다. 특히 번쾌를 묘사한 장면은 이것만 봐도 번쾌라는 인물의 성격을 대략 짐작할 수 있을 정도이다. 『삼국연의』에서나 보이는 백화소설식의 묘사를 보는 느낌이다. 또 번쾌와 항왕의 대화 또한 역사서답지 않게 생동감 있고 실감이 난다. 이 때문에『사기』는 역사적 사실을 기록한 것뿐만 아니라 문학성도 상당히 뛰어나다고 평가를 받는 것이다.

『사기』의 창작에는 여러 가지 요소가 있을 것이다. 사관을 지낸 가문의 영향, 주유천하로 얻은 자료와 몸소 체험한 경험들, 궁형으로 인한 정신적 역량의 강화 등이 있다. 분명한 것은『사기』가 수록하고 있는 광대한 역사의 기록들은 사마천의 주유천하가 있었기에 더욱 신빙성을 갖게 되었고, 이로 최고의 권위를 가진 사서가 되었다는 점이다.

20여 년간 지방을 유력한 이백

중국문학 최고의 시인으로 손꼽히는 이백(李白, 702~765)도 인생에서 두 차례 천하를 주유한 적이 있다. 주유한 시간은 도합 20여 년이었다. 이 두 차례의 주유천하가 그의 시 창작에 굳건한 토대가 되었다.

이백은 대략 25세 때 가을에 배를 타고 고향 촉(蜀) 땅의 삼협(三峽)을 지나 광활한 세상으로 나아갔다. 이백이 장강을 타고 내려가면서 가장 먼저 들른 곳은 강릉(江陵)이었다. 강릉을 떠나 동정호(洞庭湖)에 와서 여산(廬山)에 올랐다가 다시 금릉(金陵)·양주(揚州)·회계(會稽) 일대를 돌았다. 그런 후 또 강서로 갔다가 최종적으로 안주(安州)의 안륙(安陸, 지금의 후베이성 안루)에 도착했다. 안륙에서는 재상을 역임한 바 있던 허어사(許圉師)의 손녀딸과 혼인하기까지 했다. 이백은 이곳을 근거지로 약 10여 년 동안 형양(荊襄)·장안·낙양·숭산(嵩山)·태원(太原)·동로(東魯) 등지를 유력하였다. 이 기간은 이백이 정치 참여를 열망했던 시기였다. 그는 각지를 유력하며 지방 장관들을 알현하면서 시문을 넣어 자신의 재능을 드러내 조정에 천거되길 희망했다. 이 과정에서 그의 시 창작은 비약적인 발전을 거듭했다. 양양(襄陽)에서 형주장사(荊州長

이백 당나라의 대시인. 자는 태백(太白), 호는 청련거사(靑蓮居士), 농서(隴西) 성기(成紀, 지금의 간쑤성 톈수이현) 사람. 악부시(樂府詩)에 뛰어났고, 스케일이 크고 자유분방하여 '시선(詩仙)'으로 일컬어진다. 현재 1천여 수의 시가 전하며 대표작으로는 「장진주(將進酒)」·「촉도난(蜀道難)」·「정야사(靜夜思)」 등이 있다.

史) 한조종(韓朝宗)을 알현하고 쓴 「여한형주서(與韓
荊州書)」가 그 예라고 할 수 있다. 또한 이 10년 동
안에는 「양양가(襄陽歌)」·「강상음(江上吟)」·「여산
폭포를 바라보며(望廬山瀑布)」·「횡강사(橫江詞)」 등
과 같은 중국 문학사를 빛낸 유명한 작품들이 많이
나왔다. 742년 현종(玄宗, 685~762)은 이백의 명성
을 듣고 서울로 불렀다. 이로써 이백의 제1차 주유
천하는 끝이 났다.

현종 당나라의 6대 황제. 본명은
이융기(李隆基). 중종(中宗)의 황후
인 위후(韋后)의 세력을 물리치고
예종(睿宗)을 복위시킨 후 다시 양
위받아 711년에 황제로 등극했다.
제위에 오른 후 29년간 '개원(開元)'
의 치(治)로 칭송받는 태평성대를
이뤘으나 말년에 양귀비에게 빠져
정치를 소홀히 하며 방탕한 생활
을 했다. 안녹산의 난을 계기로 왕
권을 아들 숙종에게 양위하고 물
러났다.

　현종이 이백에게 내린 관직은 한림학사라는 문학
시종의 자리였다. 문학시종은 글로 황제의 흥을 돋
우는 역할이어서 정치적 포부를 발휘할 수 있는 자
리가 아니었다. 이에 실망한 이백은 1년여 동안 있다가 장안을
떠났다. 이로써 10여 년의 제2차 주유천하가 시작되었다. 제2차
천하주유는 세 시기로 나눌 수 있다.

　첫째는 동쪽 지방을 유력한 시기이다. 이백은 대략 744년에서
751년까지 양송(梁宋, 지금의 허난성 상추 일대)·제로(齊魯)를 유
력하다 남하하여 섬중(剡中)에 와서 장강 중하류 일대를 오간 다
음 북상했다. 이 시기 이백은 두보와 고적(高適)을 만나 양송 지
방을 함께 유력하기도 했다. 이때 지어진 시가 유명한 「몽유천
모음유별(夢遊天姥吟留別)」·「양보음(梁甫吟)」·「장진주(將進酒)」
등이다. 여기서 「몽유천모음유별」을 감상해보자.

　　海客談瀛洲,　　　　바다 나그네가 말하는 영주산은,

煙濤微茫信難求.　안개 낀 파도 아득하여 찾기 어렵다 하네.

越人語天姥,　월나라 사람이 말하는 천모산은,

雲霞明滅或可睹.　구름 무지개 사라질 때 혹 볼 수 있다 하네.

天姥連天向天橫,　하늘이 닿은 천모산은 하늘 향해 가로놓여,

勢拔五岳掩赤城.　기세는 오악을 능가하고 적성산을 압도하네.

天臺一萬八千丈,　천태산 4만 8천 장 높이도,

對此欲倒東南傾.　이 산과 마주치면 동남쪽으로 기울어 굴복하네.

我欲因之夢吳越,　나는 꿈속의 오월 땅에 노닐고 싶어서,

一夜飛渡鏡湖月.　하룻밤새 달 뜬 경호를 날아서 건넜네.

湖月照我影,　호수에 뜬 달은 내 그림자를 비추면서,

送我至剡溪.　나를 섬계까지 바래다주네.

謝公宿處今尚在,　사령운이 묵던 곳 여전히 남아 있어,

淥水蕩漾清猿啼.　맑은 물 넘실대며 원숭이 울음소리 청아하네.

脚著謝公屐,　발에는 사령운의 나막신 신고,

身登青雲梯.　몸은 푸른 구름 속 사다리 타고 올라가네.

半壁見海日,　절벽 중턱에 바다 해돋이 보고,

空中聞天鷄.　공중에서 하늘 닭 울음소리 듣네.

千巖万壑路不定,　수많은 바위와 골짜기 속 찾기조차 어려운 길,

迷花倚石忽已暝.　꽃에 취해 바위에 기대니 어느새 날이 어둑하네.

熊咆龍吟殷岩泉,　곰은 소리 내고 용이 울며 바위 샘물 소리 요란
하니,

慄深林兮驚層巓.　깊은 숲도 떨고 높은 산봉우리도 놀라네.

雲青青兮欲雨,　구름이 짙푸르니 비가 내리듯 하고,

水澹澹兮生煙.　물결이 출렁이니 안개 피어나네.

裂缺霹靂,　번개 치고 벼락 떨어지니,

丘巒崩摧.　언덕과 산은 무너지고 꺾이었네.

洞天石扉,　신선 사는 돌문이,

訇然中開.　큰 소리 내며 가운데서 열리네.

青冥浩蕩不見底,　　푸른 하늘 넓고 넓어 바닥이 안 보이고,
日月照耀金銀臺.　　해와 달은 금은대를 환하게 비추네.
霓爲衣兮風爲馬,　　무지개로 옷 해 입고 바람을 말 삼아,
雲之君兮紛紛而來下.　구름 속 신선들이 훨훨 날아 내려오네.
虎鼓瑟兮鸞回車,　　범들은 비파 타고 난새는 수레 끌며,
仙之人兮列如麻.　　선계 사람들이 삼대같이 늘어섰네.
忽魂悸以魄動,　　　갑자기 마음이 놀라고 넋이 움직여서,
怳驚起而長嗟.　　　깜짝 놀라 일어나 긴 탄식 하네.
惟覺時之枕席,　　　오직 베개와 자리만 그때 일을 알 뿐,
失向來之煙霞.　　　아까의 그 선경들은 간 곳조차 없네.
世間行樂亦如此,　　인간세상의 즐거움도 이와 같아서,
古來萬事東流水.　　예로부터 온갖 일들 동으로 흐르는 물과 같았네.
別君去兮何時還?　　그대와 이별하고 떠나가면 언제나 돌아올까?
且放白鹿靑崖間,　　푸른 절벽 속에 흰 사슴 풀어놓고,
須行卽騎訪名山.　　떠날 때 잡아타고 명산을 찾으리라.
安能摧眉折腰事權貴,　어찌 고개 낮추고 허리 굽혀 권력과 부귀를
　　　　　　　　　　섬겨,
使我不得開心顔!　내 마음과 얼굴을 펴지 못하게 하리오!

「동로 지방의 여러 친구들과 이별하며(別東魯諸公)」로도 알려진 이 시는 이백이 장안을 떠난 지 2년 후인 746년 동로 지방에서 오월로 떠나기 전 남아 있던 친구들과 작별인사를 하면서 지은 것이다. 이백은 이 시에서 장안에서의 좌절로 인한 자신의 처량한 심정을 꿈속의 선경에 기탁하면서도 권세가에 굽히지 않겠다는 불굴의 의지를 드러냈다.

둘째는 751년에서 753년까지 북쪽으로 연계(燕薊) 지방을 유

력했다가 다시 양송으로 돌아온 시기이다. 당시 변경 지역에서는 이민족 간의 전쟁이 빈번했다. 이백은 변방을 안정시키는 계책을 올려 나라에 공을 세워보고자 하였다. 그러나 변방 지역을 장악한 안녹산의 발호와 기세를 보고 실망한 이백은 다시 양송 지방으로 돌아왔다.

셋째는 753년에서 755년까지 선성(宣城)과 금릉(金陵)을 오간 시기이다. 이때 이백의 나이는 이미 반백을 넘었다. 그러나 자신이 꿈꾸었던 포부는 하나도 실현된 것이 없었다. 이백은 이곳에서 산수를 벗 삼아 술을 마시고 현실을 잊으려고 했다. 이 무렵에 지은 「추포의 노래(秋浦歌)」(2)를 보면 이백의 처량한 처지가 잘 나타나 있다.

秋浦猿夜愁,　　추포의 밤 원숭이 슬피 울고,
黃山堪白頭.　　황산도 정상이 하얗게 변했네.
青溪非隴水,　　청계는 비록 농수가 아니지만,
翻作斷腸流.　　애간장 끊는 소리 내며 흐르네.
欲去不得去,　　떠나려고 해도 떠날 수가 없고,
薄遊成久遊.　　잠깐 머문다는 것이 오래되었네.
何年是歸日?　　고향으로 돌아갈 날 언제일까?
雨淚下孤舟.　　외로운 배에서 눈물만 흘리네.

일이 뜻대로 안 되면 가족과 고향 생각이 나는 것은 예나 지금이나 마찬가지인 모양이다. 당시 이백의 처지는 이처럼 처참했다. 그러나 더 큰 불행이 다가오고 있었다. 755년, 안사의 난이 일어난 것이다.

　다음 해 현종이 촉으로 피난 가고 태자 이형(李亨)이 영무(靈武)에서 즉위했다. 이가 숙종(肅宗)이다. 그런데 현종은 영왕이자 이형의 동생인 이린(李璘)에게 강회(江淮) 지역을 살피라고 조서를 내렸다. 숙종은 이린의 세력이 커질 것이 두려워 그에게 촉으로 돌아오라고 명했다. 그러나 이린은 명을 따르지 않았다. 이에 숙종은 이린을 칠 계획을 세우고, 이린은 장강을 따라 동쪽으로 이동했다. 이린이 여산을 지날 때 여산에 은거해 있던 이백의 명성을 듣고 그를 초빙했다. 당시 이백은 고국에 봉사할 마지막 기회라고 생각해 흔쾌히 받아들였다. 그러나 상황은 그의 생각과 반대로 흘러갔다. 이린의 군대가 장강 하류 지역에 왔을 때 이형의 공격을 받아 궤멸하고 이린은 피살된 것이다. 이때 이백도 반란죄로 체포되어 심양(潯陽)의 감옥에 수감되었다. 그가 이린의 막부에 들어온 지 수십 일밖에 되지 않은 시점이었다. 후에 관리들의 변호로 사형은 면하고 야랑(夜郞, 지금의 구이저우성 퉁즈 일대)으로 유배를 당했다. 759년 봄에 봉절(奉節)에 도착했을 때 사면령이 내려졌다. 그 즉시 배를 타고 돌아와 선성과 금릉 사이를 오가며 살았다. 761년 가을 이미 61세가 된 이백은 임회(臨淮)의 이광필(李廣弼)의 막부에 들어가 안녹산의 잔당을 척결하는 일을 하려고 했으나 가는 길에 병이 생겨 당도현(當途縣) 현령(縣令) 이양빙(李陽冰)에게 몸을 기탁하였다. 다음 해인 762년 대종(代宗)이 즉위하여 좌습유로 발탁하였으나 그해 겨울 당도에서 세상을 떠났다.

젊은 시절 10년을 주유한 두보

두보 중당의 대시인. 자는 자미(子美), 하남 공현(巩縣) 사람. 중국 문학사상 가장 위대한 시인으로 이백과 함께 '이두(李杜)'라고 불린다. 유가의 인정사상을 펼치고자 했으나 뜻대로 되지 않아 각지를 떠도는 궁핍한 생활을 했다. 그의 시는 현실성이 강해 '시사(詩史)'라 불리고, 율시의 엄격한 규칙을 지키면서 치밀하게 시를 구성하여 자신의 사상과 감정을 읊었다는 평가를 받는다. 현재 약 1,500수 정도의 시가 전하며 대표작으로는 「춘망(春望)」·「북정(北征)」·「삼리(三吏)」·「삼별(三別)」 등이 있다.

두보(杜甫, 712~770)는 20세가 되던 731년에 세상을 주유하기 시작했다. 세 차례에 걸쳐 10년을 주유했다.

첫 번째 주유에서는 오월(吳越), 즉 지금의 장쑤성과 저장성 일대를 주유하여 강남의 수려한 산천과 명승지를 둘러봤다. 24세 때 과거시험에 응시하기 위해 낙양으로 돌아왔다. 그러나 낙방의 고배를 마셨다. 그리고 다음 해에는 제조(齊趙) 일대, 즉 지금의 허베이·산동·허난 일대를 유력했다. 이 무렵에 지은 시 「장유(壯遊)」에서 "제와 조의 땅을 마음껏 돌며, 갖옷 입고 말 타며 아주 거침이 없었네. 봄에는 총대에서 노래했고, 겨울에는 청구에서 사냥했네(放蕩齊趙間, 裘馬頗淸狂. 春歌叢臺上, 冬獵靑丘旁)"라고 읊은 것을 보면, 당시 두보의 마음이 거침 없고 아주 즐거웠음을 엿볼 수 있다. 이후 두보는 30세가 되어서야 낙양으로 돌아왔다. 그리고 대략 744년경 낙양에서 이백을 알게 되고 함께 양송 일대를 유람했다. 이것이 세 번째 주유였다. 여기에는 변새(邊塞)시인으로 유명한 고적(高適, 702~765)도 동참했다. 이들은 산에 오르고 사냥을 하면서 교류했다.

여기서 제2차 주유 시기에 산동의 태산을 찾아 지은 「태산을 바라보며(望嶽)」(1)를 감상해보자.

岱宗夫如何？	태산은 어떠할까?
齊魯靑未了.	제와 노의 그 푸르른 산색은 끝이 없네.
造化鍾神秀,	대자연이 신비롭고 아름다움을 모았으니,
陰陽割昏曉.	산의 남과 북은 아침과 저녁으로 갈라지네.
盪胸生曾雲,	뭉게뭉게 피어나는 구름 내 마음을 흔들고,
決眥入歸鳥.	눈 부릅뜨고 돌아오는 새들을 놓치지 않네.
會當凌絶頂,	반드시 정상에 올라,
一覽衆山小.	작은 뭇 산들을 모두 바라보리.

　두보의 나이 20세 중반에 지어진 시이다. 태산을 바라보며 그 웅장함을 읊으면서 출사하여 자신의 포부를 펼치겠다는 생각이 담겨 있다. 제6구의 '입(入)'자의 의미가 절묘하다. '입'자는 '들어오다'라는 뜻인데, 여기서는 눈에 새들이 들어온다는 의미로 실질적으로는 '보다'라는 뜻이다. 단순히 볼 '견(見)'이나 바라볼 '망(望)'자를 썼다면 평범한 구절에 지나지 않을 것인데, '입'자를 사용함으로써 문장의 의미가 더욱 깊어졌다. 또 제7구와 제8구는 정치적인 포부가 담긴 말로, 경물에 마음을 기탁하여 표현했다. 이로 보면 당시 두보가 태산을 유력하면서 마음속에 얼마나 큰 뜻을 품었는지 알 수 있다. 이 시는 태산을 읊은 시 중에서 수작으로 손꼽힌다. 청나라 사람 구조오(仇兆鰲)는『두시상주(杜詩詳注)』에서 이 시를 이렇게 평가했다.

　　소릉(두보) 이전에 태산을 읊은 것으로 사령운과 이백의 시가 있다. 사령운의 시 8구는 앞부분은 고아하고 수려하나 뒤 부분은 평탄하고 얕다. 이백의 시 6편은 그 가운데 좋은 구절이 있지만 의미

〈망악도(望嶽圖)〉

고적 당나라의 변새시인. 자는 달부(達夫) 혹은 중무(仲武), 발해군(渤海郡, 지금의 허베이성 징현) 사람. 형부시랑(刑部侍郎)·산기상시(散騎侍) 등의 관직을 지냈다. 백성의 질고와 현실을 비판한 시를 많이 지었으며 특히 장기간 변경에서 생활했기 때문에 이국적인 정조와 병사들의 고통을 시에 많이 담았다. 잠삼(岑參)·왕창령(王昌齡)·왕지환(王之渙)과 더불어 4대 변새시인이라 불린다. 대표작으로는 『연가행(燕歌行)』·『영주가(營州歌)』 등이 있다.

가 대부분 중복된다. 이 시는 기상이 굳세고 높아 두 사람을 아래로 내려볼 수 있다.

(少陵以前題咏泰山者, 有謝靈運, 李白之詩. 謝詩八句, 上半古秀, 而下却平淺. 李詩六章, 中有佳句, 而意多重複. 此詩遒勁峭刻, 可以俯視兩家矣.)

평가를 보면 두보는 이미 20세의 중반에 사령운이나 이백 같은 대가들의 시와 어깨를 나란히 한 것이다. 이 시기에 두보는 타고난 문재에 풍부한 경험까지 더하면서 향후 시 창작에 큰 자산을 만들었다.

18년을 외국에서 보낸 황준헌

사마천·이백·두보가 국내를 주유한 경험을 작품에 담았다면 청나라 말기의 시인 황준헌(黃遵憲, 1848~1905)은 외교관으로 오랫동안 국외에 근무하며 시 창작에 굳건한 토대를 쌓은 경우이다. 황준헌은 25세 때 공생(貢生)이 되고, 29세 때 거인(擧人)에 합격했다. 당시 이홍장(李鴻章, 1823~1901)은 그를 본 후 으뜸가는 인재라는 의미로 '패재(霸才)'라고 극찬했다. 그해 말 황준헌은 주일대사관 참찬(參贊)이 되고, 다음 해에 외교 임무를 맡고 일본을 시작으로 미국·영국·싱가포르에서 장장 18년을 외국에서 근무하였다. 이는 당시의 중국인으로서는 아주 드문 경험이었다. 이 경험이 그의 시 창작에 일대 변화를 가져왔다.

황준헌은 주일대사관에서 5년을 근무하면서 일본인들과 두터운 친분을 쌓았는데, 그가 일본의 지기들과 주고받은 글들은 일본에서 책으로 묶일 정도였다. 황준헌은 일본에서 명승지를 많이 둘러보고 「불인지만유시(不忍池晚遊詩)」 15수와 「유상근(遊箱根)」 4수 같은 경물을 노래한 시를 지었다. 또한 일본의 메이지 유신을 보고 큰 감명을 받기도 했다. 35세 때에는 미국 샌프란시스코 총영사로 부임했다. 이곳에서 그는 화교들의 권리를 위해 많은 노력을 기울였다. 그리고 1885년 잠시 귀국하면서 돌아가는 배 위에서 지은 시가 유명한 「8월 15일 밤에 태평양의 돌아가는 배 위에서 달을 보며 노래하다(八月十五夜太平洋舟中望月作歌)」이다.

茫茫東海波連天,	아득한 동해의 물결은 하늘에 닿아 있고,
天邊大月光團圓.	하늘가 큰 둥근 달의 달빛 밝기도 해라.
送人夜夜照船尾,	사람을 떠나보낸 한밤에 선미를 비추는데,
今夕倍放淸光姸.	오늘 저녁엔 곱고 맑은 달 배로 빛을 내네.
一舟而外無寸地,	배 이외엔 일촌의 땅도 없고,
上者靑天下黑水.	위는 하늘 아래는 검은 바다라네.
登程見月四面明,	여정에 오르니 사방으로 밝은 달 보이고,
歸舟已歷三千里.	돌아가는 배는 이미 삼천 리나 지났네.
大千世界共此月,	온 세상이 이 달을 함께해도,
世人不共中秋節.	세상 사람들은 중추절을 함께하지 않네.
泰西紀曆二千年,	유럽 나라들은 이미 서기 이천 년이건만,
祇作尋常數圓缺.	그 빈번한 둥글고 이지러짐을 평범하게 보네.
舟師捧盤登舵樓,	선원들 나침반 들고 조타실로 올라가고,

船與天漢同西流.	배는 은하수와 함께 서쪽으로 흘러가네.
虯髥高歌碧眼醉,	짙은 수염에 파란 눈의 사람들 취해 노래하니,
異方樂祇增人愁.	이방인의 즐거움은 사람의 근심만 더해주네.
此外同舟下床客,	이외의 가장 못한 삼등석에 탄 노동자들은,
夢中暫免供人役.	꿈속에서나 잠시 사람에게 부려지는 것을 면하네.
沈沈千蟻趨黑甛,	개미처럼 바글바글한 노동자들 달콤한 잠에 빠져,
交臂橫肱睡狼藉.	팔과 팔뚝을 베개 삼아 어지러이 자고 있네.
魚龍悄悄夜三更,	고요하고 적막한 삼경의 깊은 밤,
波平如鏡風無聲.	잔잔한 수면은 거울 같고 바람 소리도 없네.
一輪懸空一輪轉,	하늘에 걸려 도는 바퀴는,
徘徊獨作巡檐行.	홀로 배회하며 처마 앞을 오가네.
我隨船去月隨身,	내가 배를 따라가면 달은 내 몸을 따라오고,
月不離我情倍親.	달은 나를 떠나지 않으니 마음은 배로 친근해지네.
汪洋東海不知幾萬里,	끝없는 동해 몇만 리나 되는지 모르겠고,
今夕之夕惟我與爾對影成三人.	오늘 저녁의 저녁에는 오직 나와 너 그리고 그림자 세 사람이네.
舉頭西指雲深處,	고개 들어 서쪽의 구름 깊은 곳을 가리키니,
下有人家億萬戶.	아래에는 억만 세대의 사람들이 있다네.
幾家兒女遠別離?	몇 집의 남녀가 먼 이별을 할까?
幾處樓臺作歌舞?	몇 곳의 누대에서 가무를 할까?
悲歡離合雖不同,	기쁘고 슬픔 이별과 만남 비록 다르나,
四億萬衆同秋中.	사억의 사람들이 가을에 있는 것은 같네.
豈知赤縣神州地,	어찌 중국이 있음을 알리,
美洲以西日本東,	미주 서쪽은 일본의 동쪽이니,
獨有一客欹孤篷.	오로지 기울어진 외로운 작은 배만 있다네.

此客出門今十載,	이 나그네 집을 나선 지 어언 십 년,
月光漸照鬢毛改.	달빛은 점점 희어진 귀밑머리를 비춘다네.
觀日曾到三神山,	해를 보며 한때 일본에 갔었고,
乘風竟渡大瀛海.	바람을 타고 태평양을 건너가기도 했다네.
擧頭祇見故鄕月,	고개 들어 고향의 달만 바라보니,
月不同時地各別.	달은 때와 장소에 따라 각기 달라지네.
卽今吾家隔海遙相望,	지금 우리 집을 바다를 사이에 두고 멀리 바라보니,
彼乍東升此西沒.	저 동쪽에선 해가 뜨는데 서쪽은 해가 지네.
嗟我身世猶轉蓬,	정처 없이 떠도는 내 신세를 탄식하니,
縱遊所至如鑿空.	마음껏 돌며 이른 곳은 길을 뚫듯 하였네.
禹迹不到夏時變,	우 임금의 자취가 이르지 않고 음력을 쓰지 않아,
我遊所歷殊未窮.	내가 유력한 곳은 거의 다함이 없었다네.
九州脚底大球背,	중국의 발아래에 있는 지구의 반대편,
天胡置我於此中?	하늘이 어찌 나를 이곳에 버려두었나?
異時汗漫安所抵?	다른 날엔 끝이 없어 어디에 도착할지?
搔頭我欲問蒼穹.	나는 머리를 긁으며 하늘에 물어보려 하네.
倚欄不寢心憧憧,	잠이 오지 않아 난간에 기대니 마음은 어수선하고,
月影漸變朝霞紅,	달그림자는 점점 아침의 붉은 노을로 변하니,
朦朧曉日生於東.	몽롱한 아침 해가 동쪽에서 나오네.

시는 광활한 태평양을 지나는 배에서 중추절을 맞이하여 이역에서의 외로움과 가족을 그리는 마음을 절실하게 읊었다. 시는 달을 보고 사람을 그리워하는 전통 시의 특징을 보여주면서 외국인의 모습·시차·명절 습관 등을 읊고 있어 참신한 느낌

을 준다. 형식적으로 전통적인 7언시의 기조를 유지하면서 중간에 9글자와 13글자로 읊은 점이 이채롭다. 이 때문에 린겅바이(林庚白)는 『금시선범례(今詩選凡例)』에서 이 시를 "백 년 동안 보기 드문 작품으로(百年來罕覯之作)", "이전에는 없을 뿐만 아니라 지금의 시를 배우는 사람들을 위해 새로운 길을 연 것이니, 정말이지 지금의 시이다(前無古人, 且爲今之學詩者開辟一徑, 眞乃今詩也)"라고 극찬한 바 있다.

황준헌은 미국에서 돌아와 집에 머물렀다. 그리고 2~3년 후 북경에 가서 문정식(文廷式) · 원창(袁昶) · 구봉갑(丘逢甲, 1864~1912) 등의 유명 문인들과 교류했다. 42세 때에는 주영국 대사관 이등참찬이 되어 영국으로 갔다. 영국에서는 산업혁명과 의회 제도를 보고 감탄했다. 일본 · 미국 · 영국에서의 근무로 어떤 문인도 보지 못한 많은 새로운 사물을 보게 되면서 그의 시 창작은 새로운 전기를 맞이했다. 그는 영국에서 유명한 「런던의 짙은 안개(倫敦大霧行)」와 「지금 사람의 이별(今別離)」 4수를 지었다. 전자는 짙은 안개에 휩싸인 영국의 날씨를 읊었고, 후자는 증기선 · 기차 · 전보 · 사진 · 중국과 영국의 시차를 읊었다. 「지금 사람의 이별」 첫 수를 보자.

別腸轉如輪,　　바퀴처럼 도는 이별의 아픔,
一刻旣萬周.　　순식간에 벌써 만 바퀴네.
眼見雙輪馳,　　두 바퀴 내달리는 것을 보니,
益增中心憂.　　마음엔 근심이 더욱 늘어가네.
古亦有山川　　옛날에도 산과 강은 있었고,

古亦有車舟.	옛날에도 수레와 배는 있었지.
車舟載離別,	수레와 배는 이별을 실었어도,
行止猶自由.	행동거지는 그래도 자유로웠네.
今日舟與車,	지금의 배와 기차는
并力生離愁.	힘을 더해 이별의 시름을 만드네.
明知須臾景,	헤어짐이 잠깐임을 잘 알면서도,
不許稍綢繆.	조금의 슬픔과 괴로움 허락지 않네.
鐘聲一及時,	기적 소리 제때 울리면,
頃刻不少留.	한시도 지체하지 않고 떠나네.
雖有萬鈞柁,	비록 키가 몇천 근이나 나가도,
動如繞指柔.	아주 자연스럽게 움직이네.
豈無打頭風,	어찌 역풍이 없겠는가,
亦不畏石尤.	이 역시 두려워하지 않네.
送者未及返,	보내는 사람은 아직 돌아오지 않았고,
君在天盡頭.	떠난 사람은 하늘 끝에 있네.
望影倏不見,	멀리 바라보니 순간 사라지고,
烟波杳悠悠.	희미한 물결은 아득하기만 하네.
去矣一何速,	어찌 이리도 빨리 가는가,
歸定留滯不.	돌아올 날 막히지 않을 런지.
所愿君歸時,	바라건대 그대 돌아올 때에는,
快乘輕氣球.	쾌속선 타고 빨리 오소서.

　시는 증기선과 기차의 빠름으로 근대 사람들이 이별할 때의
슬픔을 나타냈다. 증기선과 기차의 빠름을 이별하는 사람들의
떠나기 아쉬워하는 정감과 대비시킨 것이 절묘하다. 또한 증기
선과 배·기적 소리·쾌속정 등은 중국 시에서 쓰인 적이 없었
던 새로운 소재였다. 이 점은 고전시의 체제와 이별의 상용적인

황준헌 청나라 말기의 외교관이 자 시인. 자는 공도(公度), 호는 인 경려주인(人境廬主人). 광동(廣東) 가응주(嘉應州) 사람. 1876년 거인 (擧人)이 되어 사일참찬·샌프란 시스코 총영사·주영참찬·싱가포 르 총영사·호남안찰사 등을 역임 했다. 새로운 문물을 소재로 한 시 를 지어 중국 시의 혁신에 이바지 했다. 대표작으로는 「인경려시초 (人鏡廬詩草)」·「일본국지(日本國 志)」·「일본잡사시(日本雜事詩)」 등 이 있다.

구봉갑 청나라 말기의 시인이자 교육자. 자는 선근(仙根), 호는 칩 암(蟄庵). 객가(客家) 사람. 1889년 진사에 급제하여 공부주사(工部主 事)를 역임했으나 곧 관직에서 물 러나 대만과 대륙에서 교육 방면 에 종사했다. 1912년 중화민국 건 국 후에 손중산(孫中山, 쑨원) 임시 정부의 광동성 대표로 선출되었으 나 곧 폐렴으로 사망했다. 그의 시 는 대만을 그리는 것과 시국에 대 한 생각을 토로한 작품들이 많으 며 현재 1,700여 수가 전한다. 대표 작으로는 「산촌즉목(山村即目)」· 「추회(秋懷)」·「기몽이수(紀梦二首)」 등이 있다.

묘사의 틀을 벗어나지 못한 단점에도 불구하고 중국 시의 소재와 표현 영역을 크게 확대한 것이었다. 황준헌의 시는 그가 해외에서 보고 들은 것에 기인한 바가 컸다.

황준헌은 44세 때 주싱가포르 총영사로 부임했다. 영국을 떠나 파리를 거쳐서 갈 때 쓴 「에펠탑을 올라서(登巴黎鐵塔)」가 이 무렵에 지어졌다. 웅장한 에펠탑의 위용과 에펠탑에서 바라보는 느낌을 읊은 시이다. 싱가포르에서 3년 동안 근무하는 동안 황준헌은 줄곧 병을 앓았다. 1894년 청일전쟁이 일어나자 귀국하고 이후 다시 외국으로 나가지 않았다. 그의 18년의 외국 근무는 의심할 바 없이 그의 시 창작에 새로운 안목과 길을 열어주었다. 그의 시에 나오는 에펠탑·증기선·기차·사진 등은 여태까지 중국문학에서 들도 보도 못한 소재였다. 그는 새로운 문명의 이기(利器)에 대해 시를 지어 중국문학의 표현 영역을 한 층 더 넓혀주었다. 이는 굴원·이백·두보 같은 대시인들조차 가보지 않은 길이었다. 이런 점에서 구봉갑이 「인경려시초발(人境廬詩草跋)」에서 "끝없는 시의 바다에서 손으로 새로운 대륙을 개척하였으니, 이것은 시세계의 콜럼버스이다(茫茫詩海, 手辟新洲, 此詩世界之哥倫布也)"라고 평한 것은 그의 시적 성취를 잘 보여주는 말이다.

2

문학 탄생의 원동력이 된 작가의 경험

　모든 문학작품은 작가의 고심을 거쳐 그 결과로 탄생한다. 그리고 작품 한 편 한 편에는 작가가 겪은 다양한 경험들이 녹아 있다. 작품과 연관하여 작가의 경험이 어떻게 반영되어 있는지를 보는 것도 문학작품을 읽는 또 하나의 묘미이다. 왜냐하면 그것은 작품을 이해하는 것뿐만 아니라 문학작품에서 작가의 경험이 얼마나 중요한지를 보여주기 때문이다. 때문에 작가의 경험은 문학작품의 탄생과 뗄 수 없는 관계를 맺는다.

　중국 문학가들을 보면 문학 탄생에서 일생의 경험이 얼마나 중요한지 알 수 있다. 문학사에 이름을 남긴 작가들은 하나같이 인생에서 중대한 경험을 했다. 예로 남당(南唐)의 군주 이욱(李煜)은 망국을 경험했다. 다른 사람이 아닌 군주가 자신의 나라가 패망하는 경험을 했다면 어떤 심정일까? 또 소식처럼 거의 평생을 유배지에서 보내는 경험을 했다면 또 어떤 심정일까?

일반 사람으로선 도저히 상상할 수 없는 느낌일 것이다. 필자는 중국 문학가들의 이런 절실한 경험이 그들이 불후의 작품을 남길 수 있었던 원동력이었다고 본다. 구양수는 "사람은 곤궁해야 문장이 훌륭해진다(窮而後工)"라는 말을 남겼는데 바로 이런 이치를 잘 설명하는 말이다.

여기에서는 중국 문학가들의 경험을 이별·유배·망국·좌절·은거 다섯 가지로 나누어 이런 경험들이 문학작품의 탄생에 어떻게 작용했는지 살펴본다.

1. 이별의 경험

이별은 동서고금을 막론하고 문학에서 애용되는 소재이다. 중국문학에서 이별은 부모형제와의 이별·사랑하는 사람과의 이별·친구 혹은 동료와의 이별 등으로 다양하게 다뤄지고 있는데 감정이 절실해서 심금을 울리는 명작들이 많다. 따라서 이별의 경험은 작품 창작에 빼놓을 수 없는 소재이자 작품 탄생의 중요한 요소이다. 아래에서 이별의 경험으로 인해 문학작품이 탄생한 사례를 들어본다.

이별의 아픔을 노래한 「고시십구수」

전쟁은 많은 사람들을 이별하게 만든다. 유명한 『삼국지』의 무대가 된 동한(東漢) 말기도 예외는 아니었다. 이 시기는 문학사적으로 5언시가 완성되고 사실주의 문학 전통이 형성된 의미 있는 시기이기도 했다. 당시 거듭되는 기황(饑荒)과 폭정으로 백성들의 삶은 피폐해졌다. 이에 반기를 들고 일어난 지방 세력과 중앙 조정 간의 전쟁은 수많은 사람들을 사랑하는 부모형제와 갈라놓았다. 아이러니하게도 전쟁으로 사람들이 겪은 이별의 고통이 문학 창작의 원천이 되었다. 동한 문학에서 이별의 아픔을 가장 두드러지게 묘사한 작품이 「고시십구수(古詩十九首)」이다. 「고시십구수」 중 12수가 이별로 말미암은 떠나간 임에 대한 여인의 처절한 그리움이나 애절한 원망을 노래했다. 그 첫 번째 편인 「가고 또 가버리시니(行行重行行)」를 본다.

行行重行行,	가고 또 가버리시니,
與君生別离.	임과 생이별하였습니다.
相去萬餘里,	당신 떠난 저 머나먼 길,
各在天一涯.	우린 이제 각자 하늘가에 있습니다.
道路阻且長,	길은 험하고 머니,
會面安可知?	만날 날을 어찌 알 수 있겠습니까?
胡馬依北風,	오랑캐 말도 북풍을 그리워하고,
越鳥巢南枝.	월나라 새도 남쪽 가지에 깃듭니다.
相去日已遠,	당신 떠난 지 오래되어,
衣帶日已緩.	허리띠는 그리움으로 나날이 느슨해집니다.
浮雲蔽白日,	새 여자가 나를 대신하니,
游子不顧返.	당신은 나에게 되돌아오지 않는 것입니까?
思君令人老,	당신 향한 그리움에 이미 늙어버렸으며,
歲月忽已晚.	세월 너무 흘러 기다려도 소용없겠지요?

弃捐勿復道,　돌아오시라 다시 말하지 않겠지만,

努力加餐飯.　부디 식사 잘 하시고 몸 보전하시기를!

　시에는 멀리 떠난 임을 생각하는 마음이 애절하게 잘 나타나 있다. 여인은 자기 몸이 야위어가도 객지를 떠돌고 있을 임의 건강을 걱정한다. 특히 제15구와 제16구의 "돌아오시라 다시 말하지 않겠지만, 부디 식사 잘 하시고 몸 보전하시기를!"은 읽는 이의 마음을 숙연하게 만든다. 이 시의 가장 큰 특징은 민가의 리듬으로 운율미를 나타낸 점이다. 시를 보면 제1구에서는 '행행(行行)'이 반복적으로 나오고, 제3구의 '상거(相去)'와 제9구의 '상거'가 중복되며, 제9구의 '일이(日已)'와 제10구의 '일이'가 반복되고 있다. 이런 특징은 전형적인 민가에서 보이는 특징이다. 민가는 보통 운자를 쓰지 않기 때문에 시어를 반복해서 운율미를 나타내는데 시인은 이를 이용하여 시의 운율미를 강화했다. 시에 운자를 사용하지 않고 민가의 운율을 차용한 점이 상당히 이채롭다.

　「고시십구수」 제18편인 「손님이 멀리서 찾아와(客從遠方來)」를 한 수 더 감상해보자.

客從遠方來,　손님이 멀리서 찾아와,

遺我一端綺.　비단 위에 쓴 편지 한 통을 전해주었다.

相去萬餘里,　서로 만리타향 멀리 떨어져 있어도,

故人心尙爾.　나를 사랑하는 마음은 변함없구나!

文綵雙鴛鴦,　비단 위에 새겨진 한 쌍의 원앙 무늬,

裁爲合歡爾,　재단하여 동침할 이불 만든다.
著以長相思,　서로 그리워함으로 붙이고,
緣以結不解.　풀리지 않게 매듭지어 두른다.
以膠投漆中,　아교를 옻칠에 섞듯 굳은 결합이니,
誰能別離此?　누구라서 우리 사이 갈라놓을 수 있겠는가?

　시를 보면 상당한 문학적 소양을 가진 사람이라고 추측되지만 아쉽게도 작가를 알 수 없다. 이 시 역시 한 여인이 멀리 떠난 남편을 간절히 그리워하는 내용이다. 시 곳곳에서 남편을 그리워하는 그녀의 간절한 마음이 읽는 이의 심금을 울린다. 특히 제5구와 제6구의 표현이 뛰어나다. 제5구의 '장상사(長相思)'의 문자적인 의미는 긴 그리움이다. 그런데 '사(思)'자가 '사(絲)'자와 발음이 같다. '장상사(長相絲)'라고 보면 길게 이어진 실, 솜을 의미하는 말이 된다. 따라서 이 문장은 남편이 보내준 이불에 솜을 넣는다는 말인데 '사(絲)'와 발음이 같은 '사(思)'자로 바꿔 그리움을 나타내는 말로 표현했다. 실제로 이불에 넣는 것은 솜이지만 여기에는 남편에 대한 그리움을 담는 의미가 내포되어 있다. 제6구 역시 교묘하다. 이 역시 남편에 대한 끊임없는 그리움과 사랑의 마음을 나타냈다. '결불해(結不解)', 즉 풀리지 않게 매듭짓는다는 것에는 남편에 대한 생각을 멈추지 않고 계속 하겠다는 의미가 함축되어 있다. 이불의 테두리를 마무리하면서 이런 감정을 넣은 것은 뛰어난 표현이다. 그녀의 뛰어난 문학적 역량은 어디에서 온 것일까? 사랑하는 남편과의 사무치는 이별이 그녀에게 이토록 아름답고 애절한 시상을 제공했을

「고시십구수(古詩十九首)」

» 남조(南朝) 양(梁)나라 때 소통(蕭統)이 엮은 『문선(文選)』에 실린 5언고시 19수를 말한다. 내용은 대부분 어지러운 동한 말의 사회를 배경으로 한 남녀의 정을 노래한 것이다. 민가처럼 소박한 맛은 없으나 세련된 5언으로 절실한 감정

명나라 우광선(牛光先)이 손으로 쓴 「고시십구수」

표현에 성공해 새로운 서정의 세계를 개척했다. 문학사적으로 한말 건안 시기의 조조 삼부자를 중심으로 하는 문인들의 5언시 창작에 토대를 마련해 주었다는 의의가 있다.

것이다. 거꾸로 그런 이별의 경험이 없었다면 이런 시가 나올 수 있었을까. 사람의 감정이 얼마나 위대한 것인지 볼 수 있는 시이다.

동생 소철을 그리워한 소식

소식과 소철은 중국 문학사에서 우애가 깊기로 소문난 형제이다. 두 사람은 어려서 동고동락하며 공부했고, 함께 과거에 합격하는 영예를 누렸다. 일찍이 개봉(開封)에 있는 회원역(懷遠驛)에서 함께 제과(制科) 시험을 준비할 때 당나라 시인 위응물(韋應物, 631~791)의 시 「전진과 원상에게(示全眞元常)」에서 "어찌 알리오 바람 불고 눈 오는 밤에, 또 이렇게 마주 보고 잘 수 있을지?(寧知風雪夜, 復此對床眠?)"라는 구절을 보고 감동하여

벼슬에 연연하지 말고 일찌감치 물러나 함께 은거하자고 약속하기도 했었다.

소식이 항주통판(杭州通判)으로 있을 때 동생 소철은 제주(齊州, 지금의 산둥성 지저우)의 장서기(掌書記)로 있었다. 이에 소식은 제주와 가까운 밀주(密州)로 발령을 내달라고 임금에게 주청했다. 소식은 1074년 11월 밀주에 도착하여 밀주지주(密州知州)의 임무를 시작했다. 밀주에 오면 동생과 자주 만날 줄 알았으나 열악하기 그지없는 밀주의 행정을 돌보느라 좀체 시간을 낼 수가 없어 늘 혼자서 그리움을 달랠 수밖에 없었다. 그러다 명절이 오면 그 그리움은 몇 배로 커졌다. 1076년의 중추절에 소식은 동생을 생각하는 마음을 담아 「수조가두(水調歌頭)」를 지었다.

明月幾時有,	밝은 달은 언제부터 저기 있었을까?
把酒問靑天.	술잔을 들고서 하늘에게 물어보네.
不知天上宮闕,	하늘의 월궁에선,
今夕是何年.	오늘밤이 어느 해인지.
我欲乘風歸去,	바람을 타고 가보고 싶지만,
唯恐瓊樓玉宇,	보석 누각과 옥집들이,
高處不勝寒.	너무 높아 추울까 두렵네.
起舞弄淸影,	일어나 춤추며 그림자와 노니니,
何似在人間!	어찌 인상세상만 하리!
轉朱閣,	붉은 누각을 돌아,
低綺戶,	비단 창문으로 낮게 들어와,
照無眠.	비추니 잠을 이룰 수 없네.
不應有恨,	무슨 원망이 있는 것도 아닌데,

何事偏長向別時圓?	어찌 이별할 때에만 저렇게 둥근 것인가?
人有悲歡離合,	사람에게는 슬픔과 기쁨에 이별과 만남이 있고,
月有陰晴圓缺,	달에게는 흐림과 개임, 차오름과 이지러짐이 있듯이,
此事古難全.	이런 일은 예로 완전하기 어려웠네.
但願人長久,	다만 한 가지 바라나니 우리 오래 건강하여,
千里共嬋娟.	떨어져 있어도 저 고운 달 함께 볼 수 있기를.

중추절은 중국인에게는 가장 중요한 명절이다. 이날에는 가족끼리 산에 올라가 달을 보며 가족애를 나눈다. 이런 날이니 중앙에서 좌천되어 지방에 와 있던 소식은 더더욱 가족 생각이 간절했을 것이다. 더군다나 자신의 마음을 가장 잘 알아주는 동생 소철이 부임지 인근에 있었으니 보고픈 마음은 더욱 애틋했을 것이다.

전쟁으로 남편과 사별한 이청조

중국 문학사상 가장 뛰어난 여류작가로 평가받는 이청조(李淸照, 1084~1155)는 이별의 경험을 문학으로 승화시켜 대가의 반열에 올랐다. 이청조는 명망 있는 관리의 집안에서 태어났다. 부친 이격비(李格非)는 소식을 따라 시문을 공부했을 정도로 경사(經史)와 시문에 정통했다. 모친 왕씨(王氏)도 명문가 출신으로 시문에 능통한 여인이었다. 이청조는 이런 훌륭한 집안에서 문학적 소양을 키워나갔다.

이청조는 18세 때 당시 전도유망한 태학생(太學生)이던 조명성(趙明誠)과 결혼했다. 조명성은 금석학(金石學)에 조예가 깊은 인물이었다. 이청조는 결혼한 후 남편이 금석문을 수집·정리·고증하는 것을 도왔다. 조명성의 역작 『금석록(金石錄)』은 이렇게 이청조의 도움으로 나올 수 있었다. 남편 조명성도 이청조의 시문 창작을 적극 지지했다. 두 사람은 서로를 이해하고 돕는 동반자로서 행복한 나날을 영위했다. 그러나 이 모든 것이 1126

이청조 송나라의 여류 문학가. 호는 이안거사(易安居士). 제주(齊州, 지금의 산둥성 지난 장추) 사람. 시어가 아름답고 음률이 뛰어나다는 평가를 받고 있다. 대표작으로는 「여몽령(如夢令)」·「성성만(聲聲慢)」 등이 있다.

년 금(金)나라가 수도 변경(汴京, 지금의 허난성 카이펑)을 침략하면서 산산조각 나버렸다. 다음 해 휘종(徽宗, 1082~1135)과 흠종(欽宗, 1100~1156)이 금나라에 끌려가면서 북송은 멸망했다. 이것이 역사상 유명한 정강지변(靖康之變)이다.

당시 조명성은 모친상을 당해 건강(建康, 지금의 장쑤성 난징)에 가 있었다. 이청조는 홀로 열다섯 수레에 달하는 금석문과 서화를 챙겨 동남쪽으로 피난길에 올랐다. 그러나 더 큰 불행이 다가오고 있었다. 하나는 진강(鎭江)을 지날 때 금석문과 서화를 모두 약탈당한 것이다. 수십 년간 수집한 성과가 하루아침에 물거품이 되었다. 또 하나는 건강에 갔던 남편 조명성이 1129년에 병으로 사망한 것이다. 남편과 사별하고 의탁할 곳 없는 이청조는 피난민들을 따라 월주(越州)를 지나 대주(臺州)·섬주(剡

州)·온주(溫州)로 왔다가 다시 월주·구주(衢州)에서 또다시 월
주를 거쳐 최종적으로 1132년 항주(杭州)에 정착했다. 이때 그
녀의 나이 벌써 49세였다. 전쟁은 그녀의 모든 것을 앗아갔다.
수십 년간 수집했던 금석문과 서화도, 학문의 동반자인 남편도,
행복한 가정도 말이다. 그녀는 낯선 땅에서 이 거대한 슬픔을
사로 발설했다.

이청조의 사는 정강지변을 기점으로 전기 사와 후기 사로 나
누어진다. 전기 사는 행복한 생활을 영위하면서 주위의 경물이
나 짧은 이별의 정을 읊은 작품들이 주류를 이룬다. 반면 후기
사는 나라를 잃은 애통한 심정, 고향에 대한 그리움, 남편과의
행복한 시절에 대한 추억과 감회를 읊은 사들이 주류를 이룬다.
후기에 나온 작품 중에 「임강선(臨江仙)」을 감상해보자.

庭院深深深幾許,　정원은 얼마나 깊고 깊은지,
雲窗霧閣常扃.　　운무에 잠긴 듯 창과 누대는 늘 잠겨 있네.
柳梢梅萼漸分明,　버드나무 끝과 매화 꽃받침은 갈수록 선명해져,
春歸秣陵樹,　　　봄은 말릉의 나무에도 찾아왔으련만,
人老建安城.　　　사람은 건안성에서 늙어가네.

感月吟風多少事,　달 감상하고 바람을 읊던 수많은 추억들,
如今老去無成.　　이젠 늙음과 가버려 이루어진 것 없으니,
誰憐憔悴更彫零.　누가 초췌하고 시든 날 어여삐 여겨줄까.
試燈無意思,　　　꽃등 켜는 일도 귀찮고,
踏雪沒心情.　　　눈 밟는 것도 내키지 않네.

사별한 남편에 대한 애절한 정과 힘든 타지 생활을 노래한 사이다. 1구와 2구는 주변 경물을 묘사하고 있는데 적적한 그녀의 마음을 보여준다. 1구에서 '심(深)'자 세 개가 연이어 쓰이고 있는 것이 절묘하다. 이 구절은 시각적으로 정원이 계속 이어져 아주 '깊음'을 보여주는 듯하다. 4구의 '말릉'은 지금의 난징(南京)으로, 작가에게는 남편과 즐거웠던 추억이 서려 있던 곳이다. 그런데 지금 작가는 피난민을 따라 "건안성(建安城, 지금의

사(詞)

» 시보다 격률이 느슨하고 글자 수가 상대적으로 자유로운 형식으로, 시여(詩餘)·장단구(長短句)라고도 한다. 이 형식은 당나라 중기부터 지어지기 시작하여 송대에 크게 유행하여 한 시대를 대표하는 문학으로 자리매김한다. 시가 읊는 것이라면, 사는 노래하는 것이라는 성격이 강하다. 한마디로 정의하면 노래할 수 있는 시라고 할 수 있다. 사는 길이에 따라 단조(短調, 58자 이하)·중조(中調, 59자~90자)·장조(長調, 91자 이상)로 나눈다. 내용에 따라 몇 개의 편(片)으로 나눠지는데 이것은 오늘날 노래 가사의 절(節)과 비슷하다. 편은 단(段) 혹은 결(闋)이라고도 한다. 편수에 따라 단조(單調, 1절)·쌍조(雙調, 2절)·삼첩(三疊, 3절)·사첩(四疊, 4절)으로 나눈다. 그리고 매수의 사에는 음률이 지정된 사패(詞牌)를 두었다. 음악의 고저와 장단에 따라 기쁨·경사 같은 밝은 분위기를 내는 사패도 있고, 슬픔·상심 같은 침울한 분위기를 내는 사패도 있다. 현전하는 사패는 대략 1천여 개 된다. 이런 사패들을 묶어놓은 것을 사보(詞譜)라고 한다. 대표적인 작가로는 오대의 온정균(溫庭筠)·이욱(李煜) 등이 있고, 송대에는 구양수(歐陽修)·유영(柳永)·소식(蘇軾)·주방언(周邦彦)·이청조(李淸照)·신기질(辛棄疾) 등이 있다.

푸젠성 젠안)에 있어 남편과 함께할 수 없음에 상심한다. 후반부는 남편과의 아름다운 추억은 이제 다시 돌아올 수 없고 이로 인해 만사에 무력감을 느끼는 작가의 심리를 잘 보여준다. 남편이 살아 있기라도 한다면 만날 수 있다는 희망이라도 가져보겠지만 남편과 사별한 채 피난길을 전전한 작가에게는 이제 일말의 희망도 없어졌다. 이런 상황에서 매사에 의욕이 없었음은 불을 보듯 당연했다. 이런 그녀를 위로해줄 수 있는 것이 어쩌면 그녀의 글이었을지도 모른다. 그녀는 거대한 아픔을 사로 발설했던 것이다. 그렇기 때문에 이청조의 사, 특히 후기의 사는 사람을 감동시키는 힘이 있다. 이것이 문학사에서 그녀의 사가 높은 평가를 받는 이유일 것이다.

끊이지 않는 이별의 정을 노래한 왕실보

『서상기(西廂記)』의 작가 왕실보(王實甫, 1260?~1336?)도 사랑하는 사람과 이별한 한 여인의 애절한 마음을 산곡(散曲) 형식으로 노래했다. 그의 「이별의 정(別情)」을 감상해보자.

自別後遙山隱隱, 이별 후로 먼 산은 희미하기만 하고,
更那堪遠水粼粼. 멀리 물결은 출렁대니 더더욱 견딜 수 없네.
見楊柳飛綿滾滾, 두둥실 떠다니는 버들개지 보고,
對桃花醉臉醺醺. 술에 취한 듯 붉은 복숭아꽃 마주하네.
透內閣香風陣陣, 이따금씩 향기로운 바람 규방으로 스며들고,
掩重門暮雨紛紛. 저녁엔 중문을 닫아도 세찬 빗소리 들리네.

怕黃昏不覺又黃昏,	저녁 오기 두려운데 어느새 또 저녁이고,
不消魂怎地不消魂.	넋 나가지 않으려 해도 어찌 넋이 나가지 않으리.
新啼痕壓舊啼痕,	새 눈물 자국이 옛 눈물 자국을 누르고,
斷腸人憶斷腸人.	애타는 사람이 애타는 사람을 생각하네.
今春,	올봄엔,
香肌瘦幾分,	몸이 얼마나 마를지,
摟帶寬三寸.	허리끈이 벌써 세 마디나 헐렁해졌네.

총 2절로 이루어진 이 작품에는 문장 곳곳에 이별의 아픔을 나타내는 기발한 수법이 들어가 있다. 제1절은 사랑한 이를 떠나보내고 경물을 대하면서 느끼는 이별의 아픔을 노래했다. 제1구에서는 먼 산을 바라보며 사랑하는 이가 빨리 돌아오길 기다리고 있다. 그런데 산은 희미하여 그녀에게 사랑하는 이를 볼 수도 사랑하는 이에게 가까이 갈 수도 없으므로 그녀의 기다림을 더욱 애타게 만든다. 제2구에서 그녀는 시선을 강물 쪽으로 돌리나 출렁이는 물결이 그녀의 마음을 더욱 아프게 한다. 출렁이는 물결은 이별로 출렁이는 그녀의 마음을 나타내는 듯하다. 제3구와 제4구는 버들개지와 복숭아꽃으로 자신의 신세를 노래했다. 예로부터 버들과 복숭아꽃은 이별을 상징하는 꽃이었다. 버들개지가 허공에 정처 없이 날리는 것은 사랑한 이와 이별하고 의지할 곳 없는 그녀의 신세와 교묘하게 결합하고 있다. 붉게 핀 복숭아꽃은 사랑하는 이를 기다리느라 지친 그녀의 모습과 대비를 이룬다. 제5구와 제6구는 눈에 보이는 것마다 이

왕실보 원나라의 극작가. 이름은 덕신(德信), 대도(大都), 지금의 베이징) 사람. 성종(成宗) 원정(元貞)에서 대덕(大德) 연간에 활동했다. 잡극(雜劇) 14편이 있다고 기록되어 있으나 지금 『서상기(西廂記)』·『파요기(破窯記)』·『여춘당(麗春堂)』만 전하며, 산곡(散曲)으로는 2편이 전한다. 이 중 『서상기는 중국 희곡사상 가장 뛰어난 작품으로 평가받는다.

별을 느끼게 만드는 경물 때문에 그녀는 이를 애써 외면하고자 방으로 들어간다. 그런데 이번에는 향기로운 바람과 세찬 비가 그녀를 계속 자극한다. 제1절은 거리적으로 먼 곳에 있는 경물에서 가까운 곳에 있는 경물로 옮겨가고, 또 시각적인 것(제1·2·3·4구)에서 후각·청각적인 것(제5·6구)으로 옮겨간다. 구성이 치밀하고 여인이 느끼는 이별의 아픔이 경물에서 경물로 옮겨가며 계속 이어지고 있어 그 아픔과 슬픔의 정도를 짐작할 수 있다. 또 형식적으로 매 구의 끝에 은은(隱隱)·린린(粼粼)·곤곤(滾滾)·훈훈(醺醺)·진진(陣陣)·분분(紛紛) 같은 첩자(疊字)를 운용하여 운율미도 뛰어나다. 이렇게 첩자를 대량으로 사용한 것은 산곡의 특징이라고 할 수 있다.

경물을 보고 이별의 아픔을 노래한 1절과 달리 제2절은 그녀의 마음속 슬픈 심정을 노래했다. 제1구와 제2구는 오늘도 혼자 또 긴 밤을 보내야 하는 두려움 때문에 마음이 지친 것을 노래했다. 제3구는 돌아오지 않는 사람 때문에 눈물을 계속 흘리는 것을 노래했다. '압(壓)'자를 사용한 것이 기발하다. '압'의 원의는 '누르다'이다. 무거운 물건이 위에서 아래로 힘을 가하는 것을 말한다. 이곳에서는 눈물이 피부를 눌렀다는 의미인데, 이는 눈물의 양이 그만큼 많다는 뜻이다. 눈물이 양이 많다는 것은 여인의 슬픔이 그만큼 크고 깊음을 말한다. 제4구는 자신도 애타고 떠난 이도 애타는, 서로를 그리는 마음을 노래했다. 좌

우로 같은 말을 사용해 표현한 것이 아주 교묘하다. 제5·6·7
구에서는 봄이 오면 사랑하는 사람이 더 많이 생각나기에 몸이
많이 야윌 것이라고 노래했다. 제2절은 전체적으로 봤을 때 제
1·2·3·4구는 마음속 감정의 변화를 나타내고 제5·6·7구
는 외형상의 변화를 나타낸다. 또한 내심의 감정과 외형상의 변
화를 노래하면서 제1·2·3·4구에서 앞뒤로 같은 말을 사용한
것이 아주 절묘하다. 작품의 후반부를 보자.

> 怕黃昏不覺又黃昏,
> 不消魂怎地不消魂.
> 新啼痕壓舊啼痕,
> 斷腸人憶斷腸人.

이런 기교는 운율미도 뛰어나지만 사랑하는 이를 그리는 여인
의 끊어지지 않은 사랑을 계속 이어나가는 듯한 느낌도 준다. 이
작품에 이별의 아픔을 나타내기 위해 작가가 얼마나 고심하였
는지를 알 수 있다. 원나라 사람 주덕청(周德淸)이 『중원음운(中原
音韻)』(1324)에서 이 작품을 "대우·음률·평측·어구 모두 절묘
하다(對偶, 音律, 平仄, 語句皆妙)"라고 평한 것도 전혀 이상할 것이
없다고 하겠다. 이 작품이 갖는 예술성은 작가가 겪은 깊은 이별
의 아픔으로 말미암은 것임은 말할 필요도 없다. 그런 아픔이 있
었기에 이렇게 이별의 아픔을 진실되고 애절하게 써낼 수 있었
을 것이다.

산곡(散曲)

» 중국문학에서는 보통 시가문학을 개괄할 때 당시(唐詩)·송사(宋詞)·원곡(元曲)이라고 한다. 여기서 원곡이란 원나라 때에 발생하고 성행한 문학 양식을 말한다. 이 원곡은 다시 산곡과 잡극으로 나눈다. 산곡은 대사와 동작 없이 노래만 하고, 잡극은 무대에서 공연을 목적으로 하는 희곡이어서 노래뿐만 아니라 대사와 동작까지 포함하고 있는 점이 다르다. 또한 산곡은 노래만 한다는 점에서 사(詞)와 유사하나 사보다 운율이 더 관대하고 시가문학에서 사용을 금기시했던 속어·의성어·첩자 등을 대량으로 운용했다는 점에서 또 다르다.

산곡의 성행에서 가장 중요한 것이 문인들의 참여이다. 원나라는 중국을 통일한 후 한인(漢人)에 대해 가혹한 신분제를 실시하는데 "아홉 번째가 유생이고 열 번째가 거지다(九儒十乞)"라는 말이 있을 정도로 한족 문인들의 지위는 낮았다. 게다가 원나라는 개국 초기부터 80여 년간 과거시험을 중단했다. 문인들의 이상은 열심히 공부해 과거에 급제하고 임금을 도와 세상을 다스리는 것인데 하루아침에 필생의 목표가 사라졌으니 그들의 충격과 실망은 실로 엄청났다. 그들은 이전과 달리 백성들과 함께 고난을 겪는 처지로 전락했다. 문인들은 민간에서 유행하던 곡이라는 새로운 시가를 이용해 마음속의 답답함과 울분을 해소했던 것이다. 높은 학문적 지식을 갖고 있던 문인들의 참여로 산곡은 그 나름의 문학성과 예술성을 가지면서 한 시대를 대표하는 문학 양식으로 자리매김하였다.

산곡의 체재는 소령(小令)과 투수(套數)로 나눌 수 있다. 소령은 가장 짧은 형식으로, 시의 한 수(首)에 해당한다. 그런데 짧은 소령으로는 작가가 생각하는 내용을 다 노래할 수 없어 2~3곡을 합해 한 곡으로 노래한 형식이 생겨났는데 이를 대과곡(帶過曲)이라고 한다. 투수는 몇 수의 소령을 일정한 규칙에 따라 조합한 형식이다. 투수는 짧게는 3~4개의 소령이 합쳐진 작품도 있고 많게는 34개의 소령이 합쳐진 작품도 있다. 투수는 동일한 궁조(宮調)에 속하는 곡으로 연결해야 하고 처음부터 끝까지 같은 운(韻)을 사용해야 한다는 등의 규칙이 있다. 투수는 편폭이 길기 때문에 복잡한 내용이나 이야기를 노래하기에 적합한 형식이라고 할 수 있다. 현재 200여 명의 작가에 소령 3,800여 수와 투수 470여 곡이 전한다.

케임브리지와의 이별을 노래한 서지마

사람과의 이별만이 있는 것은 아니다. 자신의 인생에 큰 영향을 끼친 곳과 이별한 경우도 있다. 중국 현대시인 서지마(徐志摩, 1897~1931)에게 케임브리지는 그의 인생을 바꿔놓은 곳이라고 할 수 있다. 그리고 그 케임브리지를 떠나면서 지은 시가 유명한 「케임브리지를 다시 떠나며(再別康橋)」이다.

서지마는 1920년 10월에서 1922년 8월까지 영국 케임브리지대학교에서 유학 생활을 했다. 이곳에서 전공이던 정치경제학을 포기하고 시 창작에 눈을 뜬다. 후일 그는 이 시기를 이렇게 회고했다.

서지마 중국 현대의 대시인. 절강성(浙江省) 해녕현(海寧縣) 출생으로, 원명은 장서(章垿). 미국 유학 때 '지마(志摩)'로 개명했다. 1921년 영국의 케임브리지대학교에서 정치경제학을 공부하면서 러셀·디킨스·카펜터 등의 영국 학자와 문인들과 교류. 이들의 영향으로 본격적으로 시를 창작했다. 1923년 호적(胡適) 등과 신월사(新月社)를 조직했고, 1924년에 북경대학교 교수가 되었다. 1931년 11월 19일 비행기 사고로 사망. 중국 현대시의 개척자로 운율을 중시한 낭만적 서정시를 많이 썼다. 작품집으로는 「지마의 시(志摩的詩)」 등이 있다.

케임브리지가 나의 눈을 열어주었고, 케임브리지가 나의 지식 욕구를 움직였으며, 케임브리지가 나의 자아 의식을 배태했다.

(我的眼是康橋教我睜的, 我的求知欲是康橋給我拔動的, 我的自我意識是康橋給我胚胎的.)

6년이 지난 1928년 서지마는 다시 케임브리지를 찾았다. 처음으로 유학 생활을 했고 인생에 큰 영향을 준 케임브리지는 그에게 평생 잊지 못할 곳이었다. 서지마는 11월 6일 배를 타고 귀국하던 남중국해 위에서 이 시를 지었다.

輕輕的我走了,　　　　　살며시 나는 떠나네,
正如我輕輕的來.　　　　내가 살며시 왔듯이,
我輕輕的招手,　　　　　나는 살며시 손을 흔들어,
作別西天的雲彩.　　　　서녘 하늘의 채색 구름과 작별하네.

那河畔的金柳,　　　　　저 강가의 금빛 버드나무는,
是夕陽中的新娘.　　　　석양 속의 새색시.
波光里的艷影,　　　　　물빛 속 아름다운 그림자,
在我的心頭蕩漾.　　　　내 마음에 출렁이네.

軟泥上的青荇,　　　　　개흙 위의 연꽃,
油油的在水底招搖.　　　파릇파릇 물 밑에서 자태를 뽐내네.
在康河的柔波里,　　　　케임 강의 잔잔한 물결 속에,
我甘心做一條水草.　　　난 기꺼이 한 줄기 수초가 되리.

那榆蔭下的一潭,　　　　저 느릅나무 그늘 아래의 연못은,
不是青泉, 是天上虹.　　맑은 샘이 아니라 하늘의 무지개.
揉碎在浮藻間,　　　　　부초 사이로 비벼 부서지며,
沈澱着彩虹似的夢.　　　무지개 같은 꿈을 쌓네.

尋夢? 撑一支長篙,　　　꿈을 찾고 있나? 긴 노를 저어,
向青草更青處漫溯.　　　청초(青草)로 더 푸른 곳을 올라가네.

滿載一船星輝,	배에 별빛을 가득 담고,
在星輝斑爛里放歌.	반짝이는 별 빛속에서 노래를 부르리.

但我不能放歌,	하지만 난 노래를 부르지 않으리.
悄悄是別離的笙簫.	고요함은 이별의 피리 소리.
夏蟲也爲我沈默,	여름 풀벌레들도 날 위해 침묵하고,
沈默是今晩的康橋!	침묵은 오늘 밤의 케임브리지.

悄悄的我走了,	살며시 나는 떠나가네.
正如我悄悄的來.	내가 살며시 왔듯이,
我揮一揮衣袖,	나는 옷소매를 흔들며,
不帶走一片雲彩.	한 조각의 구름도 가져가지 않으리.

　시는 7절에 각 절이 4구로 이루어져 있다. 첫 번째 절은 케임브리지를 떠나는 느낌을 묘사했다. '경경(輕輕)'을 연이어 세 번이나 쓰고 있는 것이 흥미롭다. '경경'은 중국어로 '칭칭(qīngqīng)'이라고 읽는데 소리가 낭랑해 듣기 좋다. 제2절에서 6절까지는 자신이 한때 몸담았던 케임브리지대학교의 아름다운 모습과 진리를 탐구하고자 했던 시절을 회상하는 장면이다. 이 중에서 묘사가 가장 뛰어난 부분을 살펴보자. 제2절의 제1·2구 "저 강가의 금빛 버드나무는, 석양 속의 새색시"는 석양의 햇살을 받은 버드나무를 새색시에 비유한 것으로 버드나무의 화사함을 생동감 있게 보여준다. 또 제6절 "저 느릅나무 그늘 아래의 연못은, 맑은 샘이 아니라 하늘의 무지개. 부초 사이로 비벼 부서지며, 무지개 같은 꿈을 쌓네"에서 "비벼 부서지는" 부분은

서지마 기념비

표현이 아주 절묘하다. 연못을 무지개에 비교하고 "비벼 부서진다"고 했는데 이는 물결의 출렁거림으로 인해 연못의 형상이 흩어지고 망가지는 것을 비유한 표현이다. "무지개 같은 꿈을 쌓네"는 이런 흩어지고 망가진 것들이 모여 다시 원래의 연못으로 되돌아가는 것이니 이를 꿈에다 비유했다. 제6절은 연못의 표면에 일어나는 모습을 절묘하게 포착한 표현이라고 할 수 있다. 마지막 제7절은 제1절과 호응하며 케임브리지를 떠나는 것에 대한 진한 아쉬움을 나타내고 있다. 제1절처럼 이곳에서도 '초초(悄悄)'를 두 번 연이어 사용했는데, 역시 운율미가 상당히 뛰어나다.

추억이 담긴 곳을 그리워하는 것은 인지상정이다. 특히나 인생을 바꿀 만큼의 큰 변화를 준 곳이라면 더더욱 그 느낌은 남다를 것이다. 그리고 그곳을 떠날 때의 감상은 이루 말로 형언할 수 없을 것이다. 서지마는 케임브리지와의 아쉬운 이별을 이렇게 아름다운 시어로 노래했다.

2. 유배의 경험

유배는 관리가 무거운 죄를 지었을 때 먼 곳으로 귀양을 보내는 형벌이다. 이때 유배를 당하는 문인이 느끼는 감정은 말할 수 없을 만큼 착잡하고 고통스러울 것이다. 그런 착잡함과 고통스러움에서 명작이 나온다. 실제로 많은 작가들이 유배지에서 불후의 작품을 남겼다. 그들은 유배지로 가기 전 사랑하는 사람과 이별했고, 가는 길에서는 산수의 아름다움을 노래했다. 또 유배지에서는 나라와 임금의 안위를 생각하고 자신을 둘러싼 환경을 다시 한 번 되돌아보며 인생의 깊이가 담긴 작품들을 지었다. 이런 작품들은 조정에서는 생각할 수 없는 것이었다. 초사문학의 시조인 굴원(屈原)의 「이소(離騷)」, 시성 두보의 「삼리(三吏)」와 「삼별(三別)」, 백거이의 「비파행(琵琶行)」, 소식의 「수조가두」와 「적벽부(赤壁賦)」 등등 수많은 명작들이 유배지에서 탄생하였다. 조선 시대 정약용(丁若鏞, 1762~1836)도 강진에서 유배 시절 조정에 있을 때는 할 수 없었던 수많은 저술을 지었다. 유배지는 문인에게 조정의 과도한 업무와 치열한 경쟁에서 벗어나 자신만의 시간을 갖게 해주었다. 유배의 경험이 없었더라면 이런 뛰어난 작품들이 나올 수 없었을 것이다.

세 번이나 유배를 당한 굴원

중국문학에서 굴원만큼 유배의 경험을 절실하게 느낀 사람도 드물 것이다. 그는 임금에게 간언하다 세 번이나 유배를 당했다. 그리고 이에 절망한 나머지 결국 강에 몸을 던져 생을 마감했다.

굴원이 살았던 전국시대는 중국 역사상 가장 혼란했던 시기였다. 제(齊)·초(楚)·연(燕)·한(韓)·조(趙)·위(魏)·진(秦) 나라가 천하를 다투었다. 이 중 진나라의 국력이 가장 강성했다. 초나라는 강성해지는 진나라를 막고자 제나라와 군사동맹을 맺었다. 진나라는 초나라를 치기 위해서 이 군사동맹을 와해시킬 필요가 있었다. 이에 진 혜왕(惠王)은 언변에 능한 장의(張儀)를 초나라로 보냈다. 장의는 초나라에게 제나라와 동맹을 끊는다면 그 대가로 상(商)·오(於) 땅 600리를 돌려주겠다고 약속했다. 이에 마음이 동한 회왕은 제나라와 동맹 관계를 끊고 진나라로 사람을 보내 이 600리의 땅을 요구했다. 그러나 장의는 600리가 아니라 6리의 땅이라고 우겼다. 화가 난 회왕은 군사를 동원해 단양(丹陽)에서 진나라 군대를 공격했다. 결과 초나라는 진나라에 대패하고 한중(漢中) 지방까지 빼앗겼다. 위기감을 느낀 회왕은 제나라와 동맹 관계를 회복하기 위해 굴원을 사자로 보냈다.

기원전 311년, 진나라는 한중 지방을 돌려주겠다며 화친을 제의했다. 이때 회왕은 화친의 대가로 장의를 보내줄 것을 요구했다. 초나라에 온 장의는 회왕의 총애를 받는 근상(靳尙)에게 뇌물을 주고 임금에게 좋은 말을 올려달라고 부탁했다. 이로써 장의는 석방되었다. 기원전 305년, 초나라는 제나라와의 관계를 단절하고 진나라와 연합했다. 이때 진나라와 연합을 반대했던 굴원은 간언을 올렸다가 조정 신료들의 미움을 받아 한북(漢北)으로 유배를 당했다. 기원전 300년, 진나라는 초나라를 공격하여 여덟 개의 성을 점령했다. 회왕은 굴원을 다시 불러들였으나 굴원은 끝까지 제나라와 연합하여 진나라에 대항할 것을 주장했다. 당시 진 소왕(昭王)은 회왕에게 편지를 써서 두 사람이 무

굴원 전국시대 초나라의 정치가이자 대시인. 이름은 정칙(正則), 자는 영균(靈均), 초나라 무왕(武王) 웅통(熊通)의 아들인 굴하(屈瑕)의 후손. 삼려대부(三閭大夫)와 좌도(左徒) 등의 관직을 역임하였으며, 제나라와 연합하여 진나라에 대항할 것을 주장하다 모함을 받고 몇 차례 유배를 당한 끝에 멱라강에 투신자살했다. 작품으로는 「이소(離騷)」·「구가(九歌)」·「구장(九章)」 등이 있다.

굴원을 모신 사당인 굴자사(屈子祠) 후난성 미뤄현(汨羅縣) 미뤄강 가의 옥사산(玉司山) 위에 있다. 한나라 때 처음으로 건축되었다고 하며 현존하는 것은 1756년에 중건한 것이다. 사당 뒤에는 '소단(騷壇)'이라고 하는 사람 키 높이의 작은 흙 언덕이 조성되어 있다. 전설에 의하면 굴원은 이곳에서 「이소」를 지었다고 한다.

관(武關)에서 만나 맹약을 체결하자고 제의했다. 굴원의 강력한 반대에도 불구하고 무관으로 향한 회왕은 무관에 들어서자 바로 연금되고 땅을 할양하라는 협박을 받았다. 초나라에서는 대신들이 태자 횡(橫)을 임금으로 세우는데 이가 경양왕(頃襄王)이다. 기원전 296년, 회왕은 끝내 초나라로 돌아오지 못하고 진나라에서 사망했다. 굴원은 회왕이 죽은 책임을 영윤 자란(子蘭)에게 돌렸다. 자란은 상관대부(上官大夫)를 사주해 경양왕 앞에서 굴원을 비방했다. 이에 대노한 경양왕은 굴원을 강남으로 유배 보냈다. 굴원은 또다시 자신을 시기하는 신료들과 자신의 말을 들어주지 않는 임금에게 절망했다. 조정이 무능한 신료들에게 장악당하면서 초나라의 국세도 나날이 기울어갔다. 기원전 278년에 진나라의 장수 백기(白起)가 초나라의 수도 영도(郢都)를 공격해 초나라는 결국 패망했다. 이에 절망한 굴원은 멱라강

(汨羅江)에 뛰어들어 자살했다. 여기서 그가 투신자살하기 전에
지은 「강물로 돌아가리(懷沙)」를 감상해보자.

滔滔孟夏兮,	따사로운 초여름,
草木莽莽.	무성한 초목들.
傷懷永哀兮,	오래도록 슬픈 마음을 안고,
汨徂南土.	서둘러 남쪽으로 가네.
眴兮杳杳,	바라만 봐도 아득하고,
孔靜幽黙.	너무 고요해 적막 속에 있네.
鬱結紆軫兮,	쌓여온 울적한 마음은 온몸을 고통스럽게 감싸고,
離慜而長鞠.	우환을 만나 오랫동안 곤경에 처했네.
撫情效志兮,	내 마음과 뜻을 살피고 따져보면,
冤屈而自抑.	억울하고 굴욕스런 마음에 억눌려 있다네.
刓方以爲圜兮,	네모가 둥글게 깎여도,
常度未替.	변치 않는 도리를 버리지 않겠네.
易初本迪兮,	원래의 신념을 바꾼다면,
君子所鄙.	군자들에게 버림을 받으리.
章畫志墨兮,	규칙을 잘 기억해 분명하게 일을 해야지,
前圖未改.	옛날의 법도를 고쳐서는 안 되네.
內厚質正兮,	인품이 돈후하고 바르다면,
大人所盛.	훌륭한 분들이 찬미하리.
巧倕不斲兮,	장인 수(倕)가 도끼를 들지 않았다면,
孰察其撥正?	누가 굽은 나무를 곧게 할 수 있음을 알았겠나?
玄文處幽兮,	검은 무늬를 외진 곳에 두면,
矇瞍謂之不章.	눈먼 장님은 무늬가 없다고 하네.
離婁微睇兮,	이루(離婁)가 실눈을 하고 살짝 봐도,

瞽以爲無明.	눈먼 장님은 그의 눈이 밝지 않다고 여기네.
變白以爲黑兮,	흰 것을 바꿔 검다고 여기고,
倒上以爲下.	위의 것을 뒤집어 아래 것이라고 여기네.
鳳皇在笯兮,	봉황은 새장에 갇혀 있고,
鷄鶩翔舞.	닭과 오리들은 하늘을 날며 춤추네.
同糅玉石兮,	옥석이 함께 섞여 있고,
一槪而相量.	한 가지 잣대로만 재려 하네.
夫惟黨人鄙固兮,	저 소인배들 천박하고 완고하니,
羌不知余之所臧?	내 고원한 마음을 어찌 알리?
任重載盛兮,	내 일찍이 무거운 것 지고 많은 것을 실었다가,
陷滯而不濟.	어려움에 빠져 건너지 못했네.
懷瑾握瑜兮,	아름다운 옥을 품고 보석을 갖고 있어도,
窮不知所示.	곤경에 처해 누구에게 보여야 할지 몰랐네.
邑犬之羣吠兮,	마을의 개가 떼 지어 짖는 것은,
吠所怪也.	진귀한 것을 괴이하게 여겨서이네.
非俊疑傑兮,	뛰어난 인재를 비방하고 걸출한 사람을 의심하는 것은,
固庸態也.	본시 용속한 무리들이 하는 짓이네.
文質疏內兮,	겉은 소박하고 속은 어눌해서,
衆不知余之異采.	사람들은 나의 뛰어난 자질을 모르네.
材朴委積兮,	좋은 재목과 거친 재목을 함께 쌓아두니,
莫知余之所有.	내 재능을 알아주는 사람이 없네.
重仁襲義兮,	인과 의를 쌓고,
謹厚以爲豊.	공손하고 너그럽게 자신을 가꾸었네.
重華不可遻兮,	중화(순 임금의 이름)는 만날 수 없으니,
孰知余之從容?	누가 나의 행동거지를 알아줄까?
古固有不并兮,	예로부터 어진 신하와 영민한 군주는 같은 때에 나지 않았으니,

豈知其何故?	그것이 왜 그런지 어찌 알겠는가?
湯禹久遠兮,	먼 옛날의 탕 임금과 우 임금은,
邈而不可慕.	너무 오래되어 흠모할 수 없네.
懲連改忿兮,	한스럽고 분한 마음을 가라앉히고,
抑心而自强.	뜻을 굳건히 해보리.
離慜而不遷兮,	화를 당해도 내 생각을 바꾸지 않을 것이니,
願志之有像.	내 뜻이 후인들에게 본보기가 되길 바라네.
進路北次兮,	길을 달려 북쪽에 머물려 하니,
日昧昧其將暮.	날은 어둑어둑 저물고 있네.
舒憂娛哀兮,	시름을 풀고 슬픔을 즐기니,
限之以大故.	이제 이 생명 마지막 순간까지 왔네.
亂日：浩浩沅湘,	마무리 : 넓고 넓은 원수와 상수,
分流汨兮.	제각기 나뉘어 세차게 흐르네.
修路幽蔽,	기나긴 길은 가려 그윽하고,
道遠忽兮.	길은 저만치 멀고 아득하네.
曾傷爰哀,	끝없는 아픔과 슬픔,
永歎喟兮.	나를 오래 탄식하게 만드네.
世溷濁莫吾知,	세상은 혼탁해 알아주는 이 없고,
人心不可謂兮.	사람의 마음은 알 길 없어 말하기 어렵네.
懷質抱情,	좋은 자질과 뜻을 갖고 있어도,
獨無匹兮.	혼자여서 봐주는 사람 없고.
伯樂旣沒,	백락(伯樂)은 죽고 없으니,
驥焉程兮?	누가 천리마를 알아볼까?
萬民之生,	사람들의 목숨,
各有所錯兮.	생사가 정해져 있네.
定心廣志,	마음을 정하고 뜻을 넓혔으니,
余何畏懼兮?	내 무엇이 두려우리?
知死不可讓,	죽는 줄 알면서도 물러나지 않을 것이며,

願勿愛兮.	목숨이 아까워 뜻을 버리지도 않으리.
明告君子,	성현들께 분명하게 고하노니,
吾將以爲類兮.	나는 그대들을 나의 본보기로 삼을 것이리.

　시에는 자신을 알아주지 않는 현실에 대한 좌절과 고뇌가 구구절절 잘 나타나 있다. 그것은 세 번이나 유배당한 굴원의 세상을 향한 마지막 외침이었다. 유배의 경험은 그의 정신과 글을 혹독하게 단련시켰다. 그의 이러한 경험이 없었더라면 이렇게 구구절절 애타는 마음을 나타낼 길이 없었을 것이다. 현존하는 굴원의 작품 26편 중 상당수가 유배지에서 지어진 작품이다. 이런 심정이 문학으로 승화되어 불후의 작품들을 남기게 되었다.

23년이나 지방을 전전한 유우석

　유우석(劉禹錫, 772~842)은 중국문학 전공자가 아닌 사람에게는 낯선 이름이다. 그는 당나라 때 고문운동(古文運動)의 대가인 유종원의 절친한 친구이자 정치적 동지로 '영정혁신(永貞革新)'에 참여했으며, 산문과 시에서 주옥 같은 명작을 남긴 대작가이다. 같은 시기에 활동한 시인 백거이가 『유백창화집해(劉白唱和集解)』에서 그를 '시호(詩豪)'라 칭송한 것만 봐도 그의 문학적 위상을 충분히 짐작할 수 있다.

　유우석은 793년에 진사에 급제하고, 32세 때 감찰어사가 되어 중앙정계로 진출했다. 그는 당시 태자시독(太子侍讀)으로 있던 왕숙문(王叔文, 753~806)의 눈에 들어 중용되었다. 805년 정월 덕종(德宗)이 사망하고 순종(順宗)이 즉위하자 왕숙문은 일련

유우석 당나라의 정치가이자 문학
가. 자는 몽득(夢得), 낙양(洛陽) 사
람. 7언율시와 절구에 뛰어나며 '시
호(詩豪)'라는 칭호가 있다.

의 개혁 정책을 실시했는데 이때 유우석은 그와 함
께 각종 사회 개혁을 추진했다. 그러나 불행히도 그
해 8월 개혁을 지지한 순종이 환관들에게 연금되고
헌종(憲宗)이 즉위하자, 왕숙문이 주도했던 개혁에
참가한 인사들이 숙청되기 시작했다. 왕숙문은 8월
에 유주사호(渝州司戶)로 좌천되었고, 유우석은 9월
13일에 연주자사(連州刺史)로 좌천되었다가, 11월
14일에 다시 낭주사마(朗州司馬)로 좌천되었다. 이
를 시작으로 유우석은 23년간 중앙 정계로 돌아가
지 못하고 지방을 전전하는 몸이 되었다. 이때 그의 나이 겨우
34세였다.

> 巴山楚水淒涼地, 사천과 호북의 황량한 산수 속에,
> 二十三年棄置身. 23년이나 이 몸 내버려두었네.
> ― 『수낙천양주초봉석상견증(酬樂天揚州初逢席上見贈)』 중

　　그는 긴 유배 생활로 상당한 문학적 성과를 거두었다. 첫째,
유배지 백성들이 부른 민가의 특징들을 자신의 시에 적극적으
로 반영했다. 그의 「경도곡(競渡曲)」과 「채릉행(采菱行)」 등은 민
가 특유의 경쾌한 리듬으로 상원(湘沅) 일대의 용주(龍舟) 경기
와 소녀들이 마름꽃을 따는 모습을 노래했다. 둘째, 유배지를
전전하면서 백성들의 삶을 바로 볼 기회를 가졌다. 이것은 그의
문학 창작에 참신한 소재를 제공했다. 「죽지사구수(竹枝詞九首)」
가 이를 반영한 대표적 작품이다. 이 작품은 산간 사람들의 애

환과 사랑을 진솔하게 노래했다. 이 중 한 수를 예로 든다.

> 山桃紅花滿上頭,　붉게 핀 복숭아꽃 산 정상에 가득하고,
> 蜀江春水拍山流.　촉 강의 봄 강물은 산을 치고 흐르네.
> 花紅易衰似郞意,　붉은 꽃 쉬이 짐은 낭군의 생각 같고,
> 水流無限似儂愁.　끝없이 흐르는 물은 나의 근심 같네.

　이 시는 자연 경물에 화자의 근심 어린 마음을 멋지게 담아냈다. 제1구와 제2구는 산과 강의 경물을 노래했다. 제3구와 제4구는 낭군의 마음과 자신의 대조된 마음을 읊었다. 낭군의 마음을 지는 꽃에 비유한 것과 자신의 근심을 흐르는 물에 비유한 것이 인상적이다. 꽃이 진다는 것은 낭군이 그녀에게 마음이 없음을 보여주는 것이고, 끝없이 흐르는 물은 그녀의 근심이 끝이 없고 깊음을 의미한다. 또한 제4구의 여섯 번째 글자 '나'의 의미인 '농(儂)'은 구어에서 쓰이는 글자이다. 이 글자가 쓰임으로써 민가적인 색채가 짙게 드러나고 문장이 아주 참신해짐을 느낄 수 있다. 이런 점은 문인들의 시에서는 보이지 않는 것들로 중당 시문학에 아주 신선한 공기를 불어넣어주었다.

14년을 유배지에서 보낸 유종원

　유종원(柳宗元, 773~819)은 중당 시기 시와 산문으로 이름을 떨쳤던 문인으로, 유우석의 친구이자 정치적 동지이다. 그의 유배 경험 역시 유우석 못지않게 시련과 좌절로 점철되어 있다. 유배지에서의 경험은 그가 우언산문(寓言散文)과 유기산문(遊記

유종원 당나라의 정치가이자 대문인. 자는 자후(子厚), 하동(河東), 지금의 산시성 융지현) 사람. 평생 600여 편의 작품을 남겼고 산문에서 큰 성취를 거둬 당송팔대가의 한 사람으로 추앙받는다. 그의 산문은 논리가 정연하고 날카롭게 시정을 풍자하고 있다는 평가를 받고 있다.

散文)이라는 새로운 장르를 개척하는 밑거름이 되었다.

유종원이 살았던 시기는 조정 안팎으로 혼란의 연속이었다. 안으로는 환관 세력들이 황제와 대신들을 농락했고, 밖으로는 절도사들이 군권을 장악해 조정을 호시탐탐 노리고 있었다. 여기에 가뭄과 관리들의 수탈이 더해졌다. 유종원은 26세에 집현전서원정자(集賢殿書院正字)로 벼슬길에 올랐다. 29세에는 난전위(藍田尉)로 옮겼다가 31세에는 감찰어사리항(監察御史里行)이 되었다. 당시 유종원을 비롯하여 동궁 황태자 이송(李誦)의 시독이었던 왕숙문, 감찰어사 유우석 등은 황권이 위협받는 상황을 직시했다. 이송은 순종으로 즉위하자 왕숙문을 한림학사에 임명하여 개혁에 착수했다. 이때 유종원도 예부원외랑(禮部員外郞)에 임명되어 동참했다. 그러나 환관·호족 세력의 반발로 양측은 치열한 권력투쟁을 벌였다. 환관과 호족 세력은 먼저 왕숙문의 관직을 삭탈한 다음 순종을 폐위시키고 태자 이순(李純)을 제위에 올렸다. 개혁파를 지지하던 순종이 물러나자 환관과 호족 세력은 개혁파에게 대대적인 정치보복을 가하기 시작했다. 왕숙문은 유주사호(渝州司戶)로 폄적되었다 피살되었고, 개혁파에 가담했던 유종원·유우석·한태(韓泰) 등 여덟 명은 먼 곳에 있는 각 주(州)의 사마(司馬)로 폄적되었다. 이것이 역사상 유명한 '팔사마사건(八司馬事件)'이다. 이때 유종원은 영주(永州)사마로 폄적되는데 이곳에서 10년을 귀양살이하게 된다. 후에 유주(柳州)자사로 옮겼지만 끝내 조정으로 복귀하지 못하고 4년 후 이곳에서 사망했다.

영주로의 유배는 유종원의 모든 사상·창작 영역에서 엄청난 변화를 가져왔다. 새롭고 낯선 환경에서 그는 현실에 대한 강한 불만을 글로 나타낼 수밖에 없었다. 이런 역량이 문학작품으로 승화되어 불후의 작품들을 탄생시켰다. 유종원의 작품을 보면 두 가지 경향이 두드러진다. 하나는 현실 정치에 대한 강한 불만과 사회의 부조리를 나타낸 작품들이다. 이는 작가가 입은 정치적 박해와 무관치 않은 것으로 보인다. 이들 작품들은 주로 우언 형식으로 표현되어 있다. 대표작으로는 「세 가지 경계해야 할 것(三戒)」·「검 땅의 나귀(黔之驢)」·「나무 심는 곽탁타의 전기(種樹郭橐駝傳)」·「뱀 잡는 사람의 이야기(捕蛇者說)」 등이 있다. 다른 하나는 영주의 아름다운 산수자연을 노래한 작품들이다. 대표작으로는 여덟 편의 작품을 모아놓은 「영주팔기(永州八記)」가 있다. 여기서는 「나무 심는 곽탁타의 전기」를 감상해보자.

　　곽탁타는 원래 이름이 무엇인지 모른다. 곱사병을 앓아 불룩하니 엎드려 다녀 그 모습이 낙타와 유사했으므로 마을 사람들이 타(駝)라고 불렀다. 타도 듣고는 "매우 좋다. 내 이름으로 정말 적당하다"고 하고는 제 이름을 버리고 스스로도 탁타라고 하였다. 그의 고향은 풍락향으로 장안의 서쪽에 있다. 타는 나무 심는 일을 업으로 하였는데, 장안의 호족 부자로 큰 정원을 꾸미는 사람에서 과일 장수에 이르도록 모두들 다투어 그를 맞이해 고용하고자 하였다. 타가 나무 심는 것을 보면 혹 옮겨 심어도 죽는 것이 없고 또 크고 무성하였으며 일찍 그리고 많은 열매를 맺었다. 다른 나무 심는 사람들이 훔쳐보고 흉내를 내지만 아무도 그와 같을 수가 없었다.

누군가가 물으니 그는 답했다. "저 탁타가 나무를 오래 살고 불어나게 할 수 있는 것은 아닙니다. 나무의 천성에 맞추어 그 본성대로 자라도록 할 수 있을 뿐입니다. 나무의 본성이란 그 뿌리는 펴지기를 바라고, 배토(培土)는 고르기를 바라며, 흙은 옛 것을 바라고, 다지기는 촘촘하기를 바랍니다. 그렇게 되었다면 그뿐으로, 건드리지 않고 염려하지도 않으며 떠나가 다시 돌아보지도 않습니다. 심을 때는 자식같이 대하고, 내버려둘 때는 버린 듯이 하면 천성이 온전히 보존되고 본성대로 자랍니다. 그러니 저는 그 성장을 해치지 않을 따름이지, 크고 무성하게 만들 수 있는 것은 아닙니다. 그 결실을 억제하고 줄이지 않을 뿐이지 일찍 맺고 많이 맺게 할 수 있는 것은 아닙니다. 다른 이가 심는 것은 그렇지 않으니, 뿌리는 뭉치고 흙은 바뀌며, 배토할 때는 지나치지 않으면 모자랍니다. 그렇지 않을 수 있는 사람은 또 너무 많이 아끼고 너무 힘써 걱정하여, 아침에 보고 저녁에 어루만지며 이미 떠났다가도 다시 돌아봅니다. 심한 경우에는 껍질에 손톱질하여 살았는지 말랐는지 알아보고, 뿌리는 흔들어 빽빽한지 성근지 살펴보니, 나날이 나무는 그 본성을 잃어갑니다. 비록 아낀다고 하지만 실은 해치고, 걱정한다고 하지만 실은 원수로 대합니다. 그래서 저만 못한 것입니다. 제가 또 어찌 무슨 작용을 할 수 있겠습니까!"

물었던 이가 말했다. "그대의 도리를 관가의 다스림에 옮겨 적용해도 되겠는지요?" 탁타가 대답했다. "저는 나무 심는 일만 알 뿐입니다. 다스리는 일은 제 직업이 아닙니다. 그러나 저는 마을에 살면서 윗자리에 계신 분들이 번거롭게 명령 내리기를 좋아하시어 마치 매우 불쌍하게 여기는 듯하지만 끝내는 화를 부르는 것을 봅니다. 아침저녁으로 관리들이 와서 외쳐댑니다. '관청에서

명하니, 그대들의 밭 갈기를 재촉하라, 그대들의 심는 일을 힘쓰라, 그대들의 수확을 단속하라, 일찍 그대들의 실을 뽑으라, 일찍 그대들의 명주를 짜라, 그대들의 아이를 기르라, 그대들의 닭과 개를 키우라.' 북을 울려 사람들을 모으고 나무토막을 두드려 불러댑니다. 우리 서민들은 아침식사 저녁식사를 멈추고 관리들을 접대하기에도 쉴 틈이 없으니, 또 어떻게 우리의 생산을 늘리고 본성에 맞춰 안주하겠습니까? 그래서 병이 나고 또 지칩니다. 이와 같다면 제 직업의 경우와도 역시 유사함이 있겠지요?'

물었던 이가 기뻐하며 말했다. "훌륭하지 않는가! 나무 기르는 것을 물어 양육하는 방법을 깨달았다." 이에 그 일을 기록하여 관청의 계율로 삼는다.

(郭橐駝, 不知始何名. 病僂, 隆然伏行, 有類橐駝者, 故鄉人號之駝. 駝聞之曰: "甚善, 名我固當." 因捨其名, 亦自謂橐駝云. 其鄉曰豐樂鄉, 在長安西. 駝業種樹, 凡長安豪富人爲觀遊及賣果者, 皆爭迎取養. 視駝所種樹, 或移徙15, 無不活, 且碩茂蚤實以蕃. 他植者雖窺伺傚慕, 莫能如也. 有問之, 對曰: "橐駝非能使木壽且孳也, 能順木之天以致其性焉爾. 凡植木之性. 其本欲舒, 其培欲平, 其土欲故, 其築欲密. 旣然已, 勿動勿慮, 去不復顧. 其蒔也若子, 其置也若棄, 則其天者全而其性得矣. 故吾不害其長而已, 非有能碩茂之也. 不抑耗其實而已, 非有能蚤而蕃之也. 他植者則不然, 根拳而土易, 其培之也, 若不過焉則不及. 苟有能反是者, 則又愛之太殷, 憂之太勤, 旦視而暮撫, 已去而復顧. 甚者爪其膚以驗其生枯, 搖其本以觀其疏密, 而木之性日以離矣. 雖曰愛之, 其實害之, 雖曰憂之, 其實讎之, 故不我若也. 吾又何能爲哉!" 問者曰: "以子之道, 移之官理可乎?" 駝曰: "我知種樹而已, 理, 非吾業也. 然吾居鄉, 見長人者好煩其令, 若甚憐焉, 而卒以禍. 旦暮吏來而呼曰: '官命促爾耕, 勖爾植, 督爾穫. 蚤繰而緒, 蚤織而縷, 字而幼孩, 遂而鷄豚.' 鳴鼓而聚之, 擊木而召之. 吾小人輟飧饔以勞吏者, 且不

得暇, 又何以蕃吾生而安吾性耶? 故病且怠. 若是, 則與吾業者其
亦有類乎?"問者嘻曰 : "不亦善夫! 吾問養樹, 得養人術."傳其事
以爲官戒.)

　문장은『장자(莊子)』「양생주(養生主)」에 나오는 "포정이 소를
해체하다(庖丁解牛)"의 형식과 유사하다. 곽탁타의 나무 심는 법
을 통해 백성들의 생활을 돌보기는커녕 도리어 심하게 간섭하
는 관가의 행태를 우회적으로 고발하고 있다. 산문으로 사회문
제를 제기하고 비판한 것은 유종원 산문의 큰 성취이다. 그가
조정에 있었다면 과연 현실성이 강한 산문들이 나올 수 있었을
까? 치열한 권력투쟁의 와중에 있는 그로서는 일반 백성들의 삶
을 살펴볼 겨를이 없을 것이다. 또 조정에서 이렇게 현실성이
강한 작품을 쓴다는 것 자체가 임금이나 정적으로부터 쉽게 공
격받을 요인이 되기 때문에 이런 글을 쓰기가 쉽지 않았을 것이
다. 유배를 당한 후에는 현실 정치에 대한 불만과 유배지에서
목도하게 되는 백성들의 참상들을 접할 수 있었고, 여기에 어느
누구의 제약을 받지 않고 글을 쓸 수 있었다는 점에서 현실성이
강한 이런 작품이 나올 수 있었다. 그의 유기산문은 산수를 노
래한 것이기 때문에 조정에서는 더더욱 이런 글을 쓸 수가 없었
다. 어째든 유종원의 산문은 그의 유배로 인해 탄생된 것이다.

유배지에서 문학적 재능을 꽃피운 소식
　중국문학에서 유배지에서 문학적 재능을 꽃피운 문인으로

는 단연 소식을 손꼽을 수 있다. 소식은 거의 일생을 유배지에서 보내면서 중국 문학사에 길이 남을 명작들을 써냈다. 유배지는 그에게 문학적 영감을 주는 원천이었던 셈이다. 특히 황주(黃州)에 유배된 시절은 문학 창작이 절정에 달한 시기였다. 호방사(豪放詞)의 걸작으로 평가받는 「염노교(念奴嬌) ― 적벽회고(赤壁懷古)」·「완계사(浣溪沙)」와 「전적벽부(前赤壁賦)」·「후적벽부(後赤壁賦)」 같은 명작들이 지어졌을 정도로 소식의 문학 생애에서 가장 찬란한 시기였다. 그가 이렇게 불후의 명작을 지어낼 수 있었던 것은 소식 자신의 엄청난 시련과 사상적 변화가 있었기 때문이었다.

　소식은 1061년 8월 제과(制科)에 제3등급으로 합격한 뒤, 같은 해 10월 봉상부첨판(鳳翔府簽判)으로 관직 생활을 시작했다. 1065년, 영종(英宗)은 소식을 경사로 불러들여 판등문고원(判登聞鼓院)에서 일하게 했다. 영종은 소식의 문재(文才)를 잘 알고 있었던 터라 다시 그를 한림원지제고(翰林院知制誥)에 임명하려고 했다. 그러나 재상 한기(韓琦, 1008~1075)의 반대로 좌절되었다. 이에 영종은 소식에게 한림학사원에서 치르는 특별시험인 소시(召試)를 거치게 하여 관직(館職)에 임명했다. 그해 2월 최고의 성적으로 소시에 급제한 소식은 마침내 전중승직사관(殿中丞直史館)에 임명되었다. 그러나 얼마 후 집에 연이은 불행이 찾아왔다. 직사관이 된 지 3개월도 안 된 1065년 5월 28일에 아내 왕불(王弗)이 사망하고, 이듬해 4월 25일에 부친 소순이 세상을 떠난 것이다. 소식은 부친의 삼년상을 마친 뒤 재혼을 하고 가족을 데리고 경사로 다시 돌아와 판관고원겸판상서사부(判官 告院兼判尙書祠部)에 임명되었다. 그러나 당시 부재상격인 참 지정사(參知政事)로 있던 왕안석이 이끄는 신법파(新法派)와 대 립하면서 신변의 위험을 느껴, 신종(神宗)에게 지방관으로 보내 줄 것을 자청했다. 신종은 소식을 항주통판(杭州通判)에 임명해 후일을 도모할 수 있도록 해주었다. 소식은 이후 밀주지주(密州 知州)·서주지주(徐州知州)·호주지주(湖州知州)를 차례로 거치 며 민정을 살폈다. 그런데 호주지주로 있을 때 「호주사표(湖州謝 表)」라는 신법파의 정책을 비난하는 글을 올렸다가 신법파의 탄 핵을 받고 4개월 동안 모진 옥고를 치렀다. 여기에는 소식과 시 문을 주고받은 수십 명의 인사가 연루되어 관직을 삭탈당하거 나 유배를 당했다. 이것이 그 유명한 오대시안(烏臺詩案)이다. 소식은 1079년 12월 20일에 풀려나고, 이듬해 1월 1일에 황주 로 향하는 귀양길에 올랐다. 그리고 1084년 3월에 조정으로부 터 유배지를 여주(汝州, 지금의 허난성 루저우)로 옮기라는 명을 받고 5년 동안의 황주 생활을 마감했다.

1080년 2월 1일, 아내와 부친의 잇단 사망과 4개월의 모진 옥 고를 치른 소식은 이렇게 참담한 현실에서 벗어나고 싶었다. 소 식은 2~3일에 한 번 황주에서 남쪽으로 5리쯤 떨어진 곳의 안 국사(安國寺)라는 절에 가서 향을 피우고 묵상에 잠기면서 마음 을 다스렸다. 이곳에서 주지스님 계련(繼連)으로부터 불교의 교 리와 인생철학을 배우면서 자신의 인생과 사회문제들을 새롭게 인식하기 시작했다. 황주로 유배 오기 전 엄청난 시련을 겪은 소식에게는 자신을 돌아볼 수 있는 좋은 시간이었다. 그는 이렇게 함으로써 세상일은 물론 자신의 존재마저도 잊을 수 있었다. 이 무렵 소식은 불교뿐만 아니라 도교에도 관심이 많았다. 도교도 불교와 마찬가지로 세속의 가치를 부정하기 때문에 세속적인 일로 고통을 받고 있는 그에게는 심적인 위안을 얻을 수 있는 좋은 안식처였다. 이렇게 황주에서 소식은 불교와 도교에 심취하면서 자신이 겪은 고난을 잊고 마음을 다스려나갔다. 이것은 황주로 오기 전에 가졌던 진취적인 마음과는 큰 대조를 이룬다. 때문에 이 시기에 지어진 작품들에는 불교와 도가의 사상을 담은 작품들이 많이 보인다. 그중 가장 대표적인 작품이 「적벽부(赤壁賦)」라고 할 수 있다.

임술년(1082) 가을, 7월 16일에 나는 손님과 함께 배를 띄워 적벽 아래에서 노닐었다. 선선한 바람이 서서히 불어오고, 물결은 일지 않았다. 술을 들어 손님에게 권하고, 명월(明月)의 시를 읊고, '요조(窈窕)'의 장을 노래했다. 조금 후, 달이 동쪽 산 위에서 나와, 두성(斗星)과 우성(牛星) 사이를 오갔다. 하얀 이슬이 강을 뒤덮고, 물빛은 하늘에 닿아 있었다. 작은 배가 가는 대로 맡겨두고, 안개 자욱한 가없는 수면 위를 떠다녔다. 배가 세차게 허공을 가르고 바람을 몰아가듯 나아가니, 어디까지 갈지 몰랐다. 마음이 가벼워지더니 세상을 버려두고 홀로 서고, 몸에 깃털이 돋아 하늘로 올라가 신선이 된 것만 같았다.

이에 술을 마시다 흥이 더욱 생겨, 뱃전을 두드리며 노래를 불렀다. 노래하길 "계수로 만든 노와 목란으로 만든 삿대로, 맑은 강물을 저어 달빛이 흔들거리는 강을 거슬러 올라가네. 헤아릴 길

없는 아스라한 내 마음, 하늘가 저 먼 곳의 임을 바라보네." 손님 중에 퉁소를 부는 사람이 있었다. 그가 내 노래를 듣고 화답했다. 그 구슬픈 소리는 원망하는 듯 그리워하는 듯, 우는 듯 하소연하는 듯했다. 여음이 아득히 이어지며 실처럼 끊이지 않았다. 그윽한 골짜기의 잠룡을 춤추게 하고, 외로운 배의 과부를 울게 할 듯했다.

나는 정색하고 옷을 바로 하고, 단정하게 앉아 손님에게 물었다. "(소리가) 왜 이리 처량한 것입니까?" 손님이 말했다. "'달은 밝고 별은 드문데, 까마귀와 까치는 남쪽으로 날아가네.' 이는 조맹덕(曹孟德)의 시가 아니겠습니까? 서쪽으로 하구(夏口)를 바라보고, 동쪽으로 무창(武昌)을 바라보니, 산천은 서로 이어지고, 초목은 울창하고 푸르니, 이곳은 맹덕이 주유(周瑜)에게 패전한 곳이 아니겠습니까? 그가 형주(荊州)를 깨고, 강릉(江陵)을 함락하고자, 강동(江東)을 따라 내려갈 때는 전선이 천 리까지 이어졌고, 깃발들은 하늘을 뒤덮었습니다. 술을 걸러 강에 제사 지내고, 긴 창을 잡고 시를 읊었으니, 정말이지 일대의 호걸이었습니다. 그러나 지금 어디에 있습니까? 하물며 나와 선생이 강가에서 고기를 잡고 땔나무를 하고, 물고기와 새우를 벗하고 사슴과 고라니와 노니는 것이야 더 말해서 뭐하겠습니까! 나뭇잎 같은 작은 배를 타고, 술잔을 들어 서로 권합니다. 우리네 인생은 하루살이처럼 천지간에 잠깐 살다 가고, 큰 바다의 한 톨의 쌀처럼 미묘합니다. 내 생이 짧음을 슬퍼하고, 장강의 무궁함을 부러워합니다. 날아다니는 신선에 끼여 노닐고, 밝은 달을 안고 영원히 있고 싶어도, 갑자기 이룰 수 없음을 알기에, 퉁소의 여음을 처량한 바람 속에 기탁해본 것입니다."

내가 말했다. "손님도 저 물과 달을 아시는지요? 강물은 낮과 밤을 가리지 않고 흐르나 다른 곳으로 가는 법이 없습니다. 달은 찰 때도 있고 빌 때도 있으나 시종 그 모양을 바꾸지 않습니다. 그 변화하는 것으로 보면, 천지는 한 순간이라도 멈추지 않습니다. 그 변화하지 않는 것으로 보면, 사물과 나는 모두 끝이 없으니, 무엇을 또 부러워하겠습니까? 게다가 천지간의 사물에는 각자 주인이 있습니다. 내 것이 아니라면, 가는 털 하나라도 가져갈 수 없습니다. 강의 선선한 바람과 산의 밝은 달만은 귀로 들으면 소리가 되고, 눈으로 보면 색이 됩니다. 이것들을 써도 막는 사람은 없습니다. 써도 끝이 없는 것은 대자연의 무궁한 보물이자, 나와 선생께서 함께 즐기는 것입니다."

손님이 즐거워서 웃고는 잔을 씻고 다시 술을 따라 마셨다. 안주와 과일들은 이미 다 먹었고, 잔과 쟁반들은 어지럽게 늘어져 있었다. 배에서 서로 기댄 채 자다 보니, 어느덧 동방이 이미 밝아 왔다.

(壬戌之秋, 七月旣望, 蘇子與客泛舟, 遊於赤壁之下. 淸風徐來, 水波不興. 擧酒屬客, 誦明月之詩, 歌窈窕之章. 少焉, 月出於東山之上, 徘徊於斗牛之間. 白露橫江, 水光接天. 縱一葦之所如, 凌萬頃之茫然. 浩浩乎如憑虛御風, 而不知其所止, 飄飄乎如遺世獨立, 羽化而登仙. 於是飮酒樂甚, 扣舷而歌之. 歌曰 : "桂棹兮蘭槳, 擊空明兮泝流光. 渺渺兮予懷, 望美人兮天一方." 客有吹洞簫者, 倚歌而和之, 其聲嗚嗚然, 如怨如慕, 如泣如訴. 餘音嫋嫋, 不絶如縷. 舞幽壑之潛蛟, 泣孤舟之嫠婦. 蘇子愀然, 正襟危坐, 而問客曰 : "何爲其然也?" 客曰 : "'月明星稀, 烏鵲南飛'此非曹孟德之詩乎? 西望夏口, 東望武昌, 山川相繆, 鬱乎蒼蒼, 此非孟德之困於周郎者乎? 方其破荊州, 下江陵, 順流而東也, 舳艫千里, 旌旗蔽空, 釃酒臨江, 橫槊賦詩, 固一世之雄也, 而今安在哉? 況吾與子漁樵於江渚之上, 侶魚蝦而友麋鹿, 駕一葉之扁舟, 擧匏樽以相屬, 寄蜉蝣於天地, 渺滄海之一粟. 哀吾生之須臾, 羨長江之無窮, 挾飛仙以遨遊, 抱明月而長終. 知不可乎驟得, 託遺響於悲風." 蘇子曰 : "客亦知夫水與月乎? 逝者如斯, 而未嘗往也. 盈虛者如彼, 而卒莫消

長也. 蓋將自其變者而觀之, 則天地曾不能以一瞬, 自其不變者而
觀之. 則物與我皆無盡也, 而又何羨乎? 且夫天地之間, 物各有主.
苟非吾之所有, 雖一毫而莫取. 惟江上之淸風, 與山間之明月, 耳得
之而爲聲, 目寓之而成色, 取之無禁, 用之不竭, 是造物者之無盡藏
也, 而吾與子之所共適." 客喜而笑, 洗盞更酌, 肴核旣盡, 盃盤狼
藉. 相與枕藉乎舟中, 不知東方之旣白.)

이 작품은 1082년 7월 16일에 지어졌는데, 소식이 황주로 유
배 온 지 2년 6개월이 조금 넘어선 시점이다. 작품에는 작가의
세상과 인생에 대한 새로운 깨달음이 잘 나타나 있다. 황주 유
배 시절 소식은 두 편의「적벽부」를 지었다. 1082년 7월 16일에

적벽에서 손님과 노니는 모습

〈적벽부도(赤壁賦圖)〉(작가미상)

조맹부가 쓴「적벽부」

적벽

제2부 중국문학의 탄생

지은 것을 「전적벽부」라 하고, 같은 해 10월에 지은 것을 「후적벽부」라고 한다. 두 작품 중 「전적벽부」가 사상성과 문학성이 뛰어나다는 평가를 받는다. 「후적벽부」는 적벽의 아름다운 경관을 읊고 있다. '적벽'이라고 하면 삼국 시기 오나라의 손권의 부장 주유가 위나라 조조의 백만 대군을 물리쳤던 곳을 떠올리는데, 이곳 '적벽'은 후베이성(湖北省) 황주에 있으며 소식이 배를 띄워 노닐었던 곳이다.

작품은 다섯 단락으로 나눌 수 있다. 첫째 단락은 손님과 적벽 아래에서 노닐면서 느꼈던 감정과 주위의 아름다운 환경을 설명한다. 두 번째 단락은 술에 흥겨워 노래를 부르자 손님이 퉁소를 불어 화답하는 부분이다. 셋째 부분과 넷째 부분은 본편의 가장 중요한 부분으로, 퉁소를 분 손님과 소식의 대화가 이루어지는 부분이다. 손님은 세상과 영원히 함께하고 싶으나 그럴 수 없음을 토로한다. 이에 소식은 변화하는 것으로 보면 천지도 짧은 것이고, 변하지 않는 것으로 보면, 짧은 사람의 인생도 영원한 것이라고 한다. 다섯째 단락은 즐겁게 술을 마시고 날이 샌 장면을 묘사하고 있다. 이 다섯째 단락은 첫째 단락과 함께 이야기의 전후 배경과 주변 환경을 설명하며 서로 호응한다.

「적벽부」는 문장과 운율미가 빼어나기도 하지만 동시에 깊은 철학적 내용도 담고 있다. 이는 작가가 손님과 대화를 하는 셋째 단락과 넷째 단락에서 잘 드러난다. 소식은 손님에게 퉁소 소리가 왜 이렇게 처량한지를 묻는다. 손님은 세상에 태어나서 할 일도 많고 즐길 일도 많은데 인생이 너무 짧다고 한다. 아울

소식 북송의 정치가이자 대문인. 자는 자첨(子瞻), 호는 동파거사(東坡居士). 미주(眉州) 미산(眉山) 사람. 인종(仁宗) 가우(嘉祐) 연간에 진사에 급제하여 중앙 정계로 진출했다. 왕안석이 이끄는 신법파와 대립하며 정치적으로 여러 차례 좌절을 겪었으나 문학적으로 큰 성취를 거두었다. 특히 산문은 당송팔대가의 한 사람으로 추앙받고, 사(詞)는 호방사(豪放詞)를 개척했다는 평가를 받는다. 작품으로는 「동파칠집(東坡七集)」·「동파역전(東坡易傳)」·「동파악부(東坡樂府)」 등이 있다.

러 자신은 신선과 함께 노닐고 달과 영원히 함께하고 싶지만 그렇게 할 수 없는 것이 슬퍼 이렇게 구슬프게 퉁소 소리에 자신의 심정을 기탁했다고 한다. 그러자 소식은 변하는 관점에 보면 영원할 것 같은 천지도 짧은 것이고, 변하지 않는 관점에서 보면 짧은 것 같은 인생도 긴 것이라고 하였다. 소식이 말한 '변하는 관점과 변하지 않는 관점'은 상대적 기준으로 말한 것이다. 세상에는 절대적인 기준이 없음을 의미한다. 『장자』 「제물론(齊物論)」에서는 "세상에 가을 짐승의 가는 터럭 끝보다 큰 것은 없고, 태산보다 작은 것은 없다(天下莫大於秋豪之末, 而大山爲小)"라고 했다. 가을 짐승의 가는 터럭은 아주 작은 것이라고 생각하지만 미시 세계에서 이보다 큰 것은 없을 것이다. 태산은 아주 큰 것이지만 드넓은 우주에서 이보다 작은 것은 없을 것이다. 이처럼 우리가 절대적이라고 생각하는 개념은 모두 상대적인 것으로, 꼭 그렇지만 않다는 것이다. 앞서 소식이 황주 유배 시절 도교에 심취했다고 했는데, 이 부분을 보면 그 일면을 엿볼 수 있다.

유가의 학문을 익힌 소식이라면 손님의 말에 상당한 공감을 표시해야 하지 않을까? 물론 소식도 그 처량한 퉁소 소리의 의미를 잘 알고 있었을 것이다. 그러나 오대시안 사건으로 억울하게 정치적 좌절을 겪은 소식으로서는 자신의 힘으로 어찌할 수 없는 현실에 괴로워하는 것이 어쩌면 무의미했을 것이다. 아니 차라리 잊고 싶었을지도 모른다. 소식 자신도 그러한 좌절을 겪으면서 이런 진취적 마음을 떠나 자연에 마음을 기탁하는 것이 자신의 마음을 다스리는 데 더 낫다는 생각이 들었을 것이다. 소식이 황주의 안국사라는 절에 2~3일에 한 번씩 가서 향을 피우고 묵상에 잠긴 것과 절의 주지스님 계련에게서 불교의 교리와 인생 철학을 배운 것이 「적벽부」에 나타나는 그의 초연한 태도에 영향을 주었을 것이다. 또 한편으로 어쩌면 이것이 중국 문인들의 공통된 처세 방식이 아닌가 싶다. 잘나갈 때는 적극적으로 유가의 학문을 통해 자신의 꿈을 펼치고, 그렇지 않아 유배를 당하거나 은거하게 될 때는 자연을 벗 삼아 마음을 다스렸듯이 말이다.

3. 망국의 경험

중국에서는 역사적으로 왕조의 흥망이 빈번하게 일어났다. 이로 많은 군주와 문인들이 망국의 쓰라린 경험을 맛보았다. 망국의 경험은 문학작품 속에서 다양하게 나타난다. 군주가 나라를 패망시킨 것을 자책하기도 하고, 신하가 나라의 패망에 절망하기도 하며, 조국을 멸망시킨 나라에서 벼슬한 것을 후회하기도 한다. 어느 경우이든 망국의 경험은 어떤 다른 경험보다 문인들에게 더 비통하고 침통한 느낌을 준다. 이런 정서들이 훌륭한 작품의 탄생으로 연결되었다.

조국을 패망시킨 나라에서 평생 벼슬한 유신

유신(庾信, 513~581)은 남조(南朝) 양(梁)나라 사람으로 북조 서위(西魏)에서 벼슬한 정치가이자 문인이다. 문인으로서 그는 육조(六朝) 문학을 집대성했다는 평가를 받는다. 그는 대우와 전고 같은 남조의 표현 기법으로 북방의 광활한 풍경, 거칠고 소박한 변방의 모습을 비롯한 자신의 고국에 대한 그리움과 망국의 한을 그려내어 남북의 문학 교류와 융합에 큰 기여를 했다. 그는 42세 때 망국을 경험했다. 조국 양나라가 서위에게 멸망당한 것이다. 이 시기를 기점으로 그의 시풍은 완전히 갈린다. 망국의 경험이 그의 시풍에 얼마나 많은 변화를 가져주었는지 알 수 있다.

유신 남북조시대의 정치가이자 문인. 자는 자산(子山)이며, 남양(南陽) 신야 (新野, 지금의 허난성 신예현) 사람. 제 나라와 양나라 때 궁체시의 명수로 이름을 날렸던 유견오의 아들. 42세 때 사신으로 서위(西魏)에 가 있는 동안 양나라가 멸망하여 서위에서 출사함. 이를 기점으로 그의 시풍은 일변하게 됨. 전기의 시는 화려하고 염려한 궁체시를 많이 쓴 반면, 후기의 시는 망국의 한과 고향으로 돌아가고 싶은 마음을 토로한 시들이 많음. 대표작품으로는 「애강남부(哀江南賦)」·「의영회(擬詠懷)」 27수 등이 있다.

유신은 강남의 명망 높은 가문에서 태어났다. 부친 유견오(庾肩吾)는 양나라의 유명한 문인이었다. 유신은 어려서부터 자질이 뛰어나고 근면했다. 15세 때 양나라 소명태자(昭明太子) 소통 (蕭統)의 동궁시독(東宮侍讀)이 되었다. 20세 때 상동왕시랑(湘東王侍郎)을 시작으로 관직에 나아갔고, 545년에는 사신으로 동위(東魏)를 방문하여 문재를 떨치고 돌아왔다. 547년, 동위의 사도(司徒) 후경(侯景)이 양나라에 투항했다가 반란을 일으켰다. 간문제(簡文帝) 소강(蕭綱)은 유신에게 천여 명의 병력으로 막도록 했다. 그러나 유신은 후경의 병사들이 도착하자 군사를 버리고 달아나버렸다. 전쟁에서 패한 유신은 강릉(江陵)으로 달아났다.

552년 원제(元帝) 소역(蕭繹)이 강릉에서 즉위했다. 유신은 그에게 기탁하여 어사중승(御史中丞) 등의 관직을 제수받았다. 554년 4월 유신은 명을 받들어 서위로 사신으로 갔다. 유신이 장안에 도착한 지 얼마 되지 않아 서위는 군사를 보내 강릉을 함락하고 원제를 살해했다. 이로써 양나라는 패망했다. 유신의 「애강남부(哀江南賦)」는 당시의 심정과 처지를 이렇게 쓰고 있다.

華陽奔命,	강릉에서 명을 받아 서위에 사신으로 왔는데,
有去無歸,	돌아갈 수 없게 되었네.
中興道銷,	양나라 중흥의 길은 사라지고,
窮於甲戌,	갑술년(554)에 모든 것이 끝나버렸네.
三日哭於都亭,	사흘 간 정자에서 통곡하였고,
三年囚於別館.	3년 동안 별관에 갇혀 지냈네.

서위에서 오도 가도 못하게 된 유신은 서위의 실권자인 우문태(宇文泰, 507~556)의 보살핌을 받아 결국 서위에서 출사했다. 이후 그는 다시는 남조로 돌아가지 못했다. 이때 그의 나이 42세였다.

이런 변화는 그의 인생 자체를 송두리째 바꿔놨다. 시풍도 화려하고 농염한 것에서 비통하고 애절한 것으로 바뀌었다. 읊은 내용도 망향의 정과 망국의 비애가 잘 나타나 있다. 두보도 『희위육절구(戱爲六絕句)』에서 그의 시풍 변화를 "유신의 글은 늙어서 더욱 완숙해져, 구름에 닿을 듯한 웅건한 필치로 종횡무진 뜻을 펼친다(庾信文章老更成, 凌雲健筆意縱橫)"라고 하여 서위에 출사한 이후의 시를 높이 평가했다. 이 시기에 나온 대표작이 「의영회(擬詠懷)」 27수이다. 대부분이 563년에서 565년 사이에 유신이 홍농군수(弘農郡守)로 있을 때 지어졌다. 내용은 고향을 그리는 마음과 조국의 패망에 대한 고통스런 심정을 피력한 것이다. 여기서 그의 고국을 그리는 정이 잘 나타낸 「의영회」(7)를 보자.

楡關斷音信,	변방에는 고향 소식 끊어지고,
漢使絕經過.	한나라 사신도 지나가지 않네.
胡笳落淚曲,	호가는 눈물 나는 노래 연주하고,
羌笛斷腸歌.	강적은 애끊는 노래를 연주하네.
纖腰減束素,	가는 허리에 흰 허리띠 느슨해졌고,
別淚損橫波.	이별의 눈물로 고운 눈매 상했네.
恨心終不歇,	한스러운 마음 어찌해도 사라지지 않고,
紅顔無復多.	젊은 얼굴은 다시 오지 않으리.
枯木期塡海,	고목이 바다 메울 날을 기다리고,
靑山望斷河.	청산이 황하를 끊길 바라는 것과 같네.

시에는 고국과 가족을 그리는 마음은 간절하나 어찌할 수 없는 작가의 마음이 구구절절 녹아 있다. 특히 마지막 제9구와 제10구는 신화 속의 정위(精衛) 새가 나무로 동해를 메운다는 정

위전해(精衛塡海) 고사와 화산(華山)이 이어져 황하의 물길이 끊긴다는 화산단하(華山斷河) 이야기를 인용해 고목이 바다를 메우거나 화산이 다시 합해지는 것만큼이나 고국으로 돌아가는 일이 불가능한 것임을 체념적으로 받아들이고 있다. 이처럼 유신은 서위에서 출사하면서 이전의 시풍과 다른, 훨씬 더 감정에 충실한 시를 지어냈다. 이렇게 되면서 그의 시는 강한 생명력을 갖게 되었다. 망국을 경험하고 자신의 고국을 패망시킨 나라에서 벼슬한 유신은 누구도 느껴보지 못한 깊은 고통 속에서 『의영회』와 『애강남부』 같은 문학사에 길이 남을 명작을 지어냈다.

망국의 군주 이욱

남당(南唐)의 후주(後主) 이욱(李煜, 937~978)은 나라를 패망시킨 군주이다. 그는 나라의 멸망에 대한 자책감이 누구보다도 컸고 이를 문학적으로 승화하여 중국문학을 대표하는 작가가 되었다. 남당은 당나라가 멸망하고 일어난 오대십국(五代十國) 중의 하나로, 오(吳)나라의 실권자인 이변(李昪)이 제위를 찬탈해 세운 국가이다. '후주'는 세 번째 임금이라는 의미이다. 남당의 개국군주이자 그의 조부인 이변이 선주(先主)가 되고, 이변의 장자인 이경(李璟, 916~961)이 뒤를 이어 중주(中主)가 되었다. 이경의 아들인 이욱은 그 뒤를 이어 후주가 된 것이다. 이욱은 남당의 임금으로 15년간(961~975) 제위에 있었

이경 남당의 2대 군주이자 문학가. 자는 백옥(伯玉), 서주(徐州) 사람. 남당의 개국군주 이변의 장자로 943년에 칭제했다. 후에 후주(後周)의 위협으로 제호(帝號)를 쓰지 않고 국주(國主)라고 칭했으므로 역사에서는 남당 중주라고 한다. 문학을 애호하여 신하 한희재(韓熙載)와 풍연사(馮延巳) 등과 수시로 연회를 하며 사를 지었다. 그의 사는 감정이 진지하고 언어를 꾸미지 않는 것으로 유명하다. 대표작으로는 「응천장(應天長)」·「완계사(浣溪沙)」 등이 있다.

으나 음률과 그림에 심취하여 민생을 돌보지 않다가 나라를 패망시킨 망국의 군주가 되었다.

975년 11월, 송나라는 조빈(曹彬, 931~999)을 대장군으로 삼아 남당의 수도 금릉(金陵, 지금의 난징)을 함락시켰다. 이욱이 투항함으로써 남당은 패망했다. 패망 당시 이욱은 정거사(靜居寺)에서 불경을 읽다가 윗옷을 벗어 항복했다고 한다. 다음 해 정월에 송나라의 수도인 변량(汴梁, 지금의 허난성 카이펑)으로 압송되었다. 송 태조(太祖)는 명덕루(明德樓)에서 이욱에게 흰 옷을 입고 오사모(烏紗帽) 쓰게 하고 죄를 청하도록 한 다음 조서를 내려 사면해주고 그를 우천우위상장군위명후(右千牛衛上將軍違命侯)에 봉했다. 10월에 송 태조가 죽고 태종(太宗)이 즉위하자 이욱을 농서공(隴西公)에 봉했다. 이욱이 변량으로 압송된 지 3년째 되던 해(978)의 봄날에 지어진 「우미인(虞美人)」이라는 사를 보자.

春花秋月何時了?	봄꽃과 가을 달은 언제 끝이 날까?
往事知多少!	지나간 일을 얼마나 알겠으며!
小樓昨夜又東風,	어젯밤 작은 누각엔 또 동풍이 불었으니,
故國不堪回首月明中.	달 밝은 날에는 차마 고국으로 머리 돌리지 못하겠네.
雕闌玉砌應猶在,	조각된 난간과 옥 같은 섬돌은 그대로이건만,
只是朱顏改.	붉은 얼굴만 바뀌었네.
問君能有幾多愁?	그대는 얼마나 많은 근심을 할 수 있소?
恰似一江春水向東流!	동쪽으로 흐르는 봄날의 강물만큼이라오!

사(詞)에는 망국의 군주로서의 심정이 통절하게 나타나 있다. 이 작품의 뛰어난 점은 제7과 제8구에 있다. 작자가 느끼는 근심(愁)의 깊이를 봄날의 강물에 비유하여 생동감 넘치게 보여주고 있기 때문이다. 근심을 왜 하필 봄날의 강물에 비유했을까? 두 가지로 생각해볼 수 있다. 첫째, 봄날의 강물은 겨우내 얼었던 얼음이 녹아내리는 물이라서 유량이 대단히 풍부하다. 이것은 이욱의 근심이 그만큼 많음을 보여준다. 또 하나, 강물은 쉬지 않고 끝없이 흐른다. 이것은 이욱의 근심이 끝없음을 보여준다. 이처럼 이욱은 자신의 근심을 봄날의 강물에 절묘하게 비유하여 사의 맛을 극도로 표현해내고 있다.

변량에 압송된 후에 지어진 「낭도사령(浪淘沙令)」 한 수를 더 감상해보자.

簾外雨潺潺,　　　　발 너머 봄비 주룩주룩,
春意闌珊.　　　　　봄기운은 다해가고
羅衾不耐五更寒.　　비단 이불 덮어도 새벽 한기 가시지 않네.
夢里不知身是客,　　꿈에선 나그네 신세인 것 잊고,
一餉貪歡.　　　　　잠시 즐거움을 탐했다네.

獨自莫憑欄!　　　　홀로 난간에 기대지 마오!
無限江山,　　　　　끝없는 펼쳐진 고국의 산하,
別時容易見時難.　　떠나긴 쉬워도 다시 보긴 어려워라.
流水落花春去也,　　떨어진 꽃잎은 흐르는 물 따라 가는 것이니,
天上人間!　　　　　한 생애가 하늘과 속세를 오갔네!

이욱 남당의 마지막 임금이자 대사인(大詞人). 어려서부터 문학과 예술에 뛰어난 재주를 보였으며 특히 사(詞)에서 큰 성취를 거두었다. 그의 사는 남당의 패망을 기준으로 상반된 경향을 보이는데, 패망 이전에는 궁중 생활을 노래한 사가 많고, 패망 이후에는 나라를 잃은 것에 대한 자책과 비통한 심정을 노래한 사들이 많이 보인다. 그는 사의 내용을 한층 더 확대했다는 평가를 받고 있으며 현재 40여 수가 전한다. 대표작으로는 「우미인(虞美人)」·「청평악(淸平樂)」·「상견환(相見歡)」 등이 있다.

사는 봄비가 내리는 어느 날의 늦봄에 고국 생각을 억누를 길 없는 심사를 털어놓고 있다. 제1구의 주룩주룩 내리는 비가 작가의 근심이 끝없음을 보여주는 듯하다. 괴로운 심사와 힘든 포로 생활을 꿈을 통해서나마 달래보고자 한다. 그러나 이도 잠시뿐 다시 현실로 돌아오면 고국 생각에 괴로워한다. 후반부의 "홀로 난간에 기대지 마오!"는 작가의 무한한 상념과 나라를 패망시켰다는 자책감을 보여준다. 이 사는 침울한 기조 속에 구구절절 작가의 고국을 그리는 비통한 심정이 녹아들어가 있다.

중국의 사학자(詞學者) 류융지(劉永濟)는 『당오대양송사간석(唐五代兩宋詞簡析)』에서 이욱의 사를 이렇게 평했다.

옛 사람은 나라가 망한 후에 지어진 이후주의 사는 피로 쓰였다고 했다. 이것은 말마다 진실되고 간절해서 폐부에서 나오고 있음을 말하는 것이다.

(昔人謂後主亡國後之詞, 乃以血寫成者, 言其語語眞切出于肺腑也.)

이욱의 글씨

그의 사가 이런 평가를 받을 수 있는 것은 자신이 나라를 패망시켰다는 절실한 감정에서 기인한 것이라고 할 수 있다. 이 사는 이런 절실한 감정이 문학 탄생의 굳건한 기초가 될 수 있음을 보여주는 사례라고 할 수 있다.

제2부 중국문학의 탄생

망국의 한을 노래한 원호문

원호문(元好問, 1190~1257)은 금나라를 대표하
는 문인이다. 그의 문학적 성취는 동시기 남송에
서 활동한 육유(陸遊, 1125~1210) · 양만리(楊萬里,
1127~1206) · 범성대(范成大, 1126~1193) · 신기질(辛棄
疾, 1140~1207) 등의 문인과 어깨를 나란히 한다. 실
로 금나라는 원호문이 있었기에 문학사에서 적막하
지 않았다고 할 수 있다.

원호문 금말원초(金末元初)의 대
문인이자 사학자. 자는 유지(裕之),
호는 유산(遺山). 태원(太原) 수용
(秀容, 지금의 산시성 신저우) 사
람. 금나라에서 상서좌사원외랑(尙
書左司員外郞) · 한림지제고(翰林
知制誥) 등을 역임했으나 금나라
가 망한 뒤로는 더 이상 벼슬하지
않고 저술 활동에 몰두했다. 시는
현재 1,360여 수가 전하며, 도탄에
빠진 백성들의 비참한 삶과 망국
의 한을 담긴 시를 많이 썼다. 그
의 「논시절구(論詩絶句)」 30수는 두
보의 「논시육절구(論詩六絶句)」 이
후 가장 체계적으로 시를 논한 명
작으로 평가된다. 시 외에도 산
문 · 사 · 곡 등에도 능통하여 '북방
문웅(北方文雄)'이라는 칭호를 얻
었다. 대표작으로는 「서원(西園)」 ·
「맥탄(麥嘆)」 등이 있다.

원호문은 1221년에 진사에 급제해 출사했다.
1224년에는 굉사과(宏詞科)에 응시해 유림랑(儒林
郞)을 제수받았다. 1231년 가을 몽골군이 변경(汴
京)을 포위하자 중앙으로 소환되었다. 1232년에는
상서성연(尙書省掾)과 좌사도사(左司都事)를 역임했
다. 그해 겨울 금 애종이 비밀리에 도성을 탈출했
다. 다음 해 1월에 원수 최립거(崔立擧)
가 반란을 일으키자 금나라는 몽골군에
게 투항했다. 5월에 원호문은 포로가 된
관리들을 따라 황하를 건너 산동 요성
(聊城)으로 압송되어 수감되었다. 1234
년, 도망갔던 금 애종이 목을 매고 자결
하자 금나라는 공식적으로 패망했다.
이때 원호문의 나이 45세였다. 그는 이
렇게 망국을 경험했다.

『원유산선생전집(元遺山先生全集)』

원호문의 시는 1,360여 수가 전하나 국파가망(國破家亡)을 읊은 '상란시(喪亂詩)'가 가장 유명하다. 이 '상란시'는 원호문의 나이 29세 때 하남 등봉(登封)으로 이사했을 때부터 금나라가 멸망하기까지(1218~1234) 집중적으로 지어졌다. 그의 대표작이라고 할 수 있는 「서원(西園)」·「가산몽귀도(家山夢歸圖)」·「맥탄(麥嘆)」·「호해(虎害)」·「계사년(1233) 5월 3일 북으로 황하를 건너며(癸巳五月三日北渡)」 3수 등이 이 시기에 나왔다. 작품 모두가 혼란스러운 사회상과 원나라 군사들의 야만적인 약탈 행위, 망국의 한을 반영하고 있다. 여기서 「계사년(1233) 5월 3일 북으로 황하를 건너며」 3수를 감상해보자.

其一
道旁僵臥滿累囚,　길 옆 온 땅엔 묶인 포로들 빳빳하게 누워 있고,
過去旌車似水流.　지나가는 깃발 단 수레 물처럼 끝없네.
紅粉哭隨回鶻馬,　젊은 아낙은 울면서 회골의 말을 따르니,
爲誰一步一回頭.　누구 때문에 걸음마다 고개를 돌리나.

其二
隨營木佛賤於柴,　군영에서 나무 불상은 섶보다 천하고,
大樂編鐘滿市排.　대악에 쓰인 편종은 온 저잣거리에 놓였네.
虜掠幾何君莫問,　얼마나 포로로 잡고 약탈했는지 그대 묻지 마소,
大船渾載汴京來.　큰 배가 변경에 와서 깡그리 실어갔다오.

其三
白骨縱橫似亂麻,　백골은 어지러운 삼실처럼 이리저리 흩어져 있고,

幾年桑梓變龍沙. 고향마을은 몇 년 만에 몹쓸 땅이 되어버렸네.
只知河朔生靈盡, 황하 이북의 백성들 없어진 것만 알겠고,
破屋疏煙却數家. 부서진 집에 연기 가끔씩 나는 곳은 그래도
　　　　　　　 몇 곳이네.

　시는 제목대로 계사년 5월 3일에 작가가 황하를 건너는 길에 목도한 몽골군의 약탈과 포로들의 참상을 소재로 하고 있다. 첫째 시는 몽골군에 끌려가는 포로들의 참상과 여인네들이 통곡하는 소리를 읊고 있다. 둘째 시는 몽골군의 무자비한 약탈 행위를 묘사했다. 신성한 나무 불상과 종묘의 제사 때 사용하는 편종(編鐘) 같은 귀한 물건조차 하찮게 다루고 더욱이 변경성의 물건들을 모조리 약탈해간다는 제4구를 보면 그들의 약탈 행위에 혀를 내두르게 된다. 셋째 시는 몽골군의 약탈 이후에 폐허가 된 마을의 처량한 모습을 보고 한탄하고 있다. 정말이지 이 시들을 읽으면 당시의 참상이 눈앞에 선하게 떠오를 정도로 묘사가 사실적이어서 읽는 이의 마음이 비통해진다. 원호문의 시를 보면 안사의 난 때의 참혹한 사회상을 읊은 두보의 시가 떠오른다. 모두 시로 쓴 역사라고 할 수 있다. 이러한 원호문 시의 사회성과 문학성은 두보 이후로 보기 어려운 것이었다. 이는 금나라에서는 물론이거니와 동시기 남송의 시인들조차 그에 비교되기 어려울 정도일 것이다. 그의 문학적 성취가 이렇게 뛰어난 것은 의심할 바 없이 시인이 목도한 비참한 현실과 망국의 경험에 기인한 것이다. 다시 말해, 그런 비통하고 참담한 경험이 있

었기에 그의 시는 더욱 뛰어날 수 있었다. 이는 청나라 사람 조익(趙翼, 1727~1814)이 「유산의 시에 제하며(題遺山詩)」에서 "나라의 불행은 시인에게는 행운이고, 세상이 바뀌는 것을 경험하면 문장이 훌륭해진다네(國家不幸詩家幸, 賦到滄桑句便工)"라고 말한 바 그대로이다.

불굴의 신하 문천상

이욱이 무기력하게 나라를 패망시킨 군주라면 문천상(文天祥, 1236~1283)은 나라를 위해 끝까지 항전한 불굴의 신하였다. 그

문천상 남송 말기의 정치가이자 문인. 자는 이선(履善), 호는 문산(文山), 길주(吉州) 여릉(廬陵, 지금의 장시성 지안시) 사람. 1256년에 진사에 급제하고 비서성 정자(秘書省正字)·우승상(右丞相) 등의 관직을 역임했다. 원나라에 항전하다 오파령(五坡嶺)에서 포로가 되어 1282년 12월에 처형되었다. 그의 시는 자신의 굳은 절개와 백성들과 함께 끝까지 원나라에 저항하고자 하는 마음을 많이 반영하고 있다. 대표작으로는 「지남록(指南錄)」·「지남후록(指南後錄)」·「정기가(正氣歌)」 등이 있다.

러나 그 한 사람의 의지만으로는 나라를 지킬 수 없는 법. 나라는 멸망했지만 그는 마지막까지 원나라와 항전하면서 자신의 의지를 문학작품으로 승화했다. 그의 의지와 투쟁은 보는 이를 눈물짓게 한다.

문천상은 1236년에 태어났다. 이해는 몽골족이 금나라를 멸망시킨 지 2년째 되던 해이다. 당시 송나라는 극도의 부패와 심각한 내분에 휩싸여 있었고, 몽골족은 호시탐탐 송나라를 침략할 기회를 엿보고 있었다. 문천상은 어려서 부친 문의(文儀)에게 엄격한 교육을 받고, 1256년에 진사에 급제했다. 1258년 몽골이 사천(四川)과 악주(鄂州)를 침공하자 송나라는 풍전등화에 빠졌다. 1259년, 문천상은 경사에 와서 관직을 맡

제2부 중국문학의 탄생

았으나 조정의 관리들은 항전하지 않고 도피와 타
협으로만 일관했다. 문천상은 자신의 안일만을 생
각하는 신하들을 참수하고 항전할 것을 주장하는
상소를 올렸지만 받아들여지지 않았다. 이에 조정
의 무능에 분개하며 관직을 사퇴하고 고향으로 돌
아왔다. 후에 문천상은 1260년에서 1274년까지 중
앙과 지방에서 여러 관직을 지내면서 백성들의 고

문천상의 필적

통을 덜어주는 조치를 취했다가 중앙 관리들의 눈밖에 나 파면
되었다.

　1275년에 조서를 받들어 군사를 일으켜 1283년까지 몽골에
항전했다. 1275년, 원나라의 승상 백안(伯顏)이 군사를 이끌고
수륙 양면에서 남송의 수도 임안(臨安)으로 진격했다. 이때 강서
(江西)에 있던 문천상은 1만여 명의 병력을 조직하여 수도를 구
원하러 북상했다. 북상하던 길에 백성들이 합세하여 병력은 3만
명에 달했다. 그러나 임안의 관리들은 투항할 생각이었다. 1276
년 1월 18일, 몽골군은 임안 인근까지 압박해왔다. 협상 대표로
간 문천상은 원군에게 군사를 물리라고 했으나 원나라는 오히려
그를 감금해버렸다. 그리고 2월 5일, 남송은 원나라에 패망했다.
　2월 9일, 포로가 된 문천상은 북송되는 배를 탔다. 29일에 사
람들의 도움을 받아 진강(鎭江)에서 탈출하여 복안(福安)에 있는
남송의 망명정부를 찾아갔다. 1276년 7월부터 군민들을 조직하
여 원나라와 최후의 일전을 벌였다. 한때 승리를 거두기도 했지
만 압도적인 원나라의 군사력에 패퇴를 거듭했고 그의 아내와

쿠빌라이 칭기스칸의 손자로, 몽골의 제5대 대칸이자 원나라의 초대 황제. 1279년 남송을 멸망시키고 중국대륙을 통일했다. 1271년 국호를 원(元)으로 고치고 대도(大都, 현재의 베이징)를 도읍으로 정했다. 중앙아시아계 사람인 색목인을 중용하고 서역의 문화를 중시하였으며 티베트에서 라마교를 받아들였다. 서양인을 우대하여 마르코 폴로 등이 입국하는 등 통일된 다민족국가의 발전을 위해 공헌했다. 넓은 영토를 차지한 대제국을 완성하여 원의 전성기를 이루었다.

자녀들이 포로로 잡혀갔다. 참혹한 상황에서도 문천상은 계속 항전했다. 그러나 적에게 쫓기다 1278년 2월 20일에 결국 또 포로가 되었다. 문천상은 조주(潮州)에서 배를 타고 연경(燕京)으로 압송되었다. 9개월 후인 11월 1일에 수도 연경에 도착해 감옥으로 보내졌다. 감옥에서는 "목에 칼을 씌우고 손이 묶인 채로 빈방에 앉아 있었는데 감시가 아주 삼엄했다(枷項縛手, 坐一空室, 衛防甚嚴)." 원 세조 쿠빌라이가 1283년 12월 8일에 문천상을 불러 벼슬로 회유했으나 그는 거절했다. 그리고 다음 날 형장으로 향했다.

형이 집행되기 전 문천상은 좌우의 사람들에게 "어느 쪽이 남쪽인가?(何爲南方?)"라고 물었다. 누군가가 가르쳐 주자 남쪽을 향해 재배하며 "신이 나라에 보답하는 것이 여기까지이옵니다(臣報國至此矣)"라는 말을 남겼다고 한다. 이때 그의 나이 47세였다. 당시 그의 처형 소식을 들은 연경의 백성들 중에 눈물을 흘리지 않는 사람이 없었다. 원나라와의 항전에 참여한 왕염오(王炎午)는 「망제문승상문(望祭文丞相文)」에서 "유명한 재상과 열사들을 합하여 전 한 편을 만들었다. 3천 년 동안 사람들은 두 번 다시 볼 수 없을 것이다!(名相烈士, 合爲一傳. 三千年間, 人不兩見!)"라고 했다.

문천상의 생애는 전기와 후기로 나누어지는데 전기는 1274년 조정 관리들의 눈밖에 나 파면당하기기 전까지의 시기이며, 후기는 1275년 조서를 받들어 군사를 일으켜 항전하며 마지막에 연경의 감옥에서 최후를 맞이하기까지의 시기이다. 전기의 시는 응대하는 시가 많고 예술적 성취가 두드러지지 않는 반면, 후기에는 백성들의 고통을 목도하고 망국의 경험을 토대로 감정이 격앙되고 진지한 작품들을 지어냈다. 이에 따라 그의 대표작은 대부분 후기에 나왔다. 특히 그가 연경의 감옥에 수감되어 있던 시절에 지은 시 중에 유명한 작품들이 많다. 그중에서 1281년 여름에 지어진 「정기가(正氣歌)」는 중국문학에서 잘 알려진 명편이다.

임칙서(林則徐)가 쓴 「정기가」

天地有正氣,	천지에 바른 기운 있어,
雜然賦流形.	만물에 섞여 들어갔네.
下則爲河岳,	아래로는 강과 산이 되고,
上則爲日星.	위로는 해와 달이 되었네.
於人曰浩然,	사람에게 온 것을 호연지기라 하는데,
沛乎塞蒼冥.	천지간에 가득 차 있네.
皇路當淸夷,	국운이 왕성하면,
含和吐明庭.	마음에 담은 조화로운 기운이 조정에 드러나네.
時窮節乃見,	나라가 어려우면 절개로 드러나,
一一垂丹靑.	하나같이 역사에 이름을 남기네.
在齊太史簡,	제나라에서는 태사의 죽간이 되었고,
在晉董狐筆.	진(晉)나라에서는 동고의 붓 되었네.
在秦張良椎,	진(秦)나라에서는 장량의 몽둥이 되었고,
在漢蘇武節.	한나라에서는 소무의 지조가 되었네.
爲嚴將軍頭,	엄 장군의 머리 되고,
爲嵇侍中血.	혜 시중의 피가 되었네.

爲張睢陽齒,	장휴양의 치아 되고
爲顏常山舌.	안상산의 혀가 되었네.
或爲遼東帽,	혹은 요동 관녕(管寧)의 모자가 되고,
淸操厲冰雪.	고고한 절개는 얼음 눈처럼 매서웠네.
或爲出師表,	혹은 「출사표」 되어,
鬼神泣壯烈.	귀신도 그 장렬함에 울었네.
或爲渡江楫,	혹은 도강할 때의 노가 되어,
慷慨吞胡羯.	강개하며 오랑캐를 삼켰네.
或爲擊賊笏,	혹은 역적을 내리칠 때의 홀이 되어,
逆竪頭破裂.	역모의 머리를 깨버렸네.
是氣所磅礴,	충만한 이 기운,
凛烈萬古存.	늠름하게 만고에 남아 있네.
當其貫日月,	이것이 해와 달을 통과하면,
生死安足論.	삶과 죽음 정도가 어찌 논할 만하리!
地維賴以立,	땅 줄은 이것에 의지하여 서고,
天柱賴以尊.	하늘 기둥은 이것에 의지해 높아지네.
三綱實系命,	삼강은 이것의 명이고,
道義爲之根.	도의는 이를 근본으로 삼네.
嗟予遘陽九,	아! 나는 액운을 당하고,
隷也実不力.	못난 신하들은 힘이 없네.
楚囚纓其冠,	초나라 죄수처럼 그 관을 매고,
傳車送窮北.	호송 수레에 실려 먼 북쪽으로 보내졌네.
鼎鑊甘如飴,	큰 솥에 삶겨지면 엿처럼 달게 느낄 텐데,
求之不可得.	그렇게 하고 싶어도 할 수 없네.
阴房闃鬼火,	감옥은 음침하여 도깨비불 떠돌고,
春院閉天黑.	춘원은 닫혀 하늘조차 어둡네.
牛驥同一皂,	소와 천리마가 같은 구유에서 먹고,
鷄栖鳳凰食.	닭과 봉황이 함께 섞여 먹네.

一朝蒙霧露,	하루아침에 찬 냉기에 노출되어
分作溝中瘠.	도랑 속의 썩은 흙이 되겠지.
如此再寒暑,	이렇게 추위와 더위 두 번이나 지났지만,
百癘自辟易.	온갖 병들은 절로 피해 가네.
嗟哉沮洳場,	슬프구나 낮고 축축한 곳도,
爲我安樂國.	나에게 편안하고 즐거운 나라가 됨이.
豈有他繆巧,	어찌 다른 뾰족한 수가 있으랴,
陰陽不能賊.	음양도 나를 해칠 수 없으리.
顧此耿耿在,	이 충정 그대로인 것을 생각하고,
仰視浮雲白.	하늘의 뜬구름을 우러러보네.
悠悠我心悲,	내 마음의 슬픔 아득하니,
蒼天曷有極.	푸른 하늘은 어디에 끝이 있는가.
哲人日已遠,	성현은 날마다 멀어지나,
典刑在夙昔.	그 모범은 아침저녁에 있다네.
風簷展書讀,	바람 이는 처마에서 책 펼쳐 읽나니,
古道照顔色.	옛 성현의 도가 내 얼굴에 비추네.

시에는 작가의 비장함과 불굴의 신념이 잘 나타나 있어 읽는 이를 숙연케 한다. 청나라의 강희(康熙) 황제는 『고문평론(古文評論)』(권43)에서 이 시를 이렇게 평가했다.

이 시는 지극한 성품에서 나와, 강개하고 구슬프다. 짐은 책을 펼쳐 읽을 때마다 자신도 모르게 눈물을 자주 흘린다. 그 충군우국의 정성은 실로 우주에 미치고 금석을 뚫기에 족하다.

(斯篇出於至性, 慷慨凄惻. 朕每於披讀之際, 不覺淚下數行, 其忠君憂国之誠, 洵足以彌宇宙而貫金石.)

황제조차 이렇게 평하였으니 이 시의 영향을 짐작할 수 있다. 문천상의 문학은 그의 망국의 경험에서 우러나온 절실한 감정에 기인했다. 두 번에 걸친 압송과 포로 생활에 망국의 경험이 더해지면서 그의 감정이 더욱 절실해졌다. 그는 이를 문학적으로 승화시켜 불후의 명작을 남겼다.

시대의 아픔을 노래한 오위업

명말청초의 시인 오위업(吳偉業, 1609~1672)은 북조의 유신(庾信)과 유사한 경험을 했다. 즉 망국을 경험한 후 자신의 조국을 멸망시킨 나라에서 출사했고, 이로 인해 시풍이 변한 것이다. 차이점이라면 유신이 북제에서 평생 출사한 반면, 오위업은 청나라에서 약 2년 정도만 출사했다는 점이다.

오위업은 1631년 진사에 급제하여 한림원편수(翰林院编修)를 시작으로 관직에 나아갔다. 이후 남경국자감사업(南京国子监司业)과 좌중윤(左中允)·좌유덕(左谕德)·좌서자(左庶子) 등의 관직을 역임했다. 당시 명나라는 심각한 당쟁의 소용돌이 속에 빠져 국력을 소모하고 있었고 북쪽에서는 강성해진 청이 호시탐탐 노리고 있었다. 이에 오위업은 나라의 운명이 다한 것을 알고 관직에서 물러나 고향에 은거했다. 1644년, 즉 명나라 숭정(崇禎) 17년이자 청나라 순치(順治) 원년에 명나라는 청나라에 멸망당하는데 이때 그의 나이 35세였다. 고향에서 나라가 멸망했다는 소식을 전해들은 오위업은 임금을 따라 자결하려고 했지만 모친의 간곡한 권유로 그만두었다.

1644년 4월 14일 이자성(李自成)의 군대가 북경을 함락하던 날 숭정 황제는 매산(煤山, 지금의 징산)에 올라 목 매어 자살했다. 이후 남경의 명나라 신료들은 명 신종(神宗)의 손자이자 숭정황제의 당형인 주유숭(朱由崧)을 황제로 옹립하여 이른바 남명정권(南明政權)을 수립했다. 그리고 주유숭은 숭정황제가 목 매어 자결한 지 한 달 후인 5월 15일 황제로 즉위했다. 이가 홍광제(弘光帝)이다. 홍광제는 처음에 중원 수복에 뜻을 두고 널리 인재를 구했다. 이때 오위업도 소첨사(少詹事)라는 관직을 제수받았다. 그러나 임금의 사치와 무능에 관리들의 부패까지 목도한 오위업은 남명정권에서 어떠한 희망을 발견하지 못하고 두 달 만에 사직했다. 1645년, 청군은 파죽지세로 남하하여 5월에 남경을 함락했다. 오위업은 피란길에서 수많은 백성들의 참상을 목도했다. 이런 일련의 경험들이 토대가 되어 남경이 함락된 후인 이해부터 그의 시 창작은 절정기를 맞이한다. 그의 대표작이라고 할 수 있는 「비파행(琵琶行)」·「소사청문곡(蕭史靑門曲)」·「원원곡(圓圓曲)」 등이 모두 이 시기에 나왔다. 이 작품들은 하나같이 청군의 만행, 백성들의 참상, 망국의 고통을 잘 반영하고 있다. 여기서 「원원곡」을 감상해보자.

鼎湖當日棄人間,   황상께서 붕어하시고 세상을 등지신 날,
破敵收京下玉關.   (오삼계는) 적을 물리치고 수도를 수복하려
                   산해관을 떠났네.
慟哭六軍俱縞素,   (명나라) 전군은 상복을 입고 통곡했건만,
衝冠一怒爲紅顔.   (오삼계는) 미인 때문에 대노했네.

紅顔流落非吾戀, 미인의 기구한 운명 내 애달아할 바 아니나,

逆賊天亡自荒讌. 역적(이자성)은 흥청망청 잔치하느라 천벌을 받았네.

電掃黃巾定黑山, (오삼계는) 번개처럼 (이자성의) 반란군을 소탕하고,

哭罷君親再相見. 황상과 부모 영전에 곡하고 미인을 다시 만났네.

相見初經田竇家, (숭정의 장인) 전홍우(田弘遇)의 집에서 처음 만난 날,

侯門歌舞出如花. 귀족의 저택에서는 노래와 춤이 꽃처럼 피어났지.

許將戚里箜篌伎, 왕실 외척이 사는 곳에 공후를 켜는 기녀가 허락되어,

等取將軍油壁車. 장군이 데리러 오자 기름을 바른 귀한 수레에 보냈네.

家本姑蘇浣花里, (그녀의) 고향은 (강소성) 소주의 완화리,

圓圓小字嬌羅綺. 어릴 적 이름인 원원은 비단보다 고왔네.

夢向夫差苑裏遊, 꿈에 (오나라) 부차의 고소대(姑蘇臺)에서 노니,

宮娥擁入君王起. 궁녀의 부축을 받아 들어가면 임금도 일어나네.

前身合是採蓮人, 전생은 연밥 따던 서시(西施)임이 분명하고,

門前一片橫塘水. 문 앞엔 한 줄기 횡당의 물이 흘렀네.

橫塘雙槳去如飛, (소주의) 횡당에서 나는 듯이 한 쌍의 노를 젓다가,

何處豪家強載歸? 어느 곳의 호족에게 억지로 끌려왔을까?

此際豈知非薄命, 잘될 운명인 것을 어찌 알았으리,

此時只有淚沾衣. 그때는 눈물로 옷자락만 적실 뿐이었네.

薰天意氣連宮掖, 하늘을 찌를 듯한 기세로 궁정에 들어왔건만,

明眸皓齒無人惜. 맑은 눈동자 하얀 이의 미인을 반기는 사람 없었네.

奪歸永巷閉良家, 궁중에서 빼어다가 양갓집에 숨기고,

教就新聲傾坐客. 새로운 노래를 가르치니 자리한 손님마다 탄복하네.

坐客飛觴紅日暮, 손님들이 잔을 돌리는 사이에 해가 저무는데,

一曲哀弦向誰聽? 애달픈 곡은 누구에게 하소연하는 것이던가?

白晳通侯最少年, 희고 늠름한 무장은 나이도 젊은데,

揀取花枝屢回顧. 이 꽃가지를 꺾으려 자꾸만 고개를 돌리네.

早携嬌鳥出樊籠, 새장에서 한시바삐 이 아리따운 새를 꺼내려 하니,

待得銀河幾時渡? 어느 때 은하수를 건너길 기다리겠는가?

恨殺軍書底死催, 한스러운 출전 명령이 한사코 사람을 다그치니,

苦留後約將人誤. 괴로운 후일의 언약만 남겼으니 사람을 그르치는구나.

相約恩深相見難, 서로 맺은 언약은 깊었건만 만나기 어렵고,

一朝蟻賊滿長安. 하루아침에 개미 떼 같은 역적들이 북경을 메우는구나.

可憐思婦樓頭柳, 누대 끝의 버드나무 같은 시름에 겨운 가련한 여인을,

認作天邊粉絮看. 하늘가에 흩날리는 버들개지처럼 보네.

遍索綠珠圍內第, 녹주를 찾아내듯 안채를 에워싸고,

強呼絳樹出雕欄. 강수처럼 억지로 난간에서 끌어내는구나.

若非壯士全師勝, 장군이 모든 병력을 동원하여 승리를 거두지 못했다면,

爭得蛾眉匹馬還. 어떻게 미인을 말에 태우고 돌아올 수 있었

으리.

蛾眉馬上傳呼進, 　미인이 말을 타고 돌아온다는 전갈이 차례로 전해지니,

雲鬟不整驚魂定. 　쪽 찐 머리채 헝클어졌어도 놀란 마음은 진정되네.

蠟炬迎來在戰場, 　전장에서 촛불을 밝히며 맞이하니,

啼妝滿面殘紅印. 　온 얼굴엔 눈물 자국과 붉은 얼룩뿐이네.

專征簫鼓向秦川, 　퉁소와 북소리 울리며 진천으로 진격하니,

金牛道上車千乘. 　(섬서와 사천을 잇는) 금우 길엔 천 대가 넘는 병거가 지나네.

斜谷雲深起畵樓, 　야곡의 구름 깊은 곳에 그림 같은 누각을 짓고,

散關月落開妝鏡. 　대산관(大散關) 달 기우는 곳에서 화장 거울을 열었네.

傳來消息滿江鄕, 　소식이 장강의 고향마을까지 퍼지고,

烏桕紅經十度霜. 　오구목의 붉은 단풍에 서리 내리기 열 번.

敎曲妓師憐尙在 　노래를 가르치던 기방의 선생은 무사함을 다행으로 여겼고,

浣紗女伴憶同行. 　동료 기녀들도 같이 지내던 시절을 그리워하네.

舊巢共是啣泥燕, 　옛날에는 둥지에서 함께 진흙을 머금던 제비 신세였는데,

飛上枝頭變鳳凰. 　이제는 높은 가지 위로 날아올라 봉황이 되었구나.

長向尊前悲老大, 　어떤 이는 술잔을 앞에 두고 늙어감을 늘 슬퍼하는데,

有人夫壻擅侯王. 　어떤 이는 남편 잘 만나 왕후 자리를 차지했네.

當時祇受聲名累, 　세상의 명성이 쌓이기만 하니,

貴戚名豪競延致. 　귀족과 외척, 명문 호족들이 다투어 초청하네.

一斛明珠萬斛愁,	진주 한 섬마다 시름은 만 섬,
關山漂泊腰支細.	관문과 산천을 떠도느라 허리가 가늘어졌네.
錯怨狂風颺落花,	광풍에 흩날리는 떨어진 꽃잎 같은 신세를 원망도 하였더니,
無邊春色來天地.	문득 천지에 가없는 봄빛이 가득하네.
嘗聞傾国與傾城,	일찍이 성과 나라를 기울게 한 미인이 있었 다지만,
翻使周郎受重名.	주유(周瑜)도 소교(小喬)를 부인으로 맞아 명성을 얻지 않았던가.
妻子豈應關大計,	아내 된 사람이 어찌 천하 대사에 관여하리,
英雄無奈是多情.	영웅이 너무 다정하니 어쩔 수 없네.
全家白骨成灰土,	(오삼계의) 온 집안사람들 죽어 백골이 재가 되어도,
一代紅妝照汗青.	한 시대를 풍미한 미인은 청사에 빛나리라.
君不見	그대 보지 못했는가.
館娃初起鴛鴦宿,	(부차가) 관왜궁을 갓 지었을 때 원앙처럼 함께 잤고,
越女如花看不足.	꽃 같은 서시를 아무리 보아도 싫증나지 않 았음을.
香逕塵生鳥自啼,	(서시가) 향초를 캐던 개울에는 먼지 날리고 새만 공연히 울고,
屧廊人去苔空綠.	향섭랑을 걷던 서시는 간데없고 이끼만 푸 르네.
換羽移宮萬里愁,	곡을 바꾸니 시름은 더욱 깊어지는구나.
珠歌翠舞古梁州.	(오삼계가 주둔한) 한중에는 멋진 가무가 펼 쳐지네.
爲君別唱吳宮曲,	그댈 위해 특별히 오나라 왕궁의 노래를 부 르니,

漢水東南日夜流!　한수는 동남으로 밤낮없이 흘러가네.

　　시는 명나라의 장수 오삼계(吳三桂)와 진원원(陳圓圓)의 이야
기를 통해 오삼계의 변절과 명나라가 패망하게 된 역사적 교훈
을 보여준다. 오삼계는 명나라 말기 수도 북경을 방어하는 최전
선인 산해관(山海關)을 지키는 사령관이었다. 산해관은 청군이
북경을 함락하기 위해서 반드시 거쳐야 할 전략적 요충지였다.
때문에 명나라는 정예군 10만 명을 주둔시켜 이곳을 철통같이
방어하고 있었다. 진원원은 소주(蘇州) 사람으로 미모가 출중하
고 뛰어난 목소리를 가진 가기(歌妓)였다. 당시 내우외환의 위기
에 처한 숭정황제의 마음을 달래려고 전비(田妃)는 부친 전홍우
(田弘遇)에게 강남의 미녀를 물색해 올려달라고 부탁했다. 이에
전홍우는 강남에서 20만 냥의 은을 주고 진원원을
데리고 북경에 왔다. 그런데 좋아할 줄 알았던 숭정
황제가 여색에 관심을 보이지 않자 전홍우는 그녀
를 자신의 저택으로 데리고 왔다. 진원원은 전씨의
저택에서 매일 가무에 참가하면서 권문세족들에게
이름이 알려진다. 전홍우는 마침 북경에 있던 오삼
계와 결탁하고자 오삼계를 연회에 초대했다. 오삼
계는 연회에서 진원원의 미모와 가무 솜씨에 첫눈
에 반해버렸다. 오삼계의 마음을 안 전홍우는 진원
원을 오삼계에게 바쳤다.

　　한편 외부의 전황은 급박하게 돌아갔다. 북쪽 청

「원원곡」 원문과 진원원

군의 움직임이 심상치 않다는 전갈이 온 것이
다. 이에 오삼계는 진원원을 북경에 두고 급히
산해관으로 돌아갔다. 이 사이에 이자성의 농민
반란군이 파죽지세로 진격하여 1664년 3월 18
일에 북경을 함락시켰다. 이자성 휘하의 장수
유종민(劉宗敏)이 오삼계의 애첩 진원원을 차지
한 것을 안 오삼계는 산해관의 관문을 열고 청
군을 끌어들여 이자성을 공격하였다. 북경을 수
복한 오삼계는 진원원과 상봉했다. 이로 두 사
람은 줄곧 함께하였다. 그러나 이 와중에서 미
인을 구하려고 청군을 끌어들인 오삼계는 민족
의 반역자라는 큰 비판을 받았다.

오위업 명말청초의 시인. 자는 준공(駿公). 호는 매촌(梅村), 강소(江蘇) 태창(太倉) 사람. 1631년에 진사에 급제하여 한림원편수(翰林院編修)·좌서자(左庶子) 등의 관직을 역임했으나 명나라가 멸망하자 은거했다. 1653년, 청 조정의 부름에 응해 출사하여 비서원시강(秘書院侍講)·국자감좨주(国子監祭酒) 등을 지내다가 모친의 장례를 이유로 관직에서 물러나 다시 벼슬길에 나아가지 않았다. 전겸익(錢謙益)·공정자(龔鼎孳)와 더불어 '강좌삼대가(江左三大家)'라 불린다. 7언가행(七言歌行)에 뛰어났고, 현재 시 1,160수가 전한다. 대표작으로는 「비파행(琵琶行)」·「소사청문곡(蕭史青門曲)」·「원원곡(圓圓曲)」 등이 있다.

호미원(胡薇元)은 『몽흔관시화(夢痕館詩話)』(권
4)에서 오위업의 시를 이렇게 평했다.

이 시는 춘추필법을 이용한 금석에 새겨야 할 천고의 뛰어난 문
장이다. 원진과 백거이 등도 이와 같이 깊고 미묘하며 오묘하지 않
았다. 글자마다 천금의 가치가 있고, 정과 운치가 모두 뛰어나다.
（此詩用春秋筆法, 作金石刻画, 千古妙文. 長慶諸老, 無此深微
高妙. 一字千金, 情韵俱勝.）

오위업 시의 중요한 특징은 인물이나 사건을 서술하듯 망국
의 한을 노래했다는 것이다. 이것은 백성들의 참상을 그대로 묘
사했던 두보나 원호문의 경우와는 다르다고 하겠다. 오위업의

시에는 황제·비빈·관리 등이 겪은 역사적 참상과 경험이 소재로 많이 등장하고, 그 정서도 침울하고 비장한 경향을 띤다. 이를 『사고전서총목(四庫全書總目)』은 이렇게 평가하고 있다.

> 동란을 만나 흥망을 두루 경험하면서 마음이 격동되고 처량해졌으니 풍골이 더욱 힘차졌다.
> (及乎遭逢喪亂, 閱歷興亡, 激楚蒼凉, 風骨彌爲遒上.)

또 혹자는 그의 시를 시대에 따라 읽으면 명말청초의 흥망사를 알 수 있다고도 한다. 그만큼 그의 시는 사건과 인물 위주의 묘사가 두드러진다. 이것이 전대의 작가들과 다른 그만의 중요한 성취라고 할 수 있다. 시를 쓴 형식도 다른 점이 있다. 두보와 원호문은 주로 7언율시로 지은 반면, 오위업은 7언의 장편 서사시 형식으로 지었다. 보통 한 편의 서사시에는 80구 정도가 나온다. 이런 형식은 격변의 역사적 사실을 반영하기 위해서는 필연적이었다. 오위업의 시는 현재 1,160수 정도가 전하는데 이 중 서사시가 60~70수 정도이다. 숫자는 결코 많지 않지만 그를 문학사에 이름을 남기게 해준 작품들은 모두 이에 속한다.

오위업의 시는 장편 서사시의 형식을 이용하여 명말청초 격동의 변화를 읊어냈다. 그 근저에는 몸소 겪은 망국의 경험이 자리 잡고 있다. 그런 경험이 없었다면 이처럼 비정한 시대상을 반영한 장편 서사시를 써낼 수 없었을 것이다.

4. 좌절의 경험

좌절은 어떤 계획이나 일이 도중에 실패로 돌아가는 것을 말한다. 중국 문인들에게 가장 큰 좌절이라면 아무래도 두 가지를 꼽을 수 있다. 첫째가 일생의 목표인 과거시험에 낙방한 것이다. 문인들의 이력을 보면 과거시험을 통과하지 못해 평생을 궁핍하게 보내며 좌절한 경우를 많이 볼 수 있다. 명나라 말기의 문학가 풍몽룡(馮夢龍, 1574~1646)은 57세가 되어서야 겨우 공생(貢生)에 합격해 복건(福建) 수녕현(壽寧縣)의 지현(知縣)이라는 낮은 관직에 임명되었고, 『요재지이(聊齋志異)』의 작가 포송령(蒲松齡, 1649~1715)은 19세에 동자시(童子試)에 합격한 후에 71세가 되어서야 세공생(歲貢生)이란 말단 관직을 얻었다. 둘째는 출사해서도 원대한 정치적 포부를 실현하지 못한 것이다. 유종원은 26세에 벼슬길에 올랐으나 자신이 추구한 개혁의 실패로 14년간 영주와 유주에서 유배 생활을 하다 세상을 떠났고, 소식은 22세에 과거시험에 합격하여 벼슬길에 올랐으나 왕안석의 신법파에 밀려 평생을 유배지에서 보냈다. 이 두 사례로 보건대 중국 문인들이 느끼는 좌절은 실로 그들의 일생을 좌우할 만큼 엄청난 것이었다. 그들의 작품을 보면 좌절을 이겨냈다는 꿋꿋한 의지를 보여주는 작품도 있는 반면 거기에 체념하고 세상을 등지고 살겠다는 작품도 있다. 어떤 것이든 그것은 중국 문인들이 고심한 결과의 발로여서 감정이 진실하게 나타난다. 이 때문에 그들의 좌절은 문학작품의 창작에 커다란 동인이 되었다.

세 번이나 파면된 사령운

사령운(謝靈運, 385~433)은 남송의 대시인으로, 문학사에서는 산수시(山水詩)를 개척한 시인으로 유명하다. 그의 산수시는 기실 세 번에 걸친 그의 정치적 좌절로 인한 지방으로의 발령이 크게 작용했다. 그는 발령받은 곳에서 산수의 아름다움을 노래했는데 이것이 산수시라는 새로운 장르의 개척으로 이어졌다.

동진 시기 왕씨(王氏)와 사씨(謝氏) 가문은 문벌세족 중에서 가장 영향력 있는 가문이었다. 사령운의 증조부 사안(謝安)은 환온(桓溫)이 병사한 후 조정을 이끈 어진 재상이었고, 조부 사현(謝玄)은 비수대전(淝水大戰)에서 8만의 군사로 전진(前秦) 부견(符堅)의 백만 대군을 물리친 대장군이었다. 이처럼 사씨 집안은 당시 상당히 명망이 높았다. 사령운은 406년에 낭아왕대사마행참군(琅琊王大司馬行參軍)을 맡으면서 출사했다. 다음 해에 무군장군(撫軍將軍) 유의(劉毅)의 기실참군(記室參軍)이 되었다. 유의는 당시 실력자인 유유(劉裕)를 제거하려다 실패하자 자살했다. 승리한 유유는 정권의 안정을 위해 사씨 집안 사람들을 관직에 기용했다. 이때 사령운은 태위참군(太尉參軍)이 되지만 그 다음 해에 파면되었다. 파면된 지 3년 후인 415년에 다시 관직을 맡았지만 역시 오래가지 못하고 또 파면되었다. 그의 문객 중에 계흥(桂興)이라는 사람이 유유의 첩과 간통한 사건이 일어났다. 일이 드러나자 사령운은 계흥을 죽이고 시체를 강에 버렸다. 어사(御史) 왕홍(王弘)이 이를 유유에게 알려 엄벌에 처할 것을 주장했다. 이에 유유는 사령운을 파면해버렸던 것이다.

사령운이 36세가 되던 420년 유유는 마침내 선양(禪讓)의 방식으로 제위에 등극하여 국호를 송으로 바꾸었다. 정치적 재기를 꿈꾸던 사령운은 유유의 둘째 아들 여릉왕(廬陵王) 의진(義眞)에게 기탁했다. 그러나 422년 유유는 제위를 당시 17세에 불과했던 장자 의부(義符)에게 물려주었다. 이가 송 소제(少帝)이다. 소제의 나이가 어렸던 관계로 서선지(徐羨之)와 부량(傅亮)이 보좌하여 정무를 처리했다. 서선지와 부량은 정권의 안정을 위해 의진을 서인으로 폐하고 사령운을 "모반을 선동하고, 정치를 방해했다(構扇異同, 非毀執政)"는 이유로 영가태수(永嘉太守)로 발령을 내렸다. 이것으로 중앙정치에서 사령운의 출사는 막을 내렸다.

영가는 지금의 저장성 원저우(溫州)로 중국 동남부에서 풍광이 아름다운 곳으로 유명하다. 정치적 야망이 있었던 사령운은 이곳에 와서 정무를 돌보지 않는 것으로 자신의 불편한 심사를 드러냈다. 한번 놀러 갔다 하면 10일 이상이었다. 그의 시를 봐도 영가 전역을 놀러 다녔음이 보인다. 그는 아름다운 구계산(瞿溪山)·녹장산(綠嶂山)·석고산(石鼓山)을 올랐으며 구강(甌江)에 배를 띄워 온갖 풍류를 즐겼다. 그의 산수시는 바로 이런 배경에서 나온 것이었다. 이곳에서 꼬박 1년을 지낸 후 관직을 사퇴하고 고향 시녕(始寧)으로 돌아갔다. 이때 그의 나이 39세였다. 그는 고향으로 돌아와서도 각지를 유람하면서 시를

지었다. 당시 그의 시명은 아주 높았다. 『송서』는 "가는 도읍마다 시 한 수를 지었는데, 귀천을 막론하고 다투어 베껴 쓰지 않는 사람이 없었다. 하룻밤 사이에 사대부와 백성들 사이에 퍼졌다. 멀리서나 가까이서나 흠모하여 명성이 경사를 뒤흔들었다(每有一詩至都邑, 貴賤莫不競寫, 宿昔之間, 士庶皆遍. 遠近欽慕, 名動京師)"라고 했다.

한편 조정에서는 소제가 폐위되고 유유의 셋째 아들 의륭(義隆)이 즉위했다. 이가 송 문제(文帝)이다. 문제는 사령운을 다시 불러들여 비서감(秘書監)에 임명했다. 그러나 이 비서감의 역할은 문서를 정리하고 사서를 편찬하는 것뿐이었다. 실망한 사령운은 조정에 나가지 않고 조경을 가꾸거나 밖으로 놀러 다녔다. 이에 문제는 사령운을 고향 시녕으로 돌아가게 해주었다. 이때 사령운의 나이 44세였다. 다시 고향에 돌아온 사령운은 산을 파서 호수를 만들기 위해 몇백 명의 사람을 부려 나무를 베고 길을 만들기도 했다. 이 일 때문에 주변의 태수들이 산적으로 오인하기에 이르렀다. 어사중승(御史中丞) 부륭(傅隆)이 이 일을 조정에 알려 그는 면직되었다. 그로 3년이 안 되어 회계태수 맹의(孟顗)가 사령운이 모반을 일으키려 한다는 사실을 보고했다. 사령운은 문제에게 소명했으나 문제는 그를 건강에 약 반 년 동안 억류했다. 그리고 그해 말 그를 임천내사(臨川內史)로 발령냈다. 임천에 온 다음 해인 432년에 사람들에게 탄핵을 받았다. 조정에서는 수주종사(隨州從事) 정망생(鄭望生)을 보내 사령운을 체포하게 했는데, 사령운은 도리어 정망생을 억류해버렸다. 송

문제는 사람을 보내 사령운을 건강으로 압송해왔다. 그리고 선친의 공을 생각해서 사형을 내리는 대신에 광주로 유배 보냈다. 광주에 온 지 얼마 안 되어 부락민을 이끌고 모반을 획책했다는 제보로 처형되었다. 이때 그의 나이 49세였다.

사령운의 일생을 보면 명망 있는 가문의 일원으로 자신의 이상을 펼치고자 정치에 집착한 일면을 볼 수 있다. 백거이가 「사령운의 시를 읽고(讀謝靈運詩)」에서 "사공재(사령운)는 활달하여 세속과 맞지 않았다. 큰 뜻은 막히고 쓰이지 않았으니 발설할 곳이 필요했는데, 이를 산수시로 발설했다(謝公才廓落, 與世不相遇. 壯志鬱不用, 須有所泄處, 泄爲山水詩)"라고 했듯이, 그는 정치적 좌절로 인한 고통스런 마음을 산수자연에서 풀었던 것으로 보인다. 그의 산수시는 대부분 영가태수 시절, 고향 시녕으로 돌아왔을 때, 임천내사로 있을 때 지어졌다. 여기서 영가태수 직을 사직하고 고향 사녕으로 돌아왔을 지어진 「석벽정사에서 돌아오다 호수에서 짓다(石壁精舍還湖中作)」를 감상해보자.

昏旦變氣候,	아침과 저녁으로 날씨가 변하고
山水含清暉.	산과 강은 맑은 햇빛을 머금었네.
清暉能娛人,	맑은 햇빛은 사람을 즐겁게 하니,
遊子憺忘歸.	나그네는 편안해 돌아갈 길 잊네.
出谷日尚早,	계곡을 나올 땐 날이 아직 일렀는데,
入舟陽已微.	배에 오니 햇빛은 이미 약해졌네.
林壑斂暝色,	숲과 골짜기에는 어둠이 드리우고,
雲霞收夕霏.	구름 속으로 석양빛이 거두어지네.

菱荷迭映蔚,	마름과 연잎 서로 비치어 울창하고,
蒲稗相因依.	부들과 피나무는 서로 기대어 있네.
披拂趨南徑,	수풀 헤치며 남쪽 오솔길을 급히 걸어,
愉悅偃東扉.	즐거운 마음으로 동헌에 드러누워 보네.
慮澹物自徑,	생각이 담담하니 외물은 절로 가벼워지고,
意愜理無違.	마음이 즐거우니 이치에 어긋남이 없네.
寄言攝生客,	섭생객에게 한 마디 하노니,
試用此道推.	이런 이치를 한번 써보시게.

사령운 남북조시대의 정치가이자 문인. 이름은 공의(公義), 자는 영운(靈運), 진군(陳郡) 양하(陽夏, 지금의 허난성 타이캉현) 사람. 동진의 대귀족 사현의 손자. 대사마행군참군(大司馬行軍參軍)·무군장군기실참군(撫軍參軍記室參軍) 등의 관직을 거쳤으나 유송(劉宋)이 동진을 찬탈한 후에는 강등되어 영가태수로 좌천되었다가 비서감·임천내사 등을 지냈다. 만년에 임천내사로 있을 때 탄핵을 당하여 조정에서 체포하려 하자, 난을 일으켰으나 실패하고 피살되었다. 중국 문학사상 처음으로 산수시 영역을 개척했으며, 시는 현재 900여 수 전한다. 대표작으로는 「지상루에 올라(登池上樓)」·「세모(歲暮)」 등이 있다.

시는 석벽정사에서 호수에 이르는 길의 아름다운 풍광, 배에서 바라본 저녁 무렵의 경색, 집에 와서 작가가 느끼는 인생의 철리를 읊고 있다. 제1~4구는 맑은 햇살과 아름다운 자연 속에서 노닐다 돌아갈 것조차 잊는 즐거운 마음을 나타냈다. 제5~10구까지는 배에서 바라본 풍광을 묘사한 것이다. 여기서는 날씨의 변화를 언급하면서 먼 곳과 가까운 곳의 아름다운 모습을 생동감 있게 읊었다. 제11~16구까지는 집에 돌아와 느끼는 감정을 노래했는데 인생의 철리가 담겨 있다. 사령운의 산수시를 보면 경물·서정·철리 묘사가 함께 어우러지고 있다. 이것이 사령운의 산수시가 높은 평가를 받는 이유이다. 다만 필자가 보기에 경물·서정·철리의 묘사가 지나치게 분명하다는 단점이 있다. 시에서는 이 세 가지 요소가 눈이 띄지 않게 자연스럽게 녹아들어가야 좋은데 사령운의 산수시는 이 세 가지 요소들이 너무 분명하게 배치되어 있다. 그러나 중국 산수시에 경물·서정·철리라는 이 세 가지 요소를 융합한 것은 중국 시가 발전에 새로운 길을 연 것이었다. 사령운 자신도 산수시를 처음 짓는 것이기에 시의 창작 과정에서 필연적으로 단점이 생길 수 있었다. 그래서 이는 문학 창작 과정에서 발생하는 필연적인 단계라고 해야 할 것이다. 연이은 좌절로 작가 사령운은 아름다운 산수자연에 마음을 기탁했다. 그로써 그의 좌절과 아름다운 산수풍광이 융합된 작품이 탄생할 수 있었다.

가족을 데리고 각지를 전전한 두보

중국 문학사상 최고의 시인으로 불리는 두보는 가족을 데리고 평생 지방을 전전했다. 그 여정을 통해 그는 위정자들의 무능과 백성들의 고통을 담은 명편을 지어냈다. 유명한 "귀족들의 집에는 술과 고기 냄새 진동하고, 길에는 얼어 죽은 뼈만 나뒹구네(朱門酒肉臭, 路有凍死骨)"[1]라는 시구는 두보 시의 전형적인 내용과 의의를 잘 보여준다. 그 이면에는 자신도 평생 지방을 전전하면서 보고 들은 것과 정치에 대한 좌절과 불만이 깊게 묻어 있다.

두보는 30세 이전까지는 독서와 만유(漫遊)로 보냈다. 대략 744년경에 낙양에서 이백을 만나 함께 양송 지방을 가기도 했

---

1   이 구절은 두보의 시 『강상치수여해세료단술(江上値水如海勢聊短述)』에 보인다.

다. 35세에서 44세까지는 장안에서 생활한 시기이다. 두보의 좌절이 이 시기부터 시작되었다. 두보는 35세이던 746년, 큰 꿈을 안고 장안에 왔다. 다음 해에 과거시험에 응시했으나 재상 이임보(李林甫)의 농간으로 응시자 전원이 낙방하는 일이 벌어지고 말았다.

751년 정월, 당 현종이 큰 제사를 지낼 때 「대례부(大禮賦)」를 지어 올려 현종의 중시를 받았다. 그러나 관직다운 관직을 받지 못했다. 이렇게 10년 동안 장안에 있었으나 관직을 얻지 못해 경제적으로 큰 어려움을 겪기도 하였다. 이때서야 두보는 현실을 직시하기 시작했다.

두보의 좌절은 여기서 끝나지 않았다. 755년 11월 안사의 난이 일어났다. 그해 12월에 낙양이 함락되고 다음 해 6월에 장안이 함락되었다. 현종은 사천으로 떠났고 두보는 백성들과 함께 피난길에 올랐다. 태자 이형(李亨)이 영무(靈武)에서 즉위했다는 소식을 듣고 두보는 그에게 기탁하러 가는 길에 반란군에 체포되어 장안으로 압송되었다. 두보는 장안에서 반란군 치하에 백성들이 처한 비참한 현실을 보게 된다. 이때 탄생한 시가 그 유명한 「춘망(春望)」이다.

國破山河在,　나라는 쓰러져도 산하는 여전하고,
城春草木深.　봄이 찾아온 성에는 초목이 무성하네.
感時花濺淚,　저 꽃은 시대를 슬퍼하여 눈물 뿌리고,
恨別鳥驚心.　저 새는 이별을 아파하여 마음 졸이네.
烽火連三月,　춘삼월에도 봉화 연기는 가시지 않고,

家書抵萬金.　억만금보다 더 소중한 가족의 소식.

白頭搔更短,　흰 머리 긁고 긁어 더욱 듬성듬성,

渾欲不勝簪.　이제는 비녀조차 꽂기 힘드네.

757년, 두보는 장안을 탈출하여 봉상(鳳翔)의 숙종(肅宗)에게 기탁하여 좌습유(左拾遺)로 임명되었다. 그러나 오래지 않아 방관(房琯)을 구명하는 상소를 올렸다가 숙종의 노여움을 사서 고향으로 돌아가게 된다. 장안이 수복되자 11월 두보는 가족들을 데리고 장안으로 돌아온다. 다음 해 6월 두보는 화주사공참군(華州司功參軍)으로 좌천된다. 이 직책은 지방의 제사·학교·선거 등을 관리하는 한직이었다. 이 역시 두보가 중앙정치에서 멀어지는 치명적인 좌절이었다. 이렇게 장안을 떠난 두보는 다시는 돌아오지 못했다. 결과적으로 지방으로의 좌천은 그의 시가 창작에서 하나의 새로운 전기가 되었다.

결국 759년 7월에 관직에서 물러나 화주(華州)에서 진주(秦州, 지금의 간쑤성 톈수이시)로 갔고, 10월에 다시 진주에서 동곡(同谷, 지금의 간쑤성 청현)으로, 다시 12월에는 동성에서 성도(成都)로 갔다. 이해 두보의 생활은 특히나 곤궁했다. 1년에 네 번이나 외지를 전전해야 했기 때문이었다.

두보는 전란과 정치적 좌절로 각지를 떠돌며 단련되어갔고, 그의 시 창작에 이런 경험들은 귀중한 자산이 되었다. 이 시기는 짧았지만 두보의 시 창작에 최고의 성취를 거둔 시기였다. 그의 떠돌이 같은 삶은 그가 사망할 때까지 이어졌다. 여기서 좌습유에서 화주사공참군으로 좌천되어 화주로 부임해가는 길에 지은 그 유명한 「삼리(三吏)」와 「삼별(三別)」 중의 한 편인 「석호리(石壕吏)」를 감상해보자.

暮投石壕村,　　날 저물어 석호촌에 묵었는데,

有吏夜捉人.　　밤 되자 징병하는 관원이 왔네.

老翁踰墻走,　　할아범은 담을 넘어 달아나고,

老婦出看門.　　늙은 할멈 문 열고 나가서 맞네.

吏呼一何怒,　　관원의 호통은 어찌 그리 노엽고,

婦啼一何苦.　　할멈의 울음은 어찌 그리 애절한가.

聽婦前致詞,　　할멈이 나가서 하는 말을 들으니,

三男鄴城戍.　　아들 셋이 업성 싸움에 나가,

一男附書至,　　한 아들이 편지를 보내 왔는데,

二男新戰死.　　두 아들이 얼마 전에 전사했다네.

存者且偸生,　　산 사람은 근근히 살아가겠지만,

死者長已矣.　　죽은 놈은 영영 끝이 아닌가.

室中更無人,　　집 안에는 달리 사람이 없고,

惟有乳下孫,　　있다면 젖먹이 손자 있을 뿐,

有孫母未去,　　며느리가 있으나 못 움직이니,

出入無完裙.　　치마 하나 변변한 것이 없다 하네.

老嫗力雖衰,　　늙은 몸 비록 힘은 없어도,

請從吏夜歸,　　이 밤에 따라 가고자 하니,

急應河陽役,　　서둘러 하양의 부역에 나가,

猶得備晨炊.　　아침밥이라도 짓겠다 하네.

夜久語聲絶,　　밤이 깊어지니 말소리 그치고,

如聞泣幽咽.　　잠결에 흐느끼는 소리 들은 듯.

天明登前途,　　날 밝아 다시 길 떠날 때에,

獨與老翁別.　　작별한 사람은 할아범뿐이었네.

　아들 셋을 전장에 보낸 것도 모자라 야밤에 할아버지를 징집하려는 모진 관리들과 자신을 전장에 보내달라는 할머니의 절규가 눈에 선하게 들어온다. 정말이지 두보의 시를 '시사(詩史)'라고 하는 이유를 이 시를 통해 잘 알 수 있다. 이 시는 759년, 48세의 두보가 좌습유에서 화주사공참군으로 좌천되어 화주로 가는 길에 지어졌다. 당시 두보는 낙양을 떠나 신안(新安)·석호(石壕)·동관(潼關)을 지나는 길에서 백성들의 도탄에 빠진 생활을 목도하였던 것이다. 당시 당나라는 곽자의(郭子義)·이광필(李光弼) 등 아홉 명의 절도사가 20만 대군을 이끌고 안녹산의 둘째 아들인 안경서(安慶緒, ?~759)를 업성(鄴城)에서 포위했다. 그러나 지휘 체계가 달라 도리어 사사명이 이끄는 반군에 대패했다. 이에 당 조정은 병력을 충원하기 위해 낙양 이서와 동관 일대의 지역에서 강제로 사람들을 징집해 병력으로 충원했는데 백성들의 고통과 원성은 이루 말로 다할 수 없었다. 두보는 신안의 석호촌이라는 곳에서 하룻밤을 묵다가 한밤중에 강제로 사람을 징집해가는 모습을 목도했던 것이다.
　두보의 일생은 경제적인 문제를 해결하기 위해 각지를 전전하는 좌절의 연속이었다. 중국 문인 중에 두보처럼 이렇게 심한 고생과 좌절을 겪은 문인도 드물 것이다. 그는 정치적으로 자신의 뜻을 펼치지 못했지만 시로 중국문학을 빛내주었다.

네 번 낙방하고 두 번 좌천당한 탕현조

제2부 제1장에서 소개했듯이 탕현조는 21세 때이던 1570년에 강서(江西)에서 주관한 향시(鄕試)에 합격하여 문재를 세상에 알렸다. 이제 그에게 벼슬에 나아갈 수 있는 마지막 관문은 3년에 한 번 북경에서 열리는 회시(會試)였다. 그러나 탕현조의 인생은 여기서부터 좌절로 점철된다.

탕현조는 22세이던 1571년에 처음으로 북경에 가서 회시에 응시했으나 낙방했다. 3년 후인 1574년에 다시 회시를 봤으나 또 낙방하고 말았다. 낙방한 후 고향 임천(臨川)으로 돌아가지 않고 남경의 국자감(國子監)에서 계속 과거시험을 준비했다. 이 시기에 탕현조는 매정조(梅鼎祚, 1549~1615)와 심무학(沈懋學, 1539~1582) 같은 강남의 준재들을 알게 된다. 탕현조는 1577년에 심무학과 함께 북경에 가서 또 한 번 회시에 응시했다. 그런데 당시 재상으로 있던 장거정(張居正, 1525~1582)은 자신의 아들을 이용해 탕현조를 도당으로 끌어들이려고 했다. 탕현조가 거절하자 장거정은 탕현조를 낙방시켜버렸다. 탕현조는 이때서야 과거시험장에서의 부패를 깨닫기 시작했다. 탕현조는 1580년에 네 번째로 과거시험에 응시했다. 그런데 이번에는 장거정의 셋째 아들 장무수(張懋修)가 그와 결탁하고자 했다. 탕현조는 이번에도 거절했다. 그 결과 장무수는 장원급제하고 탕현조는 또 낙방하고 말았다. 10년 동안 네 번이나 과거시험에 낙방한 것은 탕현조에게는 엄청난 충격이었다. 탕현조는 친구에게 보낸 편지에서 당시의 심경을 "여러 번 낙방하니 걱정되고 좌절하여 기력이 이미 없어졌네(數不第, 展轉頓挫, 氣力已減)"(『여육경업[與陸景鄴]』)라고 토로했다. 이런 일을 겪으면서 탕현조는 조정의 파벌과 부패가 얼마나 심각한지를 깨달았다. 1582년, 장거정이 세상을 떠나자 탕현조에게 기회가 왔다. 다음 해 탕현조는 다섯 번째 과거시험을 보러 북경에 갔다. 이번에는 제삼갑(第三甲) 211등으로 진사에 급제하였다.

1년 후 탕현조는 남경태상시박사(南京太常寺博士)를 제수받고 남경으로 내려갔다. 그리고 1588년, 남경첨사부주부(南京詹事府主簿)로 옮기고 또 그 다음 해에 남경예부제사주사(南京禮部祭司主事)를 지냈다. 이 시기 탕현조는 그의 사상에 큰 영향을 끼친 달관선사(達觀禪師)와 이지(李贄)를 만났다. 이들은 조정의 부패와 정주이학과 가식적인 예교를 강도 높게 비판한 인물이었다.

1591년에 탕현조는 재상 신시행(申時行)의 전횡을 비롯한 조정의 파벌과 부패 등을 알리는 글을 올렸다가 신종황제의 노여움을 사서 당시로선 불모의 땅이나 다름없는 광동(廣東) 서문현(徐聞縣, 지금의 광둥성 쉬원현)의 전리(典吏)로 좌천되었다. 임지로 가는 길에 그는 많은 명승고적들을 보고 새로운 것들을 접하면서 주옥같은 시문들을 지어냈다. 특히 『모란정』에 나오는 광동 지역의 풍습의 묘사는 이런 경험에 기인한 바가 컸다. 탕현조는 이곳에서 서원을 짓고 아이들을 가르치는 등 교육에 힘썼다. 44세가 되던 1593년에는 절강(浙江)의 수창지현(遂昌知縣)으로 발령났다. 수창현은 산속에 고립된 아주 가난한 마을이었다. 탕현조는 이곳에서 인정을 펼쳐 현지 백성들로부터 큰 칭송을 받았다. 1597년, 사치를 일삼던 신종은 국고를 충당한다는 명목으로 환관들을 전국 각지로 보내 광산을 개발하게 했다. 이들 환관들은 전국을 돌며 강제로 일정한 목표를 할당하는 한편 백성들의 재산까지도 약탈했다. 이 때문에 백성들의 원성이 자자했다. 당시 수창현에도 금광이 있어 역시 수탈의 대상이 되었다. 탕현조로서는 이들 환관들의 전횡을 막을 방법이 없었다. 탕현조는 그들이 오기 전에 사직하기로 했다. 49세가 되던 1598년에 고향 임천으로 돌아왔다. 고향에 돌아온 탕현조는 경세제민의 생각을 내려놓고 자신이 추구한 이상을 희곡 창작에 쏟았다. 그렇게 해서 나온 것이 임천으로 돌아온 그 해에 지은 『모란정』이다. 줄거리를 소개하면 대략 다음과 같다.

남안태수(南安太守) 두보(杜寶)에게 두여낭이라는 16세 된 딸이 있었다. 어느 봄날 글공부에 지친 두여낭은 시녀 춘향(春香)을 데리고 평소 여인들이 출입할 수 없었던 후원의 정원에 들어간다. 뜻밖에도 정원에는 갖은 꽃들이 만발해 그녀의 마음을 자극했다. 정원을 둘러본 두여낭은 피곤해서인지 모란정 가에 앉아 잠이 들었다. 꿈에 유몽매(柳夢梅)라는 한 청년이 그녀에게 버드나무를 하나 꺾어주며 사랑을 고백했다. 두 사람은 정원을 이리저리 거닐며 사랑을 나누었다. 꿈에서 깬 후 방으로 돌아온 두여낭은 이 일을 잊을 수 없었다. 그녀는 다시 정원으로 가서 꿈에서 본 광경을 찾으려고 했으나 찾을 수 없었다. 이후로 두여낭은 유몽매를 그리워하며 시름시름 앓게 된다. 죽기 전에 두여낭은 관을 정원 내의 매화나무 아래에 묻어주고 자신이 직접

그린 초상화를 태호석(太湖石) 아래에 놓아 달라고 유언을 한다. 두여낭이 죽은 지 얼마 되지 않아 두보는 회양안무사(淮陽按撫使)로 발령받아 가족들을 데리고 임지로 떠나고 집은 두여낭의 글공부 선생이었던 진최량(陳最良)이 관리하도록 했다. 3년 후, 꿈에서 두여낭과 사랑을 나누었던 유몽매는 과거를 보러 가는 길에 두보의 집을 지나가다 하룻밤을 묵게 된다. 그날 밤 유몽매는 밤에 잠이 오지 않아 후원을 거닐다가 모란정에서 두여낭의 초상화를 보게 된다. 어디선가 본 얼굴 같지만 누구인지 생각이 나지 않았다. 두여낭의 혼백은 염라대왕의 허락을 받아 하계로 내려온다. 꿈속에 만난 사람이 유몽매인 것을 알고 그에게 관을 열어주면 다시 살아날 것이라고 말한다. 유몽매가 두여낭의 관을 열자 옛 모습 그대로의 아름다운 두여낭이 일어나기 시작했다. 두 사람은 그날 밤 바로 과거시험을 보러 임안(臨安)으로 향했다. 진최량은 두여낭의 무덤이 파헤쳐진 것을 보고 유몽매의 소생이라 여겨 두보에게 사실을 알린다. 두여낭은 마침 아버지가 회안(淮安)에 있다는 말을 듣고 유몽매와 함께 부친을 찾으러 간다. 두보는 유몽매가 딸의 무덤을 파헤친 사람임을 알고 그를 임안부로 압송해 모질게 심문한다. 이때 유몽매가 장원에 급제했다는 소식이 알려지면서 그는 목숨을 건진다. 두보는 딸과 사위를 계속 인정하지 않았다. 어쩔 수 없어 황제에게 가서

〈모란정〉 공연 포스터

이 일을 최종적으로 밝히고자 하였다. 두여낭이 황제에게 자초지종을 말하자 황제는 그들 사이가 사실임을 인정하였다. 이때서야 두보도 자신의 딸과 사위를 인정했다.

극에서 두여낭은 애정 때문에 병이 나고, 애정 때문에 죽고, 애정 때문에 살아난다. 죽으면 다시 살아날 수 없는 법인데 그녀는 다시 살아났다. 진정한 사랑을 했기 때문이다. 탕현조가 그린 것은 물질을 추구하는 사랑이나 목적을 가지고 있는 사랑이 아닌 마음에 우러나오는 진정한 사랑이었다. 『모란정』「서문」을 보자.

천하의 여자들이 정이 있다 하나 어찌 두여낭만 하겠는가? 두여낭은 꿈에서 한 남자를 만나 병이 들었고, 병이 들어 낫지 않자 자신의 모습을 그려 세상에 전한 후 죽고 말았다. 죽은 지 3년이 되었는데 다시 막막한 어둠 속에서 꿈에 본 이를 만나 살아날 수 있었으니 두여낭 같은 이를 일러 비로소 사랑이 있는 사람이라 한다. 어디서 생겨났는지 모르나 갈수록 깊어져가기만 하는 것이 사랑이니, 산 자도 죽을 수 있고 죽은 자도 살아날 수 있다. 살아서 죽어보지 못하고 죽어서 다시 살아나지 못한다면 이 모두가 극진한 사랑이라 할 수 없다. 꿈속의 사랑이라 해서 어찌 진실이 아니라는 법만 있겠는가?

(天下女子有情, 寧有如杜麗娘者乎! 夢其人卽病, 病卽彌連, 至手畫形容, 傳於世而後死. 死三年矣, 復能溟莫中求得其所夢者而生. 如麗娘者, 乃可謂之有情人耳. 情不知所起, 一往而深. 生者可以死, 死可以生. 生而不可與死, 死而不可復生者, 皆非情之至也. 夢中之情, 何必非眞?)

부녀자에 대한 규제가 가장 심했던 16세기 중국에서 이런 작품이 출현했다는 것이 그저 놀라울 따름이다. 당시 봉건적 관습 때문에 사랑에 대해 입 밖에도 내지 못하고 숨죽여 지내던 수많은 여성들에게 얼마나 큰 위안을 주었을까? 문학이 주는 힘은 이런 것이 아닐까 싶다. 『모란정』은 당시 공연되자 "집집마다 읽고 암송하여 『서상기』의 가치를 절반으로 떨어뜨렸다(家傳戶誦, 幾令西廂記減價)"[2]고 할 정도로 많은 사람들의 호평을 받았다. 누강(婁江)의 유이고(俞二姑)라는 여인은 『모란정』에 심취하여 그 곡문(曲文)을 한 글자도 틀리지 않고 외웠다고 한다. 또 내강(內江)의 김(金)씨 성을 가진 한 소녀는 『모란정』을 읽고 탕현조야말로 소녀의 마음을 가장 잘 이해해주는 사람이라 여겨 그에게 시집가길 원했다. 그녀는 탕현조가 백발이 성성한 노인인 것을 알고는 실망한 나머지 강에 투신자살했다. 여기서 『모란정』 「경몽(驚夢)」에 나오는 '산파양(山坡羊)' 한 단락을 감상해본다.

沒亂里春情難遣,	심란해 춘정 삭이기 어려운데,
驀地里懷人幽怨.	불현듯 가슴엔 원망이 샘솟네.
則爲俺生小嬋娟,	내 아리따운 소녀로 태어나,
揀名門一例, 一例里神仙眷.	신선 같은 명문가에 점지되었지.
甚良緣,	무슨 좋은 인연 맺으려고,
把靑春抛的遠!	청춘을 저렇게 멀리 내팽개치나!
俺的睡情誰見?	꿈속의 내 마음 누가 알아줄지?

---

2   심덕부(沈德符)의 『고곡잡언(顧曲雜言)』에 보인다.

則索因循腼腆.	그저 머뭇머뭇 수줍어할 뿐이네.
想幽夢誰邊,	그 누구 곁에서 은근한 꿈꾸며,
和春光暗流轉?	남몰래 봄빛을 만끽할까?
遷延,	서성거리네,
這衷懷那處言!	이 마음 어디에 말할지!
淹煎,	고달프네,
潑殘生,	이 박복한 인생,
除問天!	하늘에 물어보리!

여주인공 두여낭이 봄날의 경치를 보고 자신의 신세를 한탄하는 장면이다. 엄격한 부모 밑에서 16세가 되도록 자수와 글공부만 했던 두여낭은 봄날에 만개한 정원의 꽃을 보면서 자신의 인생을 바꿀 새로운 깨달음을 얻는다. 16세의 꽃다운 여인이 누려야 할 행복과 자유를 누리지 못하는 것에 대한 탄식이 구구절절 묻어 있다. 이는 당시 명나라의 예교의 속박으로 응분의 자유와 행복을 누려야 할 수많은 청춘남녀의 마음을 대변한 것이었다.

명말청초의 전겸익(錢謙益, 1582~1664)은 『탕수창현조전(湯遂昌顯祖傳)』에서 그의 희곡을 이렇게 설명했다.

가슴속에 쌓인 덩어리를 글로 모두 토로하지 못하다가 희곡으로 발산하였다.

(胸中塊壘, 陶寫未盡, 則發而爲詞曲.)

"가슴속에 쌓인 덩어리"가 그의 문학 탄생에 큰 동인이 되었음을 알 수 있는 대목이다. 그리고 그 "가슴속에 쌓인 덩어리"란 다름 아닌 과거시험에서의 연이은 좌절과 먼 곳으로의 좌천 등으로 자신의 이상을 실현해보지 못한 것이었다. 탕현조가 만일 절친한 친구 심무학처럼 조정의 고관들과 결탁하여 파벌을 이루었더라면 탕현조의 문학적 성취는 이루어지지 못했을 것이다. 좌절의 경험이 그가 고향에 돌아와 『모란정』을 비롯한 불후의 희곡작품을 짓는 큰 자산이 되었다.

탕현조와 셰익스피어

» 16세기 중반 중국과 영국에서 세계적인 희곡 작가들이 태어났다. 한 사람은 『모란정』을 쓴 탕현조이고, 한 사람은 『로미오와 줄리엣』을 쓴 셰익스피어이다. 그런데 두 사람 사이에는 아주 흥미로운 점들이 존재한다. 우선 두 사람 간에 존재하는 놀랄 만한 공통점을 보자. 첫째, 두 사람의 사망 시기가 같다. 탕현조는 1550년생으로 1616년에 사망했고, 셰익스피어는 1564년생으로, 역시 1616년에 사망했다. 탕현조가 셰익스피어보다 열네 살이 많으나 사망 시기는 똑같다. 둘째, 『모란정』과 『로미오와 줄리엣』의 창작 시기가 거의 일치한다. 『모란정』은 1598년에 지어졌고, 『로미오와 줄리엣』은 대략 1595년에서 1597년 사이에 지어졌다. 약 1~3년의 시간차가 있다. 셋째, 장르가 일치한다. 두 작품 모두 무대에서 공연된 연극이라는 점이다. 전자는 곤곡(崑曲)으로, 후자는 연극으로 공연되었다. 넷째, 모두 이전에 나온 작품을 토대로 창작되었다. 『모란정』은 송나라의 화본소설 『두려낭모색환혼(杜麗娘慕色還魂)』을 토대로 지어졌고, 『로미오와 줄리엣』은 이탈리아의 소설가 마테오 반델로의 작품을 아서 브루크가 번역한 『로미오와 줄리엣의 비화』라는 책을 토대로 지어진 극이다. 차

이점은 두 사람의 작품에 보이는 구성이다. 『모란정』에서는 두려낭이 죽었다가 다시 살아나 사랑을 이루는 반면 『로미오와 줄리엣』에서는 로미오와 줄리엣 두 사람이 죽음으로써 사랑을 이룬다는 것이다. 개인에 따라 느낌은 다르겠지만 중요한 것은 모두 죽음을 통해 불멸의 사랑을 거두었다는 것이다. 봉건 시대에 사랑의 한계를 뛰어넘을 수 있었던 죽음뿐이지 않았을까? 공교롭게도 두 극에서는 아버지가 딸의 혼사를 개입하거나 결정하고 있다. 딸의 입장에서 아버지의 결정을 따라야 했지만 그녀들은 하나같이 꿈과 현실에서 이상향을 만나면서 이룰 수 없는 사랑을 하게 된다. 진정한 사랑을 하고자 죽음을 택했던 것이다. 사랑을 위해 죽을 수 있는 사람이 얼마나 될까? 사랑하고 이별하는 것으로 전개되었다면 극적 효과가 이처럼 강렬했을까? 어쨌든 탕현조와 셰익스피어는 불멸의 사랑을 통해 수많은 청춘남녀의 마음을 대변하고 위로했다.

정치의 희생양이 된 홍승

중국 희곡은 시·사·산문 같은 정통문학에 비해 그 발전이 더디었다. 원대 이후가 되어서야 그 형식이 확정되어 많은 유명 작가와 작품이 나왔다. 중국 희곡작품을 언급할 때 가장 많이 언급되는 작품이라면 단연 명대 탕현조의 『모란정』·청대 홍승(洪昇, 1645~1704)의 『장생전(長生殿)』과 공상임(孔尙任, 1648~1718)의 『도화선(桃花扇)』을 꼽을 것이다. 이 중에서 『장생전』의 작가 홍승은 그 누구보다 좌절로 점철된 인생을 살았다. 그의 좌절이 중국문학에 불후의 명작 『장생전』을 남긴 든든한 기초였다.

홍승은 1645년 전당(錢塘, 지금의 항저우)에서 태어났다. 그의 집안은 대대로 유명한 선비 집안이었다. 홍승은 공명의 꿈을 안고 1668년에 북경의 국자감에 들어가 공부했다. 다음 해 고향인 전당으로 돌아갔다가 1674년에 다시 북경으로 돌아왔다. 이후 그는 북경에서 26년을 지내게 된다. 그런데 1680년 효의황후(孝懿皇后) 동씨(佟氏)의 국상 기간에 『장생전』을 공연했다는 죄로 그만 체포되었다. 사실 이 사건은 정치 투쟁의 성격이 짙었는데 홍승이 그만 그 희생양이 되고 말았던 것이다. 사건의 배후를 보면, 당시 조정에서는 남당(南黨)과 북당(北黨)이 대립하고 있었다. 남당은 형부상서 서건학(徐乾學)이 중심이 된 한족 관료들이었고, 북당은 상국(相國) 명주(明珠)가 중심이 된 만족(滿族) 관료들이었다. 당시 남당 인사들과 교분을 갖고 있던 홍승이 국상 기간에 극을 공연하자 정도가 지나치다고 여긴 북당 인사들이 이를 빌미로 공격한 것이었다. 홍승은 이 사건에 연루되어 국자감 학생 신분을 박탈당하고 고향으로 돌려보내지는 처분을 받았다. 이 사건으로 그는 평생을 벼슬길에 나가지 못했다. 당시 사람들이 시를 지어 "가련하다 장생전이여, 늙어서도 공명을 이루지 못하네(可憐一曲長生殿, 斷送功名到白頭)"라고 했을 정도였다.[3] 1691년, 절강으로 돌아와 가난한 생활을 이어가던 그는 1704년 7월 2일 배를 타고 오진(烏鎭)을 지나다 술에 취해 그만

---

3   양소임(梁紹壬)의 『양반추우암수필(兩般秋雨庵隨筆)』에 보인다.

실족하여 강물에 떨어져 사망했다.

홍승 청나라의 극작가이자 시인. 자는 방사(昉思), 호는 패휴(稗畦). 북경의 국자감에서 20년 동안 공부했으나 과거에 급제하지 못했다. 10년의 공력을 들여 완성한 『장생전』이 1688년에 공연되자 큰 반향을 불러일으켰으나 다음 해 동황후의 기일 날에 〈장생전〉을 공연했다는 불경죄로 국자감에서 쫓겨나 고향으로 돌아왔다. 작품집으로는 『소월루집(嘯月樓集)』·『패휴집(稗畦集)』·『패휴속집(稗畦續集)』 등이 있다.

홍승의 비극은 가정사에서 비롯되었다. 첫째, 계모와의 불화로 오랫동안 부모와 떨어져 외지에 살아야 했다. 1668년에서 1690년까지 22년 동안 6년만 집에서 살았을 뿐 나머지 16년은 북경에서 외롭고 궁핍한 생활을 영위했다. 물론 이 16년 동안 여러 차례 집을 찾았지만 서럽고 힘든 일만 당했다. 둘째, 1677년에 딸이 강남에서 병으로 요절했다. 이것은 그에게 말할 수 없는 고통을 주었다. 셋째는 1679년에 부친이 무고를 당해 변방으로 쫓겨난 것이다. 다음 해 부친은 유배에서 풀려 고향으로 돌아왔지만 정작 홍승 자신은 가정불화로 인해 고향으로 돌아가지 못했다. 이 무렵에 그가 지은 시를 보면 고향과 부모에 대한 무한한 그리움이 나타나 있다. 넷째는 국상 기간에 『장생전』을 공연했다는 죄로 국자감 학생 신분을 박탈당하고 북경에서 쫓겨난 것이다. 이로 그는 평생 동안 관직에 나아가지 못하고 궁핍하게 살아가다 죽음을 맞이했다. 홍승은 이런 거듭된 불행과 좌절 속에 일생을 보냈던 것이다. 이런 좌절이 『장생전』 탄생에 큰 기초가 되었다.

『장생전』은 10년 동안 세 차례나 수정을 하면서 최종적으로 1688년에 완성되었다. 극은 총 50출(出)에 상·하권으로 나누어져 있다. 상권은 당 현종(玄宗) 이융기(李隆基, 685~762)와 양귀비(楊貴妃, 719~756)의 애정과 궁정 생활을 그리면서 통치자들의 부패와 백성들의 고통을 반영했다. 하 권은 이융기와 양귀비의 변하지 않는 애정을 노래하고 있다. 『장생전』의 곡문(曲文)은 유려하고 격정적이며, 대사는 생동감이 있어서 공연하기에 적합하다. 이중 『장생전』 제38출 「탄사(彈詞)」[육전(六轉)]에 나오는 한 단락을 감상해보자.

『장생전예언(長生殿例言)』

　　마침 이잉 소리에 〈예상〉을 부르고 추는데, 느닷없이 둥둥 어양의 전고가 울리는구나. 갑자기 예의 없이 소란스럽게 변방의 서신을 올리니, 위아래 할 것 없이 당황하며 어찌할 바를 모르네. 사람들 시끌벅적, 허둥지둥, 좌충우돌하며 연추의 서쪽 길로 나가네. 임금의 수레는 귀엽고 아리따운 귀비를 데리고 함께 길을 가네. 보이는 것이라곤 촘촘히 줄지은 병사들, 사나운 말소리, 사방에서 소리쳐대는 시끄럽고 와자지껄한 소리뿐, 강제로 금슬 좋은 제왕 부부를 갈라놓으려 한다네. 순식간에 처참하고 처량한 절세가인의 절명도를 그리는구나.

　　(恰正好嘔嘔啞啞霓裳歌舞, 不提防撲撲突突漁陽戰鼓. 劃地里出出律律紛紛攘攘奏邊書, 急得個上上下下都無措. 早則是喧喧嗾嗾, 驚驚遽遽, 倉倉卒卒, 挨挨挿挿, 出延秋西路, 鑾輿後携着個嬌嬌滴滴貴妃同去. 又只見密密匝匝的兵, 惡惡狠狠的語, 鬧鬧吵吵轟轟劃劃四下喳呼, 生逼散恩恩愛愛, 疼疼熱熱帝王夫婦. 霎時間畫就了這一幅慘慘淒淒絕代佳人絕命圖.)

　　곡은 전쟁 소식에 조정의 소란스런 움직임과 피난길의 모습을 생동감 나게 묘사했다. 특히 중첩된 64개의 글자들은 전황이

긴박하게 돌아가고 있음을 잘 보여준다.

『장생전』이 공연된 지 10년 후 공상임의『도화선』이 나왔다. 당시 극단에서는 이를 "남쪽에는 홍승, 북쪽에는 공상임(南洪北孔)"이라고 했을 만큼 두 극은 중국 희곡에 지대한 영향을 끼쳤다. 『장생전』의 작가 홍승의 연이은 가정의 비극과 정치상의 좌절은 그의 문학에 사상적 기초가 되었으며 좋은 창작 소재를 제공했다. 그는 이것으로『장생전』이라는 명작을 탄생시킬 수 있었다.

5. 은거의 경험

은거는 산수자연에 몸을 기탁하며 생활하는 것을 말한다. 은거는 중국 문인들의 처세에 중요한 방식이다. 벼슬에서 물러나 산수자연에 기탁하기도 하고, 세상과 뜻이 맞지 않아 산수자연에 숨어서 살기도 한다. 중국 문인들은 출사할 수 있으면 조정에 나가 임금을 보필하여 세상을 경영하였다. 그렇지 않고 뜻이 좌절되면 산수자연에 기탁하여 자신의 마음을 풀고 그로써 재기할 수 있는 힘을 얻기도 했다. 은거는 중국 문인들에게 그들이 살아가는 하나의 출구였던 것이다. 그들이 산수자연에 몸을 기탁할 때 그들의 마음을 풀어준 것은 다름 아닌 그들의 글이었다. 문인들은 자신의 심정을 산수자연의 아름다운 풍광에 담아 시나 산문으로 나타냈다. 이 과정에서 멋진 경물 묘사와 진솔한 감정을 담아낸 훌륭한 문학작품이 탄생되었다. 은거는 중국문학 탄생의 또 다른 루트인 셈이다.

전원시를 개척한 도연명

동진(東晉)의 도연명(陶淵明, 365~427)은 문학사에서는 전원시를 개척한 시인으로 추앙받는다. 그의 전원시는 그가 관직을 떠나 농촌으로 돌아가면서 형성되었다. 농촌의 소박함과 평화스러움이 그에게 마음의 평안을 가져주었던 것이다. 그는 농촌에서 자신이 살아가는 진정한 의미를 깨닫고, 이로써 전원시라는 새로운 영역을 개척하였다.

도연명은 29세 때 강주(江州)의 좨주(祭酒, 교육을 주관하는 우두머리)로 처음 벼슬길에 올랐다. 그러나 자신의 뜻을 펼칠 수 없는 자리라는 것을 알고 얼마 되지 않아 물러났다. 고향에 돌아와서 5~6년간 농사를 짓다가 36세에 당시 형주자사(荊州刺史)로 있던 환현(桓玄)의 막부에서 참군(參軍)으로 일했다. 환현은 제위를 찬탈할 야심을 가졌던 환온(桓溫)의 작은아들이었다. 도연명이 형주에 왔을 때 환현은 장강(長江) 중상류 지역을 장악하고 동진을 호시탐탐 노리고 있었다. 37세 때(401) 어머니가 돌아가자 도연명은 귀향하여 상을 치렀다. 이때 쓴 시가 「계묘세시춘회고전사(癸卯歲始春懷古田舍)」이다. 도연명은 이 시에서 처음으로 은거할 생각을 나타냈다.

귀향한 다음 해 봄, 환현은 동진의 수도 건강(建康)을 함락하고 제위를 차지했다. 이때 정국이 급변했다. 404년 2월 하비태수(下邳太守) 유유(劉裕)와 하무기(何無忌) 등의 문무 관원들이 경구(京口, 지금의 장쑤성 전장)에서 환현을 타도하기 위해 거병한 것이다. 이로 환현은 패퇴하고, 유유는 진군장군(鎮軍將軍) 겸 도

도연명 동진의 대시인. 이름은 잠(潛), 자는 연명(淵明), 심양(潯陽) 시상(柴桑, 지금의 장시성 주장 서남쪽) 사람. 29세 때 처음으로 관직에 나아갔으나 뜻을 이루지 못하고 팽택령을 끝으로 은거에 들어갔다. 산수전원의 아름다움을 쉽고 자연스런 문체로 노래했다. 현재 4언시 9수, 5언시 120수가 전한다. 대표작으로는 「귀거래사(歸去來辭)」·「도화원기(桃花源記)」 등이 있다.

독팔주군사(都督八州軍事)로 추대되었다. 도연명은 40세에 진군장군 유유의 참군이 되어 다시 벼슬길에 올랐다. 41세가 되던 3월에 건위장군(建威將軍) 유경선(劉敬宣)의 참군이 되고, 8월에는 팽택령(彭澤令)이 되었다. 이 무렵 유명한 일화가 있다. 도연명이 팽택령이 된 지 80여 일이 되었을 때, 군(郡)에서 지금의 감찰관에 해당하는 독우(督郵)를 보냈다. 그의 부하 관리가 먼저 와서 도연명에게 "필히 의관을 갖추고 맞으시오(応束帶见之)"라고 했다. 이에 도연명은 "내 어찌 다섯 말의 쌀 때문에 어린아이 같은 사람에게 정중하게 허리를 굽혀 섬길 수 있으리(吾不能为五斗米折腰, 拳拳事乡里小人邪)"[4]라고 하고는 그날로 사직하고 고향으로 돌아갔다. 이로부터 다시는 벼슬길에 나오지 않고 전원에서 농사를 지으며 살았다. 도연명이 은거한 다음 해(406)에 지어진 「고향집에 돌아와서(歸園田居)」 첫 수를 보자.

少無適俗韻,　어려서 세속에 맞추는 운치가 없고,
性本愛丘山.　천선이 본래 산과 언덕 좋아했다.
誤落塵網中,　잘못하여 세속의 그물에 떨어져,
一去三十年.　어느새 30년이 자나가 버렸다.
羈鳥戀舊林,　나그네 새는 옛 숲을 그리워하고,
池魚思故淵.　못 물고기는 본래 살던 물 생각한다.

4　『진서(晉書)』「도잠전(陶潛傳)」에 보인다.

開荒南野際,　남쪽 들 가 황무지 개간하며,

守拙歸園田.　못생긴 대로 살려고 전원으로 돌아왔다.

方宅十餘畝,　네모난 택지 십여 이랑에,

草屋八九間.　초가집은 여덟아홉 칸.

榆柳蔭後簷,　느릅나무와 버드나무는 뒤뜰 그늘 짓고,

桃李羅堂前.　복숭아나무와 자두나무는 대청 앞에 늘어서 있다.

暖暖遠人村,　가물가물한 먼 마을,

依依墟里煙.　부드러운 촌락의 연기.

狗吠深巷中,　개는 깊숙한 골목 안에서 짖고,

鷄鳴桑樹巓.　닭은 뽕나무 꼭대기에서 운다.

戶庭無塵雜,　집 뜰에는 속세의 번잡함이 없고,

虛室有餘閑.　빈방에는 넉넉한 한가로움이 있다.

久在樊籠里,　오랫동안 장 속에 갇혀 있다가,

復得返自然.　다시 자연으로 돌아왔다.

　시에는 작가의 전원의 삶에 대한 동경과 자연으로 다시 돌아온 후의 기쁨이 잘 나타나 있다. 이렇게 농촌으로 돌아온 도연명은 몇 년 동안 부인과 함께 농사를 지으며 큰 걱정이 없었다. 그러나 408년 6월에 큰 화재로 집이 모두 불타고 말았다. 410년에는 고향 심양(潯陽)이 노순(盧循)이 이끄는 농민 반란군과 관군의 전장이 되었다. 그는 이처럼 계속되는 불행과 전란 속에 은거 후에 궁핍하게 삶을 영위했다. 그러면서도 그는 자신의 삶에 안빈낙도하며 전원에서 느끼는 감정들을 진솔하게 써냈다. 「귀거래혜사(歸去來兮辭)」·「귀원전거」 5수·「음주(飮酒)」 20수 등과 같은 중국 문학사를 빛낸 명편들은 그렇게 탄생했다.

산수전원시를 개척한 왕유

중국의 전원시는 도연명에서 시작하여 사령운의 산수시를 거쳐 성당의 시인 왕유(王維, 701~761)에 이르러 산수전원시(山水田園詩)로 완성된다. 산수전원시로 대표되는 그의 시는 이백과 두보와는 또 다른 풍격을 형성하여 당시의 내용을 더욱 풍요롭게 해주었다.

'시불(詩佛)'이라 불리는 왕유는 840년 초반, 즉 그의 나이 40여 세 때 은거에 들어갔다. 그가 은거하게 된 것에는 두 가지 이유가 있었다. 첫째는 냉혹한 정치 환경에서 해를 입지 않길 바라는 마음 때문이고, 둘째는 불교의 영향을 받아 세속을 초탈하려는 생각을 가졌기 때문이다. 그가 가장 먼저 은거한 곳은 장안 인근에 있는 종남산(終南山)이었다. 그의 「종남산 별장(終南別業)」은 막 은거를 시작했을 무렵에 나온 작품이다.

왕유 당나라의 정치가이자 대시인. 자는 마힐(摩詰)이고, 하동(河東) 포주(蒲州), 지금의 산시성 융지헌 사람. 21세 때 진사에 급제하여 태악승(太樂丞)·우습유(右拾遺)·상서우승(尙書右丞) 등의 관직을 지냈다. 안사의 난 이후 관직에 뜻을 두지 않고 한적한 생활 속에 불교에 귀의하며 보냈다. 시는 현재 400여 수가 전하며, 이 중 산수전원의 풍광을 읊은 시들이 뛰어나다. 대표작으로는 「상사(相思)」·「산거추명(山居秋暝)」·「녹채(鹿柴)」 등이 있다.

中世頗好道,	중년에 불도를 자못 좋아했고,
晚家南山陲.	근래에는 종남산 가에 살게 되었네.
興來每獨往,	흥이 일면 매번 홀로 오가니,
勝事空自知.	즐거운 일 혼자서만 알 뿐이네.
行到水窮處,	가다 흐르는 물 다하는 곳에 이르면,
坐看雲起時.	앉아서 피어나는 구름을 바라보네.
偶然值林叟,	어쩌다 숲 속의 노인을 만나기라도 하면,
談笑無還期.	담소하느라 돌아갈 줄 모른다네.

얼마 후 장안 인근의 남전현(藍田縣) 경내의 망천(輞川)에 살며 초당(初唐)의 시인 송지문(宋之問, 656?~712?)의 별장을 사들였다. 왕유는 이 별장을 수리하여 이곳에서 친구 배적(裴迪)·최흥종(崔興宗) 등과 함께 시를 짓고 노닐며 은거 생활을 하였다. 이 시기에 나온 시로는「문행관(文杏館)」·「녹채(鹿柴)」·「목란채(木蘭柴)」등이 있다. 여기서 깊은 산속의 저녁 무렵 풍광을 읊은「녹채」를 감상해보자.

空山不見人,　　빈산엔 사람 보이지 않고,
但聞人語響.　　말소리 울림만 들리네.
返景入深林,　　저녁 놀빛 깊은 숲속으로 들어와,
復照靑苔上.　　다시 푸른 이끼 위를 비추네.

시를 보면 마치 작가가 묘사하고 있는 곳에 들어와 있는 것 같기도 하고, 한 폭의 동양화를 보고 있는 것 같기도 하다. 시에서 나오는 정적인 분위기는 작가가 심취했던 불교적 세계와도 맥락이 맞닿아 있다. 왕유의 시는 산수의 풍광을 서정적으로 읊으면서 독자로 하여금 무언가에 빠지게 하는 묘미가 있다. 이 시를 보면 소식이 "시 속에 그림이 있고, 그림 속에 시가 있다(詩中有畵, 畵中有詩)"라고 한 것이 너무도 타당한 말 같다. 왕유는 그림·서법·음악에도 정통했던 아주 다재다능한 사람이었다. 이러한 점들은 그가 시를 지을 때 사물의 특징을 포착하는 데 큰 영감과 기술을 제공했을 것이다. 그리고 그의 은거는 그에게 정신적 위로와 해탈을 제공했다. 시인이 정신적 압박에서 벗어났을 때 자신의 숨겨진 개성과 상상력이 무한적으로 펼쳐진다. 그런 점에서 왕유의 아름다운 산수전원시에는 은거의 경험이 중요하게 작용했다.

왕형공체를 개척한 왕안석

왕안석 북송의 대정치가이자 문인. 자는 개보(介甫), 호는 반산(半山), 무주(撫州) 임천(臨川), 지금의 장시성 푸저우시 사람. 1042년에 진사에 급제하여 양주첨판(揚州簽判)·서주통판(徐州通判) 등으로 있다가 1069년에 중앙으로 소환되어 참지정사(參知政事)에 임명되고 다음 해에 재상이 되었다. 그리고 신법을 추진하는 과정에서 보수파와의 대립으로 진퇴를 거듭한 끝에 만년에는 강녕(江寧)에서 은거했다. 1086년 보수파가 신법을 모두 폐기하자 상심하여 세상을 떠났다. 경학에 정통했고, 산문에 뛰어나 당송팔대가의 한 사람으로 추앙받는다. 시는 소박하면서도 함축미가 뛰어나다는 평가를 받고 있다. 대표작으로는 「상인종황제언사서(上仁宗皇帝言事書)」·「명비곡(明妃曲)」·「종산기사(鐘山記事)」 등이 있다.

왕안석(王安石, 1021~1086)은 북송의 대정치가이자 문인이다. 정치가로서 부국강병을 추구하기 위해 변법(變法)을 추진했고, 문학가로서 당송팔대가의 한 사람으로 이름이 높다. 왕안석은 1042년에 진사에 급제하여 출사했다. 그는 17~18년을 지방에서 관직 생활을 하면서 정치적 경험과 백성들의 현실 생활을 체험했다. 1059년에는 조정의 부름을 받아 삼사도지판관(三司度支判官)에 임명되었다. 이때 「인종황제께 올리는 시국에 대한 글(上仁宗皇帝言事書)」를 올려 송 인종에게 개혁의 당위성을 설명했다. 1067년 즉위한 신종(神宗, 1048~1085)은 왕안석의 명성을 듣고 그를 참지정사(參知政事)에 임명하면서 개혁의 신호탄을 쏘아 올린다. 신법을 추진하는 과정에서 찬반파의 격렬한 논쟁과 서로간의 비난이 난무하면서 많은 인사들이 하나둘씩 조정을 떠나갔다. 왕안석은 이를 보면서 개혁에 피로감을 느껴 낙향을 결심했다. 결국 1076년 10월에 재상 직에서 물러나 고향 금릉으로 돌아왔다. 이후로 다시는 이곳을 떠나지 않았다. 다음 해 왕안석은 강녕지부(江寧知府) 직에서도 물러나 완전한 자연인이 되었다. 그리고 종산(鐘山)에서 은거 생활을 시작했다. 이때 그의 나이 55세였다.

후에 1085년 정치적 후원자였던 신종이 사망했다. 이를 이어 10세가 채 안 된 철종이 즉위했지만 실권은 신종의 모친인 선인태후(宣仁太后) 고씨(高氏)가 가지고 있었다. 선인태후는 변법에 강한 불만을 가진 사람이었다. 이에 보수파의 우두머리 사마광(司馬光, 1019~1086)을 기용하여 왕안석이 추진한 변법을 전적으로 폐기해버렸다. 이 소식을 들은 왕안석은 크게 아쉬워했다고 한다. 이 무렵에 지은 시가 유명한「매화(梅花)」이다.

> 墻角數枝梅,　담 모퉁이의 매화 몇 가지,
> 凌寒獨自開.　매서운 추위에 홀로 피었네.
> 遙知不是雪,　멀리서도 눈이 아님을 아는 것은,
> 爲有暗香來.　은근한 향기가 있기 때문이라네.

시에서 왕안석은 매화를 통해 개혁에 대한 자신의 마음을 교묘하게 나타냈다. "담 모퉁이"는 원래 사람의 눈에 잘 띄지 않는 곳으로 여기서는 왕안석이 은거해 있는 곳을 말한다. 2구의 "매서운" 추위는 자신의 개혁안들이 폐기된 것을 말한다. "홀로 피웠네"는 자신의 굳은 의지를 표명하는 것이다. 4구의 "은근한 향기"는 자신이 추구하는 개혁이 여전히 유효하고 올바름을 나타낸다. 이 시에는 온갖 풍상을 겪은 노 정치인의 연륜과 뛰어난 문재가 보인다.

　왕안석의 시는 은거를 전후로 시풍이 완전히 상반되게 나타난다. 이전, 즉 관직에 있을 때 지은 시들은 정치적 성향이 강해 문학성이 그리 높지 않다. 반면 은거 시기에는 경물을 노래하면서 서정성이 뛰어난 짧은 시를 지어 나름대로 일가를 이루었다는 평가를 받는다. 후인들은 이를 '왕형공체(王荊公體)'라고 말하기도 한다. 여기서 은거 시기에 지어진 시 「종산즉사(鐘山卽事)」를 보자.

> 澗水無聲遶竹流,　계곡물은 소리 없이 대나무를 돌며 흐르고,
> 竹西花草弄春柔.　대나무 서편의 화초들은 부드러운 봄을 놀리네.
> 茅簷相對坐終日,　초가지붕 처마 밑에서 종일 산을 보며 앉아도,
> 一鳥不啼山更幽.　새 한 마리 울지 않고 산만 더욱 그윽하네.

　시는 눈앞에 보이는 경물들을 평담하게 그려내고 있다. 2구의 "화초들은 부드러운 봄을 놀리네" 같은 표현은 봄날의 모습을 섬세한 관찰로 포착한 뛰어난 표현이다. 시를 보면 정치적인 색채를 전혀 느낄 수 없다. 이렇게 왕안석은 만년에 은거하면서 시풍이 일변하게 된다. 그리고 이 시기에 지어진 시들이 그의 시 창작에서 가장 뛰어난 시로 문학사에 남게 된다. 황정견(黃庭堅)이 『후산시화(後山詩話)』에서 "형공의 시는 말년에서야 오묘해졌다(荊公之詩, 暮年方妙)"라고 한 말은 이러한 그의 시 성취를 잘 설명하는 말이다.

3

문학을 탄생시킨 작가의 표현력

중국 문학가들의 삶을 보면 그들은 어릴 때부터 고된 학습을 하고 수많은 인생의 굴곡을 경험했다. 그것은 그들의 작품 창작에 굳건한 요소가 되었다. 이런 요소들을 우려내 훌륭한 작품으로 승화시키는 것은 전적으로 작가의 표현력에 달려 있다고 할 것이다. 왜냐하면 고된 학습을 하거나 굴곡 많은 인생을 살았다고 해서 훌륭한 문학작품이 탄생하지는 않기 때문이다. 이를 글로 표현할 역량이 부족하다면 작품으로 승화시킬 수 없을 것이다.

그렇다면 작가의 표현력은 어떻게 발휘되고, 무엇으로 작가의 표현력이 뛰어남을 알 수 있을까? 필자는 중국 문학가들이 자주 사용하는 표현 기교에서 잘 드러난다고 생각한다. 표현 기교란 문학에서 널리 상용되는 창작 기법을 말한다. 이를 얼마나 잘 사용하는지는 순전히 작가의 표현력에 달려 있다는 판단에서이다. 중국 문학가들 사이에 사용 여부를 두고 오랫동안 논쟁이 되었던 전고(典故) 문제만 봐도 이를 잘 사용한 작가는 새로운 의경을 만들어 훌륭한 문학작품을 탄생시켰던 반면, 이를 잘 사용하지 못한 작가는 오히려 후인들의 큰 비판을 받았다. 전고를 시문과 잘 어우러지게 사용하는 것은 모든 작가들이 할 수 있는 것이 아니다. 그것의 사용은 작가의 표현력이 얼마나 뛰어나냐에 달려 있는 것이다.

중국문학에는 다양한 표현 기교들이 나타난다. 이를 모두 개괄한다는 것은 이 책의 범위를 넘어서는 일이다. 따라서 이 장에서는 중국문학에서 자주 사용되는 표현 기교들인 전고(典故)·중의법(重義法)·첩자(疊字)·쌍성(雙聲)과 첩운(疊韻)·비유법·상징법·과장법·구어(口語) 등을 통해 작가의 표현력으로 어떻게 문학작품이 탄생되는지를 살펴보기로 하겠다.

1. 고사의 차용으로 의미를 풍부하게 하는 전고

『한어대사전(漢語大詞典)』(2권)에서는 "시문 등의 작품에서 인용한 고대의 이야기나 내력이나 출처가 있는 단어(詩文等作品中引用的古代故事和有來歷出處的詞語)"라고 전고(典故)를 정의한다. 즉, 전고란 출처가 있는 이야기나 단어를 의미한다. '호접몽(蝴蝶夢)'이나 '운우지정(雲雨之情)' 같은 말이 전고의 일례라고 할 수 있다. 호접몽은 『장자』 「제물론」에 나오는 이야기이다. 장자가 꿈에 나비가 되었는지 나비가 장자가 되었는지 알 수 없다면서 사물과 내가 일체가 되는 '물화(物化)'의 경지를 설명하는 것이다. 후에는 허황된 일이나 몽롱한 꿈을 의미하는 단어로 전용된다. 운우지정은 송옥(宋玉)의 「고당부(高唐賦)」에 나오는데, 초(楚) 회왕(懷王)이 고당(高唐)에 놀러 왔다가 꿈에 선녀와 사랑을 나누었다는 이야기에서 유래되었다. 후에 운우지정은 남녀가 육체적으로 맺는 사랑의 의미로 전용된다. 물론 전고는 근거가 있다는 전제하에 작품의 내용뿐만 아니라 인명·지명·사건 등도 전고가 될 수 있다.

신중하게 사용해야 하는 전고

전고는 출처가 있기 때문에 잘 사용하면 약이 되고 잘 사용하지 못하면 독이 된다. 이점은 유협(劉勰, 465~521)도 『문심조룡(文心雕龍)』 「사류(事類)」에서 지적한 바 있다.

옛 문장을 적절하게 사용한다면 자신의 입에서 나온 것과 다를 바가 없다. 옛 일을 인용하는데 잘못한다면 천 년을 전해져도 허물이 된다.
（凡用舊合機, 不啻自其口出. 引事乖謬, 雖千載而爲瑕.）

유협 남조 양나라의 문학이론가. 자는 언화(彦和), 경구(京口) 사람. 보병교위(步兵校尉)·궁중통사사인(宮中通事舍人) 등의 관직을 지냈고, 만년에는 산동(山東) 거현(莒縣)의 부래산(浮來山)에 정림사(定林寺)를 창건했다. 그의 『문심조룡』은 중국 최초의 문학이론서로 평가받는다.

따라서 전고를 잘 사용할 때에만 새로운 문학작품이 탄생할 가능성이 높아진다. 누구나 알고 있는 전고를 사용한다면 독자들은 시에서 신선함을 느끼지 못하고 식상해할 것이다. 또 사람들이 알지 못하는 어려운 전고를 사용한다면 난해한 시로 전락할 것이다. 반대로 전고의 원의를 토대로 새로운 의미를 부여하거나 새로운 해석을 가한다면, 지금까지 없었던 새로운 표현을 가진 작품을 탄생시킬 여지가 생긴다. 여기서 문학이 탄생한다. 호접몽을 끌어다 작품을 짓는다고 가정해보자. 이 전고를 잘 활용하여 자신의 이야기 속에 융합시킨다면 훌륭한 문학작품을 탄생시킬 수 있다. 그렇지 않고 사용이 부자연스럽고 어색하면 오히려 작품에 큰 독이 될 수 있다. 이처럼 전고의 차용은 양면성을 갖고 있다. 따라서 전고의 차용은 아주 신중해야 하는 것이다.

하지장의 「버들을 노래하며」

중국문학에서 우리에게 잘 알려진 작가들은 하나같이 전고를 멋들어지게 사용하여 새로운 문학작품을 탄생시켰다. 당나라 초기의 시인 하지장(賀知章, 659~744)도 예외가 아니었다. 그의 시 「버들을 노래하며」를 보자.

碧玉妝成一樹高,	높은 버드나무 푸른 옥으로 치장하고,
萬條垂下綠絲縧.	늘어뜨린 만 가지는 푸른 띠가 되었네.
不知細葉誰裁出,	여린 잎은 누가 잘랐나,
二月春風似剪刀.	2월의 가위 같은 봄과 바람이겠지.

시는 푸릇푸릇한 봄버들의 모습을 읊고 있다. 이 시에서 첫 구

의 '벽옥(碧玉)'이 전고로 쓰였다. 이 전고를 사용하여 문장을 어떻게 탄생시켰는지 살펴보자. 벽옥의 원의는 '푸른 옥돌'이나 이곳에서는 다른 의미를 갖고 있다. 『악부시집(樂府詩集)』(권45)에 수록된 남조(南朝)의 악부 「벽옥가삼수(碧玉歌三首)」 해제는 『악원(樂苑)』을 인용하여 이렇게 말하고 있다.

하지장 당나라의 시인. 자는 계진(季眞), 호는 사명광객(四明狂客). 월주(越州) 영흥(永興) 사람. 증성(證聖) 연간에 진사가 되고 여정전서원수서(麗正殿書院修書)로 들어가 『문전(文典)』과 『문찬(文纂)』을 지었다. 후에 예부시랑(禮部侍郞)과 비서감(秘書監)을 지냈고, 744년에 낙향하여 도사가 되었다. 『전당시(全唐詩)』에 시 19수가 전한다. 그의 시는 경물을 읊은 시가 많고 참신하고 통속적이라는 평가를 받는다.

> 「벽옥가」는 송나라의 여남왕이 지은 것이다. 벽옥은 여남왕의 첩 이름이다. 총애가 깊어 그녀를 노래한 것이다.
> (碧玉歌者, 宋汝南王所作. 碧玉, 汝南王妾名. 以寵愛之甚, 所以歌之.)

즉 '벽옥'의 또 다른 의미는 여남왕이 총애했던 첩이다. 그리고 「벽옥가」 세 번째 시에서는 "벽옥이 박을 깰 때, 사내는 마음이 어수선했네(碧玉破瓜時, 郞爲情顚倒)"라고 했다. "박을 깬다"는 의미의 '파과(破瓜)'는 여자 나이 16세를 의미하는 말이다. "과"자를 해체하면 여덟 팔(八)자 두 개 모양이 나오는데 이것이 16을 나타내기 때문이다. 그러니 여남왕은 16세의 여인에 빠져서 그녀를 첩으로 받아들인 것이다. 그래서 이 벽옥이라는 말은 후에 아주 젊은 여인을 의미하는 말로 전용된다. 이것이 벽옥 전고의 의미와 관련된 내용이다.

다시 시로 돌아와보자. 시의 첫째 구절은 높게 뻗은 버드나무 전체를 묘사한 말인데, 벽옥이라는 젊고 아리따운 여인으로 버드나무의 모습이 푸르고 싱싱함을 나타냈다. 버드나무와 벽옥 전고의 만남이 아주 자연스럽고 절묘하지 않은가. 사실 이 구절은 벽옥의 원의에 따라 '푸른 옥'으로 봐도 문장이 매끄럽게 해석된다. 그러나 벽옥을 젊고 아리따운 여인의 의미로 봤을 때 버드나무의 모습과 더 잘 어울리고 의미도 더 무궁하게 다가온다고 할 수 있다. 이렇게 전고의 적절한 차용은 새로운 의경을 가진 구절을 탄생시키고 이로 훌륭한 문학작품의 탄생으로 연결된다.

이상은의 「무제」

중국문학에서 전고를 가장 잘 쓴 작가 이상은(李商隱, 813~858)의 시를 통해 중국문학 탄생의 순간을 감상해보자. 김의정(金宜貞)은 이상은의 시에 쓰인 전고를 분석하며 "이상은의 작품 속에서는 부분적인 인용이나 모방을 넘어 원 텍스트와의 관계 속에서 새로운 의미를 도출해내는 작품들이 적지 않다"[1]라고 했다. 이상은의 「무제(無題)」를 보자.

相見時難別亦難,　서로 만나기 어렵거니와 헤어지기도 어려워라
東風無力百花殘.　봄바람 힘이 없어 온갖 꽃들 다 시든다.
春蠶到死絲方盡,　봄누에는 죽을 때가 되어야 실을 다 뽑아내고
蠟炬成灰淚始乾.　촛불은 타서 재가 되어야 눈물이 비로소 마

---

1   김의정, 「패러디 관점에서 본 전고」, 『중국어문학논총』 제39호, 2006, 172쪽.

	르리.
曉鏡但愁雲鬢改,	새벽에 거울 보고 그저 머리 희어진 것이 한스럽고,
夜吟應覺月光寒.	밤에 시를 읊조리다 보니 달빛이 차가움을 느낀다.
<u>蓬萊</u>此去無多路,	(임 계신) 봉래산은 여기서 그다지 멀지 않으니
<u>青鳥</u>殷勤爲探看.	파랑새야 슬며시 가서 살펴봐다오.

　시에서 전고로 쓰인 단어는 7, 8구의 '봉래(蓬萊)'와 '청조(青鳥)'이다. 봉래는 동해 바다에 신선들이 산다는 봉래산(蓬萊山)을 말한다. 청조는 서왕모(西王母)에게 서신을 전해주는 전설의 새이다. 이 시는 보고픈 임을 간절히 그리는 내용이다. 특히 마지막 7, 8구는 임을 너무나 그리워한 나머지 임의 소식을 알아보고픈 작가의 간절한 심정을 보여준다. 이곳에서 봉래는 단순히 신선들이 사는 산이 아닌 임이 있는 곳이다. 그렇다면 임이 있는 곳을 왜 봉래에 비유했을까? 신선이 사는 산은 그만큼 신성하고 일반인이 함부로 넘볼 수 없는 곳이라는 의미를 함축한다. 따라서 이 봉래는 여성이 사는 곳을 의미하면서 그만큼 임을 보기 어려움을 나타내주는데, 실로 전고의 사용이 교묘하다. 봉래가 갖는 의미와 작가가 그리는 정서가 함축적으로 잘 표현되고 있으니 말이다. 또 청조의 사용

이상은 만당의 대시인. 자는 의산(義山), 호는 옥계생(玉溪生) 혹은 번남생(樊南生), 회주(懷州) 하내(河内, 지금의 허난성 친양현) 사람. 837년에 진사에 급제하여 비서성교서랑(秘書省校書郎)·홍농위(弘農尉) 등의 관직을 지냈다. 그의 시는 전고의 운용이 뛰어나고 자구가 정련되어 있으며 함축적이라는 평가를 받는다. 시 중에서 애정시가 유명하며, 대표작으로는 「무제」·「금슬(錦瑟)」·「야우기북(夜雨寄北)」 등이 있다.

도 의미가 깊다. 청조는 서왕모의 서신을 들고 어디든지 날아가서 전해주는 전설의 새이다. 앞 구절에서 작가는 봉래라는 전고를 사용해 임을 보는 어려움을 나타내고, 이번에는 어디든지 날아갈 수 있는 청조를 통해 꼭 임의 소식을 알아봐달라고 부탁한다. 7, 8구가 절묘하게 대조를 이루며 호응하고 있는 것이다. 봉래와 청조를 원의에만 두지 않고 각각 '임이 있는 곳'과 '임의 소식을 알아봐주는 사자'로 삼은 것은 새로운 표현 방식이고 새로운 문학의 탄생이라고 할 수 있다. 이상은은 전고의 절묘한 차용으로 「무제」 7, 8구를 탄생시켰다.

멋진 전고로 관우의 마음을 돌린 조조

소설 『삼국연의(三國演義)』 제50회에는 적벽대전(赤壁大戰)에서 대패한 조조(曹操)가 필사적으로 도주하는 장면이 묘사되어 있다. 조조가 화용도(華容道)에 들어섰을 때 관우(關羽)가 길을 막고 기다리고 있었다. 이제 죽은 목숨이라고 여긴 조조는 마지막으로 관우와의 옛일을 언급하며 인정에 호소하는데 이때 아주 절묘한 전고를 인용해 관우의 마음을 흔들면서 위기를 벗어난다. 이 대목을 한번 감상해보자.

조조가 몸을 굽혀 관우에게 말했다. "장군, 그동안 잘 계셨소?" 관우도 몸을 굽혀 답했다. "관 아무개가 군사의 명을 받고 승상을 기다린 지 오래되었습니다." 조조가 말했다. "이 조조가 병사를 모두 잃어버리고 이곳에 오니 길도 없구려, 장군께서는 옛날 하신 말을 중히 여겨주기 바라오." 관우가 대답했다. "옛날 제가 승상의 큰 은혜를 입었다고 하나 일찍이 (안량을 베고 문추를 죽여) 백마에서의 위기를 벗어나게 해준 것으로 보답했나이다. 오늘 명을 받듦에 어찌 사사로운 정을 내세우겠습니까?" 조조가 말했다. "다섯 관문을 통과하며 장수를 벨 때를 기억하고 계시오? 옛날의 대장부는 신의를 중히 여겼소, 장군은 『춘추』에도 밝으시니 어찌 유공지사가 자탁유자를 쫓은 일을 모르시오?" 관우는 듣고서 말없이 고개를 떨구었다. ……이에 말머리를 돌려 병사들에게 말했다. "사방으로 모두 물러나라."

(曹操欠身與雲長曰：“將軍別來無恙？” 雲長亦欠身答曰：“關某奉軍師將令, 等候丞相多時.” 操曰：“曹操兵敗勢危, 到此無路, 望將軍以昔日之言爲重.” 雲長答曰：“昔日關某雖蒙丞相厚恩, 曾解白馬之危以報之矣. 今日奉命, 豈敢爲私乎？” 操曰：“五關斬將之時, 還能記否？ 古之大丈夫處世, 必以信義爲重, 將軍深明『春秋』, 豈不知庾公之斯追子濯孺子乎？” 雲長聞知, 低首不語. ……於是把馬頭勒回, 與衆軍曰：“四散擺開.”)

"유공지사(庾公之斯)가 자탁유자(子濯孺子)를 쫓은 일"은 『맹자(孟子)』 「이루하(離婁下)」에 보이는 전고이다. 내용은 이렇다. 춘추시대, 정(鄭)나라는 자탁유자를 앞세워 위(衛)나라를 침공했다. 위나라는 유공지사를 보내 그를 막게 했다. 이 두 사람은 모두 활을 잘 쏘았다. 그러나 자탁유자는 병이 들어 활을 잡을 수 없었다. 이에 유공지사는 "나는 윤공지타(尹公之他)에게 활을 배웠고, 윤공지타는 또 당신에게 활을 배웠소. 그러니 나는 당신의 기술로 당신을 해칠 수 없소"라고 말하고는 네 개의 화살을 꺼내 쇠테를 풀고 화살촉을 빼낸 다음 쏘고 돌아갔다. 조조는 의리를

나관중 원말명초(元末明初)의 소설가이자 극작가. 이름은 본(本), 호는 호해산인(湖海散人), 산서성(山西省) 태원(太原) 사람. 그의 작품은 역사적 사실과 자신의 이상을 결합하여 창작한 것이 특징이다. 소설로는 우리에게 『삼국지』로 알려진 『삼국지통속연의(三國志通俗演義)』와 『삼수평요전(三遂平妖傳)』 등이 있고, 희곡으로는 『풍운회(風雲會)』가 있다.

중시하는 관우에게 자신의 은혜를 저버리지 않는 옛 전고를 인용하여 관우의 마음을 흔들었던 것이다. 이 구절을 읽으면 누구나 관우의 의리에 감탄하면서도 조조를 놓아준 것에 많은 아쉬움을 갖는다. 또 한편으로는 관우의 약점을 파고든 조조의 심리전술도 대단하다는 생각이 든다. 이로써 오·촉 연합군은 전쟁에서는 승리했지만 다 잡은 조조를 놓침으로써 그에게 권토중래할 수 있는 기회를 주었다. 관우가 아닌 조자룡이나 장비였다면 조조의 목은 분명 달아났을 것이고, 그랬다면 극적인 요소는 반감되었을 것이다.

2. 이중적 의미를 살려주는 중의법

중의법(重義法)은 한 말에 두 가지 이상의 의미를 포함시켜 표현하는 방법으로, 함축성이 강한 문장을 만들 때 많이 사용된다. 예를 들어, 황진이가 불렀다는 시조를 보자.

청산리 벽계수야, 수이 감을 자랑 마라.
일도창해하면 다시 오기 어려워라.
명월이 만공산하니, 쉬어 간들 어떠리

여기에서 '벽계수'는 시냇물과 사람 이름을 동시에 의미하고, '명월'은 달과 황진이를 동시에 의미한다. 겉으로는 눈에 보이는 경물을 묘사하면서 실제 속뜻은 대상을 가리키는 것이다. 중의법은 문장에서 이중적인 의미를 갖기 때문에 잘 사용된다면 훌륭한 작품을 탄생시킬 수 있다.

한자의 해음(동음이철어) 현상

한자의 경우 여러·가지 발음과 의미를 갖는 단어가 많기 때문에 예로부터 이를 문학 창작에 보편적으로 사용해왔다. 중국어에서는 이를 해음(諧音) 현상이라고 한다. 예를 들면, 과일인 '배'를 의미하는 '이(梨, lí)'는 '이별하다'를 뜻하는 '이(離, lí)'와 발음이 같아서 배는 선물용으로 쓰이지 않는다. 또 '끝나다'를 의미하는 '종(終, zhōng)'은 '시계'를 뜻하는 '종(鍾, zhōng)'과 발음이 같아서 역시 시계를 잘 선물하지 않는다. 일상생활에서 뽑은 사례지만 한자에는 이런 경우가 무수히 많다. 중국인들은 예로부터 이런 현상을 믿어왔고 또 중시해왔다. 때문에 문학 창작에서도 한자의 이런 특성을 이용해 다른 의경을 만들어낸 작품들이 많았는데 이것이 새로운 문학작품의 탄생이 된다.

'사(絲)'와 '사(思)'

앞에서 예로 든 이상은의 「무제」 제3, 4구를 다시 한 번 보자.

春蠶到死絲方盡,　봄누에는 죽을 때가 되어야 실을 다 뽑아내고

蠟炬成灰淚始乾.　촛불은 타서 재가 되어야 눈물이 비로소 마르리.

여기서 제3구의 실 사(絲, sī)자를 주목하자. 이 '사'자는 '그리워하다'를 의미하는 '사(思, sī)'와 발음이 같다. 그렇다면 이 부분은 두 가지 의미를 가진다고 봐야 할 것이다. 첫째는 표면적 의미로, 위에서 해석한 바와 같다. 둘째는 이 시가 나타내고자 하는 속뜻이다. '봄누에'를 의미하는 '춘잠'은 작가 자신이 된다. 그렇다면 이 문장의 속뜻은 자신이 죽어서야 임을 향한 그리움이 다 한다는 것이 된다. 즉, 살아 있는 동안에는 임을 향한 그리움이 끝이 없음을 나타낸다. '춘잠'과 '사'의 쓰임이 실로 아주 교묘하다. 넷째 구절에서는 루(淚)자를 주목하자. '루'는 '눈물'을 의미하나 여기서는 촛농을 가리킨다. 초의 눈물은 바로 촛농이기 때문이다. 이 구절은 초가 다 타야 촛농이 없어지듯 임에 대한 자신의 그리움도 죽어서야 없어진다는 것을 나타낸다. '사'는 발음을 이용한 것이고, '루'는 의미를 이용한 것으로 같은 표현의 중복을 피하면서 교묘하게 대구를 이루고 있다. '사'와 '루'의 절묘한 사용으로 의미가 무궁한 구절이 탄생한 것이다.

중국문학에서 사용되는 대표적인 해음자

중국문학에는 사(絲)와 사(思) 외에도 여러 가지 해음자가 이용된다. '맑다'를 뜻하는 '청(淸, qīng)'과 '(날이) 개다'를 의미하는 '청(晴, qíng)'은 '마음'을 나타내는 '정(情, qíng)'과 발음이 유사하거나 같아서 시에 역시 자주 쓰였다. 또 '흐르다'를 뜻하는 '류(流, liú)'

와 '버들'의 의미인 '류(柳, liǔ)'는 '머물다' 내지 '남다'의 의미인 '류(留, liú)'와 발음이 같다. 이 밖에 '가을'을 뜻하는 '추(秋, qiū)'는 '시름'을 뜻하는 '수(愁, chóu)'와 발음과 자형이 유사하고, '비석'을 의미하는 '비(碑, bēi)'는 '슬프다'를 의미하는 '비(悲, bēi)'와 발음이 같다. 의미와 형태상으로 전혀 관계없는 단어가 발음이 같다는 이유로 서로 이용되는 예들이다. 이들 단어에서 나타나는 한 가지 특징은 단어들 대부분이 사람의 슬픈 감정과 관련이 있다는 것이다. 이것은 아마도 해음 현상을 이용해 자신의 감정을 시 속에 감추려는 의도가 있었고, 또 보는 이가 그 의미를 파악할 경우 시적 감흥을 더욱 증폭시켜줄 수 있었기 때문일 것이다.

'청(晴)'과 '정(情)'

여기서 청(晴)자의 해음을 이용해 자신에 대한 임의 분명치 않은 마음(情)을 멋지게 표현한 시를 보자.

楊柳靑靑江水平,　　버들은 푸릇푸릇 강물은 잔잔,
聞郎江上踏歌聲.　　강가에서 들려오는 임의 노랫소리.
東邊日出西邊雨,　　동쪽엔 해 뜨고 서쪽엔 비 내리니,
道是無晴却有晴.　　흐렸다 말하지만 오히려 맑네요.

중당의 문인 유우석의 시 「죽지사(竹枝詞)」이다. 시는 한 소녀가 자신에 대한 임의 태도가 분명하지 않음을 완곡하게 묘사하는 내용이다. 제4구의 두 개의 '청(晴)'자는 '마음'을 뜻하는 '정(情)

과 발음이 일치한다. 날씨에 빗대어 소녀의 마음을 임에게 에둘러 말하는 것이다. '무청(無晴)'은 '무정(無情)'과 의미가 같아서 "(자신에게) 마음이 없다"는 의미이고, '유청(有晴)'은 '유정(有情)'과 의미가 같아서 "(자신에게) 마음이 있다"는 의미이다. 제4구를 그대로 무정과 유정으로 썼다면 어땠을까? 소녀 시기는 원래 이성에 대해 수줍음이 많은 시기인데, 이를 그대로 썼다면 너무 직설적이고 경박하지 않았을까? 해음 현상을 이용해 날씨로 자신에 대한 임의 태도가 분명치 않음을 나타낸 것은 더 의미심장하게 다가오고, 상당한 예술적 가치를 지닌다고 봐야 할 것이다. 이 구절이 더 대단한 것은 제3구와의 연관성 때문이다. 제3구는 실제 눈앞에서 일어난 보기 드문 자연현상을 묘사했다. 그리고 이런 현상은 보통 오래 지속되지 않기 때문에 놓치기도 쉽다. 그런데 작가는 제3구에서 이 변덕스러운 날씨를 포착했다. 제4구에서 이와 연관지어 '정(情)'의 해음자인 '청(晴)'자를 이용해 자신에 대한 태도가 분명하지 않은 임의 마음을 나타냈던 것이다.

명나라 사람 황주성(黃周星, 1611~1680)은 『당시쾌(唐詩快)』에서 이 시를 "날카롭고 교묘한 말로 조탁하여 만들 수 있는 것이 아니다(尖巧語, 却非由雕琢所得)"라고 평했다. 여기서 날카롭다는 것은 눈앞에서 일어나는 날씨를 기민하게 포착한 것을 말하고, 교묘하다는 것은 날씨를 마음에 비유한 것을 두고 한 말이다. 「죽지사」는 해음 현상을 이용하여 멋진 문학작품이 탄생할 수 있음을 보여주는 예라고 할 수 있겠다.

3. 문학적 효과를 높여주는 첩자

첩자(疊字)란 같은 글자가 두 개 나란히 이어지는 것을 말한다. 예를 들면 우리말의 가가호호(家家戶戶) 같은 말인데, '가가'와 '호호'가 첩자로 쓰였다. 읽어보면 '가호(家戶)'라고 하는 것보다 운율미가 훨씬 뛰어남을 알 수 있다.

중국어에도 첩자는 많이 쓰인다. 중국어는 형용사와 동사를 중복시켜서 많은 첩자를 만들 수 있다. 중국인의 '느릿느릿'한 성격을 가리키는 '만만(慢慢, mànmān)'이란 말도 첩자의 예이다. 저장성의 성도(省都) 항저우(杭州)의 서호(西湖)를 읊은 대련(對聯) 한 구절을 보자.

秀秀明明處處山山水水,　수려하고 맑기도 하지 곳곳엔 산과 물,
奇奇好好時時雨雨晴晴.　기이하고 좋기도 하지 수시로 비오고
　　　　　　　　　　　　맑네.

글자마다 중첩되어 있어 첩자의 예를 잘 보여주는 문장이다. 이 대련을 보면 어떤 느낌이 드는가? 필자의 경우는 세 가지 생각이 떠오른다. 첫째는 대련의 의미에서 오는 느낌이다. 첩자를 사용하면 문장의 의미가 강화되는 작용을 한다. 다시 말해, 문장이 강조되어 묘사 대상을 더욱 돋보이게 한다. 예를 들어, 제1구의 첫 글자 '수(秀)'는 '수려하다'는 의미이다. 그런데 '수수(秀秀)'라고 하면 아주 수려함을 의미한다. 서호의 아름다움을 더욱 강조해주는 것이라고 할 수 있다. 둘째는 의미와는 관계없이 글

저장성 항저우 서호 전경

자의 구성 자체가 주는 표면상의 느낌이다. 대련의 중첩된 글자는 유장하고 산뜻함을 보여준다. 마치 그곳의 산이나 호수가 끝없이 이어지는 느낌을 준다는 것이다. 이것은 서호의 아름다운 풍광을 겉으로 표현하는 듯한 느낌을 준다. 셋째는 운율상의 느낌이다. 이 대련을 읽어보면 아주 낭랑하게 읽혀진다. 그만큼 운율미가 뛰어나다. 중첩하지 않고 단순하게 "수명처산수, 기호시우청(秀明處山水, 奇好時雨晴)"이라고 읽는 것과는 큰 차이가 있다. 이처럼 첩자를 사용하면 의미와 시각·청각상 뛰어난 문학적 효과를 거둘 수 있다. 때문에 첩자는 시·사·곡 같은 운문 문학에 특히 많이 사용되었다. 중국문학에서는 많은 작가들이 첩자를 사용해 새로운 의경을 만들어 훌륭한 문학작품을 탄생시켰다.

두보의 「높은 곳에 올라(登高)」

두보의 「높은 곳에 올라」를 통해 첩자의 사용으로 어떻게 새로운 문학작품이 탄생되는지 살펴보자.

風急天高猿嘯哀,　바람은 세고 하늘은 높고 원숭이 울음 구슬픈데,
渚淸沙白鳥飛廻.　맑은 강가 흰 백사장에 새들만 빙빙 돌며 난다.
無邊落木蕭蕭下,　한없는 낙엽은 우수수 떨어지고,
不盡長江滾滾來.　끝없는 장강은 출렁출렁 흐른다.

제2부 중국문학의 탄생

萬里悲秋常作客,　만리타향 서글픈 가을에 항상 나그네 신세,
百年多病獨登臺.　병 많은 백년 인생 홀로 누대에 오른다.
艱難苦恨繁霜鬢,　고달픈 삶에 서리 같은 귀밑털 는 것이 한스
　　　　　　　　러운데,
潦倒新停濁酒杯.　쇠락하여 이젠 탁주도 못 들게 되었다.

　이 시는 767년 가을의 어느 날, 두보가 기주(夔州)에 있을 때 지어진 것으로, 중양절(重陽節)을 맞이하여 높은 곳에 오른 감회를 읊고 있다. 오랜 시간 타향을 전전한 작가의 회한이 구구절절 묻어 있다. 앞 4구는 눈앞에 보이는 경물을, 뒤 4구는 작가 자신이 살아온 인생 역정과 지금의 신세를 읊고 있다. 시의 격조는 대체로 처량하고 무거운 느낌이다. 시에서는 첩자를 사용한 것이 교묘하게 작용한다. 첩자로 쓰인 제3구의 '소소(蕭蕭)'와 제4구의 '곤곤(滾滾)'이 시의 무거운 분위기와 잘 맞아떨어지기 때문이다. '소소'는 바람에 나뭇잎이 날리는 소리를 형용하는 말이다. 의미상 나뭇잎이 떨어지는 모습을 생동감 있게 전한다. 또한 글자가 형태상 붙어 있기 때문에 바람에 낙엽이 이어지며 떨어지는 모습을 연상시킨다. 이 구절을 읽으면 낙엽이 눈앞에서 떨어지는 것 같은 착각이 일어난다. '곤곤'은 물이 세차게 굽이쳐 흐르는 모양을 형용하는 말이다. 이 역시 의미상 강물이 도도히 흘러감을 생동감 있게 전하면서 글자의 형태상 장강의 물이 끊임없이 흘러감을 연상시킨다. 즉, '소소'와 '곤곤'은 의미와 시각을 아울러 입체적으로 독자들에게 경물을 보여주고 있는 것이

다. 이를 통해 작가의 감정은 독자들에게 생생하게 전달되고 새로운 의경이 탄생된다. 명나라 사람 호응린(胡應麟, 1551~1602)은 『시수(詩藪)』에서 이 시를 "이 시는 고금의 7언율시 중에서 최고이지, 당대 7언율시에서 최고라고 할 필요는 없다(此詩自當爲古今七言律第一, 不必爲唐人七言律第一也)"라고 했는데 상당히 수긍이 가는 말이다.

14개의 첩자를 사용한 이청조의 「성성만」

다음으로 중국문학 최고의 여류사인 이청조의 사 「성성만(聲聲慢)」을 보자.

尋尋覓覓,	찾고 찾아도
冷冷淸淸,	스산하고 고요하니
凄凄慘慘戚戚.	쓸쓸하고 서럽고 근심스러워라
乍暖還寒时候,	잠깐 따뜻했다 또 추워지는 때는
最難將息.	회복도 가장 더디지.
三杯两盞淡酒,	두세 잔 묽은 술을 마신들
怎敵他晚來風急?	저녁 세찬 바람 어이 견디리.
雁過也,	지나가는 기러기에
正傷心,	더없이 맘 아픈 건
却是舊时相識.	옛 시절 익히 보던 그 기러기이기에.
满地黃花堆積,	온 땅엔 겹겹이 포개진 국화인데
憔悴損,	얼굴은 크게 초췌해졌으니
如今有誰堪摘?	이제 누가 꽃 꺾을 수 있으리.

守着窗兒,	창가를 지키며
獨自怎生得黑?	혼자 어떻게 어둠을 맞을런지!
梧桐更兼細雨,	오동잎엔 가랑비 더해져
到黃昏,	황혼까지
點點滴滴.	뚝뚝 떨어지고.
這次第,	이를
怎一個愁字了得!	'시름' 두 글자로 어이 다 풀어내리.

  사는 상·하편으로 나누어져 있다. 제1구부터 14개의 첩자가 연이어 나오는데 문학작품에서 상당히 드문 예라고 할 수 있다. 이 첩자들은 작가의 고통 어린 심리를 교묘하게 표현하고 있다. 제1구의 "찾고 찾아도(尋尋覓覓)"는 뭔가 잃어버린 것을 찾고자 하는 작가의 불안한 마음을 보여준다. 뭘 찾는 것일까? 아마도 전란으로 잃어버린 고향·남편·금석문(金石文)·행복한 생활일 것이다. 그러나 이들은 다시 돌아올 수 없음을 알기에 작가는 주위에서 "스산하고 고요함(冷冷淸淸)"을 느낀다. 이 "스산하고 고요함"은 그녀 주위에 아무도 없는 공허하고 적막함이다. 결국 이로 마음까지 "쓸쓸하고 서럽고 근심스러워(凄凄慘慘戚戚)"진다. 여기서 제1구는 작가의 동작을, 제2구는 작가를 둘러싼 외부의 분위기를, 제3구는 작가가 처한 내심의 상태를 보여준다. 첩자를 사용해 단계적으로 작가의 마음을 묘사하는 것이 압권이다. 또 사용된 첩자들이 치음(齒音)과 입성자(入聲字)로 촉박하고 발음이 쉽지 않기 때문에 곤경에 처한 작가의 심리와 잘 맞아떨어진다. 첩자들을 작품의 가장 앞쪽에 배치함으로써 작품의 처량

한 분위기를 극대화하고 있다. 이 구절은 역대로 많은 문인들의 칭송을 받았다. 송나라 사람 장단의(張端義)는 『귀이집(貴耳集)』에서 이 사를 이렇게 평가했다.

> 이 사는 공손대낭이 검무를 추는 것 같다. 송나라에 사에 능한 인사들이 없는 것은 아니나 단번에 14개의 첩자를 사용한 전례는 없었다.
> (此乃公孫大娘舞劍手, 本朝非無能詞之士, 未曾有一下十四迭字者.)

하편의 '점점적적(點點滴滴)'도 첩자로 쓰였다. 원의는 빗방울이 뚝뚝 떨어지는 소리이나 이곳에서는 절묘하게 쓰였다. 뚝뚝 떨어지는 빗방울이 시름에 겨워하는 그녀의 마음을 파고드는 느낌을 전해준다. 또 한편으로 빗방울은 끝없이 떨어지기 때문에 작가의 끝없는 시름을 대변하기도 한다. 경물을 포착하여 자신의 시름을 함축시킨 것이다. 문자적으로 '점점적적'은 같은 글자가 붙어 있는 형태이기 때문에 물방울이 뚝똑 하며 계속 떨어지는 모습도 담고 있다. 이 모든 것을 고려하여 작품을 지었다는 것이 참으로 경이로울 뿐이다.

첩자로 지은 교길의 산곡 「즉사」

첩자는 원대에 탄생한 산곡(散曲)에서 더욱 다양하게 쓰이면서 기묘한 의경을 만들어냈다. 산곡 작가 교길(喬吉, 1280~1345)의 「즉사(卽事)」를 보자.

鶯鶯燕燕春春,	봄 꾀꼬리와 제비들,
花花柳柳眞眞,	선명한 꽃과 버들들,
事事風風韻韻,	하는 것마다 우아한 자태,
嬌嬌嫩嫩,	무척이나 아리땁고 고운,
停停當當人人.	너무나 잘 어울리는 사람.

봄나들이를 가는 여인을 읊은 작품이다. 전체가 첩자로 되어 있는데 첩자의 묘미를 극치로 보여준다. 읽어보면 발음이 상당히 경쾌하고 가벼운데, 이는 봄나들이 갈 때의 기분 좋은 심정을 보여준다. 다음으로 글자들을 눈으로 보면 마치 사람·새·꽃이 줄지어 있는 것 같은 착각을 불러온다. 이는 봄날의 경치를 형상적으로 보여주는 것이라고 할 수 있다. 셋째 의미상으로 제1구와 제2구는 경물을 노래했고, 제3·4·5구는 사람을 묘사하고 있다. 먼

교길 원나라의 극작가이자 산곡 작가. 자는 몽부(夢符), 호는 생학옹(笙鶴翁) 혹은 성성도인(惺惺道人). 태원(太原) 사람. 일찍이 항주(杭州) 일대를 유랑했다. 그의 산곡은 고상하고 화려하다는 평가를 받는다. 현재 『전원산곡(全元散曲)』에 소령(小令) 200여 수와 투곡(套曲) 11수가 전한다.

저 경물을 묘사하고 다음에 사람을 묘사하는 것은 중국 운문문학의 전통인데, 이 곡에서도 충실히 지켜지고 있다. 이처럼 이 작품은 첩자의 사용만으로도 작품의 의경을 충실하게 반영하고 있는 것이다. 중국 학자 후수이(胡遂)와 왕이(王毅)의 『원곡삼백수주석(元曲三百首注析)』에 실린 이 곡의 해설을 보면 이렇다.

전체 28자가 모두 첩자로 이루어져 있다. 얼핏 보기에 첩자들을 무더기로 쌓아놓은 것 같지만 여기에는 작가의 주도면밀한 선택과 교묘한 배치가 들어가 있다. 그 절묘한 점은 다음과 같다 : 화면의

폭을 넓히면서 내용이 충실하다. 어기를 강화하여 사물을 강조했다. 넓혀지고 심화된 의경은 독자들에 예술적 상상의 여지를 남겨주었다.

(全曲二十八字, 均曲疊字組成. 看似堆砌, 實則經過精心的選取和巧妙的安排. 其妙處是 : 增加了畫面的廣度, 充實了內容, 加强了語氣, 對事物起了强化作用, 擴大和深化了的意境, 給讀者留下藝術想像的餘地.)

4. 운율미를 강조하는 쌍성과 첩운

쌍성(雙聲)이란 두 글자의 성모가 같은 현상을 말한다. 예를 들어, '전도(顚倒, diāndǎo)'의 중국어 발음은 성모가 모두 'd'이다. 이때 운모는 상관이 없다. 이처럼 두 글자의 성모가 일치하는 경우를 쌍성이라고 한다. 또 '주저(躊躇:chǒuchú)'의 중국어 발음은 성모가 모두 'ch'로 일치한다.

첩운(疊韻)이란 쌍성과 반대로 두 글자의 운모와 성조가 일치하는 현상을 말한다. 예를 들어, '소요(逍遙, xiāoyáo)'의 중국어 발음은 운모가 모두 'ao'로 끝난다. 또 '방황(彷徨, pánghuáng)'을 보면 운모가 모두 'ang'로 끝이 난다. 이처럼 운모가 같은 발음으로 되어 있는 것을 첩운이라고 한다.

여기서 성모와 운모는 우리말의 자음과 모음에 해당한다고 보면 된다. 우리말의 잰말놀이에도 쌍성과 첩운의 예를 찾아 볼 수 있다. 예를 들어 "경찰청 철창살은 검찰청 쇠 철창살이다"에서 '철창'은 두 글자 모두 자음이 'ㅊ'이기 때문에 쌍성에 해당한다. '경찰청'과 '검찰청'의 '~찰청'도 'ㅊ'으로 시작하기 때문에 이 역시 쌍성이다. 이 구절은 쌍성자가 이어지기 때문에 발음이 쉽지 않다. 또 "간장공장 공장장은 강 공장장이고 된장공장 공장장은 공 공장장이다"라는 문장에서 '공장'은 두 글자 모두 모음이 'ㅇ'으로 끝나기 때문에 첩운이라고 할 수 있다. 또 '공장장'도 첩운이다. 이 구절은 첩운이 많기 때문에 읽을 때 상당한 운율미를 느낄 수 있다. 쌍성과 첩운은 이처럼 운율미가 강하게 작용하기 때문에 문학 창작에 많이 사용되었다.

굴원의 「이소」에 보이는 쌍성과 첩운

중국문학에서 쌍성과 첩운을 사용해 훌륭한 작품을 탄생시킨 작가가 바로 초사문학의 대가인 굴원이다. 그의 대표작 「이소」만 봐도 많은 쌍성과 첩운의 예를 찾아볼 수 있는데, 전국시대에 이미 이렇게 능수능란하게 쌍성과 첩운을 사용한 것에 경이로움이 느껴진다.

(1) 惟草木之零落兮,　　초목이 시들어 떨어질 것 생각하니,
　　恐美人之遲暮.　　　아름다운 분께서 늙어가시는 것이 염려
　　　　　　　　　　　스럽습니다.

(2) 日黃昏以爲期兮,　　황혼 때 만나자고 말씀하시고는,
　　羌中道而改路?　　　어찌 중도에 길을 바꾸십니까?

(3) 紛總總其離合兮,　꽃구름이 어지러이 모였다 흩어지면서,

　　斑陸離其上下.　하늘과 땅 사이에 찬란하고 눈부신 색채
　　　　　　　　　　를 수놓습니다.

　(1)의 '영락(零落)'은 중국어 발음이 'língluò'로 성모가 같은 'l'
이어서 쌍성이다. (2)의 '황혼(黃昏)'은 중국어 발음이 'huánghūn'
으로 성모가 같은 'h'여서 쌍성이다. (3)의 '육리(陸離)'는 중국어
발음이 'lùlí'로 성모가 같은 'l'이어서 쌍성이다. 기타 쌍성의 예
로는 치빙(馳騁)·추축(追逐)·기기(羇覉)·차제(侘傺)·허희(歔
欷)·유예(猶豫) 등이 있다.
　첩운의 예는 아래와 같다

　(1) 衆皆競進以貪婪兮,　사람들은 하나같이 다투어 탐욕을 부립
　　　　　　　　　　　　니다,
　　　憑不猒乎求索.　　그들은 가득 채운 것도 모자라 계속 명리
　　　　　　　　　　　를 찾습니다.

　(2) 乘騏驥以馳騁兮,　준마 타고 마음껏 달리십시오,
　　　來吾道夫先路.　제가 앞에서 길을 인도하겠나이다.

　(3) 折若木以拂日兮,　약목(若木)을 꺾어 해를 틸고,
　　　聊逍遙以相羊.　잠시 자유롭게 둘러봅니다.

　(1)의 '탐람(貪婪)'은 중국어 발음이 'tànlán'으로 운모가 같은
'an'인 첩운이고, (2)의 '기기(騏驥)'는 중국어 발음이 'qíjì'로 운모

가 같은 'i'인 첩운이다. 또 (3)의 '소요(逍遙)'의 중국어 발음은 'xiāoyáo'로 운모가 같은 'ao'인 첩운이며, 뒤쪽의 '상양(相羊)'은 중국어 발음이 'xiāngyáng'으로 운모가 같은 'ang'인 첩운이다. 이 밖에 「이소」에 보이는 첩운으로는 벽려(薜荔) · 선원(嬋媛) · 곤륜(崑崙) 등이 있다.

굴원의 다른 작품으로 범위를 확대하면 더욱 많은 쌍성과 첩운의 예를 찾아볼 수 있다. 더욱 경이로운 것은 쌍성과 첩운에 쓰인 단어의 유형이 아주 다양하다는 점이다. 명사인 것도 있고, 동사인 것도 있고, 형용사인 것도 있다. 영락 · 탐람 · 소요 · 상양은 동사이고, 황혼 · 기기는 명사이며, 육리는 형용사로 쓰였다. 이렇게 한 가지 유형에만 국한되지 않고 다양한 유형의 단어들을 쌍성 · 첩운으로 표현된 것은 독자들에게 문장의 변화가 대단히 풍부하다는 느낌을 주고 강한 운율미를 느끼게 한다. 이는 「이소」의 뛰어난 형식미를 보여주는 것이라고 할 수 있다.

두보의 「높은 곳에 올라」에 보이는 첩운

앞에서 인용한 두보의 시 「높은 곳에 올라」에도 첩운이 숨어 있다. 이 시의 제7구와 8구를 보자.

艱難苦恨繁霜鬂, 고달픈 삶에 서리 같은 귀밑털 는 것이 한스러운데,
潦倒新停濁酒杯. 쇠락하여 이젠 탁주도 못 들게 되었다.

여기서 어떤 글자가 첩운일까? '간난(艱難)'과 '요도(潦倒)'가 첩운이다. '간난'의 발음은 'jiānnán'으로, 모음 'ian'과 'an'이 거의 일치하고, '요도'의 발음은 'liáodǎo'로, 모음 'iao'와 'ao'가 거의 일치한다. 그런데 왜 제7과와 제8구의 제일 앞에 첩운을 사용했을까? 여기에 이 시의 묘미가 있다. 두 가지 방면에서 생각해볼 필요가 있다. 첫째는 운율상의 배려 때문이다. 중국 시는 대구를 중시하는 특징을 갖고 있다. 따라서 제7구의 첫 번째 두 번째 글자에 첩운을 사용했다면, 대구를 이루는 제8구의 첫 번째 두 번째 글자도 첩운을 사용해야 한다. 이렇게 되면 시의 구성에 통일성이 생기고 운율미가 생긴다. 둘째는 의미상의 연관성 때문이다. 첩운을 이루는 경우는 보통 의미가 유사한 글자들이 많이 사용된다. '간'과 '난'이 그렇고 '요'와 '도'가 그렇다. 또 '간난'은 '고달프다'·'힘들다'는 의미이고, '요도'는 '쇠락하다'·'영락하다'의 의미이다. 그래서 앞 구에서 '간난'을 썼다면 뒤 구에는 '간난'과 유사한 의미의 단어가 와야 한다. '요도'가 바로 이런 조건을 충족시켜주고 있는 것이다. 물론 첩운과 쌍성자는 문장에서 어느 곳이든 위치할 수 있다. 그것은 작품이 나타내는 의경에 따라 작가가 선택한다.

백거이의 시 「하남에서 난을 겪고 나니」에 보이는 쌍성

이번에는 쌍성의 예를 통해 새로운 의경이 어떻게 일어나는지를 살펴보자. 백거이의 시 『하남에서 난을 겪고 나니(自河南經

亂)』[2]를 보자.

時難年荒世業空,　어려운 시절 흉년이 들어 직업도 없고,
弟兄羈旅各西東.　형제들은 나그네 되어 이리저리 떠도네.
田園廖落干戈後,　전쟁 직후 마을은 황폐하고,
骨肉流離道路中.　가족들은 길가를 전전하네.
弔影分爲千里雁,　불쌍한 우리 모습 천 리를 나는 기러기 신세,
辭根散作九秋蓬.　뿌리 떠나 흩어진 구월의 가을 쑥이라네.
共看明月應垂淚,　다 같이 밝은 달 바라보면 눈물 흘릴 것이니,
一夜鄕心五處洞.　온밤에 고향 그리는 마음 다섯 곳이 같겠지.

　시는 병란(兵亂)으로 뿔뿔이 흩어진 가족들을 애타게 그리는 내용이다. 시에서 제3구의 '요락(廖落)'과 제4구의 '유리(流離)'가 雙聲字로 쓰였다. '요락'은 발음이 'liàoluò'로, 성모가 모두 'l'로 끝나는 쌍성자이다. 또 '유리'는 발음이 'liúlí'로, 이 역시 성모가 모두 'l'로 끝나는 쌍성자이다. 이들 쌍성자는 문장에서 어떤 역할을 할까? 첫째, 쌍성자가 제3구와 제4구의 세 번째와 네 번째 위치에서 서로 대구를 이룬다. 앞의 두보 시에서는 첫 번째와

2　이 시의 원제는 「하남에서 난을 겪고 나니, 관내는 어려워져 굶주리고, 형제들은 각지로 흩어져 있었다. 달을 보니 느껴지는 것이 있기에 잠시 글로 적어 부량의 큰형·어잠의 일곱째 형·오강의 열다섯째 형에게 보내고 아울러 부리와 하규의 제매에게도 보인다(自河南經亂, 關內阻飢, 兄弟離散, 各在一處. 因望月有感, 聊書所懷, 寄上浮梁大兄, 於潜七兄, 烏江十五兄兼示符離及下邽弟妹)」이다. 제목이 너무 길어 이 책에서는 앞 구절을 시의 제목으로 삼았다.

두 번째에 와서 대구를 이룬 것과는 다르다. 두 번째는 쓰인 글자들이 의미가 유사하다. 이는 두보 시의 경우와 유사하다. '요락'은 '황폐하다'라는 의미이고, '유리'는 '떠돌다'라는 의미이다. 둘 다 의미가 다소 무거운 단어라고 할 수 있다. 세 번째는 운율상의 문제이다. 제3구와 제4구의 의미는 다소 무거운데 이럴 때 가벼운 발음이나 쉬운 발음의 글자를 쓴다면 작품의 분위기와 맞지 않을 것이다. 따라서 작가는 이런 무거운 분위기를 잘 전달할 있도록 쌍성자를 사용하였다. 실제로 '요락'을 'liàoluò'라고 읽어보면 둘 다 4성에 l 발음이 이어지고 있어 발음이 쉽지 않음을 느낄 수 있다.

5. 영감과 직관에서 비롯되는 비유법

비유와 동질성

비유는 어떤 대상의 모양·성질·특성·상태 또는 추상적인 의미나 관념 등을 효과적으로 표현하고자 그것과 유사한 대상에 비교하는 수사법이다. 즉 서로 다른 두 사물의 비교로 구체적인 이해나 인식을 얻는 것을 말한다. 비유법을 사용할 경우 두 사물을 비교할 때 반드시 동질성이 확보되어야 한다는 점에 주의해야 한다. 김동명(1900~1968)의 시 「내 마음」의 첫 단락을 보자.

내 마음은 호수요

그대 저어 오오

나는 그대의 흰 그림자를 안고

옥같이 그대의 뱃전에 부서지리라.

　마음을 호수에 비유하고 있다. 전형적인 비유의 수법이다. 마음과 호수는 어떤 동질성이 있을까? 그렇다. 호수의 잔잔함·맑음·깊음·고요함은 사람 마음의 상태와 일치한다. 이렇기 때문에 마음과 호수는 동질성을 갖는다. 동질성을 갖지 않는 비유는 독자들의 공감을 얻지 못한다. 따라서 작가는 이런 동질성을 찾기 위해 부단히 고민하게 된다. 일반적으로 비유는 작가의 영감과 직관에서 비롯되는 경향이 있다. 이 비유가 교묘하게 사용되었을 때 묘사 대상은 감추었던 새로운 모습을 드러내며 우리들에게 경이로움과 전율을 안겨준다. 여기서 훌륭한 문학작품이 탄생한다. 문학의 탄생에 간여하는 요소는 아주 많지만 이 비유법의 운용이야말로 가장 중요한 요소이다.

하지장의 「버들을 노래하며」

　중국문학에는 비유법을 이용해 훌륭한 문학작품을 탄생시킨 예를 많이 찾아 볼 수 있다. 먼저 앞에서 언급한 하지장의 「버들을 노래하며」를 다시 한 번 살펴보자. 이 시는 '벽옥(碧玉)'이라는 전고가 절묘하게 사용되었지만 이에 못지않게 멋진 비유법이 등장한다.

碧玉妝成一樹高,	높은 버드나무 푸른 옥으로 치장하고,
萬條垂下綠絲縧.	늘어뜨린 만 가지는 푸른 띠가 되었네.
不知細葉誰裁出,	여린 잎은 누가 잘랐나,
二月春風似剪刀.	2월의 가위 같은 봄과 바람이겠지.

봄날에 버드나무가 무성하게 피는 모습을 읊은 시다. 여기서 제2구와 제4구를 주목하자. 제2구의 '사조(絲條)'는 '실로 만든 끈' 내지 '실로 만든 띠'라는 의미인데 축 늘어진 버드나무를 형용한다. 실로 만든 띠는 가늘고 긴 것이 특징인데 버드나무의 모습에 부합되는 비유라고 할 수 있다. 또 마지막 구에서는 '춘풍(春風)'을 '가위(剪刀)'에 비유하고 있는 것도 아주 절묘하다. 봄과 바람이 버드나무의 성장을 도와 버드나무를 길고 가늘고 자라게 해준 것을 비유한 말이다. 그 의미를 새겨보면 정말이지 감탄사가 절로 나온다.

유우석의 「동정호를 바라보며」

이어서 시호(詩豪)라 불리는 당나라의 시인 유우석의 시 「동정호를 바라보며(望洞庭)」를 보자.

湖光秋月兩相和,	호수의 물빛과 가을 달 서로 어우러지고,
潭面無風鏡未磨.	바람 없는 수면은 갈지 않은 거울과 같네.
遙望洞庭山水翠,	멀리 푸르른 동정호의 산수를 보노라니,
白銀盤里一靑螺.	흰 은쟁반에 푸른 고둥이 놓여 있는 듯하네.

가을날 밤의 동정호를 읊은 시
다. 유우석은 일생 동안 동정호
를 다섯 번 지나갔는데 가을에
지나간 것은 이때가 유일하다고
한다. 이 시에서 주목해야 할 것
은 제2구와 제4구이다. 제1구는
동정호의 수면에 달빛이 비치면

동정호에 떠 있는 군산(君山)

서 서로 멋들어지게 어울리고 있음을 표현했는데 호수의 정적
인 분위기를 느낄 수 있다. 제2구는 시간이 지나서 수면에 달이
더 이상 비추지 않음을 갈지 않아 윤이 나지 않는 거울에 비유
하고 있다. 이 부분을 이해하려면 원문의 '경미마(鏡未磨)'를 이
해할 필요가 있다. 옛날에는 동(銅)의 표면을 갈아 반들반들하
게 윤을 내어 거울로 삼았다. 그래서 이를 동경(銅鏡)이라고도
한다. '경미마'는 갈리지 않은 거울, 즉 윤기가 없는 상태의 거울
을 말하는데, 작가는 이로써 호수 표면의 달빛이 분명하지 않고
어렴풋함을 나타냈다. 그 비유가 상당히 절묘하다. 제3구는 호
수 안에 보이는 군산(君山)의 모습을 읊고 있다. 악양루(岳陽樓)
아래의 선착장에서 유람선을 타면 군산까지 30분 정도 걸린다
고 하니 육지에서는 꽤 먼 거리임을 알 수 있다. 당시 작가의 눈
에 달에 비친 군산의 모습이 어렴풋이 들어왔음을 짐작할 수 있
다. 제4구는 이 시의 결정판이다. 호수와 군산이 어우러진 모습
을 읊고 있다. 호수 표면을 '흰 은쟁반(白銀盤)'에, 군산을 '푸른
고둥(靑螺)'에 비유하고 백(白)과 청(靑)의 색채 대비까지 가미함

으로써 달빛 아래 동정호의 모습을 눈앞에 선명하게 보여주고 있다. 특히 군산의 모양을 역삼각형 형태의 고둥에 비유한 것은 아주 멋진 표현이다.

이백의 「고랑월행」

여기서 제4구의 '흰 은쟁반'과 관련해서 흥미로운 비유를 사용한 예를 하나 더 들어보겠다. 이백이 달을 노래한 「고랑월행(古朗月行)」이라는 시를 보자.

小時不識月,　어렸을 때 달을 몰라,
呼作白玉盤.　흰 옥쟁반이라 불렀지.
又疑瑤臺鏡,　또 신선의 거울이라 여겨,
飛在靑雲端.　구름 사이로 난다고 여겼지.

이백은 달을 '흰 옥쟁반(白玉盤)'과 '신선의 거울(瑤臺鏡)'에 비유하였다. 먼저 달과 흰 옥쟁반은 둥글고 밝으며 환하다는 동질성을 갖고 있다. 사실 쟁반만 사용해도 동질성이 확보되나 이백은 여기에 '백옥'이란 말을 더 넣어 달과의 동질성을 더욱 확보했다. 독자들이 이를 읽으면 아주 쉽게 수긍하게 된다. 또 '신선의 거울'은 거울의 둥글고 환한 특징을 달에 비유한 것이다. 이역시 동질성을 확보하고 있다. 그런데 한 가지 재미있는 점은 유우석은 호수 표면을 '흰 은쟁반(白銀盤)'에 비유했고, 이백은 달을 '흰 옥쟁반(白玉盤)'에 비유했다는 점이다. 재질(백은과 백

제2부 중국문학의 탄생

옥)은 다르지만 모두 눈같이 흰 둥근 쟁반을 말한다. 그런데 이
백은 달에 비유하고, 유우석은 호수 표면에 비유한 것이다. 곰
곰이 들여다보면, 이백은 쟁반의 둥근 형태를 강조했고, 유우석
은 쟁반의 색깔을 강조했음을 알 수 있다. 혹시 두 구절 사이에
어떤 관계가 있는 것은 아닐까? 우리나라 동요에도 "달 달 무슨
달 쟁반같이 둥근 달……"이라는 구절이 있어 달을 쟁반에 비유
하고 있다. 중국이든 한국이든 예로부터 달을 쟁반에 비유했는
데 유우석의 경우 호수 표면에 비유했으니 그의 기상천외한 상
상력이 부러울 따름이다.

소식의 「6월 27일 망호루에서 취해 쓰다」

북송의 대문호 소식의 시 「6월 27일 망호루에서 취해 쓰다(六
月二十七日望湖樓醉書)」에도 멋진 비유가 들어가 있다.

黑雲翻墨未遮山,　먹 쏟은 듯한 검은 구름 산을 채 덮기도 전에,
白雨跳珠亂入船.　하얀 비가 진주 되어 어지러이 배에 떨어지네.
卷地風來忽吹散,　땅을 쓸며 불어온 바람 순식간에 날려버리니,
望湖樓下水如天.　망호루 아래의 호수는 하늘처럼 푸르구나.

이 시는 1072년, 소식이 항주통판으로 있을 때 지어졌다. 시
는 여름에 서호에 갑자기 소나기가 퍼붓다가 거센 바람이 불면
서 하늘이 개는 과정을 멋지게 그렸다. 먼저 '검은 구름(黑雲)'을
'먹을 쏟은 것(翻墨)'에 비유한 것을 보자. 이 표현은 단순히 검

서호에 있는 망호루

은 구름을 먹에 비유한 것이 아니라 푸른 하늘에 먹구름이 빠르게 몰려 오는 모습을 먹이 종이에 쏟아져 빠르게 번져나가는 것에 비유한 것이다. 비유가 아주 적절하고 생동감이 넘친다. 또 '하얀 비(白雨)'가 바닥에 떨어지는 것을 '진주 알갱이가 튀는 것(跳珠)' 같다고 한 부분도 비유가 뛰어나다. 소식은 빗방울이 떨어졌다 튕겨 오르는 찰나의 변화를 기민하게 포착해 물방울의 모습을 진주 알갱이에 비유한 것이다. 순식간에 일어나는 자연의 변화를 그것도 취중에 이렇게 멋진 언어로 표현한다는 것은 분명 쉽지 않았을 것이다.

「6월 27일 망호루에서 취해 짓다」와 비슷한 시기에 지어진 또 다른 명작 「호수에서 술 마시노라니 처음엔 맑다가 나중엔 비가 오네(飮湖上初晴後雨)」(1073)에도 멋진 비유가 있다.

水光瀲灩晴方好,　수면이 반짝반짝 맑을 때가 좋더니,
山色空濛雨亦奇.　산빛이 어둑어둑 비가 와도 멋지네.
若把西湖比西子.　서호는 월나라의 미인 서시,
淡粧濃抹總相宜.　옅은 화장 짙은 분 아무래도 어울리네.

시는 서호를 전국시대 월나라의 미인인 서시(西施)에 비유했다. 특히 서호의 맑은 날씨와 비 오는 날씨를 서시의 화장한 모습과 하지 않은 모습에 각각 비유한 것이 절묘하다. 소식 이전에 서호는 원래 전당호(錢塘湖)·금우호(金牛湖)·명성호(明聖

湖) · 상호(上湖) 등으로 불렸는데 소식의 이 시가 나오면서 지금까지 '서호'라는 이름으로 불리게 되었다고 한다. 이것만으로도 이 시의 표현력과 후대의 영향력을 충분히 짐작할 수 있다.

이효광의 「대룡추기」

비유법은 시가 외에도 산문에서도 널리 애용된다. 특히 경물을 읊은 작품에서 많이 보이는 경향이 있다. 경물 묘사에서 비유는 독자로 하여금 대상을 새로운 시각에서 보게 해주고 그 대상을 새롭게 인식하게 해준다. 이런 비유는 전적으로 작가의 문학적 역량에 의해 결정된다. 아래에 소개할 원대 이효광(李孝光, 1285~1350)의 「대룡추기(大龍湫記)」는 폭포로 가는 길에서 본 광경과 대룡추 폭포의 장관을 실감나는 비유로 묘사했다. 「대룡추기」의 전반부를 소개한다.

대덕(大德) 7년(1303) 가을의 8월, 나는 한 노인을 따라 대룡추(大龍湫) 폭포를 보러 온 적이 있다. 마침 장맛비가 밤낮으로 계속 내리고 있었다. 이날 큰 바람이 서북쪽에서 불더니 태양이 나온 것을 볼 수 있었다. (대룡추) 폭포의 수세는 상당했다. 산골짜기로 들어온 지 5리 남짓도 안 되었는데 골짜기를 휘감는 거대한 소리가 들려왔다. 따르는 사람들이 놀라고 두려워 벌벌 떨었다. 서북쪽에 우뚝 서 있는 산봉우리를 보니, 사람이 엎드린 것 같기도 하고, 큰 기둥 같기도 했다. 200걸음을 더 가니, 두 다리로 서로 지탱하며 서 있는 모습으로 바뀐 것이 보였다. 다시 100여 걸음을 더 들어가니 큰 병풍이 서 있는 것 같았다. 그 산봉우리는 갈라지고 깊은 것이 게의 집게발이 수시로 흔들리는 것 같았다. 가

이효광 원대의 문인. 자는 계화(季和), 호는 오봉(五峰), 악청(樂淸, 지금의 저장성 러칭현) 사람. 어려서 박학다식했으며, 안탕산 오봉(五峰) 아래에 은거했다. 글재주가 뛰어나 사방에서 배움을 구하러 오는 사람들이 많았다고 한다. 1343년, 원 순제(順帝)가 그의 문재을 듣고 경사로 불러 문림랑비서감승(文林郎秘書監丞)을 제수했다.

는 사람들은 길을 멈추고 들어가지 않았다. 몸을 돌려 남쪽 산기슭을 따라 약간 북쪽으로 가다가 고개를 돌려보니, 옥으로 만든 홀(笏)이 서 있는 것 같았다. 다시 방향을 돌려 동쪽 산으로 들어가 위를 보니 큰 물이 하늘에서 땅으로 떨어지고 있었다. 물이 사방의 절벽에 묻지 않고 간혹 오랫동안 허공을 맴돌면서 떨어지지 않다가 갑자기 솟아오르다 떨어지는 것이 벼락이 치는 것 같았다. 동쪽 산기슭에는 낙거나암(諾詎那庵)이 있었는데 대여섯 걸음만 더 들어가도 산속의 바람이 마구 불어오고 폭포물이 사람에게 튀었다. 암자 안으로 들어가 피해도 폭포수의 거품이 암자 안으로 마구 들어왔는데 폭우가 오는 것 같았다. 폭포수는 아래로 큰 연못을 찧었는데 거대하게 울리는 소리가 만 사람이 북을 치는 것 같았다. 사람들이 서로 손을 잡고 말해도 입만 뻥긋하는 것만 보일 뿐 말하는 소리는 들을 수 없어 서로 쳐다보며 크게 웃었다. 선생은 "장관이야! 내 세상을 이렇게 많이 돌아다녀봤어도 이런 폭포는 처음이야"라고 말했다. 이로부터 나는 매년 한 번씩은 왔다. 올 때마다 늘 9월이었다. 10월은 폭포물이 줄어들어 예전처럼 볼 수 없기 때문이었다. ……

(大德七年秋八月, 子嘗從老先生來觀大龍湫. 苦雨積日夜, 是日大風起西北, 始見日出. 湫水方大, 入谷未到五里余, 聞大聲轉出谷中. 從者心掉. 望見西北立石, 作人俯勢, 又如大楹. 行過二百步, 乃見更作兩股倚立. 更進百數步, 又如樹大屏風. 而其顚谽谺, 猶蟹兩螯, 時一動搖, 行者兀兀不可入. 轉緣南山趾稍北, 回視如樹圭. 又折而入東嶬, 則仰見大水從天上墮地, 不挂著四壁, 或盤桓久不下, 忽迸落如震霆. 東巖趾有諾詎那庵, 相去五六步, 山風橫射, 水飛著人. 走入庵避, 余沫進入屋, 猶如暴雨至. 水下搗大潭, 轟然萬人鼓也. 人相持語, 但見張口, 不聞作聲, 則相顧大笑. 先生

제2부 중국문학의 탄생

曰："壯哉! 吾行天下, 未見如此瀑布
也."是後, 予一歲或一至. 至, 常以九
月. 十月, 則皆水縮, 不能如向所見.
……)

폭포수가 떨어지면서 나타나는 흰 용 모양

「대룡추기」는 대룡추 폭포의 장관을
묘사한 작품이다. 그 뛰어난 상상력
과 필치는 원대 산문의 성취를 잘 보
여준다. 대룡추 폭포는 중국의 4대 폭포 중 하나로, 동남부의 유
명한 국립공원인 안탕산(雁蕩山)에 있다. 폭포의 낙차는 192미
터로, 중국에서 낙차가 가장 큰 폭포이기도 하다. 대룡추는 '큰
용이 나타나는 연못'이라는 의미로, 폭포수가 높은 곳에서 떨어
지면서 아래의 연못에 큰 용이 만들어지기 때문에 이렇게 이름
했다. 추(湫)는 늪이나 못을 의미한다. 송나라 사람 심괄(沈括,
1031~1095)은 일찍이 이 산을 "세상에 기이하고 빼어난 것 중에
이 산을 뛰어넘을 수 있는 것은 없다(天下奇秀, 無逾此山)"라고
찬미한 바 있고, 또 청나라의 시인 강제(江堤)는 "용추폭포를 읊
고 싶어도 붓을 대기 어렵고, 안탕산에 오지 않으면 인생을 잘
못 산 것이리(欲写龙湫难着笔, 不遊雁荡是虚生)"라고 읊은 바 있
다.

문장을 보면 대룡추 폭포의 거대한 폭포 소리와 산속으로 들
어가면서 시시각각 변하는 산봉우리의 묘사가 압권이다. "따르
는 사람들이 놀라고 두려워 벌벌 떨(從者心掉)" 정도의 "골짜기
를 휘감는 거대한 소리(大聲轉出谷中)"는 처음부터 사람을 압도

하는 느낌을 준다. 또 처음에 보이는 산봉우리를 보고 "사람이 엎드린 것 같기도 하고, 큰 기둥 같기도 했다(作人俯勢, 又如大楹)"라고 비유한다. 다시 200걸음을 더 가서는 "두 다리로 서로 지탱하며 서 있는 모습으로 바뀐 것 같다(更作兩股倚立)"라고 묘사한다. 또 다시 100여 걸음을 더 들어가 "큰 병풍이 서 있는 것 같다. 그 산봉우리는 갈라지고 깊은 것이 게의 집게발이 수시로 흔들리는 것 같았다(如樹大屏風. 而其顚谽谺, 猶蟹兩螯, 時一動搖)"라고 묘사한다.

게의 집게발처럼 새긴 암벽

사진을 보면 실제로 게의 집게발처럼 생겼다. 작가의 비유가 아주 기발했음을 알 수 있다. 예전에 중국문학 수업 때 학생들에게 이 사진을 보여주고 무엇을 닮았느냐고 물어보았다. 한 학생이 두 사람이 안고 있는 모습 같다고 말했다. 필자가 게의 집게발 같지

거센 물줄기가 쏟아지는 대룡추 폭포

않느냐고 하니까 그 학생이 수긍하며 자신의 비유보다 더 멋진 것 같다고 말했던 기억이 있다. 이처럼 사람마다 관점의 차이는 있지만 비유가 더 적절할 때 그 표현은 훨씬 예술성을 갖게 되고 새로운 문학작품으로 탄생된다. 또 뒤의 북쪽의 산을 "옥으로 만든 홀(笏)이 서 있는 것 같았다(如樹圭)"고 한 것과 폭포수가 아래 연못으로 떨어지는 거대한 소리를 "만 사람이 북을 치

는 것 같았다(萬人鼓也)"라고 한 것
도 묘사가 아주 생동감 넘친다.

중국의 저명한 현대문학가 위다푸
(郁達夫, 1896~1945)는 「안탕산의 가
을 달(雁蕩山的秋月)」이라는 글에서
"이 대룡추 폭포의 진경을 묘사한 말
이 한마디도 없다(無一語, 能寫得出

안탕삼절(雁蕩三絶)의 하나인 영암(靈巖)

這大龍湫的眞景)"라고 아쉬워했는데 그가 이 「대룡추기」를 보았
다면, 그의 생각이 바뀌었을 것이다.

6. 글에 생동감을 부여하는 과장법

어떤 사물을 사실보다 지나치게 크게 혹은 작게 표현함으로
써 문장의 효과를 높이려는 표현 기법이 과장법이다. 예를 들어
"눈이 빠지도록 기다렸다"라는 말은 대상이 오기를 간절하게 기
다리는 마음을 과장해서 쓴 말이다. 실질적으로 눈이 빠지는 일
은 없기 때문이다. 또 앞의 「대룡추기」에서 폭포수가 아래 연못
으로 떨어지며 나는 거대한 소리를 "만 사람이 북을 치는 것 같
았다(萬人鼓也)"라고 한 것도 과장법에 속한다. 과장법은 글을
생동감 있게 만들어주면서 의미를 심화시켜주는 효과가 있다.
이것이 문학 창작에 이용될 때 이런 효과로 말미암아 새로운 문
학작품이 탄생된다.

이백의 「여산폭포를 바라보며」에 쓰인 과장법

여산폭포의 장관

　중국문학에서 과장법을 가장 잘 운용한 작가를 꼽으라면 단연 시선 이백이다. 이백의 시풍은 스케일이 크고 호방한 것으로 알려져 있는데 그 이면에 이런 과장법이 내포되어 있다. 이백의 시 중에 과장의 기법을 잘 보여주는 시가『여산폭포를 바라보며(望廬山瀑布)』이다.

日照香爐生紫煙,　해가 향로봉을 비추니 붉은 구름 생기고,
遙看瀑布掛前川.　멀리 폭포를 보니 앞에 냇물이 걸린 듯.
飛流直下三千尺,　아래로 삼천 척이나 곧장 날아 흐르니,
疑是銀河落九天.　은하수가 하늘에서 떨어지는 것은 아닌지.

　현재 전하는 「여산폭포를 바라보며」는 2수로 되어 있다. 첫 번째 시는 5언 고체시(古體詩)의 형식에 총 22구로 이루어진 장편인데, 여산폭포의 웅장한 모습을 세밀하게 묘사하면서 선경(仙境)과도 같은 여산을 영원한 안식처로 삼아 은거하고픈 마음을 나타냈다. 두 번째 시가 바로 위의 7언절구이다. 이 시는 첫 번째 시를 전체적으로 개괄한 것으로, 웅장한 여산폭포의 모습을 생동감 있게 그리고 있다. 참고로 이백의 경우 여산을 소재로 지은 시가 10여 수 전한다. 이 중에 이 시가 가장 널리 알려져 있다. 그런데 이 시(두 번째 시)는 현재 창작 시기가 분명치 않다. 이백이 여산을 찾은 것은 평생 세 차례였다. 첫 번째는 725년, 25세 때 백성들을 평안하게 하려는 뜻을 품고 촉 땅을 떠나

장강을 따라 남하하며 동정호를 유랑하고 여산에 올랐다. 두 번째는 745년, 관직에서 물러나 남경에 들렀다가 여산을 찾았다. 세 번째는 756년, 안사의 난을 피해 아내 종씨(宗氏)와 함께 여산을 찾은 것이다. 따라서 이 시는 위의 세 시기 중의 어느 한 시기에 지어진 것이 된다.

시를 보면 제3구의 "아래로 3천 척이나 곧장 날아 흐르니"는 폭포수가 아래로 아주 멀리까지 세차게 떨어지는 광경을 묘사한 것인데, 이백 시의

정선(鄭歒)의 〈여산폭포도(廬山瀑布圖)〉

과장적인 수법을 잘 보여준다. 1척(尺)은 현재의 단위로 환산하면 33센티미터 정도로, 3천 척이라고 하면 990미터 정도가 된다. 현재 세계에서 낙차가 가장 크다고 알려진 베네수엘라 엔젤폭포의 낙차가 979미터인데 이보다 11미터나 더 길다. 실제로 폭포의 높이가 이 정도라면 실로 어마어마한 높이라고 할 수 있다. 하지만 이는 실제 폭포의 높이가 990미터라는 뜻이 아니라 여산폭포가 그만큼 낙차가 크다는 것을 과장해서 한 말이다. 표현을 보면 여산폭포가 얼마나 웅장하게 쏟아지는지 짐작할 수 있다. 이처럼 과장법은 경물의 모습을 더욱 웅장하게 생동감 넘치게 보여주어 작품의 의경을 심화시키는 역할을 한다. 여기에서 여태까지 보지 못한 훌륭한 문학작품이 탄생한다.

이백의 「추포의 노래」

이백의 시 중에 과장법을 잘 이용한 시를 한 수 더 든다면 『추

포의 노래(秋浦歌)』(15)가 있다.

白髮三千丈,　　백발이 삼천 장이라,
緣愁似箇長.　　근심으로 이리 길어졌겠지.
不知明鏡裏,　　알 수 없네 거울 속의 모습,
何處得秋霜.　　어디서 가을 서리 맞았는지.

　　길게 늘어진 백발을 보고 뜻을 이루지 못한 자신의 신세를 한
탄하는 시다. 이백은 754년, 유연(幽燕) 지방에 있을 때 안녹산
의 난을 목격한 후 추포(秋浦)로 내려와 유람하였는데 이때 자신
도 모르게 길게 자란 백발을 보고 이 시를 지었다. 제1구에 과장
법이 사용되었는데 백발의 길이를 3천 장이라고 한 것이다. 백
발은 아무리 길어도 40~50센티미터 정도인데 이백은 3천 장이
나 될 정도로 길다고 했다. 1장(丈)은 지금의 단위로 환산하면
약 3.3미터이다. 따라서 3천 장이라고 하면 9,900미터가 되는
셈이다. 제2구와 연관시켜보면 이는 단순히 백발이 많이 자랐
다는 의미라기보다 이백이 느끼는 시름이 그만큼 깊었음을 의
미한다. 즉 이백은 백발의 길이를 한껏 과장하여 자신의 끝없는
시름을 나타낸 것이다. 독자들은 이 구절을 읽으면 이백의 시름
이 얼마나 깊은지를 알게 되고 그 표현에 감탄하게 된다. 즉 이
백은 과장법으로 새로운 의경을 만들어낸 것이다.
　　여기서 재미난 추측을 하나 해보자. 앞의 「여산폭포를 바라보
며」에서 이백은 여산폭포의 길이를 3천 척(990미터)이라 과장했
고, 「추포의 노래」에서는 백발을 3천 장(9,900미터)라고 과장했

다. 그렇다면 이백은 왜 백발보다 훨씬 더 긴 폭포는 3천 척이라 하고, 폭포보다 훨씬 짧은 백발은 3천 장이라고 과장했을까? 당연히 백발보다 폭포가 더 기니까 폭포를 3천 장이라고 해야 하지 않을까? 필자의 생각에 근심은 보이지 않는 개념이고, 폭포는 눈에 보이는 실물이다. 보이지 않은 개념은 얼마든지 큰 숫자로 그 무한한 깊이를 나타낼 수 있다. 볼 수 없어 헤아릴 수 없기 때문이다. 반면 실물은 눈에 보이고 정해져 있기 때문에 그 표현의 폭이 상대적으로 제한될 수밖에 없다. 이런 점 때문에 이백의 시에서 3천 척과 3천 장의 차이가 생겼지 않았나 싶다.

장비와 장판교 전투

『삼국연의』에서 장비(張飛)는 용맹하나 술을 좋아하고 지략과는 거리가 먼 거친 장수로 나온다. 그런 장비가 지략을 발휘해 조조의 대군을 물리친 일화가 바로 유명한 장판교(長坂橋) 전투이다. 장판교 전투는 『삼국연의』 제42회 "장익덕이 강물에 의지하여 다리를 끊다(張益德據水斷橋)"에 나오는데 여기에 아주 흥미로운 과장 수법이 나온다.

> 각설하고 군사들을 이끌고 온 문빙은 장판교에서 장비와 맞닥뜨렸다. 장비는 호랑이 같은 수염을 치켜세우고 커다란 눈을 부라리며 투구를 말안장 앞에 걸어놓고 창을 들고 말에 타고 있었다. 또 다리의 동쪽 숲 속에서 먼지가 자욱이 일고 나무 그림자 속에 복병들이 오가는 것이 보이는 듯했다. 문빙은 말을 멈추고 가까이 다가가지 못했다. ……각설하고 장비가 눈을 부라리고 있는데 후

군에서 푸른 수레 덮개가 흔들거리고 노란 도끼 문양이 들어간 흰 깃발과 창이 들어간 깃발들이 오는 것이 희미하게 보였다. 조조가 오는 것이라고 생각하여 직접 가서 보았다. 장비가 사납게 소리쳤다. "나 연인 장익덕이 여기 있다! 누가 나와 사생결판을 내겠느냐?" 그 소리는 거대한 천둥이 치는 듯했다. 조조의 군사들이 듣더니 모두 벌벌 떨었다. 조조는 급히 명을 내려 수레 덮개를 치우고 좌우를 돌아보며 말했다. "관운장이 예전에 한 말을 들어보니, 익덕은 백만 대군 속에서도 장수의 수급을 주머니 속의 물건 꺼내듯 가볍게 취한다 했소." 장비는 조조가 수레 덮개를 치우는 것을 보고 또 눈을 부라리며 외쳤다. "나는 연인 장익덕이다! 누가 나와 사생결판을 내겠느냐?" 조조는 듣고서 물러날 생각을 했다. 장비는 후군 진영이 움직이는 것을 보고, 창을 세우고 외쳤다. "싸우려 하면서 안 싸우고, 물러가면서 물러가지 않는구나!" 말이 끝나기도 전에 조조 옆에서 놀라 간담이 서늘해하던 하후걸이 말 아래로 떨어졌다. 조조가 말을 돌리자, 제 장수들이 일제히 서쪽으로 달려갔다.

(却說文聘引一枝軍到長坂橋, 撞見張飛, 飛取盔挂於馬鞍前, 橫槍立馬於橋上, 倒堅虎鬚, 圓睜環眼, 又見橋東水木背後塵頭大起, 又見樹影里有精兵來往. 文聘勒住馬, 不敢近前 ……却說張飛睜圓環眼, 隱隱見後軍靑羅傘蓋招飄之勢, 白旗黃鉞, 戈戟旌幢來到, 料得是曹操其心生疑, 親自來看. 張飛厲聲大叫曰 : "吾乃燕人張益德在此! 誰敢與吾決一死戰?" 聲如巨雷. 曹軍聞之, 盡皆戰栗. 曹操急令去其傘蓋, 回顧左右曰 : "吾曾聞雲長舊日所言 : 益德於百萬軍中, 取上將之首級, 如探囊取物耳." 張飛見他去其傘蓋, 睜目又叫曰 : "吾乃燕人張益德! 誰敢與吾決一死戰?" 曹操聞之, 乃有退去之心. 飛見操後軍陣脚挪動, 飛挺槍大叫曰 : "戰又不戰, 退又不退!" 說聲未絕, 曹操身邊夏侯杰驚得肝膽碎裂, 倒撞於馬下. 操便回馬, 諸軍衆將一齊望西奔走.)

이 문장 중 세 곳에서 과장 수법이 사용되었다. 첫째가 장비의 목소리를 "거대한 우레 소리(聲如巨雷)" 같다고 한 것이다. 이는 장비의 목소리가 그만큼 사람들을 압도했음을 보여주는 것으로, 그의 거친 성격과도 부합된다. 이렇게 그의 목소리를 과장함으로써 문장이 더욱 생동감 넘치게 되고 이어질 극의 내용에 대해 독자들은 더욱 흥미를 갖는다. 둘째는 장비는 백만 대군 속에서도 적장의 수급을 가볍게 취한다는 부분이다. 사실 백만 대군 속에서 적장의 수급을 벤다는 것은 상상할 수 없는 일이다. 따라서 이는 장비의 용맹을 과장한 말이라 하겠다. 셋째는 하후걸이 장비의 큰 소리에 놀라 말에서 떨어지는 장면이다. 이 장면도 묘사가 아주 실감난다. 실제로 적장의 목소리를 듣고 놀라 말에서 떨어지는 장수는 없을 것이다. 작가는 이 상황을 과장하여 장비의 목소리가 주는 위압감을 독자들에게 전해준다. 장비는 이렇게 목소리 하나로 조조의 대군을 물리침으로써 유비가 달아날 수 있는 시간을 벌어주게 된다.

여기서 한 가지 더 언급해야 할 것은 정사『삼국지』속의 기록이다. 정사『삼국지』에서는 장판교 전투를 어떻게 기록하고 있을까?『삼국지』(권36)의 「촉서육(蜀書六)」 "관장마황조전제육(關張馬黃趙傳第六)"을 보자.

선주(유비)는 조조가 왔음을 알고 처와 아들을 버리고 달아나면서 장비에게 20명의 기마병을 이끌고 뒤를 막아달라고 했다. 장비는 강물에 의지해 다리를 끊고 창을 잡고 눈을 부라리며 "나는 장익덕이다, 누가 나와 겨루겠는가?"라고 하자, 적군들 중에 가까이

다가서는 사람이 없었다. 이로 위험에서 벗어나게 되었다.

    (先主聞曹公卒至, 棄妻子走, 使飛將二十騎拒後. 飛據水斷橋,
瞋目橫矛曰：“身是張益德也, 可來共決死!” 敵皆無敢近者, 故遂
得免.)

『삼국연의』보다 이야기가 아주 간략하다. 장비의 우레 같은
목소리도 없고, 백만 대군 속에서 장수의 수급을 벤다는 이야
기도 없고, 하후걸이 말에서 떨어진 이야기도 보이지 않는다.
『삼국연의』의 이야기는 작가가 『삼국지』를 토대로 만들어낸 것
일 텐데 장비의 활약상을 크게 과장해서 나타냈다. 아주 짧은
『삼국지』 속의 기록을 바탕으로 이렇게 흥미로운 이야기를 만
들어낸 것은 그만큼 작가의 표현력이 뛰어났음을 보여주는 것
이다.

7. 다양한 의미를 전달하는 상징법

상징법이란 어떤 사물이나 관념의 특징 또는 의미를 직접적
으로 나타내지 않고 다른 사물이나 관념에 의해 암시적으로 표
현하는 것을 말한다. 즉 원관념은 겉으로 나타나지 않아 암시에
만 그치고 보조관념만이 글에 나타나는 것이다. 예를 들어 유명
한 송강(松江) 정철(鄭澈, 1536~1594)의 「사미인곡(思美人曲)」에
서 '미인'은 단순히 아름다운 여인을 가리키는 말이 아니다. 주

지하듯 이 미인은 임금을 뜻한다. 이때 원관념은 임금인데 문장에서는 직접적으로 드러나 있지 않고 미인이 보조관념으로 나타나 있다. 또 하나 예를 들면 김영랑(金永郞, 1903~1950)의 「모란이 피기까지는」라는 시의 제1구와 제2구를 보자.

모란이 피기까지는
나는 아직 나의 봄을 기다리고 있을 테요.

여기서 '모란'은 단순히 모란이라는 꽃을 의미하지 않는다. 여기서 모란은 작가의 삶의 보람 내지 절대적인 미를 상징한다. 이 역시 원관념은 나타나지 않고 모란이라는 보조관념을 통해 원관념을 나타낸 것이다. 또 제2구의 '봄'도 단순한 봄이 아니다. 이 봄은 소망과 희망을 상징한다. 이처럼 상징법은 보조관념으로 원관념을 암시하는 기법이라고 할 수 있다. 한자의 경우 글자마다 여러 가지 뜻을 갖고 있는 경우가 많아 다양한 의미를 전달할 여지가 많다. 이 때문에 중국문학에서는 예로부터 상징법을 이용한 표현 방법이 상당히 발달했다. 상징 수법으로 다양한 의미를 전달하는 가운데 새로운 의경을 가진 훌륭한 작품이 탄생했다.

굴원의 「이소」에 쓰인 상징 수법

중국문학에서 상징법을 잘 이용한 작가와 작품을 꼽으라면 단연 굴원의 「이소」가 될 것이다. 「이소」는 굴원이 임금에 대한 원망과 그리움을 문학적으로 승화시킨 작품으로 다양한 상징 수법이 보인다. 그중 가장 두드러진 것이 향초와 악초를 대비시켜 현신과 간신 내지 고결한 행동과 추한 행동으로 상징화한 것이다. 이점은「이소」전체에 나타나는 아주 중요한 특징이다.

(1) 강리(江離)와 외진 곳에서 자라는 백지(白芷)를 둘렀으며, 가을 난초를 엮어 노리개로 찼습니다.

(扈江離與辟芷兮, 紉秋蘭以爲佩.)

(2) 저는 이미 구원(九畹)이나 되는 넓은 땅에 난초를 재배했고, 또 백묘(百畝)나 되는 땅에 혜초도 심었습니다. 밭두둑의 경계를 지어 유이(留夷)와 게거(揭車)를 심고, 그 사이로 두형(杜衡)과 백지도 키웠습니다. 가지와 잎이 크고 무성해지길 바라며, 수확할 날을 기다렸습니다. 시들고 떨어지는 것은 마음이 아프지 않으나, 꽃들이 거칠어지고 더러워지는 것이 슬픕니다.

(余旣滋蘭之九畹兮, 又樹蕙之百畝. 畦留夷與揭車兮, 雜杜衡與芳芷. 冀枝葉之峻茂兮, 願竢時乎吾將刈. 雖萎絕其亦何傷兮, 哀衆芳之蕪穢.)

(3) 저는 아름다운 것에만 얽매여, 아침에 충언을 올렸다가 저녁에 버림받았습니다. 제가 버림받은 것은 혜초를 찼기 때문이고, 또 백지를 땄기 때문이었습니다.

(余雖好修姱以鞿羈兮, 謇朝誶而夕替. 旣替余以蕙纕兮, 又申之以攬茝.)

(4) 세상이 혼탁해 사람을 어지럽게 하는데, 누가 나의 좋고 나

쁨을 살피겠습니까? 사람마다 좋고 나쁨에 대한 기준이 다
르건만, 저 당파를 이룬 사람들만 유독 특별납니다. 사람마
다 냄새 나는 쑥을 허리에 가득 차고 다니며, 그윽한 곳에 자
라는 난초는 찰 수 없다고 합니다. 초목의 좋고 나쁨도 구별
하지 못하면서, 어떻게 옥석의 아름다움을 헤아릴 수 있겠습
니까? 똥이 들어간 흙을 구해 향주머니를 채우면서, 신 땅에
서 나는 화초(花椒)는 향기가 없다고 합니다.

(世幽昧以眩曜兮, 孰云察余之善惡? 民好惡其不同兮, 惟此
黨人其獨異. 戶服艾以盈要兮, 謂幽蘭其不可佩. 覽察草木其
猶未得兮, 豈珵美之能當? 蘇糞壤以充幃兮, 謂申椒其不芳.)

강리 · 백지 · 난초 · 혜초 · 유이 · 게거 · 두형 · 화초는 모두
향초 이름이다. 그러나 문장에서 이들은 단순한 향초 이름이 아
닌 원관념인 '선함' · '고결함' · '순수함'을 나타내는 보조관념이
다. 반면 (4)의 쑥은 「이소」에서 거론되는 대표적인 악초로 '간
사함'과 '시기함'을 나타내는 보조관념이다. (1)에서는 강리 · 백
지 · 가을 난초를 몸에 차는 것으로 자신의 자질과 자태가 뛰어
남을 나타냈다. (2)는 혜초 · 유이 · 게거 · 두형을 심고 키우는
것으로 자신이 나라를 이끌 인재를 배양한 것을 나타내면서 이
들 인재들이 타락해가는 데 대한 슬픔을 토로했다. (3)은 혜초
와 백지처럼 너무 고결했기 때문에 주위 신하들의 시기와 모함
을 받았음을 나타냈다. (4)는 사람들이 난초와 쑥조차 구별하지
못한다며 간신들만 쫓는 세태를 비판하고 있다. 이 구절들을 읽
으면 직접으로 원관념을 표현하는 것보다 의미가 더욱 깊게 다
가온다. 그 이유를 두 가지로 생각해볼 수 있다. 첫째는 상징성

이 주는 함축적 효과이다. 보조관념으로 표현하기 때문에 원관념은 드러나지 않는데 이때 독자가 작가가 나타내고자 하는 원관념의 의미를 깨달을 때 그 효과는 훨씬 증폭된다. 둘째는 원관념과 대비되는 또 다른 관념을 이용하여 의미를 더욱 명료하게 만든다는 것이다. 「이소」는 원관념인 향초와 이에 대비되는 관념인 악초를 통해 향초가 주는 선한 이미지를 증폭한다. 이런 점들 때문에 「이소」에 쓰인 상징 수법들은 독자들에게 큰 울림을 주고 이것으로 새로운 의경을 가진 문학이 탄생하는 것이다.

백지(白芷, 구리때)

목란(木蘭)

혜초(蕙草, 영릉향)

유이(留夷, 작약)

강리(江離, 궁궁이)

두형(杜衡, 족두리풀)

신초(申椒, 화초)

제2부 중국문학의 탄생

완적의 「영회시」에 쓰인 상징 수법

완적(阮籍, 210~263)은 위(魏)·진(晉) 교체기에 활동했던 시인이다. 이때는 중국 역사에서 조조가 한나라를 찬탈하고 이어 사마씨(司馬氏)가 위나라를 찬탈하는 극히 혼란스런 시기였다. 문인들은 이런 암울한 현실에 실망한 나머지 노장사상을 믿고 자연을 벗 삼아 술을 마시며 현실을 잊으려고 했다. 당시 이들 문인들 중에 가장 유명한 사람들이 죽림칠현(竹林七賢)이었다. 죽림칠현 중에서도 문학적 성취가 가장 높은 사람이 바로 완적이다. 완적의 시는 현실과 은거 사이에 치밀한 고민과 갈등을 보여준다. 그리고 이런 고민과 갈등은 작품에서 직접적으로 드러나지 않고 은근한 비유와 모호한 상징으로 나타난다. 당나라 사람 이선(李善)은 그 이유를 이렇게 말한다.

사종(완적의 자)은 직접 어지러운 나라를 섬겨 늘 모함을 당하고 해를 입을까 두려워했기 때문에 이 시들을 지었다. 그래서 시

죽림칠현(竹林七賢)

» 삼국시대 위나라 말기 실세였던 사마씨 일족들이 국정을 장악하고 전횡을 일삼자 이에 등을 돌리고 노장의 무위자연 사상에 심취했던 일곱 명의 지식인들, 즉 완적(阮籍), 혜강(嵇康), 산도(山濤), 왕융(王戎), 유령(劉伶), 완함(阮咸), 상수(向秀)를 일컫는다. 이들 중 완적과 혜강이 문학적 성취가 높다. 완적은 「영회시」 82수를 지었고, 혜강은 「유분시(幽憤詩)」 등을 남겼다. 산도·왕융·완함은 전하는 작품이 없고, 유령은 「주덕송(酒德頌)」과 시 한 수가 있고, 상수는 「사구부(思舊賦)」만 전한다.

마다 삶을 걱정하는 탄식이 들어 있고, 문장에는 숨기고 피하는 것이 많다. 백 대가 지나도 그 마음을 헤아리기 어렵다.

(嗣宗身事亂朝, 常恐罹謗遇禍, 因玆發詠, 故每有憂生之嗟. 雖志在刺譏, 而文多隱避. 百代之下, 難以情測.)

완적 시에서 이런 특징을 잘 보여주는 작품이 「영회시(詠懷詩)」이다. '영회'라는 말은 마음속의 생각을 남김없이 드러낸다는 뜻이다. 그의 「영회시」는 현재 85수 전해지는데 이곳에서는 상징 수법을 잘 보여주는 첫 번째 시를 소개하겠다.

夜中不能寢,	한밤중에 잠 못 이루어
起坐彈鳴琴.	일어나 앉아 거문고 타네.
薄帷鑑明月,	엷은 휘장에 달빛 비치고,
淸風吹我襟.	맑은 바람은 내 옷깃에 부네.
孤鴻號外野,	외로운 기러기는 들 밖에서 울고,
朔鳥鳴北林.	차가운 새는 북쪽 숲에서 우네.
徘徊將何見,	배회한들 무엇이 보이리,
憂思獨傷心.	근심 걱정에 홀로 마음만 상하네.

한밤중에 시름에 겨워 잠을 이루지 못하는 작가의 심정을 그린 시다. 제1구와 2구는 작가가 한밤에 몰려드는 근심을 거문고로 해소하려는 모습을 읊었다. 그런데 한밤중의 거문고는 작가의 마음을 더욱 시름겹게 한다. 당대에 『문선』에 주석을 단 다섯 명의 신하 중의 한 사람인 여연제(呂延濟)는 "한밤중(夜中)"을 세상의 도가 어지러움으로, "잠 못 이루어"를 작가의 근심으로 봤

다. 이렇게 보면 제1구는 세상의 도가 어지러워진 것을 근심한다는 의미를 함축한다고 볼 수 있다. 제3구와 제4구는 시선이 주변 경물로 옮겨가고 있다. 마침 달이 비추고 바람이 불어 작가를 더욱 시름겹게 한다. 유리(劉履)는 "엷은 휘장에 달빛 비치고(薄幃鑑明月)"를 음의 기운이 강하게 나타났다는 의미로, "맑은 바람은 내 옷깃에 부네(淸風吹我襟)"는 서늘한 바람이 스며든다는 의미로 보며, 사악한 무리들이 일어났음을 상징한다고 봤다. 제5구와 제6구는 작가의 시선이 더 먼 경물로 향한다. 이번에는 기러기와 새의 울음소리까지 더해지며 작가의 시

완적 삼국시대 위나라의 시인. 자는 사종(嗣宗), 진류(陳留) 위씨(尉氏, 지금의 허난성 카이펑) 사람. 보병교위(步兵校尉)라는 직책을 지냈기 때문에 완보병(阮步兵)이라고도 한다. 정치적으로 사마씨에 불만이 많았지만 공개적으로 저항하지 못하고 음주와 자유로운 생활로 시대에 대한 불만을 토로했다. 5언시에 뛰어났고 대표작으로는 「영회시」 82수 등이 있다.

름이 극에 달하고 있다. 여기서 "외로운 기러기"는 어진 신하로, "차가운 새"는 임금 주위의 권신으로도 볼 수 있다. 또, "들 밖"은 어진 신하가 조정 밖에 있다는 의미이고, "북쪽 숲"은 차갑고 음산한 숲의 이미지여서 간신들이 득실대는 조정을 상징한다고도 볼 수 있다. 마지막 제7구와 제8구에서는 어떻게 해도 세상에 대한 희망이 보이지 않는 것에 마음 아파한다. 특히 제7구의 "무엇이 보이리(何見)"는 더 이상 새로운 희망이 없는 현실의 절망적인 상태를 보여준다. 제8구의 "근심 걱정"이 바로 희망이 없는 암울한 세태에 대한 작가의 근심으로 볼 수 있다. 특히 "홀로"라는 말이 의미가 깊다. 이 암울한 세상에 사람들은 고민하지 않고 세태에 영합하려는데 자신만 고민한다는 의미가 담겨 있다. 작가의 근심이 이 단어로 더욱 증폭된다. 이 「영회시」 시는 작품

전체에서 쓰인 여러 가지 상징적인 시어들로 인해 다양한 해석을 불러온다. 이것이 완적 시의 한 가지 특징을 결정했다고 볼 수 있다.

대망서의 「비 내리는 골목」에 쓰인 상징 수법

중국 현대시에서도 상징 수법을 사용해 새로운 시를 탄생시킨 예가 있다. 위에 든 고전시가와의 차이점이라면 고전시가의 창작 기법으로 지은 것이 아닌 서구의 상징주의 시를 받아들여 지었다는 점이다. 상징주의 시란 19세기 말 프랑스 시단에서 일어난 비유와 암시 등의 상징 수법으로 내심의 진솔한 감정을 담아낸 시편들을 말한다. 프랑스 상징주의는 1919년 5·4운동을 전후로 중국에 전래되었고, 이를 이용해 가장 먼저 시를 쓴 사람이 이금발(李金髮)이었다. 상징주의 시는 당시 암울한 중국의 시대 상황과 맞물려 문단에서 크게 유행했다. 이 상징주의 시의 영향을 받은 것 중에 가장 유명한 작품이 바로 대망서(戴望舒, 1905~1950)의 「비 내리는 골목(雨巷)」이다. 이 작품은 시 전체가 강렬한 상징적인 시어들로 가득 차 있어 고전시가에는 볼 수 없는 새로운 의경을 보여준다. 작품을 먼저 감상해보자.

비 내리는 골목에서 우수에 잠긴 여인의 모습

撑着油紙傘, 獨自	지우산을 받쳐들고, 홀로
彷徨在悠長, 悠長	길고 긴,
又寂寥的雨巷,	비 내리는 골목을 조용히 거닐며,
我希望逢着	라일락처럼
一個丁香一樣地	슬픔에 잠긴 아가씨를
結着愁怨的姑娘.	만나고 싶었다.

她是有	그녀는
丁香一樣的顏色,	라일락 같은 빛깔로,
丁香一樣的芬芳,	라일락 같은 향기로,
丁香一樣的憂愁,	라일락같이 슬프게,
在雨中哀怨,	빗속을 서럽게,
哀怨又彷徨,	서럽게 거닐겠지.

她彷徨在這寂寥的雨巷,	그녀는 조용히 비 내리는 이 골목길에서,
撑着油紙傘	지우산을 받쳐들고,
像我一樣,	나처럼,
像我一樣地	나처럼
默默彳亍着,	말없이 거닐겠지,
冷漠, 凄清, 又惆悵.	무심히, 처량하게, 또 슬프게.

她靜默地走近	그녀는 말없이 다가와,
走近, 又投出	다가와, 한숨 같은
太息一般的眼光,	눈길을 던지고,
她飄過	꿈처럼
像夢一般地,	꿈처럼 아득하고 애잔하게
像夢一般的凄婉迷茫.	지나가리.

像夢中飄過	꿈속에서 스친
一枝丁香地,	라일락 꽃가지처럼,
我身旁飄過這女郎,	내 곁으로 이 여인이 스쳐가네.
她靜默地遠了, 遠了,	그녀는 조용히 멀어져, 멀어져가네.
到了頹圮的籬墙,	허물어진 울타리에 이르면,
走盡這雨巷.	비 내리는 이 골목 끝이 나는데.
在雨的哀曲里,	서러운 빗줄기 속으로,
消了她的顔色,	그녀의 빛깔이 사라지네,
散了她的芬芳,	그녀의 향기가 흩어지네,
消散了, 甚至她的	사라져 흩어지네, 한숨 같은
太息般的眼光,	그녀의 눈빛조차,
丁香般的惆悵.	라일락 같은 슬픔조차.
撐着油紙傘, 獨自	지우산을 받쳐들고, 홀로
彷徨在悠長, 悠長	길고 긴,
又寂寥的雨巷	비 내리는 골목을 조용히 거닐며,
我希望飄過	라일락처럼
一個丁香一樣地	슬픔에 잠긴 아가씨와
結着愁怨的姑娘.	스치고 싶었다.

　시는 총 7단락으로 골목길에서 방황하는 한 여인의 형상을 통해 작가의 실망과 방황의 정서를 노래했다. 첫 단락은 비 오는 골목길을 서성이며 시름과 근심이 맺힌 "아가씨(姑娘)"를 만나길 바라는 "나(我)"를 그리고 있다. "혼자"·"서성거림"·"길고 김"·"적막함"·"비 내리는 골목길" 같은 시어들은 하나같이 비통하고 처량한 정서를 보여준다. 이는 작가의 비통한 정서 내지

암울한 시대상을 상징한다. "시름과 근심이 맺힌 아가씨"는 "나"의 고민 내지 암울한 시대상을 고민하는 사람을 의미한다. 따라서 첫 단락은 분위기상 암울한 상황에 있는 "내"가 함께 고민할 "아가씨"를 생각함을 나타낸다. 둘째 단락은 그 "아가씨"가 어떤 사람인지를 구체적으로 말하고 있다. 그녀는 라일락과 같은 색깔·향기·근심을 갖고 있다. 이는 그녀의 아름다움·순결함과 고귀한 자태를 보여준다. 한편으로 이는 "내"가 미래에 바라는 새로운 희망을 상징하기도 한다. 셋째 단락은 새로운 희망을 가져다줄 "아가씨"도 "나"처럼 골목길을 서성이며 근심에 빠져 있음을 묘사하고 있다. 이는 암울한 시대에 대한 고민을 보여준다. 넷째 단락은 "아가씨"가 "나"에게 다가와 탄식하며 지나쳐가는 모습을 읊고 있다. 이는 새로운 희망이 사라져가고 있음을 보여준다. 다섯째 단락에서는 "아가씨"가 무너진 담장 가로 사라지는 모습을 묘사했다. 무너진 담장 가는 절망을 상징한다. 여섯째 단락은 빗속에서 그녀의 아름다운 모든 것이 사라졌음을 묘사했다. 여기서 사라짐은 희망이 철저하게 사라졌음을 의미한다. 일곱째 단락에서는 그 절망 속에서 그래도 계속 새로운 희망을 추구하고자 하는 "나"를 그리고 있다. "아가씨"는 사라졌지만 그래도 "나"는 계속 희망을 추구할 것임을 보여준다. 시는 다양한 상징적인 시어로 희망의 추구에서 절망에 이르고 다시 새로운 희망의 추구로 나아가는 작가의 마음을 보여준다.

아울러 이 작품은 서구의 상징주의 문예이론을 사용하되 중국 고전시가의 특징을 접목했다는 점에서 더욱 의미가 있다. 가

대망서 중국 현대 상징주의 시파를 대표하는 시인. 절강성(浙江省) 항주(杭州) 출신. 어렸을 때 상하이대학과 푸단대학에서 공부했다. 「비 내리는 골목」으로 이름이 알려져 '우항시인(雨巷詩人)'이라고도 불린다. 대표작으로는 「나의 기억(我的記憶)」·「망서초(望舒草)」·「망서시고(望舒詩稿)」 등이 있음.

대망서와 그의 가족

장 두드러지는 예가 시름을 나타내는 '라일락'의 이미지이다. 중국 고전시가에서 라일락(정향)은 시름이나 근심을 상징하는 꽃으로 자주 사용되었다. 예를 들어 남당의 중주 이경의 사 「완계사(浣溪沙)」에는 "라일락은 봉오리 맺어 빗속에 시름겹구나(丁香空結雨中愁)"라는 구절이 있는데, 전통 문인들은 라일락의 꽃망울이 여러 겹 겹쳐져 있는 것에 착안하여 근심이 쌓인 것으로 보았던 것이다. 대망서도 이 작품에서 라일락의 이런 전통적인 이미지를 그대로 시에 적용했다. 또 하나는 고전시가 갖는 뛰어난 음률미를 접목했다는 점이다. 우선 제1단락과 제2단락을 보면 '봉착(逢着)'이 '표과(飄過)'로 바뀐 것 외에 다른 구절은 모두 같다. 수미가 일치하는 것은 이 시의 리듬감을 강화시켜주고 작품의 애상적인 분위기와 잘 맞아떨어진다. 또한 매 단락이 여섯 항이며, 항마다 장단이 다르고 두세 곳이 압운되어 있다. 이 역시 전통시의 특징을 접목한 부분이다. 여기에 우항(雨巷)·고낭(姑娘)·분방(芬芳)·추창(惆悵)·안광(眼光) 같은 글자들은 압운에 여러 차례 등장하여 청각적으로 낭랑한 느낌을 선사한다. 현대문학가 섭성도(葉聖陶, 1894~1988)는 이 시를 "신시의 음절에 신기원을 열었다(替新詩的音節開了一個新的紀元)"라고 평했을 정도였다.

이 시는 상징적인 기법으로 작가 내심의 바람과 생각을 심화

제2부 중국문학의 탄생

시켜 표현하면서도 시가 갖는 운율미를 동시에 고려했다는 점
에서 중국 현대시의 새로운 경지를 개척했다고 볼 수 있다.

8. 문학에 생명력을 공급하는 구어와 속어

중국 문학사를 보면 하나의 장르가 지나친 형식미와 아름다
움의 추구로 치달을 때 문인들이 이에 대한 대안으로 속어와 구
어를 사용해 새로운 생명력을 가진 작품을 탄생시킨 경우를 보
게 된다. 전국시대 굴원은 초나라의 민가와 구어를 사용해 몇백
년 동안 이어져온 『시경』의 4언체 형식을 탈피하여 초사(楚辭)라
는 새로운 형식의 시체를 탄생시켰고, 당대의 두보와 유우석 등
도 민가의 형식과 구어를 사용해 유미적인 변려문에 맞서 참신
하고 생동감 있는 시를 창작했다. 여기에 송·원대의 사와 산곡
에는 더 많은 구어와 속어들이 쓰인 예를 찾아볼 수 있다. 속어
와 구어는 중국문학에 늘 새로운 영양분을 공급하여 중국문학
을 더욱 참신하고 풍요롭게 해주었다.

방언을 시어로 사용한 굴원

굴원은 지금의 양자강 중부 지역에 자리 잡았던 초나라 사람
이었다. 때문에 그의 작품에는 초 지방의 방언을 시어로 사용한
경우를 많이 볼 수 있다. 일례로 「이소」의 앞부분을 보자.

扈江離與辟芷兮,	강리와 외진 곳에서 자라는 백지를 둘렀으며,
紉秋蘭以爲佩.	가을 난초를 엮어 노리개로 찼습니다.
汩余若將不及兮,	시간은 흐르는 물처럼 빨라 따라 잡을 수 없으니,
恐年歲之不吾與.	나를 기다려주지 않을까 염려스럽습니다.
朝搴阰之木蘭兮,	아침에는 산비탈에서 목란을 꺾고,
夕攬洲之宿莽.	저녁에는 물가의 모래톱에서 숙망을 캡니다.

여기서 원문의 호(扈)·인(紉)·골(汩)·건(搴)·비(阰)가 초나라 방언이다. '호'자의 경우 왕일(王逸)의 『초사장구(楚辭章句)』에서 "'호'는 '입다'라는 의미이다. 초나라 사람들은 '입다'를 '호'라고 한다(扈, 被也. 楚人名被爲扈)"라고 한 것으로 초나라 방언임을 확인할 수 있다. 이 밖에 「이소」에는 강(羌)·빙(憑)·건(謇)·전(遭) 등이 초나라 방언으로 쓰였다. 이 중 '강'자는 굴원의 작품 전체에서 폭넓게 사용되는 초나라 방언이다. 굴원의 작품들이 높은 평가를 받는 이유는 내용은 차치하고서라도 초나라 민가와 구어를 활용하여 형식 면에서도 새로운 시체를 만들어냈다는 점일 것이다. 여기서 방언을 시어로 사용한 점만 보더라도 이는 당시 북방의 민가나 작품에서는 전혀 보기 힘든 아주 신선한 시도였다. 이런 점들이 굴원 문학에 강한 생명력을 부여하고 훌륭한 작품의 창작으로 연결되었다.

구어를 시어로 사용한 두보

두보는 백성들의 참담한 삶을 전하기 위해 시어로 구어를 사용했다. 「강촌(羌村)」세 번째 시의 전반부를 보면 다음과 같다

群鷄正亂叫,	닭들 떼 지어 마구 울어,
客至鷄鬪爭.	손님이 와도 닭과 옥신각신하네.
驅鷄上樹木,	닭 몰아 나무 위에 올라가서야,
始聞叩柴荊	사립문 두드리는 소리를 들었네.

원문을 보면 현대 중국어를 보는 듯 문장이 통속적이고 자연스럽다. 또 「전차의 노래(兵車行)」에는 더 많은 구어들이 사용되었다.

耶孃妻子走相送,	부모와 처자가 따라가며 배웅하니,
塵埃不見咸陽橋.	일어나는 먼지에 함양교가 보이지 않네.
牽衣頓足攔道哭,	옷자락에 매달려 발 구르며 길을 막고 통곡하니,
哭聲直上干雲宵.	통곡 소리 곧장 구름 위에 닿는구나.
……	
縱有健婦把鋤犁,	기운 센 아낙이 호미 쟁기로 일구었지만,
禾生隴畝無東西.	벼가 두렁에 마구 자라 동서도 가릴 수 없어라.
況復秦兵耐苦戰,	더군다나 진나라 군사는 고된 싸움 다 참아 내도록,
被驅不異犬與鷄.	개나 닭처럼 부려진다는 것을.

군대가 이동할 때 뿌옇게 날리는 흙먼지 속에서 들려오는 울음 소리와 가족을 떠나는 병사들의 비참한 이별 장면을 묘사하고 있다. 시에서 사용된 구어들이 백성들의 절규하는 모습을 더욱 생동감 넘치게 전하고 있다.

성재체를 탄생시킨 양만리

　속어와 구어를 사용해 새로운 작품을 탄생시킨 문인으로는 양만리(楊萬里, 1127~1206)를 꼽을 수 있다. 양만리는 남송의 대시인으로 성재체(誠齋體)라는 시체를 창시하여 문명을 떨쳤다. 성재체란 시에 유머와 해학적인 내용을 담고 구어와 속어를 시어로 사용한 시체이다. 이는 이전의 중국 시에는 전례가 없었던 것이었다. 물론 전대의 시인들 중에 구어나 속어를 시어로 사용한 사람은 있었지만 이것이 작품에서 차지하는 비중은 극히 낮았다. 그러나 양만리의 경우는 작품 전편에 구어를 쓰고 있어 이전의 작품과는 확연히 다른 특징을 보여준다. 청나라 사람 이수자(李樹滋)는 『석초시화(石樵詩話)』(권4)에서 이렇게 평했다.

　　　속어를 시에 쓴 것은 송나라 사람들에게서 시작되었는데, 양만리보다 잘 발휘한 사람은 없다.

　　(用俗語入詩, 始於宋人, 而要莫善於楊誠齋.)

　그가 시어로 사용한 구어를 보면 '왜'를 뜻하는 '유저(有底)'(「백발탄(白髮嘆)」・「입성(入城)」), '어찌'를 뜻하는 '작마(作麼)'(「청명우한(淸明雨寒)」), '어느'를 뜻하는 '약개(若箇)'(「화주중용춘일율구(和周仲容春日二律句)」・「제산장초충선(題山莊草蟲扇)」)・'어찌 이렇게'란 뜻의 '지마(只麼)'(「추일만망(秋日晚望)」) 등이 있다. 또한 작품 전편에 구어를 쓰기도 했다. 이를 잘 반영한 작품이 「죽지가(竹枝歌)」이다. 그 첫 수를 보자.

吳儂一隊好兒郎,　　멋진 오 지방 사나이들,

只要船行不要忙.　　허둥대지 않고 배를 잘 다루네.

着力大家齊一拽,　　다 같이 힘껏 한번 노를 당기니,

前頭管取到丹陽!　　앞쪽은 분명 단양에 닿으리!

　작가는 단양(丹陽)으로 가는 배 위에서 배를 다루는 사공들의
노련한 솜씨와 힘을 다해 노를 젓는 장면을 생동감 있게 묘사하
고 있다. 마치 구어로 된 한 편의 민요를 읽고 있다는 느낌이 든
다. 원문의 농(儂) · 일대(一隊) · 망(忙) · 지요~불요…(只要~不
要…) · 착력(着力) · 대가(大家) · 전두(前頭) · 관
취(管取) 같은 단어들은 지금도 현대 중국어에서
그대로 사용되는 구어체 표현들이다. 그리고 제
3구와 제4구의 표현을 보면 금방이라도 단양에
닿을 것만 같은 느낌이 드는데 문장이 생동감 넘
치고 표현이 뛰어나다. 청나라 사람 옹방강(翁方
綱, 1733~1818)은 『석주시화(石洲詩話)』(권4)에서
"성재(양만리의 호) 시의 뛰어난 곳은 속어를 사
용한 곳이다(誠齋之詩, 巧處卽其俚處)"라고 했는
데 일리 있는 말이다. 이처럼 대량의 구어로 새
로운 의경을 만들어내는 것이 양만리 문학의 중
요한 특징이다. 양만리는 구어를 사용하여 중국
문학에 새로운 시를 탄생시켰던 것이다.

양만리 남송의 정치가이자 시인. 자는
정수(廷秀), 호는 성재(誠齋), 길주(吉州)
길수(吉水, 지금의 장시성 지쉐이현) 사
람, 보모염직학사(寶謨閣直學士)를 지냈
다. 현재 시 4,200수 정도가 전한다. 그
의 시는 통속적이고 자연스러우며 유머
감각이 뛰어나다. 대표작으로는 「소지
(小池)」·「효출정자사송임자방(曉出淨慈
寺送林子方)」·「숙신시서공점(宿新市徐
公店)」 등이 있다.

장명선의 「눈을 읊으며」

중국문학에서 속어가 많이 사용된 장르를 꼽으라면 원대 유행한 산곡(散曲)을 꼽을 수 있다. 산곡은 원대 성행한 원곡(元曲)의 한 갈래이다 이 원곡은 산곡과 잡극으로 나누어지는데 잡극이 노래·동작·대사가 모두 포함된 희곡인 반면, 산곡은 반주 없이 창만 있다는 점에서 달랐다. 또한 산곡은 사(詞)와 유사하다. 그러나 사보다 운율이 더 관대하고 시가문학에서 금기시하는 구어·의성어·첩자 등을 과감하게 운용했다는 점에서 또 달랐다. 왕국유는 원곡을 이렇게 평가했다.

> 고대 문학에서는 사물을 형용할 때 대체로 고어를 사용했고, 속어를 사용한 경우는 거의 없었다. ……그래서 빈번히 많은 속어나 자연의 소리로 형용했다. 이는 예로부터 문학에는 없었던 것이다.
> (古代文學之形容事物也，率用古語，其用俗語者絕無. ……故輒以許多俗語或以自然之聲形容之. 此自古文學上所未有也.)

때문에 산곡은 중국문학에 없었던 새로운 형식과 의미를 가진 작품들을 탄생시켜주었다. 그 일례로 장명선(張鳴善)의 「눈을 읊으며(詠雪)」라는 작품을 보자.

漫天墮,	온 하늘에 쏟아지는 눈,
撲地飛,	이리저리 흩날려,
白占許多田地.	많은 전답을 그냥 차지해버린다.
凍殺吳民都是你!	오 땅의 백성들을 얼려 죽인 것은 모두 당신!
難道是國家祥瑞?	설마 이게 나라의 길조란 말인가?

이 작품은 장명선이 장사덕(張士德)의 집에 손님으로 머물며 연회에 초대를 받았을 때 지어졌다. 눈을 이용해 위정자의 폭정을 비난하고 있는데 현대어로 말하는 것 같은 느낌을 줄 정도로 통속적이다.

장사덕은 원나라 말기 난을 일으켰던 장사성(張士誠, 1321~1367)의 동생이었다. 장사성은 1356년 원나라의 폭정에 반기를 들고 난을 일으켰다. 그는 강소성 소주를 함락시키고 오국(吳國)이라 칭했다. 그런데 왕좌에 오른 그는 백성들의 삶을 돌보기는커녕 토지를 강제로 빼앗아 그곳에 화려한 정원을 짓고 향락을 일삼았다. 마침 장사덕의 집에 머물고 있

장명선 원나라의 산곡 작가. 생졸 연대가 분명치 않다. 호남(湖南) 출신이나 양주(揚州) 등지를 유랑했고, 선위사령사(宣慰司令使)·강절제학(江浙提學) 등의 관직을 지냈다. 원나라가 멸망한 후 오강(吳江)에 은거했다. 작품으로는 산곡 소령(小令) 13수와 투수(套數) 2수가 전한다

던 장명선은 이런 상황을 직접 목도하게 되었다. 눈이 쏟아지던 어느 날, 장사덕은 이 눈이 서설이라고 생각하여 사람을 초대해 연회를 열었다. 그리고 장명선에게 눈을 소재로 작품을 한 수 지어달라고 부탁했다. 이때 지은 시가 바로 이 작품이었다. 겨울에 내리는 눈은 다음 해의 풍년을 암시하는 서설이라고 알려져 있으나 장씨 형제의 폭정을 목도한 장명선은 이를 폭정에 교묘하게 빗대어 비판했다.

작품에서 "쏟아지는 눈"은 서설이 아닌 장씨 형제의 하늘을 찌를 듯한 권세를 상징한다. 눈이 쏟아지며 전답을 덮는 것은 또한 무서운 권세를 이용해 백성들의 땅을 차지해버린다는 의미이다. 제3구의 '백'자의 의미가 교묘하다. '백'은 희다는 의미이지만 여기에서는 '공짜로'·'그냥'이라는 의미로 쓰였다. '백'

은 완전히 구어체로 쓰인 말이다. 장씨 형제가 아무런 대가 없이 백성들의 땅을 마구잡이로 빼앗아간다는 의미로 쓴 것이다. 마지막에는 그럼에도 이 눈이 서설이라고 믿는 장씨 형제에게 장명선은 강한 반어법 어조로 이것이 과연 진정한 서설인지를 되묻고 있다.

작품은 전체가 구어체로 되어 있다. 특히 '도시니(都是你)'를 보면 '도'는 '모두', '시'는 '~이다', '니'는 '당신'이라는 의미로 지금도 현대 중국어에서 상대방을 탓할 때 그대로 사용하는 말이다. 또 '난도시(難道是)'는 '설마 ~인가?'라는 의미로 이 역시 현대 중국어에서 사용되는 단어이다. 산곡이 원대 문학을 대표하는 장르가 된 것은 우선은 시·사와 형식이 다른 점도 있지만 위의 시에서 보듯 구어를 이용하여 그 나름대로의 예술성을 확보하고 있기 때문이다. 이로 인한 새로운 문학작품이 탄생한 경우라고 하겠다.

통속소설의 백미 『수호전』

중국문학에서 구어의 사용이 가장 두드러진 장르는 소설이다. 중국 고전소설은 형식상 문언(文言)과 백화(白話)의 차이가 있으나 백화소설에서 유명한 작품이 많이 나왔다. 백화소설은 명·청대 소설에 대한 인식 변화와 상업경제의 발달로 크게 성행했다. 우리가 알고 있는 『삼국연의』·『수호전』·『홍루몽』 등이 이 시기에 나왔다. 이 중 『수호전(水滸傳)』은 세련된 구어를 운용하여 다양한 인물들을 생동감 있게 그려내 백화소설의 진수를 보여준다.『수호전』중에서 가장 널리 알려진 무송(武松)이 호랑이 때려잡는 장면을 보자.

바람이 몰아친 곳의 숲 뒤편에서 스치는 소리가 들리더니 눈이 치켜 올라가고 이마가 흰 커다란 호랑이가 뛰어나왔다. 무송은 "으윽" 하며 소리를 지르더니, 푸른 돌에서 몸을 바로 세우고 몽둥이를 쥐고 푸른 돌 가로 잽싸게 피했다. 호랑이는 배가 고프고 목이 말랐는지 두 발톱으로 땅을 약간 긁더니 몸째로 위를 향하더니 공중에서 몸을 던져 내려왔다. 무송은 깜짝 놀라 몸이 오싹할 정도로 식은땀이 났다. 절체절명의 순간, 무송은 호랑이가 덮치는 것을 보고 한쪽으로 잽싸게 피해 호랑이 뒤쪽으로 갔다. 호랑이는 뒤쪽에서 사람이 보는 것을 가장 싫어한다. 앞 발톱을 땅에 대고 허리를 치켜들고 몸을 일으켜 세웠다. 무송은 또 한쪽 옆으로 피했다. 호랑이는 몸을 세워도 그를 제압할 수 없자 포효했다. 그 소리가 하늘에 벼락이 치는 듯했고, 경양강이 흔들리는 듯했다. 이에 철봉 같은 꼬리를 세워 휘두르니, 무송은 또다시 한쪽으로 잽싸게 피했다. 원래 호랑이는 달려들고 몸을 세우고 꼬리를 휘둘러 공격하는데, 이 세 가지로 상대를 제압하지 못하면 기가 반은 꺾인다. 호랑이는 꼬리를 휘둘러도 제압하지 못하자 다시 한 번 포효하더니 한 바퀴 돌고 돌아왔다. 무송은 호랑이가 다시 몸을 돌려 달려드는 것을 보고 몽둥이를 두 손으로 쳐들었다가 있는 힘을 다해 한 대 내리갈겼다. 와지끈 하는 소리와 함께 나뭇가지와 잎사귀들이 우수수 떨어졌다. 다시 자세히 보니, 엉겁결에 내리친다는 것이 호랑이는 맞히지 못하고 마른 나무를 후려갈겨 손에 든 몽치가 두 토막 나서 절반은 날아가고 절반은 손에 남아 있었다. 호랑이가 연거푸 포효하며 재차 덮치니 무송은 이번에도 몸을 날려 10여 보 밖으로 물러났다. 호랑이가 다시 덮쳐와 그놈의 앞발이 발부리 앞을 짚을 때 무송은 동강난 몽둥이를 내던지고 두 손으로 호랑이의 대가리를 움켜쥐고 내리눌렀다. 호랑이는 용을 쓸 대로 썼으나 무송이 있는 힘껏 내리누르는 바람에 빠져나갈 수가 없었다. 무송은 손으로 내리누르는 한편 발길로 호랑이의 이마빼기와 눈퉁이를 연신 걷어찼다. 호랑이가 고함을 지르며 앞발로 긁어 차는 바람에 땅에 구덩이가 생겼다. 이때라고 생각한 무송은 호랑이의 주둥이를 그 구덩이에다 눌러 박았다. 호랑이는 무송한테 눌려서 맥이 어지간히 빠진 상태였다. 무송은 왼손으로 호랑이의 정수리를 움켜쥐고 단단히 누른 채 오른손을 빼내 쇠망치 같은 주먹으로 있는 힘을 다해서 마구 내리쳤다. 60~70번쯤 내리치자 호랑이의 눈과 입과 코와 귀에서 피가 터져 나왔다. 무송은 평생의 위력과 무예를 다 써서 잠시간에 호랑이를 때려눕혔는데, 마치 큰 비단 부대를 엎어놓은 것 같았다.

(那一陣風過處, 只聽得亂樹背後撲地一聲響, 跳出一隻吊睛白額大蟲來. 武松見了, 叫聲 : "呵呀!" 從靑石上翻將下來, 便拿那條梢棒在手裏, 閃在靑石邊. 那個大蟲又饑又渴, 把兩隻爪在地下略按一按, 和身望上一撲, 從半空裏攛將下來. 武松被那一驚, 酒都做冷汗出了. 說時遲, 那時快, 武松見大蟲撲來, 只一閃, 閃在大蟲背後. 那大蟲背後看人最難, 便把前爪搭在地下, 把腰胯一掀, 掀將起來. 武松只一躱, 躱在一邊. 大蟲見掀他不着, 吼一聲, 却似半天裏起個霹靂, 振得那山岡也動, 把這鐵棒也似虎尾倒竪起來, 只一剪, 武松却又閃在一邊. 原來那大蟲食人, 只是一撲, 一掀, 一剪, 三般提不着時, 氣性先自沒了一半. 那大蟲又剪不着, 再吼了一聲, 一兜兜將回來. 武松見那大蟲復翻身回來, 雙手輪起梢棒, 儘平生氣力, 只一棒, 從半空劈將下來. 只聽得一聲響, 簌簌地將那樹連枝帶葉劈臉打將下來. 定睛看時, 一棒劈不着大蟲, 原來打急了, 正打在枯樹上, 把那條哨棒折做兩截, 只拿得一半在手裏. 那大蟲咆哮, 性發起來, 翻身又只一撲撲將來. 武松又只一跳, 却退了十步遠. 那大

　　　　　　　　　　　　　　　　제2부 중국문학의 탄생

蟲恰好把兩隻前瓜搭在武松面前, 武松將半截棒丟在一邊, 兩隻手就勢把大蟲頂花皮肱膀地揪住, 一按按將下來. 那隻大蟲急要挣扎, 被武松儘氣力捺定, 那裏肯放半點兒鬆寬. 武鬆把隻脚望大蟲面門上, 眼睛裏, 只顧亂踢. 那大蟲咆哮起來, 把身底下爬起兩堆黃泥做了一個土坑. 武松把大蟲嘴直按下黃泥坑裏去. 那大蟲喫武松奈何得沒了些氣力. 武松把左手緊緊地揪住頂花皮, 偷出右手來, 提起鐵鎚般大小拳頭, 儘平生之力只顧打. 打到五十七拳, 那大蟲眼裏·口裏·

시내암 원말명초의 문학가. 이름은 자안(子安). 전당 사람. '내암'은 그의 호. 35세 때 진사에 합격하여 전당에서 2년간 관직에 있었다. 후에 사직하고 소주(蘇州) 창문(閶門)에 살다가 강소(江蘇) 흥화현(興化縣)으로 옮겨갔다. 대표작으로는 『수호전(水滸傳)』·산곡 『추강송별(秋江送別)』이 있다. 사진은 강소성(江蘇省) 대풍시(大豊市) 백구진(白駒鎭)에 있는 시내암기념관

鼻子裏·耳朵裏, 都迸出鮮血來. 那武松盡平昔神威, 仗胸中武藝, 半歇兒把大蟲打做一堆, 却似躺着一個錦布袋.)

문장의 앞부분은 호랑이가 무송을 공격하는 내용이다. 호랑이의 공격은 세 차례에 걸쳐 이루어지는데, 첫 번째가 몸을 던져 상대를 덮치고, 두 번째가 몸을 치켜세워 달려들고, 세 번째가 꼬리를 휘두르는 것이다. 무송이 공격을 모두 피하자 호랑이의 기세는 꺾이고 만다. 다음 부분은 호랑이가 전열을 정비해 다시 공격해오자 무송이 맨손으로 호랑이를 때려잡는 부분이다. 원문의 묘사를 보면 호랑이를 때려잡는 모습이 독자들의 눈앞에 생생하게 그려진다.

4

중국문학은 어떻게 탄생했는가
: 옛사람들의 학설

    문학 창작은 무(無)에서 유(有)를 창조하는 지난한 작업이다. 이 지난한 작업에는 엄청난 간절함과 고통이 뒤따른다. 헝그리 복서(hungry boxer)라는 말이 있다. 그들의 간절함과 고통은 실전에서 정신력을 강화하여 경쟁자를 물리치는 힘으로 작용한다. 배고픔을 모르고 고된 훈련을 하지 않는 사람이 사각의 링에서 경쟁자들을 물리칠 수 있을까? 어쩌면 자신부터 먼저 쓰러질 것이다. 이는 문학 창작에도 마찬가지로 적용된다. 부유하게 산 사람, 역경과 좌절을 경험하지 않은 사람이 훌륭한 작품을 남길 수 있을까? 최소한 중국문학의 입장에서 봤을 때 그것은 불가능해 보인다. 사람은 기쁘고 즐거울 때보다 슬프고 괴로울 때 마음이 더욱 간절해진다. 『월절서(越絶書)』「월절외전본사제일(越絶外傳本事第一)』은 이렇게 말한다.

무릇 사람의 마음은 태평하면 짓지 아니하고, 궁하면 원한이 생기고, 원한이 생기면 짓는다. 이는 시인이 자리를 잃고 원망하고 걱정하여 시를 짓는 것과 같다.

(夫人情泰而不作, 竊(窮)則怨恨, 怨恨則作, 猶詩人失職, 怨恨憂嗟作詩也.)

이 때문에 역경과 좌절을 경험한 작가에게는 평소에 생각지도 못했던 기발한 생각과 영감이 마구 떠오르면서 창작으로 연결된다. 여기서 훌륭한 문학작품이 탄생한다. 역대 중국 문학가들의 이력을 보면 상당수가 역경과 좌절을 경험했음을 볼 수 있다. 작가의 불행과 작품과의 상관관계를 보여주는 한 논문의 통계를 보자.[1)]

총 인원수	관련 인원수		비율
199	직접적 관련	132	66%
	간접적 관련	19	10%
	관련 총 인원수	151	76%

199명의 문인 중 151명, 즉 76%가 직간접으로 불행이 작품에 영향을 준 것으로 조사되었다. 작가의 불행이 문학 창작의 중요한 동인이 됨을 알 수 있다. 중국문학에서 태평세월을 찬송하

---

1   陳曉光, 『"窮而後工"對中國傳統文藝思想中一個重要命題的考查與反思)』, 『古代文學理論研究』 第13輯.

고 군주의 덕을 칭송한 글을 지었던 당나라 초기의 궁정시인 ·
송나라 초기의 서곤파(西崑派) 시인 · 명나라 초기의 대각시인
(臺閣詩人) 들의 작품은 유려했으나 간절함이 없었다. 때문에 그
들의 작품은 독자들로부터 외면당하고 좋은 평가를 받지 못했
다. 반면 세 번이나 유배를 당하고 끝내 투신자살한 굴원, 부형
(腐刑)을 당하는 치욕을 겪고도 『사기』를 집필한 사마천, 가족들
을 데리고 지방을 전전한 두보, 평생을 유배와 투옥으로 보낸
소식, 두 번의 압송에도 굴복하지 않은 문천상과 같은 문인들의
작품은 그들의 간절함으로 문학사에 불후의 명작이 되어 전해
진다. 그렇다면 중국문학에서 이런 간절함은 어떻게 유발되고,
이것이 문학작품의 탄생에 어떤 영향을 끼치는지를 살펴보자.

1. 사마천의 발분저서설

한대 이전 '발분'의 의미

'발분저서(發憤著書)'란 분함을 드러내 글을 쓰는 것을 말한다.
이 말은 사마천이 『사기』를 저술하게 된 동기를 말할 때 인용한
개념이다. 사마천의 '발분저서'를 살펴보기 전에 사마천 이전, 즉
한나라 이전에는 '발분'이 어떤 의미를 나타냈는지를 살펴보자.

한대 이전의 문헌에서도 '발분'이라는 말이 보인다. 가장 먼저
보이는 곳이 『논어(論語)』의 「술이(述而)」편이다.

그(공자)의 사람됨은 발분하면 먹는 것도 잊고, 즐거워서 근심을 잊으며 늙는 것도 알지 못합니다.

(其爲人也, 發憤忘食, 樂以忘憂, 不知老之將至云爾.)

원문의 '분(憤)'은 주희(朱熹, 1130~1200)의 설명을 빌리면 "마음으로 깨치고자 하나 아직 얻지 못했다는 의미(心求通而未得之意)"이다. 즉 어떤 어려운 문제를 두고 고민하는 상태를 말한다. 여기서 '발분'은 고민을 드러내는, 즉 고민하는 것을 말한다. 공자는 어떤 문제를 고민하고 사색하는 것을 좋아하여 어떤 때는 먹는 것도 잊어버렸다는 것이다. 따라서 이곳의 '발분'은 다분히 학습 내지 학문적 고민과 연관된 것이지 문학 창작의 원인과 연관된 것은 아니라고 할 수 있다. 그리고 『논어』에서는 발분하면 먹는 것도 잊고 근심도 잊게 된다고 했는데 사마천의 발분은 자신의 뜻을 후세에 전하기 위해서 글을 쓰는 것이라는 점에서도 다르다.

다음으로 '분'과 관련해 눈여겨봐둘 것은 『회남자(淮南子)』「본경훈(本經訓)」편의 기록이다.

사람의 본성은 마음에 상심이 있으면 슬프고, 슬프면 애절하며, 애절하면 분하게 여기고, 분하게 여기면 노하고, 노하면 움직이고, 움직이면 손과 발이 가만히 있질 않는다.

(人之性, 心有憂喪則悲, 悲則哀, 哀斯憤, 憤斯怒, 怒則動, 動則手足不靜.)

이곳의 '분'은 그야말로 감정상 분하게 여긴다는 것으로, 지금 우리가 이해하는 '분'의 의미에 가깝다. 그러나 이 역시 문학 창작에서 말하는 '분'과 차이가 있다. 초나라의 문인 송옥(宋玉)의 『대언부(大言賦)』에도 '분'이라는 말이 쓰였는데, "장사가 분노하면 하늘을 묶은 줄이 끊어지고, 북두가 돌면 태산이 평평해집니다(壯士憤兮絶天維, 北斗戾兮太山夷)"라고 했다. 이곳에서도 감정상의 분함 내지 분노를 의미하는 것으로 썼다.

가장 주의 깊게 봐야 할 것이 굴원의 「석송(惜誦)」에 보이는 '발분'이다. 작품의 일부를 보자.

惜誦以致愍兮,	재판받는 심정으로 근심을 나타내고,
發憤以抒情.	분한 마음으로 진심을 전하네.
所作忠而言之兮,	내가 하는 말이 충직하지 않다면,
指蒼天以爲正.	저 푸른 하늘을 두고 맹세하리.
令五帝以折中兮,	다섯 분의 천제에게 공정하게 판단하게 하고,
戒六神與嚮服.	여섯 신에게 알려 대질할 것이네.
俾山川以備御兮,	산천의 신들께서 관리가 되어 재판에 참가하고,
命咎繇使聽直.	고요(皐陶)에게 시비곡직을 가리게 하리.

이 시는 굴원이 초나라 회왕으로부터 정치적 배척을 받은 후에 지은 것으로 추정되는데, 이곳의 '발분'은 분함과 원망의 의미를 담고 있다. 나아가 이 분함과 원망에는 세태에 대한 분을 드러낸다는 의미가 담겨 있다. 이를 『사기』 「굴원가생열전(屈原賈生列傳)」에는 "신의를 지켰으나 의심을 받고, 충정을 다했으나

비방을 받는다면, 원망하지 않을 수 있겠는가?(信而見疑, 忠而被謗, 能無怨乎?)"라고 했다. 앞서 인용한 감정적 "분함"과는 또 다른 "분함"이라고 할 수 있다. 이러한 세태에 대한 '분'이 문학 창작의 중요한 요소로 작용한다. 이로 보면 굴원의 '발분'은 사마천의 '발분'과 맥락이 맞닿아 있음을 알 수 있다. 『사기』「태사공자서(太史公自序)」가 발분저서의 예로 굴원의 「이소」를 든 것도 이와 무관치 않아 보인다. 문학 탄생의 한 가지 동인으로서의 '발분'은 굴원의 작품에서 출현하기 시작했다고 볼 수 있다.

사마천의 발분저서

처음으로 저술이 탄생하는 이유를 발분에서 찾은 사람은 사마천이었다. 발분 개념이 등장하는 『사기』「태사공자서」를 보자.

> 옛날 서백이 유리에 갇힌 몸이 되어 『주역』을 풀이했고, 공자는 진나라와 채나라에서 고난을 겪었기 때문에 『춘추』를 지었다. 굴원은 쫓겨나서 「이소」를 지었고, 좌구명은 눈이 멀어 『국어』를 지었다. 손빈은 다리가 잘리고 나서 『손빈병법』을 지었고, 여불위는 촉나라로 추방되어 세상에 『여씨춘추』를 전했고, 한비자는 진나라에 갇힌 몸이 되어 『세난』과 『고분』을 남겼고, 『시경』 300편은 대개 성현들이 발분하여 지은 것이다. 이 사람들은 모두 자신의 도가 세상과 맞지 않아 마음에 맺힌 바가 있었다. 그래서 지나간 일을 서술하여 후인들이 자신들의 뜻을 알아줄 것을 생각했다.
> (昔西伯拘羑里, 演周易, 孔子戹陳蔡, 作春秋, 屈原放逐, 著離騷. 左丘失明, 厥有國語, 孫子臏脚, 而論兵法, 不韋遷蜀, 世傳呂覽, 韓非囚秦, 說難, 孤憤, 詩三百篇, 大抵賢聖發憤之所爲作也.

此人皆意有所鬱結, 不得通其道也. 故述往事, 思來者.)

사마천이 친구 임안(任安)에게 보내는 글인 「보임안서(報任安書)」에도 이와 유사한 내용이 보인다. 문장을 유심히 들여다보면 발분저서에 관한 사마천의 생각을 몇 가지 유추해낼 수 있다.

우선, 전대 작품이 탄생하게 된 주된 이유를 설명했다. 사마천이 거론한 작품 중에 가장 이른 작품이 주나라의 초기의 『주역』이고, 가장 늦은 작품이 전국 말기의 『한비자』와 『여씨춘추』이다. 이들 저술은 하나같이 한대 이전의 문학사에서 비중 있게 다뤄지는 작품들이다. 사마천은 발분저서의 개념으로 그 창작 동기를 설명했다. 위의 문장은 한대 이전에 작품이 탄생하게 되는 동기를 설명한 최초의 기록으로 볼 수 있다.

다음으로 작품 탄생의 이유로 발분의 개념을 제시했다. 문장에서 굴원이 쫓겨난 일, 좌구명이 눈을 잃은 일, 손빈(孫臏)이 정강이가 잘리는 형벌을 받은 일 등은 사마천이 말하는 분함이 단순한 개인의 감정을 넘어서는 큰 분함임을 의미한다. 그 속에는 뜻을 펼치고자 했으나 자신을 알아주지 않는 세태에 대한 답답함과 억울함이 담겨 있다. 다시 말해, 세태에 대한 분함이 내포되어 있는 것이다. 이것이 사마천이 말하는 '분'의 진정한 함의가 아닐까? 그래서 사마천은 마지막에 "자신의 도가 세상에 통하지 않자 마음에 맺힌 바가 있었다"라고 했다. 따라서 사마천은 마음에 엄청나게 맺힌 '분'함이 있어야 그것을 원동력으로 위대한 작품을 써낼 수 있다고 믿었다. 사마천이 직접 쓴 「태사공자서」에 인용문의 발분 사례를 언급한 것은 자신이 쓰고 있는 『사기』 역시 발분해서 쓴다는 비장한 의미가 담겨 있다. 잘 알려져 있듯이 사마천은 흉노족에 투항했다가 살아 돌아온 한나라의 장수 이릉(李陵)을 변호하다 부형(腐刑)을 당했다. 마침 사마천은 이 무렵에 『사기』를 집필하고 있었다. 죽음과 부형의 갈림길에서 그는 『사기』의 집필을 위해 기꺼이 그 치욕적인 부형을 감수했던 것이다. 「보임안서」에 나오는 그의 생각을 보자.

> 사람이란 본시 한번 죽을 뿐이지만, 죽음에는 태산보다 무거운 것도 있고, 기러기 터럭보다 가벼운 것도 있습니다. 이는 사용하는 방법이 다르기 때문입니다.
>
> (人固有一死, 死有重於泰山, 或輕於鴻毛, 用之所趨異也.)

사실 사마천의 분함도 위의 서백·굴원·손빈·좌구명 등이 겪었던 곤경보다 못하지는 않다. 그도 이처럼 세태에 대한 엄청난 분함을 갖고 있었기에 역사의 거저 『사기』를 남길 수 있었다.

2. 한유의 불평즉명설

'불평'의 의미

'불평즉명(不平則鳴)'은 만물은 평정함을 얻지 못하면 운다는 뜻이다. 이 말은 한유가 임지로 가는 것에 불만이 있던 친구 맹교(孟郊, 751~814)를 위해 쓴 글인 「송맹동야서(送孟東野序)」에 보인다.

무릇 만물은 그 평정함을 얻지 못하면 울게 된다. 초목은 소리가 없지만 바람이 이것을 흔들면 소리가 나고, 물은 소리가 없지만 바람이 이것을 출렁거리면 소리가 난다. 물이 튀는 것은 무엇가가 물을 쳤기 때문이며, 물이 빨리 흐르는 것은 무언가가 물을 막았기 때문이며, 물이 끓는 것은 무언가가 물에 불을 지폈기 때문이다. 쇠와 돌로 만든 악기들은 소리가 없지만 무언가가 이것을 치면 소리가 난다. 이것은 사람의 말에 있어서도 그러하다. 어쩔 수 없는 것이 있은 연후에야 말하게 되니, 그 노랫소리에는 그리움이 있고, 그 울음소리에는 품은 것이 있다. 그러니 입에서 나와 소리가 되는 것은 모두가 평정하지 못한 것이 있기 때문이 아니겠는가? 음악이라는 것은 마음속에 응어리가 맺혀 밖으로 새어 나오는 것이니, 잘 우는 것을 골라 그것을 빌려 우는 것이다. 쇠·북·경쇠·거문고·퉁소·피리·질나팔·북·축어 이 여덟 가지는 만물 중에서 잘 우는 것들이다. 하늘과 네 계절에 대해서도 이러하다. 그 잘 우는 것을 선택해 이를 빌려 우는 것이다. 이 때문에 봄에는 새소리로 울고, 여름에는 천둥소리로 울고, 가을에는 벌레 소리로 울고, 겨울에는 바람으로 운다. 네 계절이 서로 밀고 당기는 가운데에서도 분명히 그 평정함을 얻지 못하는 것이 있다! 사람도 마찬가지이다. 사람이 내는 소리 중에서 가장 뛰어난 것이 말이다. 그리고 말 중에서도 문장이 가장 뛰어난데, 그중에서 더욱 잘 우는 사람을 택해 그를 통해 운다.
요순 때는 고요와 우가 잘 운 사람들로 이들을 통해 울었다. 기는 문장으로 울 수 없었기에 「소」를 빌려 울었다. 하나라 때는 태강의 다섯 동생들이 「오자지가」라는 노래로 울었다. 이윤은 은나라에서 울고, 주공은 주나라에서 울었다. 『시경』과 『서경』 등의 육경에 실린 것들은 모두 잘 울었던 것이다. 주나라가 쇠퇴하자 공자의 무리들이 우니, 그 소리는 크고도 멀리 전해졌다. 『논어』에 "하늘이 장차 선생님을 세상에 경종을 알리는 목탁으로 삼으리라"라고 했는데, 실로 사실이 아니겠는가! 주나라 말기에는 장주가 황당한 글로 울었다. 초나라는 대국이었으나 멸망할 때에는 굴원이 울었다. 장손진·맹가·순경은 유가의 도로 운 사람들이다. 양주·묵적·관이오·안영·노담·신불해·한비·신도·전병·추연·시교·손무·장의·소진 등은 제가백가의 학술로 운 사람들이었다. 진나라가 흥하자 이사가 울었다. 한나라 때는 사마천·사마상여·양웅이 가장 잘 운 사람들이었다. 위진 시기로 내려오면 운 사람들이 옛 사람들에 미치지 못했으나 완전히 끊어지지는 않았다. 그중에 잘 운 것을 보면, 그 소리는 맑지만 가벼웠고, 리듬은 세밀하나 급박했고, 시어는 방탕하면서 애절했고, 지조는 해이하면서 자유로웠다. 그들의 말은 난잡하고 법도가 없었다. 이것은 하늘이 그들의 덕행을 싫어하여 돌보지 않았기 때문이 아니겠는가? 그게 아니라면 왜 잘 우는 사람들이 울지 않았겠는가?

당나라 때의 진자앙·소원명·원결·이백·두보·이관 등은 모두 자신들이 잘하는 것으로 울었다. 지금 살아 있고 미천하게 있는 동야 맹교가 처음으로 시로 울었다. 그의 시는 위진의 시를 넘었으며, 열심히 노력한다면 고대의 시인들에게까지 미칠 수 있었다. 다른 작품들에도 한나라의 시인들의 기풍이 스며들어가 있다. 나와 교유하는 사람으로는 이고와 장적이 특히 뛰어나다. 이 세 사람의 욺은 정말 뛰어나다. 그러나 하늘이 그들의 소리에 응하여 나라의 흥성함을 울게 할지 아니면 그들의 몸을 곤궁하게 하고 굶주리게 하여 그들의 마음을 시름에 잠기게 하여 그 불행함을 울리게 할지 모르겠다. 세 사람의 운명은 하늘에 달려 있다. 그들이 잘나간다 한들 무엇이 기쁘겠는가? 그들이 잘 못 나간다 한들 또 무엇이 슬프겠는가? 동야가 강남으로 벼슬살이하러 떠남에 기분이 울적해 있는 것 같아 내가 운명이란 하늘에 달려 있음을 말하여 그의 근심을 풀어주고자 한다.

(凡物不得其平則鳴, 草木之無聲, 風撓之鳴, 水之無聲, 風蕩之鳴. 其躍也, 或激之, 其趨也, 或梗之, 其沸也, 或炙之. 金石之無聲, 或擊之鳴, 人之於言也亦然. 有不得已者而後言, 其歌也有思, 其哭也有懷, 凡出乎口而爲聲者, 其皆有弗平者乎? 樂也者, 鬱於中而泄於外者也, 擇其善鳴者, 而假之鳴, 金, 石, 絲, 竹, 匏, 土, 革, 木八者, 物之善鳴者也. 維天之於时也亦然, 擇其善鳴者而假之鳴, 是故以鳥鳴春, 以雷鳴夏, 以蟲鳴秋, 以風鳴冬. 四時之相推奪, 其必有不得其平者乎! 其於人也亦然. 人聲之精者爲言, 文辭之於言, 又其精也, 尤擇其善鳴者而假之鳴.

其在唐, 虞, 咎陶, 禹, 其善鳴者也, 而假以鳴. 夔弗能以文辭鳴, 又自假於「韶」以鳴. 夏之時, 五子以其歌鳴, 伊尹鳴殷, 周公鳴周. 凡載於『詩』, 『書』六藝, 皆鳴之善者也. 周之衰, 孔子之徒鳴之, 其聲大而遠. 傳曰: "天將以夫子爲木鐸." 其弗信矣乎! 其末也, 莊周以其荒唐之辭鳴. 楚, 大國也, 其亡也, 以屈原鳴. 臧孫辰, 孟軻, 荀卿, 以道鳴者也. 楊朱, 墨翟, 管夷吾, 晏嬰, 老聃, 申不害, 韩非, 慎到, 田騈, 鄒衍, 尸佼, 孫武, 張儀, 蘇秦之屬, 皆以其術鳴. 秦之興, 李斯鳴之. 漢之時, 司馬遷, 相如, 楊雄, 最其善鳴者也. 其下魏, 晉氏, 鳴者不及於古, 然亦未嘗絕也. 就其善者, 其声清以浮, 其節數以急, 其辭淫以哀, 其志弛以肆. 其爲言也, 亂雜而無章. 將天醜其德莫之顧邪? 何爲乎不鳴其善鳴者也?

唐之有天下, 陳子昂, 蘇源明, 元結, 李白, 杜甫, 李觀, 皆以其所能鳴. 其存而在下者, 孟郊東野始以其詩鳴. 其高出魏, 晉, 不懈而及於古, 其他浸淫乎漢氏矣. 從吾遊者, 李翺, 張籍其尤也. 三子者之鳴信善矣, 抑不知天將和其聲而使鳴國家之盛邪? 抑將窮餓其身,思愁其心腸, 而使自鳴其不幸邪? 三子者之命, 則懸乎天矣. 其在上也, 奚以喜? 其在下也, 奚以悲? 東野之役於江南也, 有若不釋然者, 故吾道其命於天者以解之.)

'불평'은 평정을 얻지 못한 상태를 말한다. 평정이란 가만히 있는 것을 말한다. 따라서 불평은 어떤 외부적 요인이 대상을 가만히 있지 않게 하는 것을 말한다. 문장에서 한유가 예로 든 바람이 초목을 흔드는 것이나 물이 끓는 것은 불을 지폈기 때문이라는 말은 모두 이런 예들인 것이다. 그렇다면 사람이 평정을 얻지 못한 상태, 즉 가만히 있지 않게 되는 상태는 어떤 경우일까? 한유는 문장에서 "어쩔 수 없는 것이 있어야(有不得已者)" 한다고 했다. 이는 마음속에 달리 삭일 수 없는 울분이나 형언할 수 없는 기쁨이 있어 밖으로 절로 나오는 것을 말한다. 이때서야 노래를 부르거나 울면 큰 감동으로 다가온다는 것이다. 따라서 이 '불평'에는 울분이나 기쁨의 의미가 내포되어 있다. 문장을 보면 기뻐서 잘 울었던 사람으로 요순 때의 고요·우·기를 거론하고 있다. 이들은 모두 당시의 현신으로 요와 순의 덕과 태평성세를 노래했다. 울분으로 잘 울었던 사람으로는 공자·굴원·손무·사마천 등을 거론했다.

불평은 이처럼 기쁨과 울분에서 표출될 수 있지만 문장에서는 울분의 측면을 더 강조했다. 이는 한유가 문학 창작에서 울분의 작용을 더 높이 평가한 것이라고 볼 수 있다. 우선은 문장에서 나오는 사례 중 기쁨과 관련된 사례가 적고 울분과 관계된 사례가 많다는 점에서 작가의 울분이 문학 창작에 끼치는 영향이 더 크다고 본 것이다. 또 하나는 「송맹동야서」가 일생을 가난하고 회재불우하게 산 맹교라는 인물에게 보낸 글이라는 점이다. 맹교는 젊은 시기 여러 차례 과거에 낙방하다 46세가 되어서야 급제했다. 그로 4년 후인 50세에 강남의 작은 마을인 율양(溧陽)의 현위(縣尉)라는 낮은 관리로 발령이 났다. 일생을 과거 시험에 매진했건만 고작 지방의 보잘것없는 관리로 발령이 났으니 그의 실망감은 이루 말로 다할 수 없었을 것이다. 한유는 맹교의 불평으로 그의 시가 "위·진의 시를 넘었으며…… 다른 작품에도 한나라의 시인들의 기풍이 스며들어가 있다"라고 평했다. 이런 점으로 봤을 때 한유는 문학 창작에서 기쁨의 측면보다 울분의 측면이 더 크게 작용한다고 보았다. 한유의 또 다른 문장인 「형담창화시서(荊潭唱和詩序)」를 보면 이런 점이 더욱 명확하게 나타난다.

　　무릇 평화로운 소리는 담박하나 근심스러운 소리는 오묘하다. 기뻐하는 말은 훌륭하기가 어려우나 곤궁한 말은 훌륭해지기 쉽다. 때문에 문장을 지을 때는 늘 초야를 떠도는 것에서 나온다. 왕공이나 귀인들은 기운과 뜻이 가득해서 천성적으로 뛰어나 좋아하지 않는 이상 문장을 지을 겨를이 없다.
　　(夫和平之音淡薄, 而愁思之聲要妙, 讙愉之辭難工, 而窮苦之言易好也. 是故文章之作, 恒發於羈旅草野, 至若王公貴人氣滿志得, 非性能而好之, 則不暇以爲.)

　　　　　　　　　　　　　　　　　제2부 중국문학의 탄생

맹교의 시도 가난과 고통을 노래한 경우가 많았다. 과거에 낙방하거나 빈곤한 생활로 고생하던 시기에 그의 창작은 오히려 더욱 활발하였다. 이런 점들이 그의 시세계를 이루고 그만의 특징을 갖게 된 요인이었다.

사마천의 '분'과 한유의 '불평'

여기서 문학 창작의 주요 동인인 사마천의 '분'과 한유의 '불평'에 대해서 한번 짚고 넘어가보자. 필자가 보기에 사마천의 분과 한유의 불평 사이에는 동일한 점도 있고 차이점도 있다. 동일한 점이라고 하면 양자 모두 외부의 원인으로 일어나는 감정상의 발로라는 점이다. 이때 이 발로는 기쁨이 아닌 마음을 괴롭게 하는 그 무엇이다. 이 괴로운 마음이 문학작품의 탄생을 견인한다. 이렇게 보면 양자는 문학 탄생의 아주 중요한 동인인 셈이다. 차이점은 분이 불평보다 감정상의 발로가 세고 깊다는 점이다. 사마천이 「태사공자서」에서 말한 분을 보면 좌구명은 실명한 후에 『좌전』을 지었고, 손빈은 발이 잘린 후에 『손빈병법』을 지었다. 그리고 사마천 자신은 부형을 당하고 『사기』를 지었다. 반면 불평은 어찌할 수 없는 감정을 단순히 드러낸다는 점에서 분보다는 감정상 발로가 약하다. 마지막에 "동야가 강남으로 벼슬살이하러 떠남에 기분이 울적해 있는 것 같아 내가 운명이란 하늘에 달려 있음을 말하여 그의 근심을 풀어주고자 한다(東野之役於江南也, 有若不釋然者, 故吾道其命於天者以解之)"라고 하며 글을 쓴 목적을 밝히고 있는데 "그의 근심"은 단순히 그의 감정상의 문제를 드러내는 것이라고 할 수 있다.

또 하나, 분과 불평은 능동과 피동의 차이가 있다. 분은 외부 요소에 충격을 받고 적극적으로 글을 쓴다는 개념이 강하다. 때문에 글에는 격한 감정과 사상들이 녹아 있는 경우가 많다. 반면 불평은 외부 요소에 감정이 동요되어 글로 나타나는 것이다. 한유가 예로 든 초목은 바람에 동요되어 소리가 나는 것이라고 했다. 사람의 글도 외부 요소의 동요를 받아 저절로 쓰여지는 것이라고 했다.

그리고 분은 분함을 전하고자 하는 목적이 있고, 불평은 전하고 전하지 않고를 떠나 자신의 감정을 드러낸다. 사마천은 발분의 목적에 대해 "후인들이 자신들의 뜻을 알아줄 것을 생각했다"라고 분명히 말했다. 반면 불평의 목적은 작품을 후세에까지 남기겠다는 것이 아닌 그때그때의 소회를 글로 피력하여 자신의 시름을 삭이겠다는 의미가 강하다.

문학 창작의 관점에서 분과 불평을 비교해보면 불평의 개념이 문학 창작과 더 긴밀하게 와 닿는다. 불평은 외부 요소의 작용으로 작가가 이에 반응하여 작품을 짓는 것인데 이런 경향은 문학 창작에 그대로 적용되기 때문이다. 반면 분은 사상과 감정이 격하고 후세에 전하고자 하는 목적이 강하기 때문에 문학의 창작과는 맞지 않는 경향이 있다.

불평즉명설로 보는 한유의 문학관
문학 창작의 관점에서 또 하나 지적해야 할 것은 한유의 작품에 대한 견해이다. 장자를 언급하면서 "황당한 글로 울었다"라 했고, 또 위진의 문학을 언급하면서 "난잡하고 법도가 없었다"라고 했다. 한유는 작품이 갖는 특유의 내용은 보지 않고 유가의 논리로 문학작품의 좋고 나쁨을 재단했음을 알 수 있다. 주지하듯 『장자』는 선진문학에서 대표적인 저술로 도가사상을 대표하는 책이다. 『장자』는 그 자체로 상당한 문학적 가치를 지니고 있음에도 한유는 이를 인정하지 않고 도가 계열의 책이라는 점을 들어 "황당한 말"로 울었다고 한 것이다. 위진 역시 문학사에서 조씨(曹氏) 삼부자를 비롯한 건안칠자(建安七子) · 도연명 · 사령운 같은 유명 문인들이 활약했음에도 유미주의 문학이 유행했다는 이유로 이를 난잡하고 법도가 없다고 말했다. 필자가 보기에 한유의 이런 논의는 문학 창작을 하나의 고유한 영역으로 보지 않고 글은 도를 실어야 한다는 문이재도(文以載道)론과 유가의 관념으로 봤기 때문이지 않을까 싶다.

3. 구양수의 궁이후공설

'궁'의 함의

'궁이후공(窮而後工)'은 작가는 곤궁해야 작품이 훌륭해진다는 의미이다. 시인의 곤궁한 경험이 문학 탄생에 중요한 요소가 된다는 의미로 쓰인다. 이 말은 구양수가 지기이자 시인이었던 매요신(梅堯臣, 1002~1060)의 시집에 쓴 서문인 「매성유시집서(梅

聖俞詩集序)」에 보인다. 전문은 다음과 같다.

　　나는 세상 사람들이 시인들 중에 영달한 사람은 적고 곤궁한 사
람은 많다고 말하는 것을 들었다. 대체 왜 그럴까? 세상에 전해지
는 시라는 것은 대부분 옛날의 곤궁했던 사람들의 글에서 나왔다.
선비 중에 그 지닌 바를 쌓았으나 세상에 펼칠 수 없는 사람들 대
부분은 산꼭대기와 물가에 자신을 내버려두길 좋아했다. 밖으로
는 벌레·물고기·풀·바람·구름·새·짐승의 형상을 보고 종
종 그 기괴함을 탐구하고, 안으로는 근심·그리움·분개의 울적
함이 있다. 이것이 원망과 풍자로 일어나 외지에 나가 있는 신하
나 남편을 멀리 떠나보낸 과부가 한탄하는 것을 말하고 인정으로
말하기 어려운 것을 쓴다. 대체로 곤궁하면 할수록 작품은 뛰어나
진다. 그런 즉 시가 사람을 곤궁하게 할 수 있는 것이 아니라 곤궁
해진 후에 시가 뛰어나지는 법이다.

　　내 친구 매성유는 젊어서 조상의 음덕으로 관리가 되었지만 누
차 진사시험을 볼 때마다 시험관들에게 눌려서 주현에서 고생한
지 10여 년이나 되었다. 지금 나이가 50세이나 여전히 추천서를
따라 남의 속관이 되었으니 그 쌓인 바가 맺히고 세상에 떨쳐 드
러낼 수 없었다. 그의 집은 완릉으로, 어려서부터 시를 익혔다. 어
린아이 시절에 이미 그 마을의 어른들과 노인들을 놀라게 했다.
장성해서는 육경과 인의의 설을 배웠다. 그가 쓴 문장은 간결하면
서 고아하여 세상에서 구차한 말을 구하지 않았다. 세상 사람들은
그의 시만을 알았을 뿐이었다. 그래서 당시의 현명한 자와 우매한
자를 막론하고 시를 말하는 자는 반드시 성유를 찾아갔다. 성유
자신도 뜻을 얻지 못한 것을 시에 담아내는 것을 좋아했다. 그래
서 그가 평생 지은 것 중에 시가 특히 많았다. 세상 사람들이 그를
알았지만 임금에게 그를 추천해주는 사람이 없었다. 옛날 왕문강

이 그의 시를 보고 "200년 동안 없을 작품이로다"라고 감탄한 적이 있다. 비록 그를 깊이 알았지만 역시 천거하지 않았다. 만일 다행스럽게 그를 조정에 등용하여 아송을 짓게 하고 대송의 공덕을 노래하게 하며 청묘에 천거하여 상·주·노송의 작가를 따르게 한다면, 어찌 위대하지 않겠는가! 어찌하여 그를 늙도록 뜻을 얻지 못하게 하여 곤궁한 자의 시를 지어서 한갓 곤충·물고기와 같은 것들과 나그네같이 근심하고 한탄하는 말만 드러내게 하는가! 세상 사람들은 그의 공교로움만 좋아하지 그의 곤궁함이 오래되어 늙어가고 있음을 알지 못하니, 정말 안타깝지 않은가!

성유의 시는 이미 많으나 자신이 정리하지 않았다. 그의 처조카 사경초가 시가 많이 없어질까 걱정하여 그 낙양 시절 때부터 오흥 시기까지의 이미 지어진 것을 취하고 순서를 매겨 열 권을 만들었다. 나는 일찍이 성유의 시를 좋아했으나 그것을 다 얻지 못한 것을 걱정했는데, 사씨가 서둘러 분류하고 편찬해놓은 것을 기뻐하여 그때 서문을 지어 보관하였다. 그 후 15년이 지나 성유는 경사에서 병으로 세상을 떠났다. 나는 슬퍼하며 그의 덕을 묘지명에 남기려고 그의 집을 살피던 중 그가 남긴 원고 천여 편을 얻고, 이를 이전에 소장한 것과 합쳤다. 그중에 뛰어난 것 677편을 추려 열다섯 권을 만들었다. 슬프도다! 나는 성유 시의 상세한 부분은 이상 말하지 않겠다. 여름 구양수가 쓰다.

(子聞世謂詩人少達而多窮, 夫豈然哉? 蓋世所傳詩者, 多出於古窮人之辭也. 凡士之蘊其所有, 而不得施於世者, 多喜自放於山顚水涯, 外見蟲魚草木風雲鳥獸之狀類, 往往探其奇怪. 內有憂思感憤之鬱積, 其興於怨刺, 以道羈臣寡婦之所嘆, 而寫人情之難言, 蓋愈窮則愈工. 然則非詩之能窮人, 殆窮者而後工也.

子友梅聖兪, 少以蔭補爲吏, 累擧進士, 輒抑於有司, 困於州縣, 凡十餘年. 年今五十, 猶從辟書爲人之佐, 鬱其所蓄, 不得奮見於事業. 其家宛陵, 幼習於詩, 自爲童子, 出語已驚其長老. 旣長, 學乎六經仁義之說, 其爲文章, 簡古純粹, 不求苟說於世, 世之人徒知其詩而已. 然時無賢愚, 語詩者必求之聖俞, 聖俞亦自以其不得志者, 樂於詩而發之, 故其平生所作, 於詩尤多. 世旣知之矣, 而未有薦於上者, 昔王文康公嘗見而嘆曰：“二百年無此作矣！” 雖知之深, 亦不果薦也. 若使其幸得用於朝廷, 作爲雅頌, 以歌詠大宋之功德, 薦之淸廟, 而追商周魯頌之作者, 豈不偉歟！奈何使其老不得志而爲窮者之詩, 乃徒發於蟲魚物類, 羈愁感嘆之言. 世徒喜其工, 不知其窮之久而將老也. 可不惜哉！

聖俞詩旣多, 不自收拾. 其妻之兄子謝景初, 懼其多而易失也, 取其自洛陽至於吳興已來所作, 次爲十卷. 予嘗嗜聖俞詩, 而患不能盡得之, 遽喜謝氏之能類次也, 輒序而藏之. 其後十五年, 聖俞以疾卒於京師, 余旣哭而銘之, 因索於其家, 得其遺稿千餘篇, 幷舊所藏, 掇其尤者六百七十七篇, 爲一十五卷. 嗚呼！吾於聖俞詩, 論之詳矣, 故不復云. 廬陵歐陽修序.)

매요신은 구양수가 초임지인 서경(西京)에서 지내던 시절 (1030)에 교유했던 여러 친구들 중의 한 명이었다. 구양수는 매요신의 시가 뛰어남을 알고 그와 함께 시문개혁운동을 추진하려고 했고, 그가 사망할 때까지 30여 년간 변치 않는 우정을 쌓았다. 서문의 내용을 보면 구양수는 매요신의 시에 대한 재능과 업적을 극찬하고 그의 시세계를 조망했다. 아울러 문학적 재능으로 사람들의 인정을 받았음에도 정치적으로는 순탄하지 않았던 그의 기구한 운명을 대비시키며 평생을 곤궁하게 지내다 늙어간 지기에 대한 안타까움을 표현했다.

이 서문에서 가장 중요한 것이 '궁(窮)'에 대한 이해이다. '궁'

에 대해서는 역대로 많은 학자들의 설명이 있었다. 구양수는 독자들에게 '궁'의 의미를 풀 수 있는 아주 좋은 암시를 해놓았다. 첫째 구절을 보면 "시인들 중에 영달한 사람은 적고 곤궁한 사람은 많다"라고 했다. 필자는 이 구절이 '궁'의 의미를 풀 수 있는 열쇠라고 생각한다. 구양수는 '궁'과 반대되는 개념으로 '달(達)'을 사용했다. '달'은 영달한다는 의미로, 뜻한 바를 이루거나 출세하는 것을 뜻하는 말이다. 그렇다면 '궁'은 이와 반대로 뜻한 바를 이루지 못하거나 출세하지 못했다는 의미가 된다. 고대 사회에서 뜻한 바를 이루었다는 것은 벼슬길에 나아갔음을 의미한다. 따라서 뜻한 바를 이루지 못했다는 것은 벼슬길에 나아가지 못했음을 의미한다. 이

매요신 북송의 시인. 자는 성유(聖兪), 선주(宣州) 선성(宣城) 사람. 1051년에 과거에 급제하여 태상박사(太常博士)가 되었고, 구양수의 추천으로 국자감직강(國子監直講)을 지냈으며, 후에 상서도관원외랑(尙書都官員外郞)에 올랐다. 그의 시는 내용 없이 화려함을 추구하는 서곤체에 반대하고 평담한 시를 많이 지어 북송 시단에 큰 영향을 끼쳤다. 현재 시 2,900여 수가 전하며 대표작으로는 「도자(陶者)」·「노산산행(魯山山行)」 등이 있다.

점은 『맹자』 「진심상(盡心上)」에 나오는 "곤궁하면 홀로 자신의 몸을 잘 닦고, 출세하면 천하를 두루 다스린다(窮則獨善其身, 達則兼濟天下)"에 나오는 '궁'과 '달'의 의미와 유사하다. 선비들이 일생의 목표인 벼슬길에 나아가지 못해 좌절하면 산수전원에 몸을 기탁하여 근심을 푼다. 이것은 중국 문인들에게서 흔히 볼 수 있는 처세법이다. 두 번째 단락에서도 구양수는 매성유가 뛰어난 문재를 갖고 있음에도 천거를 받지 못했음을 애석해했다. 이로 보면 구양수의 '궁'은 벼슬길에 나아가지 못해 자신의 뜻을 펼칠 수 없는 것에 대한 좌절과 상심의 상태에 가깝다고 볼 수 있다. 물론 벼슬길의 좌절로 인한 작가의 물질적 궁핍함도 여기

에 포함될 수 있을 것이다. 왜냐하면 이 역시도 문학 창작의 큰 동인이 되기 때문이다. 구양수의 「설간숙공문집서(薛簡肅公文集序)」에서는 '궁'의 이러한 의미를 더 잘 말해주고 있다.

군자 중에는 학문을 정치적 사업에 펼치는 사람도 있고, 글에 드러내는 사람도 있으나 늘 이 두 가지를 잘하기가 어려움을 걱정한다. 대체로 때를 만난 선비는 조정에 공을 드러내어 그 명예가 사서에 빛이 나기 때문에 그들은 글을 짓는 일을 늘 말단적인 것으로 본다. 그러나 그들 중에는 또한 문장을 짓는 일에 종사할 겨를이 없거나 문장을 써낼 만한 능력이 없는 자도 있다. 반면 뜻을 잃은 사람은 곤궁하게 은거하면서 골똘히 마음을 쏟고 극도로 정밀하게 생각하여 그가 격하게 느낀 바의 울분과 세상에 펼 수 없었던 것을 모조리 문사에 기탁한다. 그러므로 곤궁한 사람의 말은 훌륭해지기 쉽다고 하는 것이다.

(君子之學, 或施之事業, 或見於文章, 而常患於難兼也. 蓋遭時之士, 功烈顯於朝廷, 名譽光於竹帛. 故其常視文章爲末事, 而又有不暇與不能者焉. 至於失志之人, 窮居隱約, 苦心危慮, 而極於精思, 與其所感激發憤, 惟無所施於世者, 皆一寓於文辭, 故曰 : 窮者之焉易工也.)

이렇게 보면 '궁'은 정신적 물질적인 면을 모두 포함하는 곤궁한 상태를 말한다고 볼 수 있다. 구양수는 작가의 이런 상태가 작품을 '공(工)', 즉 훌륭하게 만든다고 했다. 이것이 '궁이후공'의 함의인 것이다. 우리는 중국문학에서 '궁'의 상태에서 수많은 명저를 탄생시킨 작가와 작품들을 무수히 볼 수 있다. 46세에 진사에 급제한 맹교, 세 번이나 좌절당했던 굴원, 정치적으로 뜻을 펼치지 못해 세상을 떠돈 이백과 두보, 평생을 유배지에서 보낸 소식 등이 이런 예라고 할 수 있다.

궁과 분, 불평

앞에서 '궁'은 벼슬길에 나아가지 못해 뜻을 펼칠 수 없다는 것에 대한 좌절과 상심으로 야기된 정신적 물질적 궁핍함을 의미한다고 했다. 이 점에서 볼 때 '궁'의 의미는 '분'보다는 '불평'과 유사한 점이 있다고 하겠다. 왜냐하면 궁핍해지면 분한 감정보다는 마음의 평정을 잃는 상태를 겪을 수 있기 때문이다. 다만 궁이 분과 유사한 점은 자발성을 띤다는 점이다. 주지하듯 분은 외물의 엄청난 영향으로 촉발되어 작품을 쓰는 자발적 행위에 가깝다. 궁이후공 역시 작가가 좌절과 상심의 상태를 느낀 후에 작품을 쓰는 자발적 행위에 가깝다. 궁에 촉발되어 작품을 쓰는 것이다. 반면 불평은 외부 요소의 자극으로 일어난 감정을 무의식적으로 글로 옮기는 것에 가깝다는 점에서 차이가 있다.

궁과 불평은 정신적인 좌절과 물질적 궁핍함의 상태에서 노래한다는 점에서 유사성이 있다. 다만 궁이 포괄하는 범위가 불평보다는 좁은 느낌을 준다. 불평은 「송맹동야서」에서 보듯 자연·음악·문학 등에 이르기까지 다양한 예가 제시되고 있는 반면, 궁은 「매성유시집서」와 「설간숙공문집서」에서 보듯 주로 벼슬길에서의 궁함 위주로 서술되어 있기 때문이다.

문학 자체의 규율

중국 고전문학 비평이나 창작 이론 연구를 보면 대부분 발분저서·불평즉명·궁이후공을 연결하여 연구를 진행하는 모습을 볼 수 있다. 그 연구 내용을 보면 개념에 대한 설명과 영향, 의의 등으로 다양하게 논의를 진행하고 있다. 논지 또한 훌륭하여 중국문학 창작의 역사적 흐름을 이해하는 데 충분히 참고할 만한 가치가 있다. 다만 필자가 한 가지 지적하고 싶은 것은 문학 자체의 규율과 문학가들의 인식선상에서 이 문제를 봤으면 한다는 점이다. 시기적으로 발분저서에서 불평즉명까지는 약 800년의 시간차가 있고, 불평즉명에서 궁이후공까지는 또 200여 년의 시간차가 있다. 이렇게 발분저서에서 '궁이후공'까지는 천 년의 시간차가 발생한다. 그렇다면 이렇게 긴 시간 동안 분 → 불평 → 궁으로의 전환이 이루어졌는데 사실 이들 세 개념은 유사한 부분이 많다. 때문에 많은 학자들이 이들을 연결지어 그 영향 관계를 논해왔다. 필자의 생각으로는 이 세 개념은 한 개념의 영향을 받아 형성되었다기보다 작가의 삶과 시대적 상황에서 제기된 이론들이고 문학 자체의 발전 과정에서 생성된 것이다. 예를 들어 「송맹동야서」는 사마천의 발분저서설을 계승하고 있다기보다 오히려 한유의 유가 이념의 영향을 더 크게 받았다. 문장에서 제기한 불평즉명은 한유가 속한 시대적 배경에서, 그리고 중당 문학의 발전에서 나온 것이라고 봐야 한다. 또 이들은 모두 서문에서 나왔다는 점에도 주목해야 할 것이다. 이것은 이들이 하나의 문학이론으로 내세운 것이 아닌 평소 작가 자신의 생각을 말한 것임을 의미한다. 물론 그 생각 속에서는 자신의 문학 경험과 생각이 종합되어 있을 것이다. 따라서 이 개념들은 작가가 속한 시대적 배경에서 제기된 것이지 서로 간에 어떤 긴밀한 연관 관계에 잊지 않다는 점도 함께 보자는 것이다.

4. 주승작의 시비고음불공설

'시비고음불공'의 의미와 출처

'시비고음불공(詩非苦吟不工)'이란 시는 고심해서 지어야 훌륭해진다는 의미이다. 이 구절은 명나라의 장서가인 주승작(朱承爵, 1480~1527)의 『존여당시화(存餘堂詩話)』에 보인다.

> 시는 고심하여 짓지 않으면 훌륭해지지 않는다는 것은 사실이다. 옛 사람들 중에 맹호연은 눈썹이 모두 떨어졌고, 배호는 옷소매에 손을 넣었다가 구멍이 났고, 왕유는 식초를 넣는 독으로 걸어 들어갔다. 이 모두가 고심하며 지었다는 증거이다.
>
> (詩非苦吟不工, 信乎! 古人如孟浩然眉毛盡落, 裵祜袖手, 衣袖至穿, 王維走入醋甕. 皆苦吟之驗也.)

맹호연 성당(盛唐)의 시인. 호는 맹산인(孟山人), 양주(襄州) 양양(襄陽) 사람. 젊어서 고향 근처의 녹문산(鹿門山)에 은거했고 40세경에 장안에 가서 관직을 구했으나 일생 동안 정식 관직을 지내지 못했다. 왕유와 더불어 산수전원시파의 대표작가로 손꼽히며, 세상을 초월하고 전원에서의 한적함을 노래하는 시를 썼다. 대표작으로는 「춘효(春曉)」·「야귀녹문산가(夜歸鹿門山歌)」·「숙건덕강(宿建德江)」 등이 있다.

주승작은 훌륭한 시는 고심하여 짓는 '고음(苦吟)'에서 비롯됨을 강조했다. '고음'이란 작가가 최상의 시구를 얻으려고 문장을 끊임없이 고치는 창작 활동을 말한다. 이 활동은 일반적인 창작 활동보다 더 진지하고 더 치열하게 진행되는 경향이 있다. 뒤이어 언급된 맹호연(孟浩然, 689~740)이 시를 짓느라 눈썹이 다 빠진 것이라든지, 배호(裵祜)의 옷소매에 구멍이 났다든지, 왕유가 거리를 걷다가 식초를 넣는 장독으로 걸어 들어갔다든지 하는 이야기들이 이를 보여주는 예들이다. 따라서 '고음'의 과정을 통해서도 훌륭한 문학 작품이 탄생될 수 있음을 충분히 짐작할 수 있다.

고음과 불우의 관계

문학 창작이 무(無)에서 유(有)를 만들어내는 고통스런 작업임을 생각할 때 '고음'은 문학가들이 창작 과정에서 필연적으로 겪는 과정이라고 할 수 있다. 다만 작가마다 고음하는 정도의 차이가 있을 뿐이다. 필자의 생각으로 그 차이는 작가가 어떠한 인생을 살았느냐에 달려 있다.

중국 문학가들의 이력을 보면 고음은 대체로 불우(不遇)한 일생을 산 인물과 연관이 있다. 중국 문학사에서 고음으로 유명한 시인인 맹교와 가도(賈島, 779~843)는 아주 불우한 일생을 보냈다. 맹교는 46세 때 진사에 급제하나 보잘것없는 관직을 제수받고 실망한 나머지 일찍 벼슬길에서 물러났고, 가도는 평생 과거에 합격하지 못해 우울한 나날을 보냈다. 일생의 불우함으로 인해 그들은 시 창작에 전념했다. 이 점이 그들이 어떤 작가보다도 치열하게

주승작이 편집한 『존여당시화』 주승작은 명나라의 장서가이자 서예가로, 자는 자담(子儋), 호는 순성만사(舜城漫士), 강음(江陰) 사람. 역대의 장서를 모으는 것을 좋아하였는데, 특히 송대에 나온 출판물을 많이 소장했다고 한다. 자신의 애첩을 송각본 『한서(漢書)』와 바꾸었다는 일화가 있다.

제2부 중국문학의 탄생

시를 짓게 된 동기였다.

이들이 시 창작에서 어느 정도로 고음했는지 살펴보자. 먼저 맹교의 시 「밤에 홀로 소일하다가(夜感自遣)」의 전반부를 보자.

夜學曉不休,　　밤의 공부 새벽까지 그치지 않고,
苦吟鬼神愁.　　고심하여 읊조리니 귀신도 근심하네.
如何不自閒,　　어찌하여 한시도 가만있질 못하나,
心與身爲仇.　　마음과 몸이 원수가 되네.
……

귀신도 자신을 걱정해준다든지 몸과 마음이 원수가 된다든지 하는 것은 몸이 상하는 것도 잊고 시 창작에 전념하는 모습을 보여준다. 이것으로 그들의 고음이 일반적인 창작 활동으로 시를 짓는 것이 아님을 알 수 있다. 가도는 「무가상인을 보내며(送無可上人)」에 나오는 "연못 아래의 그림자 홀로 가고, 나무 곁에서 자주 몸을 쉬이네(独行潭底影, 数息树边身)"라는 두 구절을 얻고 나서 이렇게 말했다.

二句三年得,　　3년 만에 두 구를 얻고,
一吟雙淚流.　　읊어보니 두 눈에서 눈물이 나온다.
知音如不賞,　　지음이 알아주지 않는다면,
歸臥故山秋.　　가을 고향의 산에 돌아와 누우리.

두 구절을 얻으려고 3년의 시간을 들인 것은 작가라 할지라도 쉽게 할 수 있는 것은 아닐 것이다. 그만큼 가도도 시구 하나 하나에 어마어마한 공력을 들였다.

문학 탄생에서의 고음

　이들이 시 창작에서 지독하리만큼의 고음을 통해 얻고자 한 것은 무엇일까? 현실에서 이루지 못한 이상을 문학에서 이루려고 한 것은 아니었을까? 중국 시는 이백과 두보를 거치면서 내용과 형식 면에서 이미 정점에 달하게 된다. 모든 방면에서 더 이상 극복할 여지가 없는 상태였던 것이다. 이 상황에서 맹교와 가도가 주의한 것은 이전의 시에 잘 쓰이지 않던 어려운 글자와 발음이 어려운 운자들이었다. 이들은 이를 이용해 새로운 표현과 의경을 가진 작품을 만들려고 했다. 여기에 불우한 경험이 더해지면서 난해하고 독특한 정서를 가진 시들이 탄생했다. 이 작품들은 기존의 시에서는 볼 수 없던 새로운 경지였다. 청나라의 허인방(許印芳, 1832~1901)은 『시법췌편(詩法萃編)』에서 이렇게 평가했다.

　　이백과 두보 뒤에 태어나 많은 집들이 있는 넓은 길을 피해 새가 다니는 꼬불꼬불하고 좁은 길로 걸어갔다. 그 뜻은 새로운 경지를 여는 데 있었으니, 결국 독특하고 난해한 시체를 이루었다.
　　(生李杜之後, 避千門萬戶之廣衢, 走羊腸鳥道之仄徑, 志在獨開生面, 遂成僻澁一體.)

　여기서 상술한 예를 잘 보여주는 맹교의 「추회(秋懷)」(5) 일부분을 보자.

病骨可剸物,　　병든 뼈로 물건을 벨 수 있고,
酸呻亦成文.　　쓰라리게 읊조려도 글이 되네.
瘦攢如此枯,　　여위고 잘려나가 이렇게 말랐으니,
壯落隨西曛.　　젊음은 서쪽 저녁 해 따라 지네.

맹교 중당(中唐)의 시인. 자는 동야(東野), 호주(湖州) 무강(武康) 사람. 46세 때 진사에 급제하고 율양현위(溧陽縣尉)를 지냈다. 5언고시를 많이 지었고 현재 500여 수의 시가 전한다. 자신의 곤궁과 우수를 시로 읊었는데, 좋은 표현을 얻기 위해 고심하여 시를 짓는 것으로 유명하다. 대표작으로는 「유자음(游子吟)」 등이 있다.

　시는 가을날 곤궁하고 병든 몸을 생각하며 괴로움에 발버둥치는 작가의 심정을 읊고 있다. 이 시에 사용된 전(剸)·찬(攢)·훈(曛)은 시어로 잘 쓰이지 않는 난해한 글자이며, 병(病)·산(酸)·수(瘦)는 어둡고 무거운 느낌을 주는 글자들이다. 때문에 시 전체가 난해하면서도 침울한 분위기를 띤다. 이 점에서 보면 이 시는 기존의 시와 차별되는 그들만의 독특한 시세계를 보여준다. 이들의 시는 만당·오대에 하나의 시파를 형성할 정도로 큰 영향을 끼쳤다. 특히 오대의 시인 손성(孫晟)은 가도를 너무 숭배한 나머지 가도의 초상화와 시집을 앞에 놓고 아침저녁으로 향을 태우고 절을 했다고 한다.

가도 중당의 시인. 자는 낭선(浪仙), 하북도(河北道) 유주(幽州) 범양현(范陽縣) 사람. 젊은 시절 출가하여 승려가 된 적이 있다. 장안에서 한유의 권고로 과거 시험에 몇 차례 참가하였으나 모두 낙방했다. 시는 400수 정도가 전하며, 맹교와 더불어 시를 고심하여 짓는 것으로 유명하다. 대표작으로는 「심은자불우(尋隱者不遇)」 등이 있음..

고음과 퇴고 이야기

　시를 지을 때 보통 두 가지 창작 활동을 떠올 수 있다. 하나는 순식간에 떠오르는 시상을 포착해 곧장 글로 나타내는 것이다. 타고난 문재가 뒷받침되어야 이 경지에 도달할 수 있다. 여기에 속하는 작가로는 이백·소식 등을 들 수 있다. 이백의 「여산폭포를 바라보며」와 소식의 「6월 27일 망호루에서 취해 쓰다」 같은 시를 보면 이를 잘 느낄 수 있다. 또 하나는 한 글자 한 글자 다듬으며 최상의 표현을 찾아가는 것이다. 이것이 고음의 과정으로, 후천적인 노력이 뒷받침되어야 도달할 수 있다. 여기에 속하는 작가로는 두보·이하·맹교·가도 등을 들 수 있다. "말이 사람을 놀라게 하지 않으면 죽어서도 그치지 않는다(語不驚人死不休)"라고 한 두보만 봐도 그가 시어를 얼마나 강구했는지 엿볼 수 있다. 또 다른 유명한 예로 가도의 '퇴고(推敲)' 이야기가 있다.

하루는 가도가 장안성 밖에 사는 이응(李凝)이라는 친구를 만나러 간 적이 있었다. 가도는 산길을 한참 헤매다 이응의 집을 찾았다. 이때 주위는 조용하고 달빛은 밝았다. 이응의 집 문을 두드리니 숲 속의 새들이 놀라 날아갔다. 가도는 이응이 집에 없는 것을 보고 「한적하게 사는 이응에게 부치며(题李凝幽居)」라는 시를 한 수를 남겼다.

閑居少鄰并,	이웃이 드문 곳에 한가로이 사니,
草徑入荒園.	풀 우거진 길은 황량한 정원으로 통하네.
鳥宿池邊樹,	새는 연못 가 나무에 깃들고,
僧敲月下門.	스님은 달빛 아래 문을 두드리네.
過橋分野色,	다리를 지나니 들판의 경색 나눠지고,
移石動雲根.	구름이 움직이니 산석도 움직이는 듯하네.
暫去還來此,	잠시 여길 떠나나 또 올 것이니,

幽期不負言.　함께 오래 하기로 한 약속 저버리지 말게나.

다음 날 가도는 나귀를 타고 장안으로 돌아왔다. 그런데 어젯밤에 즉흥적으로 지은 시가 생각났다. 제4구에 두드릴 고(敲)자를 써야 할지 아니면 밀 퇴(推)자를 써야 할지 고민이 되었던 것이다. 가도는 나귀를 탄 채로 한편으로 계속 읊조리면서 한편으로는 두드리고 미는 동작을 해보았다. 이러다 어느덧 장안성에 도착했다. 거리의 사람들이 그의 모습을 보고 이상하게 여겼다. 마침 장안에서 관직 생활을 하던 한유가 의장대의 호위를 받으며 지나가고 있었다. 행인들과 마차들은 모두 길을 피하는데 나귀를 탄 가도는 시에 몰입하느라 자신도 모르게 그만 의장대 속으로 들어가버렸다. 한유가 가도에게 이유를 묻자, 가도는 자신이 지은 시구를 한유에게 들려주고 '고'자를 쓸 것인지 '퇴'자를 쓸 것인지 고민하다가 자신도 모르게 의장대 속으로 들어오게 되었다고 말했다. 한유는 가도의 말을 듣고 잠깐 생각하고는 가도에게 이렇게 말했다. "'고'자가 좋겠네. 문은 닫혀 있으니 어찌 밀어서 열 수 있겠는가? 더군다나 다른 사람의 집이고 저녁이니 문을 두드리는 것이 예의가 있겠지. 게다가 두드리면 야밤에 소리가 나니 고요한 가운데 움직임이 있는 것이니 어찌 문장이 잘 통하지 않겠는가?" 그러자 가도는 고개를 끄덕였다. 이 이야기 역시 원하는 글자를 얻기 위해 작가가 얼마나 고심하는지를 보여준다. 중국 문학가들에게 고음의 과정은 문학작품의 탄생에 아주 중요한 동인이었다.

분·불평·궁과 고음

　고음은 마음에서 일어나는 감정이 아니라는 점에서 앞의 분·불평·궁과는 근본적인 차이가 있다. 고음은 창작 과정상 분·불평·궁의 마음이 일어난 후에 진행되는 단계라고 볼 수 있다. 그렇기 때문에 이들을 동일선상에 놓고 말하기는 어렵다. 다만 분·불평·궁과 유사한 점으로 두 가지를 지적하고자 한다.

　첫째, 고음의 시인들도 일생을 불우하게 보낸 사람들이었다. 자신의 불우함을 잊기 위해 시에 집착했고, 시에 집착하면서 괴로운 내면의 세계를 읊은 것이다. 그것이 기존에 없던 새로운 영역의 시로 탄생되었다. 이들에게는 한가로이 아름다운 경물을 읊을 마음도 여유도 없었다. 이로 보면 분·불평·궁을 경험한 작가들과 상통하는 점이 있다.

　둘째, 고음도 분·불평·궁과 마찬가지로 문학 탄생의 중요한 동인이다. 고음 시인들의 창작에 관한 지독한 노력은 기존의 시에 볼 수 없었던 새로운 경지의 개척으로 이어졌다. 물론 그들의 지독한 고음이 시를 지나치게 난해하고 침울하게 만들었다고 비판한 문인도 있었다. 소식은 "맹교(의 시)는 차갑고 가도(의 시)는 말랐다(郊寒島瘦)"[2]고 비평했고, 원호문은 맹교를 '시에 포로가 된 사람'이라는 의미로 '시수(詩囚)'[3]라고 혹평했다. 그러나 문학의 예술적 특성을 생각해본다면 유미주의 시풍이

2　소식의 「제유자옥문(祭柳子玉文)」에 보인다.
3　元好問, 『元好問論詩三十首集說』, 劉澤 集說, 山西人民出版社, 1992年.

풍미하던 중당 시단에서 큰 의미가 있는 것이었다. 따라서 문학 탄생의 입장에 봤을 때 고음도 훌륭한 작품을 탄생시킬 수 있는 하나의 동인이라고 할 수 있다.

5. 조익의 부도창상구편공설

'부도창상구편공'의 의미와 출처

'부도창상구편공(賦到滄桑句便工)'에서 '부(賦)'는 시를 짓는 의미이고, '창상(滄桑)'은 세상이 완전히 바뀌어 상전벽해가 되는 것을 말한다. 따라서 '부도창상구편공'이란 작가가 세상이 완전히 변하는 경험을 하면 문장이 훌륭해진다는 의미이다. 여기서 세상이 완전히 변하는 경험이란 전쟁으로 봐도 무방하다. 이 말은 청나라 사람 조익(趙翼, 1727~1814)의 「유산의 시에 제하며(題遺山詩)」에서 유래했다.

身閱興亡浩劫空,	몸소 흥망의 대재난을 겪으시니,
兩朝文獻一衰翁.	두 나라의 문헌 늙으신 노인께 있네.
無官未害餐周粟,	관직 없이 원나라의 곡식 먹었어도 해가 없고,
有史深愁失楚弓.	역사에 금나라의 기록에 없을까 깊이 시름 했네.
行殿幽蘭悲夜火,	(변량의) 유란헌(幽蘭軒)이 한밤에 불에 탄 것을 슬퍼하고,
故都喬木泣秋風.	고향 연경(燕京)의 가을바람에 흐느껴 우셨네.

国家不幸詩家幸,　　나라의 불행은 시인에게는 행운이고,

賦到滄桑句便工.　　시를 씀에 큰 변화를 경험해야 문장이 훌륭
　　　　　　　　　　해지네.

　　제목의 '유산(遺山)'은 금말원초의 대문인 원호문의 호이다. 시
는 원호문의 지조와 조국인 금나라의 문헌들을 정리한 공을 찬
양하면서 그가 시에서 높은 성취를 거둔 이유를 읊고 있다. 제1
구와 제2구는 원호문이 나라의 패망을 겪고 금나라와 원나라에
서 문명을 떨친 일을 읊었다. 제3구와 제4구는 원나라에 출사하
지 않는 그의 굳은 지조와 금나라의 문헌을 보존한 공을 칭송했
다. 제5구와 제6구는 조국 금나라의 패망에 마음 아파했음을 읊
었다. 제7구와 제8구는 나라의 패망으로 그의 시가 뛰어날 수
있었음을 말했다. 제7구의 "국가불행(國家不幸)"은 금나라가 원
나라에 멸망한 것을 말한다. 조국이 원나라의 치하
에 들어갔으니 세상이 완전히 바뀐 것이라고 할 수
있다. 마지막 구절의 "창상"이 또 이를 잘 보여주는
말이다. 제2장에서 언급했듯이 원호문은 45세 때
망국을 경험했다. 이를 기준으로 그의 시풍은 일변
한다. 그를 문학사에 위대한 시인의 반열에 올린 것
도 바로 망국 이후의 시이다. 그의 시는 참혹한 사
회상과 망국의 한을 노래하여 안사의 난 때 참혹한
사회상을 읊은 두보의 시에 비견될 정도였다. 조익
은 원호문의 시집을 엮으면서 그의 시가 뛰어날 수

조익 청대의 문학가이자 사학자.
자는 운숭(雲崧), 호는 구북(甌北),
강소(江蘇) 양호(陽湖) 사람. 1761
년에 진사에 급제하여 귀서병비도
(貴西兵備道)를 지냈다. 시에서는
이학과 복고를 반대하고 독창성을
중시했다. 저서로는 『이십이사찰기
(二十二史札記)』와 『구북시화(甌北
詩話)』 등이 있음.

제2부 중국문학의 탄생

있었던 이유를 "부도창상구편공"에서 찾았다.

궁 · 고음과 창상의 관계

구양수는 작가는 궁해야 문장이 훌륭해진다(工)라고 했고 주승작은 고음해야 문장이 훌륭해진다고 했다. 반면 조익은 작가는 창상을 경험해야 문장이 훌륭해진다고 했다. 세 사람이 문장이 훌륭해지는 이유를 각기 다른 점에서 찾았다는 것이 흥미롭다.

궁은 앞서 봤듯이 사람이 정신적 혹은 물질적으로 곤궁한 상태를 말하고, 고음은 창작 활동에서 최상의 표현을 얻기 위해 한 글자 한 글자 강구하는 것을 말한다. 반면 창상은 사회적 대변화를 작가가 몸소 경험하는 것을 말한다. 이로 보면 이 세 가지는 본질적으로 차이가 있다. 이를 도식으로 나타내보면 다음과 같다.

$$
\underset{(감정)}{궁} + \underset{(경험)}{창상} + \underset{(창작)}{고음} = \underset{탄생}{작품}
$$

즉 궁은 외부에서 촉발된 감정이고, 고음은 창작 활동에서 진행되는 것이며, 창상은 외부 세계의 변화를 작가가 경험하는 것이다. 이들은 각자의 영역에서 문학 탄생을 견인한다.

창상의 경험으로 문학이 탄생한 예

중국문학에는 이러한 창상을 경험하여 불후의 작품들을 남긴 작가들이 적지 않다. 가장 먼저 들 수 있는 사람이 남조의 시인 유신이다. 그가 서위에 사신으로 나가 있는 사이 서위는 군대를 보내 조국 양나라를 멸망시켜버렸다. 게다가 그는 조국을 패망시킨 서위에 남아 벼슬까지 했으니 세상이 바뀐 경험을 절실하게 했다. 이를 전후로 그의 시풍도 완전히 변했다. 이전에는 궁체시(宮體詩) 위주의 화려하고 성률을 강구하는 시를 많이 지었지만 서위에서 출사한 후로는 망국의 한과 고향의 가족들을 그리는 진솔한 시들을 많이 지어 높은 평가를 받았다. 남당의 이욱은 군주로서 망국을 경험한 인물이었다. 망국은 그의 신분과 직위에 엄청난 변화를 불러왔다. 그의 작품은 이전의 화려하고 서정적인 것에서 망국의 한과 고국을 그리는 마음을 노래한 것으로 완전히 바뀌었다. 남송의 이청조 역시 비슷한 경우이다. 남편과 행복하게 살아가던 이청조는 금나라의 침입으로 피난길을 떠도는 신세가 되고 말았다. 그녀의 경우도 이욱과 마찬가지로 피난을 떠나기 전후로 사풍이 완전히 바뀌었다.

부도창상구편공의 의의

'부도창상구편공'은 원호문의 시적 성취를 두고 한 말이나 앞서 보았듯이 다른 문인들에게도 보편적으로 적용할 수 있다. 이전의 문학 탄생 주장이 분·불평·궁으로 문학작품이 탄생한다는 것에 초점이 맞춰져 있다면, 부도창상구편공은 창상에 초점이 맞춰져 있다. 그렇다면 분·불평·궁과 창상의 차이는 무엇일까? 이를 분석해보면 자연스럽게 부도창상구편공의 의의를 설명할 수 있을 것이다.

분·불평·궁은 모두 어떤 외부 요인에서 촉발되어 일어나는 감정의 발로로 작가 개인의 일과 밀접한 연관이 있다. 반면 창상은 감정의 발로가 아닌 외부 세계의 변화이다. 그 외부 세계의 변화는 작가가 어찌할 수 없는 변화, 즉 전쟁이나 재난과 같은 거대한 사회적 변화를 말한다. 따라서 이것은 감정적인 것과 관계가 없다고 할 수 있다. 혹자는 거대한 사회적 변화를 겪은 문인들의 상태는 분·불평·궁이 될 수 있지 않을까라고 의문을 제기할 수도 있다. 그러나 거대한 사회적 변화, 특히 전쟁을 겪은 마음이 과연 분·불평·궁한 상태가 될 수 있는지 살펴보자. 먼저 아래의 문장을 보자.

> (1) 자신의 도가 세상과 맞지 않아 마음에 맺힌 바가 있었다.
>   (此人皆意有所鬱結, 不得通其道也.)
>
>   『사기』「태사공자서」
>
> (2) 마음속에 응어리가 맺혀 밖으로 새어 나오는 것이다.
>   (鬱於中而泄於外者也.).
>
>   「송맹동야서」
>
> (3) 그 쌓인 바가 맺히고 세상에 떨쳐 드러낼 수 없었다.
>   (鬱其所蓄, 不得奮見於事業).
>
>   「매성유시집서」

세 문장은 마음에 맺히고 쌓인 것이 있는 상태를 말한다는 점에서 공통된다. 이런 상태는 지극히 개인적인 감정과 관련 있다. 반면 사회가 변하는 창상을 경험한 문인에게는 시대에 대한 비통·망국의 한과 같은 감정이 생길 것이다. 이를테면 전쟁으로 적군에게 끌려가는 어린아이와 여인들을 보거나 길에서 죽어가는 사람을 보면서 지극히 개인적인 감정을 갖지는 않는다는 것이다. 이런 감정은 분·불평·궁으로 인한 감정보다 더 심각한 감정이라고 할 수 있다. 문인들이 창상을 경험하면 이처럼 더욱 절실한 경험을 하기 때문에 그들의 작품은 완전히 새로운 면모를 보여준다. 조익은 그의 『구북시화(甌北詩話)』에서 이를 이렇게 설명했다.

> 또 금나라가 망하자 종묘사직이 폐허가 되어버렸다는 느낌에 비분강개의 시가를 썼으니, 애써 구하지 않고도 자연스럽게 훌륭해진 것이 있다. 이는 실로 그가 몸담은 지역과 시대가 그렇게 만든 것이다.
> (又値金源亡國, 以宗社丘墟之感, 發爲慷慨悲歌, 有不求而自工者, 此固地爲之也, 時爲之也.)

여기에 해당하는 작가로는 유신·두보·이욱·이청조·원호문·오위업 등이 있다. 이로 보면 부도창상구편공설은 문학 탄생의 동인을 외부의 거대한 사회적 변화에서 파악한 것으로 기존의 문학 탄생 주장이 외연을 확대한 것이라고도 말할 수 있다.

문학이 탄생하는 그 순간

몇 년 전부터 중국문학을 감상하는 재미에 빠져『상서』,『맹자』,『장자』,『한비자』,『초사』 등의 고전을 꾸준히 읽어왔다. 책을 읽으면서 중국 문인들의 경이로운 표현력과 놀라운 상상력에 매료되었다. 원문 한 글자 한 글자를 음미하며 읽는 것이 무척이나 힘든 일이었지만 작품들을 통해 새삼 공부하는 즐거움도 있었다. 2015년엔 그동안 읽었던 작품들을 골라 해설을 덧붙인『아름다운 중국문학』과『초사』완역본을 출간하기도 했다. 여기에 몇 년 전 모 일간지에 소개된 미셸 루트번스타인과 로버트 루트번스타인의『생각의 탄생』이라는 책을 읽고 "그러면 중국문학 작품은 어떻게 탄생되는 것일까?"라는 의문이 들었는데 이것이 본서『중국문학의 탄생』을 쓰게 된 직접적인 계기가 되었다.

막상 중국문학의 탄생을 생각했을 때 머릿속에 가장 먼저 떠오른 것은 작품 속의 멋진 구절이었다. 이 멋진 구절이야말로 문학이 탄생하는 그 순간일 것이라고 생각했다. 그리고 그 멋진 구절을 만들어낸 것은 전적으로 작가의 문학적 역량이고, 그중에서도 작가의 표현력 때문일 것이라고 생각했다. 그런 표현들은 누구나 생각하고 만들어낼 수 있는 것이 아니기 때문이었다. 생각은 계속 꼬리에 꼬리를 물고 이어졌다. "그러면 작가의 표현력이 뛰어난지 어떻게 알 수 있고, 작품에서는 또 어떻게 나타나는 것일까?" 이를 위해 우선 중국문학에서 자주 보이는 전고 · 과장법 · 비유법 등 여덟 가지 표현기교를 살펴보았다. 그 과정에서 작가들의 탁월한 구성과 놀라운 상상력에 늘 감탄하곤 했다. 원래 이 부분까지만 쓰고 원고를 마무리하려고 했다. 그러나 후에 문학의 탄생은 작가의 표현력만으로는 안 된다고 생각하였다. 여기에는 또 작가의 수양이라든지 경험과 같은 요소들이 작용한다고 판단해 이 두 부분을 추가해 서술했다. 여기까지가 본서의 1차 작업이라고 볼 수 있다.

1차 작업은 작가와 작품과 관련된 내용이 많았다. 중국문학은 후대로 계속 발전하면서 다양한 문예이론을 낳았다. 이 중 문학탄생 관련 주장을 모아 서술하면 책의 내용을 더욱 충실히 할 수 있겠다는 생각이 들었다. 보통 중국문학의 탄생에 관련된 주장이라 하면 '발분저서' · '불평즉명' · '궁이후공' 세 가지 설을 드는데, 여기에 자료를 찾다 우연히 발견한 명대 주승작의 '시비고음불공'과 청대 조익의 '부도창상구편공'도 문학의 탄생에 얽힌 주장이 된다고 보고 함께 서술했다. 여기까지의 서술로 이 책은 문학 탄생의 전체는 아니지만 일부분을 체계적으로 설명할 수 있게 되었다. 여기서 한 발 더 나아가 '탄생'이라는 말을 생각할 때 누구나 기원적 혹은 발생학적인 부분을 먼저 떠올린다는 것에 착안하여 중국문학이 어떻게 발생하였는지에 관한 내용을 또 추가하기로 하였다. 중국문학의 시조인 『시경』을 기준으로 이전의 상고 가요·갑골문·『주역』·『상서』 등의 문헌을 통해 중국문학이 어떻게 발생하였는지를 서술하였다. 그러니까 이 책의 첫 번째 부분이 가장 나중에 쓰인 셈이다.

작업을 하면서 목차를 여러 차례 조정하고 장절을 세부적으로 바꾸는 등 많은 고민을 하였다. 제2부 제2장의 「문학 탄생의 원동력이 되는 작가의 경험」에서 '유배의 경험'과 '좌절의 경험'을 든 것도 이런 경우이다. 사실 크게 보면 유배도 일종의 좌절로 볼 수 있다. 때문에 유배를 좌절에 넣어 서술할 수도 있을 것이다. 이처럼 작가의 삶에서 나타나는 경험이 두부처럼 딱 잘라지듯 분명하지 않기 때문에 이런 문제점들이 나타난다고 하겠다. 여기서 필자의 기준은 '유배'는 큰 좌절이지만 중국 문인에게 '유배'는 거의 모든 문인들이 경험하는 큰 좌절이어서 따로 하나의 장으로 독립시켜도 무방할 것이라고 생각했기 때문이다. 또 제2부 제4장의 '시비고음불공'에서 '고음'이 과연 문학의 탄생에 관한 주장이 될 수 있는지에 대해서도 많은 고민을 했다. 작가라면 모두 창작할 때 '고음'을 하는 것인데 이것이 문학 탄생에 관한 주장으로 성립할 수 있는지에 대해서는 의문이 들었다. 그런데 중당의 고음 시인으로 유명한 맹교와 가도의 시를 보고 '고음'도 문학 탄생에 관한 주장이 될 수 있겠다는 생각이 들었다. 그들의 '고음'은 다른 문학가들보다 더 치열했고, 이로 유미주의가 만연한 중당 시단에 새로운 유파를 형성했기 때문이다. 그래서 문학사에서는 문학 탄생에 관한 주장으로 거론하고 있지 않지만 이곳에서는 문학 탄생의 관점에서 수록하였다. 이와 같은 생각을 갖고 기준이 애매한 부분 중에 함께 묶을 수 있는 것은 함께 묶고 따로 떼어내 서술할 것은 따로 장을 만들어 서술하였다. 전체적으로는 중국문학의 탄생에 관여하는 요소들을 크게 작가의 수양·경험·표현력으로 귀납하여 서술하였다.

　제목을 '중국문학의 탄생'으로 정하고 서술했지만 돌이켜보면 이 거대 담론의 극히 일부분만 서술했다는 느낌을 지울 수 없다. 제2부 제2장의 「문학 탄생의 원동력이 되는 작가의 경험」만 보더라도 문학의 탄생에 관여하는 요소로 이별·유배·망국·좌절·은거의 경험만 언급하였다. 사실 이 다섯 가지 외에 문학의 탄생에 관여하는 요소는 얼마든지 더 있을 수 있을 것이다. 제3장의 「문학을 탄생시키는 작가의 표현력」에서도 언급한 여덟 가지 표현기교 외에 더 많은 요소들이 있을 것이다. 또한 탄생 관련 학설 역시 본서는 사마천의 발분저서설을 비롯한 다섯 가지 설만 언급했는데 이외에 『문심조룡(文心雕龍)』과 『시품(詩品)』 등의 문예이론서에 보이는 문학 탄생에 대한 주장들을 반영하지 못했다. 때문에 '중국문학의 탄생'에 맞는 좀 더 다양하고 포괄적인 내용들을 수록하지 못했다는 아쉬움이 있다. 다만 이 책의 서술로 중국문학의 탄생 과정이 일부라도 밝혀지고, 이를 토대로 더 나은 연구가 이루어지길 바라는 마음이다. 아울러 이 책이 더욱 올바른 방향으로 갈 수 있도록 많은 분들의 가르침을 바라마지 않는다.

　울산대학교의 은사 박삼수 교수님께서 이 책의 추천사를 써주시고 책의 내용에 대해서도 좋은 의견들을 제시해주셨다. 이에 교수님께 깊은 감사의 말씀을 전해드린다. 푸른사상사에서는 보잘것없는 이 책의 출간을 결정해주시고, 멋진 편집까지 해주신 것에 대해 역시 깊은 감사의 말을 전하고 싶다.

정유년 새해 우현동 서재에서
권용호

국내 문헌

권용호 편저, 『아름다운 중국문학』, 역락, 2015.

굴원, 『초사』, 권용호 역주, 글항아리, 2015.

거샤오인, 『한위진남북조시사』, 강필임 역, 역락, 2012.

김민나 편저, 『유신시선』, 문이재, 2002.

김의정, 「패러디 관점에서 본 전고」, 『중국어문학논총』 제39호, 2006.

김장환 편, 『중국문학입문』, 학고방, 2006.

김지민, 「'발분저서'에서 '궁이후공'까지」, 중앙대 석사학위 논문, 2009.

김창환, 『도연명의 사상과 문학』, 을유문화사, 2009.

김학주 역저, 『시경』, 명문당, 1988.

김학주·이동향, 『중국문학사Ⅰ』, 한국방송통신대학교 출판부, 1993.

김학주·이동향, 『중국문학사Ⅱ』, 한국방송통신대학교 출판부, 1988.

로버트 루트번스타인·미셸 루트번스타인, 『생각의 탄생』, 박종성 역, 에코의서재, 2014.

류종목, 『팔방미인 소동파』, 신서원, 2005.

린망 외, 『한밤 낮은 울음소리』, 김소현·김자은 역, 창비, 2013.

안치, 『영원한 대자연인 이백』, 신하윤·이창숙 역, 이끌리오, 2004.

서경호, 「중국문학의 발생과정에 대한 관찰」, 『한국중국어문학회』 제22
집, 1994.

심규호, 「문예심리학적 관점에서 본 '발분저서'」, 『중국어문학』 제29집,
1997.

오수형 편역, 『중국의 고전산문』, 명문당, 2015.

왕유, 『왕유시전집』, 박삼수 역, 현암사, 2008.

윤현숙, 『원곡, 불우한 이들의 통곡』, 천지인, 2010.

이동향 외, 『중국의 명시』, 명문당, 2005.

이병한 편저, 『중국 고전시학의 이해』, 문학과지성사, 1992.

이병한 · 이영주 공편, 『중국 고전문학이론비평사』, 한국방송통신대학
교 출판부, 1988.

이욱, 『이욱사집』, 이기면 · 문성자 역, 지식을만드는지식, 2011.

조익, 『구북시화』, 송용준 역해, 서울대학교 출판문화원, 2010.

주조모 편, 『송사삼백수』, 김지현 역, 을유문화사, 2013.

지세화 편저, 『이야기 중국문학사』(상하), 일빛, 2002.

지전화이, 『사마천평전』, 김이식 · 박정숙 역, 글항아리, 2012.

진정, 『중국과거문화사』, 김효민 역, 동아시아, 2003.

진현미, 「『주역』에 대한 문학적 연구」, 이화여자대학교 대학원 석사학위
논문, 1995.

천위잔, 『갑골문도론』, 이규갑 · 윤창준 · 김준용 · 김시연 역, 학고방,
2002.

최재혁 편저, 『중국 고전문학이론』, 역락, 2005.

한성무, 『두보평전』, 김의정 역, 호미, 2007.

중국 문헌

姜書閣 · 姜逸波 選注, 『漢魏六朝詩三百首』, 岳麓書社, 1994年.

顧學頡 · 周汝昌 選注, 『白居易詩選』, 人民文學出版社, 1997年.

[宋] 郭茂倩 編, 『樂府詩集』, 中華書局, 1996年.

[明] 羅貫中, 『三國演義』, 沈伯俊 · 李燁 校注, 巴蜀書社, 1993年.

唐蘭, 『卜辭時代的文學和卜辭文學』, 『清華大學學報』 第3期, 1936年.

[唐] 杜甫, 『杜詩詳註』, 仇兆鰲 注, 中華書局, 1995年.

杜曉勤 選注, 『謝朓 庾信詩選』, 中華書局, 2011年.

馬如森, 『殷墟甲骨文引論』, 東北師範大學出版社, 1993年.

文史知識編輯部 編, 『中華人物志』, 中華書局, 1985年.

傅經順 主編, 『李賀詩歌賞析集』, 巴蜀書社, 1996年.

[漢] 司馬遷 撰, 『史記』, 中華書局, 1997年.

葉君遠, 『吳偉業評傳』, 首都師範大學出版社, 1999年.

蕭艾, 『卜辭文學再探』, 『殷都學刊』, 1985年 增刊.

[元] 施耐庵 · 羅貫中, 『水滸傳』, 人民文學出版社, 1997年.

吳廣平, 『楚辭全解』, 岳麓書社, 2007年.

吳熊和, 『唐宋詞通論』, 浙江古籍出版部, 1998年.

[三國 魏] 阮籍, 『阮籍集校注』, 陳伯君 校注, 中華書局, 2012年.

姚孝遂, 『論甲骨刻辭文學』, 『吉林大學社會科學學報』, 1963年 第2期.

余冠英 選注, 『三曹詩選』, 人民文學出版社, 1997年.

呂慧鵑 · 盧達 · 劉波 主編, 『中國古代著名文學家』, 山東敎育出版社,
　　　1986年.

[元] 元好問, 『元好問論詩三十首集說』, 劉澤 集說, 山西人民出版社,
　　　1992年.

劉大杰,『中國文學發展史』, 上海古籍出版社, 1984年.

劉昕,『甲骨卜辭文學研究』, 濟南大學 碩士學位論文, 2013年.

李振峰,『甲骨卜辭與殷商時代的文學和藝術研究』, 哈爾濱師範大學, 博
　　　士學位論文, 2012年.

張玉金,『甲骨文語法學』, 學林出版社, 2002年.

張玉金,『甲骨文虛詞詞典』, 中華書局, 1994年.

陳夢家,『殷墟卜辭綜述』, 中華書局, 1988年.

蔡先金・劉昕,『從文學史的角度: 甲骨卜辭透視』,『社會科學戰線』
　　　2015年.

蔡厚示 主編,『李璟・李煜詞賞析集』, 巴蜀書社, 1996年.

章楚藩 主編,『楊萬里詩歌賞析集』, 巴蜀書社, 1994年.

曹旭 選注,『黃遵憲詩選』, 中華書局, 2008年.

鐘尙鈞・閻笑非 主編,『中國古代文學』, 東北師範大學出版社, 1990年.

朱自淸,『古詩十九首釋』, 譯林出版社, 2015年.

蔡厚示 主編,『李璟李煜詞賞析集』, 巴蜀書社, 1996年.

[淸] 何文煥 輯,『歷代詩話』, 中華書局, 1997年.

夏延章 主編,『文天祥詩文賞析集』, 巴蜀書社, 1994年.

郝樹侯 選注,『元好問詩選』, 人民文學出版社, 1997年.

胡大雷 選注,『謝靈運 鮑照詩選』, 中華書局, 2008年.

胡遂・王毅 注析,『元曲三百首注析』, 岳麓書社, 1992年.

[淸] 洪昇,『長生殿』, 徐朔方 校注, 人民文學出版社, 1998年.

黃芝岡 著, 吳啓文 校訂,『湯顯祖編年評傳』, 中國戲劇出版社, 1992年.

侯健・呂智敏 評注,『李淸照詩詞評注』, 山西人民出版社, 1996年.

중국문학의 탄생

용어 및 인명

중국문학의 탄생

중국문학의 탄생

중국문학의 탄생

초판 인쇄 · 2017년 2월 20일
초판 발행 · 2017년 2월 25일

지은이 · 권용호
펴낸이 · 한봉숙
펴낸곳 · 푸른사상사

주간 · 맹문재 | 편집 · 홍은표 | 교정 · 김수란
등록 · 1999년 7월 8일 제2-2876호
주소 · 경기도 파주시 회동길 337-16 푸른사상사
대표전화 · 031) 955-9111(2) | 팩시밀리 · 031) 955-9114
이메일 · prun21c@hanmail.net / prunsasang@naver.com
홈페이지 · http://www.prun21c.com

ⓒ 권용호, 2017
ISBN 979-11-308-1082-9 93820
값 23,000원

저자와의 합의에 의해 인지는 생략합니다.
이 도서의 전부 또는 일부 내용을 재사용하려면 사전에 저작권자와 푸른사상사의 서면에
의한 동의를 받아야 합니다.

이 도서의 국립중앙도서관 출판예정도서목록(CIP)은 서지정보유통지원시스템 홈페이지
(http://seoji.nl.go.kr)와 국가자료공동목록시스템(http://www.nl.go.kr/kolisnet)에서 이용하실
수 있습니다.(CIP제어번호: CIP2017004693)

중국문학의 탄생